U0057048

【臺灣現當代作家
研究資料彙編】53

劉吶鷗

國立台灣文學館
出版

部長序

時光的腳步飛快，還記得去年「臺灣現當代作家研究資料彙編第三階段」成果發表會當天，眾多作家、文友，以及參與計畫的學者專家齊聚一堂，將小小的紀州庵擠得水洩不通，窗外是陰雨綿綿的冬日，但溫潤燦麗的文學燭光，卻點燃了滿室熱情與溫馨。當天出席的貴賓，除了表達對資料彙編成書的欣喜之情，多半不忘殷殷提醒，切莫中斷這場艱鉅卻充滿能量的文學馬拉松，一定要再接再厲深入梳理更多資深作家的創作與研究成果，將其文學身影烙下鮮明的印記。

就在眾人引頸期盼與祝福聲中，國立臺灣文學館以前此豐碩成果為基礎，於 2014 年持續推動「臺灣現當代作家研究資料彙編計畫」第四階段，出版刻正呈現於讀者眼前的蘇雪林、張深切、劉吶鷗、謝冰瑩、吳新榮、郭水潭、陳紀瀅、巫永福、王昶雄、無名氏、吳魯芹、鹿橋、羅蘭、鍾梅音共 14 位前輩作家的研究資料專書。看到這份名單，想必召喚出許多人腦海中悠遠而美好的閱讀記憶：蘇雪林的《綠天》、《棘心》，謝冰瑩的《從軍日記》、《女兵自傳》，為我們勾勒了 20 世紀初現代女性的新形象；臺灣最早的「電影人」黑色青年張深切、上海名士派劉吶鷗的風采；人人都能琅琅上口的王昶雄《阮若打開心內的門窗》；無名氏純情而又淒美的《塔裡的女人》；鹿橋對抗戰時期西南聯大青年學子生活和理想的詠歎《未央歌》、鍾梅音最早的女性旅遊書寫《海天遊蹤》……。每一部作品，都是一幅時代風景，是臺灣人共同走過的生命絮語，也是涓滴不息的臺灣文學細流。只是，隨著光陰流轉，許多資深前輩作家逐漸滑進歷史的夾縫，淡出了文學的舞臺。

而「臺灣現當代作家研究資料彙編」叢書的出版，無疑正是重現這些文學巨星光芒的一面明鏡，透過相關資料的蒐集、梳理、彙整，映現作家的生命軌跡、文學路徑；評論者巧眼慧心的析論，則為讀者展開廣闊的閱讀視野，讓文本解讀的面向更加豐富多元。這不僅是對近百年來臺灣新文學的驗收或檢視，同時也是擴展並深化臺灣文學研究的嶄新契機。在此特別感謝承辦單位台灣文學發展基金會所組成的工作團隊，以及參與其事的專家、學者，當然更要謝謝長期以來始終孜孜不倦、埋首於文學創作的前輩作家們，因為有您們，才讓我們收穫了今日這一片臺灣文學的繁花似錦。

文化部部長　**龍應台** 

館長序

作家站在文學與時代的樞紐，在時代風潮、社會脈動中，用文字鋪展出獨具個人風格的作品。透過心與筆，引領讀者進入真與美的世界，與充滿無限可能的人生百態。而作家到底是什麼樣的一群人？他們寫什麼？如何寫？又為何寫？始終是文學天地裡相當引人入勝的問題之一。此所以包括學院裡的文學研究者和文壇書市中的讀者書迷，莫不對「作家」充滿好奇與興趣，想要一窺其人生之路的曲折、梳理其心靈感知的走向、甚至是挖掘、比較其與不同世代乃至同輩寫作者的風格異同。這些面向，不僅關乎作家自身的創作經歷和文學表現，更與文學史的演進有密不可分的關係。

作為一所國家級的文學博物館，國立臺灣文學館除了致力於臺灣文學的教育、推廣，舉辦各項展覽，另一項責無旁貸的使命即是文學史料的蒐集、整理、研究，並將這些資源和成果與社會大眾分享，以促進臺灣文學的活絡與發展。懷抱著這樣的初衷，本館成立 11 年以來，已陸續出版數套規模可觀的文學史料圖書，其中，以作家為主體，全面觀照其文學樣貌與歷史地位的「臺灣現當代作家研究資料彙編」系列叢書，可說是完整而貼切地回答了上述問題，向讀者提出對作家及其作品的理解與詮釋。

「臺灣現當代作家研究資料彙編計畫」啟動於 2010 年，先後分三階段纂輯、彙編、出版賴和等 50 位臺灣重要現當代作家研究資料專書，每冊皆涵蓋作家影像、生平小傳、作品目錄及提要、文學年表以及具代表性的評論文章和研究目錄。由於內容翔實嚴謹，一致獲得文學界人士高度肯定，並期許持續推展，以使臺灣作家研究累積更為深化而厚實的基礎。職是之故，臺文館於 2014 年展開第四階段計畫，承續以往，以經年的時間完成蘇雪林、張深切、劉吶鷗、謝冰瑩、吳新榮、郭水潭、陳紀瀅、巫永福、王昶雄、無名氏、吳魯芹、鹿橋、羅蘭、鍾梅音共 14 位資深前輩作家研究資料彙編。本計畫工程浩大而瑣碎，幸賴承辦單位秉持一貫敬謹任事的精神，組成經驗豐富的編輯團隊，以嫻熟縝密的工作流程，順利將成果呈現於讀者眼前；在此也同時感謝長期支持參與本計畫的專家學者，齊為這棵結實纍纍的文學大樹澆灌滋養。

國立臺灣文學館館長　**翁誌聰**

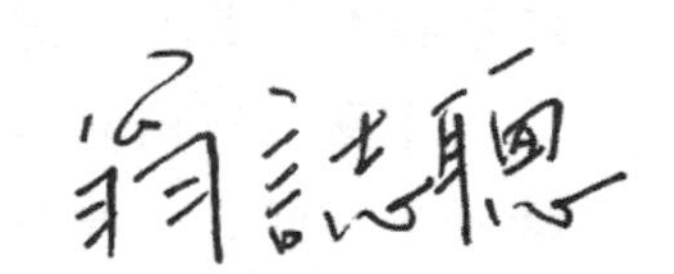

編序

◎封德屏

緣起

1995 年 10 月 25 日，在臺灣師範大學教育大樓的 201 室，一場以「面對臺灣文學」為題的座談會，在座諸位學者分別就臺灣文學的定義、發展、研究，以及文學史的寫法等，提出宏文高論，而時任國家圖書館編纂張錦郎的「臺灣文學需要什麼樣的工具書」，輕鬆幽默的言詞，鞭辟入裡的思維，更贏得在座者的共鳴。

張先生以一個圖書館工作人員自謙，認真專業地為臺灣這幾十年來究竟出版了多少有關臺灣文學的工具書，做地毯式的調查和多方面的訪問。同時條理分明地針對研究者、學生，列出了十項工具書的類型，哪些是現在亟需的，哪些是現在就可以做的，哪些是未來一步一步累積可以達成的，分別做了專業的建議及討論。

當時的文建會二處科長游淑靜，參與了整個座談會，會後她劍及履及的開始了文學工具書的委託工作，從 1996 年的《臺灣文學年鑑》起始，一年一本的編下去，一直到現在，保存延續了臺灣文學發展的基本樣貌。接著是《中華民國作家作品目錄》的新編，《臺灣文壇大事紀要》的續編，補助國家圖書館「當代文學史料影像全文系統」的建置，這些工具書、資料庫的接續完成，至少在當時對臺灣文學的研究，做到一些輔助的功能。

2003 年 10 月，籌備多年的「臺灣文學館」正式開幕運轉。同年五月《文訊》改隸「財團法人台灣文學發展基金會」，為了發揮更大的動能，開始更積極、更有效率地將過去累積至今持續在做的文學史料整理出來，讓豐厚的文藝資源與更多人共享。

於是再次的請教張錦郎先生，張先生認為文學書目、作家作品目錄、文學年鑑、文學辭典皆已完成或正在進行，現在重點應該放在有關「臺灣現當代作家評論資料目錄」的編輯工作上。

很幸運的，這個計畫的發想得到當時臺灣文學館林瑞明館長的支持，於是緊鑼密鼓的展開一切準備工作：籌組編輯團隊、召開顧問會議、擬定工作手冊、撰寫計畫書等等。

張錦郎先生花了許多時間編訂工作手冊，每一位作家的評論資料目錄分為：

（一）生平資料：可分作者自述，旁人論述及訪談，文學獎的紀錄。

（二）作品評論資料：可分作品綜論，單行本作品評論，其他作品（包括單篇作品）評論，與其他作家比較等。

此外，對重要評論加以摘要解說，譬如專書、專輯、學術會議論文集或學位論文等，凡臺灣以外地區之報刊及出版社，於書名或報刊後加註，如中國大陸、香港、新加坡等。此外，資料蒐集範圍除臺灣外，也兼及中國大陸、香港、新加坡、日本、韓國及歐美等地資料，除利用國內蒐集管道外，同時委託當地學者或研究者，擔任資料蒐集工作。

清楚記得，時任顧問的學者專家們，都十分高興這個專案的啟動，但確定收錄哪些作家名單時，也有不同的思考及看法。經過充分的討論後，終於取得基本的共識：除以一般的「文學成就」為觀察及考量作家的標準外，並以研究的迫切性與資料獲得之難易度為綜合考量。譬如說，在第一階段時，作家的選擇除文學成就外，先考量迫切性及研究性，迫切性是指已故又是日治時期臺籍作家為優先，研究性是指作品已出土或已譯成中文為優先。若是作品不少而評論少，或作品評論皆少，可暫時不考慮。此外，還要稍微顧及文類的均衡等等。基本的共識達成後，顧問群共同挑選出 310 位作家，從鄭坤五、賴和、陳虛谷以降，一直到吳錦發、陳黎、蘇偉貞，共分三個階段進行。

「臺灣現當代作家評論資料目錄」專案計畫，自 2004 年 4 月開始，至 2009 年 10 月結束，分三個階段歷時五年六個月，共發現、搜尋、記錄了十餘萬筆作家評論資料。共經歷了三位專職研究助理，近三十位兼任研究助理。這些研究助理從開始熟悉體例，到學習如何尋找資料，是一條漫長卻實用的學習過程。

接續

「臺灣現當代作家評論資料目錄」的專案完成，當代重要作家的研究，更可以在這個基礎上，開出亮麗的花朵。於是就有了「臺灣現當代作家研究資料彙編暨資料庫建置計畫」的誕生。為了便於查詢與應用，資料庫的完成勢在必行，而除了資料庫的建置外，這個計畫再從 310 位作家中精選 50 位，每人彙編一本研究資料，內容有作家圖片集，包括生平重要影像、文學活動照片、手稿及文物，小傳、作品目錄及提要、文學年表。另外每本書分別聘請一位最適當的學者或研究者負責編選，除了負責撰寫八千至一萬字的作家研究綜述外，再從龐雜的評論資料中挑選具有代表性的評論文章，平均 12～14 萬字，最後再附該作家的評論資料目錄，以期完整呈現該作家的生平、創作、研究概況，其歷史地位與影響。

第一部分除資料庫的建置外，50 位作家 50 本資料彙編（平均頁數 400～500 頁），分三個階段完成，自 2010 年 3 月開始至 2013 年 12 月，共費時 3 年 9 個月。因為內容充實，體例完整，各界反應俱佳，第二部分的 50 位作家，接著在 2014 年元月展開，第一階段計畫出版 14 本，預計在 2015 年元月完成。超量的出版工程，放諸許多臺灣民間的出版公司，都是不可能的任務。

首先，工作小組必須掌握每位編選者進度這件事，就是極大的挑戰。於是編輯小組在等待編選者閱讀選文的同時，開始蒐集整理作家生平照片、手稿，重編作家年表，重寫作家小傳，尋找作家出版品的正確版本、版次，重新撰寫提要。這是一個極其複雜的工程。還好有宇霈帶領認真負責的工作同仁，以及編輯老手秀卿幫忙，才讓整個專案延續了一貫的品質及進度。

成果

雖然過程是如此艱辛，如此一言難盡，可是終究看到豐美的成果。每位編選者雖然忙碌，但面對自己負責的作家資料彙編，卻是一貫地認真堅持。他們每人必須面對上千或數百筆作家評論資料，挑選重要或關鍵性的評論文章，全面閱讀，然後依照編選原則，挑選評論文章。助理們此時不僅提供老師們所需要的支援，統計字數，最重要的是得找到各篇選文作者，取得同意轉載的授權。在起初進度流程初估時，我們錯估了此項工作的難度，因為許多評論文章，發表至今已有數十年的光景，部分作者行蹤難查，還得輾轉透過出版社、學校、服務單位，尋得蛛絲馬跡，再鍥而不捨地追蹤。有了前面的血淚教訓，日後關於授權方面，我們更是如臨深淵、如履薄冰，希望不要重蹈覆轍，在面對授權作業時更是戰戰兢兢，不敢懈怠。

除了挑選評論文章煞費苦心外，每個作家生平重要照片，我們也是採高標準的方式去蒐集，過世作家家屬、友人、研究者或是當初出版著作的出版社，都是我們徵詢的對象。認真誠懇而禮貌的態度，讓我們獲得許多從未出土的資料及照片，也贏得了許多珍貴的友誼。許多作家都協助提供照片手稿等相關資料，已不在世的作家，其家屬及友人在編輯過程中，也給予我們許多協助及鼓勵，藉由這個機會，與他們一起回憶、欣賞他們親人或父祖、前輩，可敬可愛的文學人生。此外，還有許多作家及研究者，熱心地幫忙我們尋找難以聯繫的授權者，辨識因年代久遠而難以記錄年代、地點、事件的作家照片，釐清文學年表資料及作家作品的版本問題，我們從他們身上學習到更多史料研究可貴的精神及經驗。

但如何在規定的時間內，完成每個階段資料彙編的編輯出版工作，對工作小組來說，確實是一大考驗。每一冊的主編老師，都是目前國內現當代臺灣文學教學及研究的重要人物，因此都十分忙碌。每一本的責任編輯，必須在這一年多的時間內，與他們所負責資料彙編的主角——傳主及主編老師，共生共榮。從作家作品的收集及整理開始，必須要掌握該作家所有出版的作品，以及盡量收集不同出版社的版本；整理作家年表，除了作家、研究者已撰述好的年表外，也必須再從訪談、自傳、評論目錄，從作品出版等線索，再作比對及增刪。再來就是緊盯每位把「研究綜述」放在所有進度最後一關的主編們，每隔一段時間提醒他們，或順便把新增的評論目錄寄給他們（每隔一段時間就有新的相關論文或學位論文出現），讓他們隨時與他們所主編的這本書，產生聯想，希望有助於「研究綜述」撰寫的進度。

在每個艱辛漫長的歲月中，因等待、因其他人力無法抗拒的因素，衍伸出來的問題，層出不窮，更有許多是始料未及的。譬如，每本書的選文，主編老師本來已經選好了，也經過授權了，為了抓緊時間，負責編輯的助理們甚至連順序、頁碼都排好了，就等主編老師的大作了，這時主編突然發現有新的文章、新的資料產生：再增加兩三篇選文吧！為了達到更好更完備的目標，工作小組當然全力以赴，聯絡，授權，打字，校對，重編順序等等工作，再度展開。

此次第二部分第一階段共需完成的 14 位作家研究資料彙編，年齡層較上兩個階段已年輕許多，因此到最後的疑難雜症，還有連主編或研究者都不太清楚的部分，譬如年表中的某一件事、某一個年代、某一篇文章、某一個得獎記錄，作家本人絕對是一個最好的諮詢對象，對解決某些問題來說，這是一個好的線索，但既然看了，關心了，參與了，就可能有不同的看法，選文、年表、照片，甚至是我們整本書的體例，於是又是一場翻天覆地的大更動，對整本書的品質來說，應該是好的，但對經過多次琢磨、修改已進入完稿階段的編輯團隊來說，這不啻是一大挑戰。

1990 年開始，各地縣市文化中心（文化局），對在地作家作品集的整理出版，以及臺灣文學館成立後對日治時期作家以迄當代重要作家全集的編纂，對臺灣文學之作家研究，也有了很好的促進作用。如《楊逵全集》、《林亨泰全集》、《鍾肇政全集》、《張文環全集》、《呂赫若日記》、《張秀亞全集》、《葉石濤全集》、《龍瑛宗全集》、《葉笛全集》、《鍾理和全集》、《錦連全集》、《楊雲萍全集》、《鍾鐵民全集》等，如雨後春筍般持續展開。

經過近二十年的努力，臺灣文學的研究與出版，也到了可以驗收或檢討成果的階段。這個說法，當然不是要停下腳步，而是可以從「臺灣現當代作家評論資料目錄」所呈現的 310 位作家、10 萬筆資料中去檢視。檢視的標的，除了從作家作品的質量、時代意義及代表性去衡量外、也可以從作家的世代、性別、文類中，去挖掘還有待開墾及努力之處。因此在這樣的堅實基礎上，這套「臺灣現當代作家研究資料彙編」，每位編選者除了概述作家的研究面向外，均有些觀察與建議。希望就已然的研究成果中，去發現不足與缺憾，研究者可以在這些不足與缺憾之處下功夫，而盡量避免在相同議題上重複。當然這都需要經過一段時間去發現、去彌補、去重建，因此，有關臺灣文學的調查與研究，就格外顯得重要了。

期待

感謝臺灣文學館持續支持推動這兩個專案的進行。「臺灣現當代作家評論資料目錄」的完成，呈現的是臺灣文學研究的總體成果；「臺灣現當代作家研究資料彙編」套書的出版，則是呈現成果中最精華最優質的一面，同時對未來臺灣文學的研究面向與路徑，作最好的建議。我們可以很清楚的體會，這是一條綿長優美的臺灣文學接力賽，我們十分榮幸能參與其中，更珍惜在傳承接力的過程，與我們相遇的每一個人，每一件讓我們真心感動的事。我們更期待這個接力賽，能有更多人加入。誠如張恆豪所說「從高音獨唱到多元交響」，這是每一個人所期待的。

編輯體例

一、本書編選之目的，為呈現劉吶鷗生平、著作及研究成果，以作為臺灣文學相關研究、教學之參考資料。

二、全書共五輯，各輯內容及體例說明如下：

輯一：圖片集。選刊作家各個時期的生活或參與文學活動的照片、著作書影、手稿（包括創作、日記、書信）、文物。

輯二：生平及作品，包括三部分：

1.小傳：主要內容包括作家本名、重要筆名，生卒年月日，籍貫，及創作風格、文學成就等。

2.作品目錄及提要：依照作品文類（論述、詩、散文、小說、劇本、報導文學、傳記、日記、書信、兒童文學、合集）及出版順序，並撰寫提要。不收錄作家翻譯或編選之作品。

3.文學年表：考訂作家生平所進行的文學創作、文學活動相關之記要，依年月順序繫之。

輯三：研究綜述。綜論作家作品研究的概況，並展現研究成果與價值的論文。

輯四：重要文章選刊。選收國內外具代表性的相關研究論文及報導。

輯五：研究評論資料目錄。收錄至 2014 年 11 月底止，有關研究、論述臺灣現當代作家生平和作品評論文獻。語文以中文為主，兼及日文和英文資料。所收文獻資料，以臺灣出版為主，酌收中國大陸、香港、日本和歐美國家的出版品。內容包含三部分：

1.「作家生平、作品評論專書與學位論文」下分為專書與學位論文。

2.「作家生平資料篇目」下分為「自述」、「他述」、「訪談」、「年表」、「其他」。

3.「作品評論篇目」下分為「綜論」、「分論」、「作品評論目錄、索引」、「其他」。

目次

【輯五】研究評論資料目錄

輯一◎圖片集

影像◎手稿◎文物

1918年，剛畢業於鹽水港公學校的劉吶鷗，時年13歲，為目前傳世照片中最年輕的一張。（以下未註明照片出處皆為林建享提供）

1910年代後期～1920年代初期，中學時期的劉吶鷗，攝於臺南新營耀舍娘宅庭院。

1910年代後期～1920年代初期，中學時期的劉吶鷗。

1921年2月11日，日本東京青山學院華臺會創立，劉吶鷗（後排左一）與林澄藻（前排左三）等學長及學弟合影。

1920年代初期，劉吶鷗（後排左一）與青山學院初等學部同學合影。

1920年代，少年時期的劉吶鷗（立者）。

1920年代中期，青山學院高等學部時期的劉吶鷗。

1925年，劉吶鷗（中坐者）與妹婿葉廷珪（右）及友人（左）合影。

1920年代後期，劉吶鷗攝於蘇州虎丘。

1920年代後期，劉吶鷗與黃天始（右）合影。

1920年代後期，劉吶鷗居家生活照。

1930年代，劉吶鷗與友人（右）合影。

1930年代中期，劉吶鷗（左二）與葉靈鳳（左一）攝於上海江灣路公園坊住宅。劉吶鷗於公園坊擁有數間房產，常邀文人朋友前來居住，公園坊還因此被稱為「作家坊」。（翻攝自《摩登．上海．新感覺——劉吶鷗（1905～1940）》，秀威資訊科技公司）

1930年代中期，劉吶鷗與黃天始（右）。

1936年夏，劉吶鷗（左二）與穆時英（右四）等人帶領童星黎鏗（右五）乘歐亞速聯機，合影於機場。

1930年代後期，劉吶鷗（左四）與杜衡（左三）等居住於公園坊的文友合影。

1930年代後期，劉吶鷗與妻兒合影。

1930年代後期，劉吶鷗攜家人與電影工作同仁聚餐，攝於上海餐館。右下起：劉吶鷗（手抱三女劉玉都）、穆時英；左下起：黃天始、劉吶鷗妻子黃素貞（手抱次子劉航詩）。

1930年代後期，劉吶鷗與次子劉航詩（左）、三女劉玉都（右）合影。

1930年代後期，劉吶鷗攝於上海自宅。

1930年代後期，劉吶鷗與私人座車，攝於上海。

1930年代後期，劉吶鷗（右二）與電影工作同仁合影。

1943年，影星李香蘭（山口淑子）赴臺南新營為劉吶鷗上香。左起：劉吶鷗妹妹劉瓊瑛、李香蘭、劉吶鷗妻子黃素貞。

劉吶鷗位於臺南新營老家「耀舍娘宅」。

1930年代，劉吶鷗位於上海的洋房。

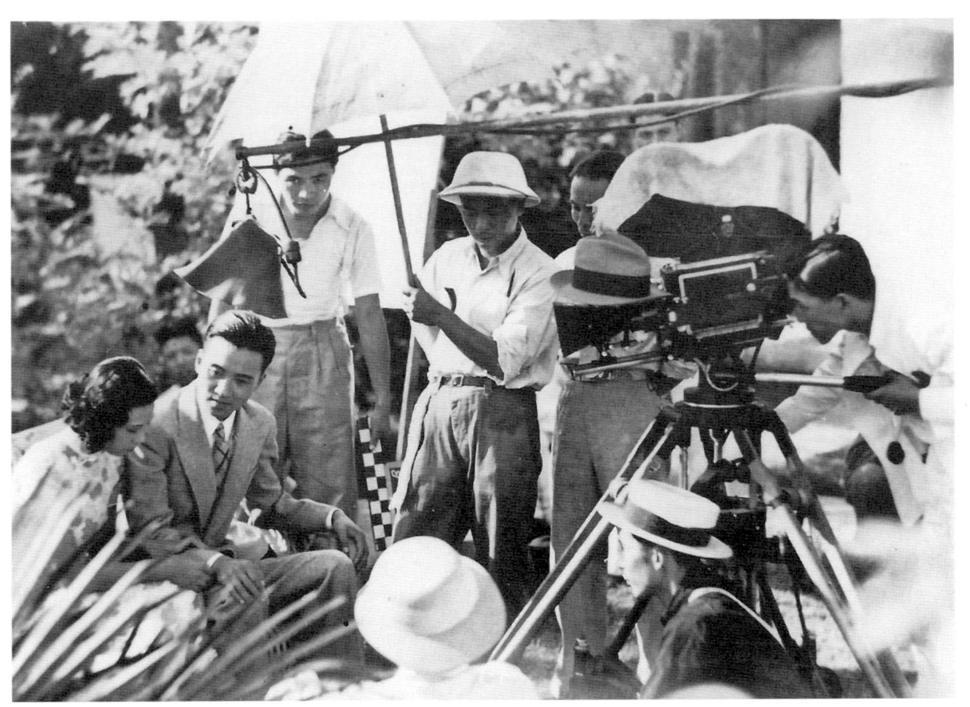

1936年，由劉吶鷗編劇之電影《永遠的微笑》外景拍攝現場。

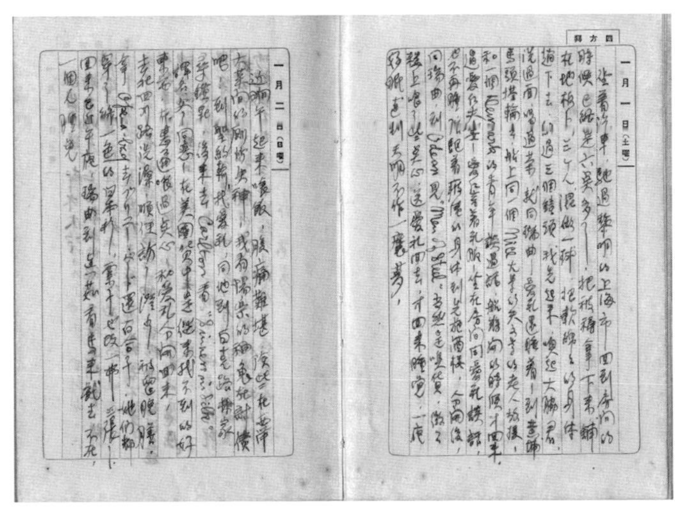

四方拜

一月一日（土曜）

一月二日（日曜）

1927年，劉吶鷗日記封面及內頁手稿。（國立臺灣文學館提供）

1928年，劉吶鷗為同人雜誌《無軌列車》設計封面，封面上的現代人行走於地球的另一端，揭示追求「新興」與「尖端」的精神。（許秦蓁提供）

1928年，劉吶鷗為譯作集《色情文化》繪製封面，其中的爵士樂器、大樓、女性、汽車、酒杯、舞動的男女等，充滿都會風氣。（許秦蓁提供）

1930年，劉吶鷗為短篇小說集《都市風景線》設計封面，鎂光燈打照在scène（場景）上的構圖，標榜著都市風味。（許秦蓁提供）

1933年，電影《猺山艷史》的宣傳廣告刊於《現代電影》雜誌。該電影為劉吶鷗參與攝製的第一部作品，似由劉吶鷗繪字的廣告頁上，號稱該片為「中國影業的一條生路」。（許秦蓁提供）

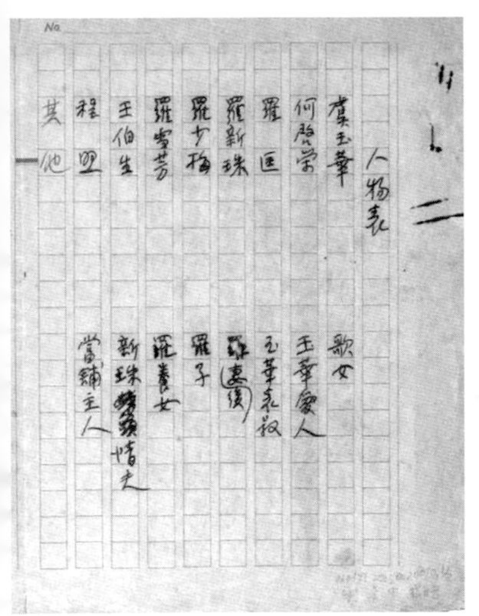

《永遠的微笑》人物表手稿。（國立臺灣文學館提供）

《永遠的微笑》電影腳本手稿。（國立臺灣文學館提供）

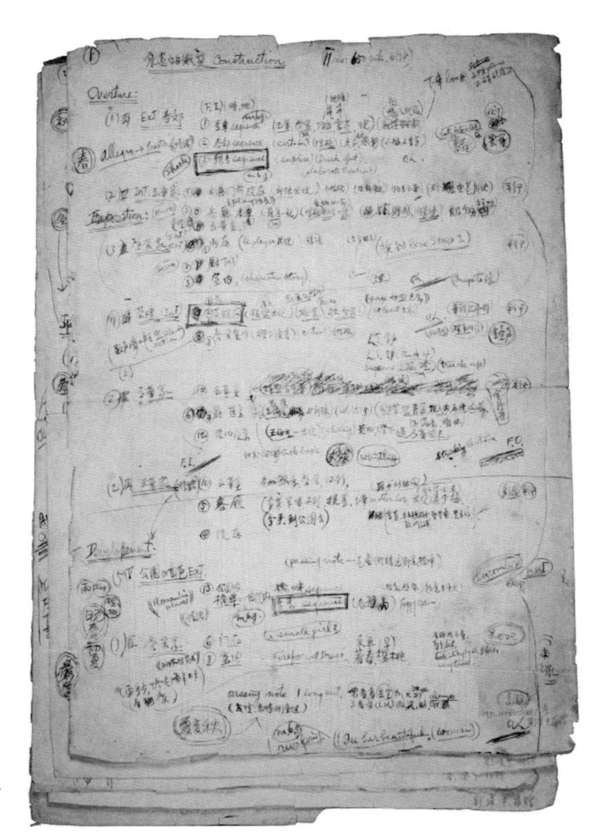

《永遠的微笑》電影結構表手稿。（國立臺灣文學館提供）

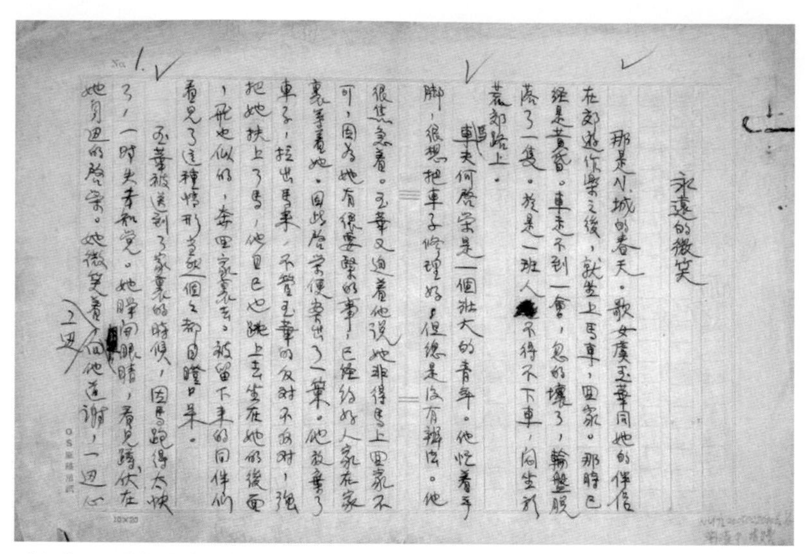

永遠的微笑

那是小城的春天。歌女廣玉華同她的伴侶在郊遊作樂之後，就坐上馬車，回家。那時已經是黃昏。車走不到一會，忽的壞了，輪盤脫落了一隻。於是一班人不得不下車，向坐到荒郊路上。

車夫何啟棠是一個壯大的青年。他忙着手腳，很想把車子修理好，但總是沒有辦法。他很焦急着。玉華又迫着他說她非得馬上回家不可，因為她有很要緊的事，已經約好人家在家裏等着她。因此啟棠便要丟了一乘。他放棄了車子，拉出馬來，不管玉華的反對不反對，強把她扶上了馬，他自己也跳上去坐在她的後面，飛也似的，奔回家來。被留下來的同伴們看見了這種情形，各個都目瞪口呆。

玉華被送到了家裏的時候，因馬跑得太快了，一時失去知覺。她睜開眼睛，看見蹲伏在她身邊的啟棠。她微笑着向他道謝，一邊心

《永遠的微笑》劇情故事手稿。（國立臺灣文學館提供）

『永遠的微笑』（看試片紀錄）

—與吳村兄略為商討攝製上諸技術—

劉吶鷗

劉吶鷗〈《永遠的微笑》看試片紀錄——與吳村兄略為商討攝製上諸技術〉手稿。（國立臺灣文學館提供）

輯二◎生平及作品

小傳◎作品◎年表

小傳

劉吶鷗（1905～1940）

劉吶鷗，男，本名劉燦波，另有筆名吶吶鷗、葛莫美、莫美、夢舟、洛生、白璧。籍貫臺灣臺南，1905年（明治38年）9月22日生，1940年9月3日辭世，得年35歲。

東京青山學院高等學部畢業，上海震旦大學法文特別班結業。1928年於上海與戴望舒、施蟄存創辦「第一線書店」，擔任負責人兼會計。1929年改組「第一線書店」為「水沫書店」，書店後毀於松滬戰爭，文化事業自此轉向電影領域。1932～1935年間，先後於「藝聯」、「明星」、「藝華」等影業公司擔任電影編劇及導演，1936年入國民黨中央宣傳委員會「中央電影攝影場」（簡稱「中電」），期間曾任「中央電影檢查委員會」委員及「中電」電影編導委員會主任、編劇組組長。1938年，任第一屆「中華全國電影界抗敵協會」理事，次年加入「南京維新政府」、「株式會社滿洲映畫協會」、日本「東寶映畫株式會社」聯合成立的「中華電影股份有限公司」，任製片部次長，1940年8月接任「國民新聞社」社長，隔月遭狙擊身亡。

劉吶鷗創作文類包括小說、電影劇本、翻譯、論述，通曉日、英、法、拉丁等語文。1927年開始譯介日本新興文學與文藝理論。1928年以資本家之姿創立「第一線書店」，出版書籍與同人刊物《無軌列車》，發行第一本短篇小說譯作集《色情文化》，並發表第一篇短篇小說〈遊戲〉於《無軌列車》創刊號，在上海文壇初試啼聲即獲文名。劉吶鷗的譯作及發行的出版品反映與世界接軌的文學品味，如推介法國保爾・穆杭與日本橫光利一、川端康成、谷崎潤一郎等作家的新感覺派小說；譯介俄國弗理契以社會主義為論述基礎的《藝術社會學》。其唯一一部創作集《都市風景線》於 1930 年由水沫書店出版，為上海第一本以新感覺派風格問世的短篇小說集，作品著力描寫上海都會景觀與男女的情欲流動，以聽、視、嗅、觸等感官直覺投射於咖啡店、舞廳、賽馬場、戲院、汽車、煙酒、香氣、摩登女郎等地景與物質之上，勾畫財富、娛樂、速度、直線感的城市風貌，同時以蒙太奇手法速寫現代都市的超現實美感。影響戴望舒、施蟄存、穆時英的小說創作技巧，催生中國新感覺派。

在電影領域，首先致力於理論建立。1928 年於《無軌列車》第 4～6 期發表「影戲漫想」系列文章，主張電影為一門大眾化的機械藝術。1933 年與黃嘉謨創辦以軟性電影理論為基調的《現代電影》雜誌，曾言：「影片是溫情主義的資本家所出賣的『註冊商品』，牠的功用等於是逃避現實的催眠藥。因牠小市民的觀眾似乎得到了『精神上的糧食』，但在出賣者卻是收穫了幾十倍的『不勞所得』。」指出電影的娛樂及商業性，與上海左翼電影工作者展開激烈的「軟硬電影論戰」。劉吶鷗主張電影是「運動的藝術」，認為描寫技巧比內容重要，立文評述開麥拉的位置、角度、移動方式與「織接」（Montage）功能。劉吶鷗熱衷於電影工作，《猺山艷史》是他參與攝製的第一部電影，亦曾於 1933 年拍攝實驗性紀錄影片《持攝影機的男人》五卷，以鏡頭記錄時代風華。

劉吶鷗身兼文學、電影人雙重身分，一生致力於藝術的推介與生產，人稱「新感覺派旗手」、「前衛電影導演」，是日治時期臺灣人中少數同時活躍於中國文壇與影壇的人物，也是第一位在上海主持報業的臺灣人，為推廣優秀的作品，接任「國民新聞社」社長。電影人黃天始曾言：「他希望該報能夠減少牠的政治意味，而注力於新中國文化的重建工作。他嘗謂：『論戰是沒有用的，作品，好的作品是最有效的利器』。」其強調藝術形式與美學超越政治的立場，為中國現代文學與電影史寫下重要的一章。

作品目錄及提要

【小說】

水沫書店 1930

上海書店 1988

中國文聯 1995

黑龍江人民
北方文藝 1999

中國文聯 2004

百花文藝 2005

都市風景線

上海：水沫書店
1930 年 4 月，32 開，180 頁

上海：上海書店
1988 年 12 月，32 開，180 頁
中國現代文學史參考資料•現代都市小說專輯
賈植芳主編

北京：中國文聯出版社
1995 年，32 開，89 頁
中國現代小說名家名作原版庫
王彬主編

哈爾濱：黑龍江人民出版社、北方文藝出版社
1999 年 2 月，25 開，208 頁
海派作家作品精選
于潤琦主編

北京：中國文聯出版社
2004 年 12 月，25 開，206 頁
中國現代作家作品圖文鏈接本

天津：百花文藝出版社
2005 年 5 月，32 開，180 頁
中國現代文學名著原版珍藏系列叢書•第四輯

短篇小說集。本書為劉吶鷗唯一一部創作集，是上海文壇第一本以新感覺派風格問世的小說集。全書收錄〈遊戲〉、〈風景〉、〈流〉、〈熱情之骨〉、〈兩個時間的不感症者〉、〈禮儀和衛生〉、〈殘留〉、〈方程式〉共八篇。
1988 年上海書店版：正文與 1930 年水沫書店版同。
1995 年中國文聯版：正文與 1930 年水沫

書店版同。正文前新增王彬〈序〉及劉吶鷗簡介。
1999 年黑龍江人民、北方文藝版：正文新增〈赤道下——給已在赴法途中的詩人戴望舒〉、〈殺人未遂〉二篇。正文前新增吳福輝〈為海派文學正名〉。正文後新增譯作集《色情文化》、散篇譯作〈青色睡衣的故事〉一篇。
2004 年中國文聯版：正文新增〈殺人未遂〉、〈赤道下——給已在赴法途中的詩人戴望舒〉二篇，內頁穿插與著作時空相關的圖文及劉吶鷗身影照數張。
2005 年百花文藝版：正文與 1930 年水沫書店版相同。

劉吶鷗小說全編／賈植芳、錢谷融主編

上海：學林出版社
1997 年 12 月，25 開，212 頁
海派文化長廊・小說卷

短篇小說集。本書集結劉吶鷗的小說著譯作品。全書收錄《都市風景線》（水沫書店）、《色情文化》及散篇〈赤道下——給已在赴法途中的詩人戴望舒〉、〈殺人未遂〉、譯作〈青色睡衣的故事〉等 18 篇。正文前有〈編輯說明〉、賈植芳〈《海派文化長廊・小說卷》總序〉、張國安〈導言〉。正文後附錄劉吶鷗〈《色情文化》譯者題記〉。

【合集】

劉吶鷗全集／康來新、許秦蓁合編

臺南：臺南縣文化局
2001 年 3 月，25 開

《劉吶鷗全集》共六冊，前五冊按文學、電影、理論、日記等創作形式分類，末冊為影像集。每冊正文前有陳唐山〈縣長序——迎接劉吶鷗返鄉〉、葉佳雄〈局長序——劉吶鷗傳奇〉。

劉吶鷗全集——文學集
臺南：臺南縣文化局
2001 年 3 月，25 開，452 頁
南瀛文化叢書 87

本書集結著譯之文學作品與評論文章。全書分三部分，「創作」收錄短篇小說集《都市風景線》（水沫書店）及散篇〈赤道下——給已在赴法途中的詩人戴望舒〉、〈殺人未遂〉等十篇；「翻譯」收錄短篇小說譯作集《色情文化》及散篇譯作〈生活騰貴〉、〈一個經驗〉、〈青色睡衣的故事〉、新詩譯作〈日本新詩人詩抄〉等 12 篇；「評論」收錄〈保爾・穆杭論〉一篇。正文前有康來新〈「我有什麼好看呢？」——悅讀好而好看的臺灣人劉吶鷗（1905～1940）〉。

劉吶鷗全集——電影集
臺南：臺南縣文化局
2001 年 3 月，25 開，338 頁
南瀛文化叢書 88

本書分三部分，「電影劇本」收錄《永遠的微笑》、“A Lady to Keep You Company” 二部劇本及《永遠的微笑》相關文獻〈《永遠的微笑》故事〉、〈《永遠的微笑》審查意見〉、〈《永遠的微笑》電影劇本審查意見〉、〈《永遠的微笑》看試片紀錄〉共四篇；「電影評論」收錄〈影戲・藝術〉、〈影片藝術論〉、〈中國電影描寫的深度問題〉等 14 篇；「其他散篇」收錄〈螢幕上的景色與詩料〉、〈現代表情美造型〉共二篇。正文前有黃仁〈《永遠的微笑》劇本重刊序〉。

劉吶鷗全集——理論集
臺南：臺南縣文化局
2001 年 3 月，25 開，396 頁
南瀛文化叢書 89

本書收錄發表於《新文藝》之譯作〈藝術風格之社會學的實際〉、〈國際無產階級不要忘記自己的詩人〉等五篇與《藝術社會學》。正文前有李瑞騰〈序〉。

劉吶鷗全集——日記集（上）、（下）

臺南：臺南縣文化局
2001 年 3 月，25 開，828 頁
南瀛文化叢書 90

本部書分上、下二冊，以原文編譯並列日記手稿方式編排，還原劉吶鷗 1927 年的活動面貌。上冊收錄 1927 年 1～6 月的日記與讀書心得，正文前有彭小妍〈浪蕩天涯——劉吶鷗一九二七年日記〉。下冊收錄 1927 年 7～12 月的日記與讀書心得，正文後附錄秦賢次〈劉吶鷗日記中的舊雨新知〉、許秦蓁整理〈劉吶鷗一九二七年日記知友一覽〉。

劉吶鷗全集——影像集

臺南：臺南縣文化局
2001 年 3 月，25 開，195 頁
南瀛文化叢書 91

本書以文字論述與影像文獻綜觀劉吶鷗的生平。全書收錄「文學史的一張缺頁——新感覺派是臺灣人的上海『製造』」、「電影史的左右為難——持攝影機『遊行』於『人間』」等五章。正文前有黃武忠〈序——從「無軌」到「歸鄉」——喜見劉吶鷗文學作品重現〉、許秦蓁〈前言——重讀「臺灣人」劉吶鷗之必要〉。正文後附錄許秦蓁〈拆閱劉吶鷗的「私件」與「公物」〉、許秦蓁整理〈劉吶鷗藝文繫年〉。

都市風景線／陳子善編

杭州：浙江文藝出版社
2004 年 1 月，25 開，162 頁
世紀文存・摩登文本

本書為短篇小說、劇本與劇作故事合集。全書分二部分，「都市風景線」收錄短篇小說集《都市風景線》（水沫書店）；「集外」收錄短篇小說〈赤道下——給已在赴法途中的詩人戴望舒〉、〈綿被〉、〈殺人未遂〉共三篇及劇本“A Lady to Keep You Company”一部、劇本故事《永遠的微笑》一篇。正文前有陳子善〈編者荐言〉。

劉吶鷗全集——增補集／康來新、許秦蓁合編
臺南：國立臺灣文學館、臺南縣政府
2010 年 7 月，25 開，380 頁

本書為《劉吶鷗全集》出版後的影像、創作、譯作補遺選集。全書分五單元，「影像補遺」收錄陳凱劭 1982 年拍攝臺南新營劉家影像 5 張、劉吶鷗之女劉玉都珍藏照片 30 張；「創作／譯作補遺」收錄短篇小說創作〈綿被〉、短篇小說譯作〈復腥〉、〈我的朋友〉、新詩譯作〈西条八十詩抄〉、劇本譯作《墨西哥萬歲！》、電影理論譯作〈電影作風的派別〉、〈電影 MONTAGE 理論之來源〉、〈藝術電影論〉共八篇；「電影評論補遺」收錄〈關於影片批評〉、〈俄法的影戲理論〉、〈《牢獄餘生》的真價值及其原作者〉等 19 篇；「書信」收錄〈致戴望舒（一）〉、〈致戴望舒（二）〉共二則；「朋友眼中的劉吶鷗」收錄胡蝶〈永遠的微笑〉、松崎啟次〈劉燦波槍擊〉等六篇。正文前有鄭邦鎮〈人間喜劇的橋段〉、陳萬益〈復活與還魂〉、康來新〈三讀劉吶鷗——代序與待續〉等五篇。正文後附錄《永遠的微笑》劇本手稿、作品發表紀錄與新聞報刊影像等八則。特別收錄藤井省三〈臺灣新感覺派作家劉吶鷗眼中的一九二七年政治與性事——論日本短篇小說集《色情文化》的中國語譯〉。許秦蓁後記〈拼湊再拼湊——從《劉吶鷗全集》到《增補集》的催生〉。

文學年表

年	月	事項
1905年（明治38年）	9月	22日，生於鹽水港廳鐵線橋堡查畝營庄（今臺南柳營），本名劉燦波。父劉永耀，母陳恨。排行長子。
1908年（明治41年）	本年	父劉永耀攜家遷居鹽水港廳太子宮堡新營庄（今臺南新營），委由日本建築師設計仿文藝復興建築八角樓，當地人稱之為「耀舍娘宅」或「劉家公館」。
1912年（明治45年）	4月	就讀鹽水港公學校（臺南市鹽水國小前身）。
1917年（大正6年）	本年	父親劉永耀因肺結核逝世。
1918年（大正7年）	本年	畢業於鹽水港公學校，考入長老教中學（今長榮高級中學）。
1920年（大正9年）	4月	自長老教中學轉出，學籍資料上記載退學理由為「內地轉出」，插班日本東京青山學院中等學部三年級。
1921年（大正10年）	2月	11日，出席青山學院「華臺會」創立會。
1922年（大正11年）	3月	畢業於青山學院中等學部，次月升讀該校高等學部文科「英文學專攻」。
	10月	16日，與表姊黃素貞於臺南結婚。岳母陳艮（排行第三）和母親陳恨（排行第六）是親姊妹。
1923年（大正12年）	9月	1日，日本發生關東大地震，青山學院校舍毀壞，被迫停課。
1926年（大正15年）	3月	13日，畢業於青山學院高等學部，為該校第43回高等學部170位畢業生中唯一的臺灣人，成績排名為16名

		「英文學專攻」學生中的第 11 名。
	5 月	20 日，長女劉柏萃出生。
	7 月	2 日，長女劉柏萃夭亡。
	本年	自青山學院畢業後，母親陳恨以「歐洲路途遙遠」為由，拒絕劉吶鷗留學法國的夢想。此後轉赴上海插班進入震旦大學法文特別班，結識戴望舒、施蟄存等，並推介日本新感覺派作家作品予文友，將東洋文藝思潮引進上海。
1927 年（昭和 2 年）	1 月	與戴望舒、施蟄存策畫創辦旬刊及書社，將同人雜誌取名為《近代心》，但此刊物並未出版。
	4 月	8 日，以友人蔡愛禮、蔡惠馨為其取的筆名「吶吶鷗」署名，印製個人名片。
		12 日，接獲祖母病危消息，自上海返臺南。
	5 月	20 日，自臺南前往日本。
	6 月	1 日，於東京雅典娜法語學院選讀法文與拉丁文。
		28 日，寫信回臺南「談暑假去中國的事」。次月 12 日收到母親回信允許可以不回臺灣，因此決定前往心中「將來的地」——上海。
	9 月	10 日，自東京抵上海，暫居東亞旅館，致信聯繫文友施蟄存。後收到施蟄存回信表示「現在在松江當中學教員，上海不來了」，因此結識施蟄存於信中引荐的葉秋原，此時劉吶鷗正嘗試結交當時在中國發展的文人。
	10 月	同戴望舒前往北京考察，留京期間，至中法大學旁聽法文、拉丁文、國文等課程，結識馮雪峰、丁玲、胡也頻等日後共組「水沫社」的文友。
	12 月	6 日，同戴望舒自北京返回上海。

1928年（昭和3年）

1月　18日，次女劉頻姎出生。

3月　與戴望舒、施蟄存、杜衡、馮雪峰、姚蓬子、徐霞村、孫春霆、黃嘉謨、郭建英等組成「水沫社」。「水沫」意指微小，自謙存亡皆不足重也。

夏　為定居上海作準備，租下虹口區江灣路六三花園旁的一棟三樓小洋房，時常邀集戴望舒等文友至住處討論文學事業。

9月　出資與施蟄存、戴望舒創辦「第一線書店」，擔任書店負責人兼會計，同時創辦同人刊物《無軌列車》半月刊，刊名意指沒有既定的主義崇拜。

10日，短篇小說〈遊戲〉以筆名「吶鷗」發表於《無軌列車》創刊號。

25日，短篇小說〈風景〉以筆名「吶鷗」發表於《無軌列車》第2期。

翻譯日本片岡鐵兵、橫光利一、池谷信三郎、中河與一、林房雄、川崎長太郎、小川未明共七位作家短篇小說各一篇，集結為《色情文化》，由上海第一線書店出版。

10月　10日，〈列車餐室〉以筆名「吶鷗」發表於《無軌列車》第3期。

25日，翻譯法國 Benjamin Crémieux〈保爾・穆杭論〉（筆名吶吶鷗）、「影戲漫想」系列文章〈影戲・藝術〉（筆名葛莫美）、〈電影和詩〉（筆名葛莫美）、〈電影和女性美〉（筆名葛莫美）、〈銀幕的供獻〉（筆名夢舟）、〈中國影戲院裡〉（筆名夢舟）、〈《上海一舞女》影片〉（筆名夢舟）發表於《無軌列車》第4期。

	11月	10 日，翻譯法國 Pierre Valdagne 短篇小說〈生活騰貴〉、「影戲漫想」系列文章〈影戲和演劇〉以筆名「葛莫美」發表於《無軌列車》第 5 期。 25 日，「影戲漫想」系列文章〈關於電影演員〉以筆名「夢舟」發表於《無軌列車》第 6 期。
	12月	10 日，短篇小說〈流〉（筆名吶鷗）、翻譯日本片岡鐵兵短篇小說〈一個經驗〉（筆名葛莫美）發表於《無軌列車》第 7 期。 25 日，《無軌列車》被指為共黨刊物，以「藉無產階級文學，宣傳階級鬥爭，鼓吹共產主義」之名被政府查禁停刊，共出刊八期，「第一線書店」亦因此停止營業。
1929 年（昭和 4 年）	1月	翻譯日本平林泰子短篇小說〈我的朋友〉於《人間》雜誌創刊號。 「第一線書店」改組為「水沫書店」，以出版社形式創立於上海日租界，未設門市，任負責人。
	4月	27 日，〈黃昏的美學——Maulitz Stiller 的藝術〉以筆名「葛莫美」發表於《時事新報》第 76 期。
	5月	11 日，〈關於影片批評〉以筆名「葛莫美」發表於《時事新報》第 78 期。 15 日，翻譯匈牙利碼差〈歐洲新文學底路〉以筆名「葛莫美」發表於《引擎》創刊號。 為郭建英短篇小說譯作集寫序，收錄於《橫光利一——新郎的感想》，由上海水沫書店出版。
	9月	水沫書店出版《新文藝》雜誌，短篇小說〈禮儀和衛生〉發表於《新文藝》創刊號。
	10月	短篇小說〈殘留〉發表於《新文藝》第 1 卷第 2 號。
	12月	短篇小說〈熱情之骨〉發表於《鎔爐》創刊號。

		翻譯日本藏原惟人〈新藝術形式的探求〉（筆名葛莫美）、〈掘口大學詩抄〉（筆名白璧）、短篇小說〈方程式〉發表於《新文藝》第 1 卷第 4 號。
	本年	妻黃素貞移居上海。
1930 年 （昭和 5 年）	3 月	翻譯俄國弗理契〈藝術之社會的意義〉以筆名「洛生」發表於《新文藝》第 2 卷第 1 號。
	2 月	12 日，長子劉江懷出生。
	4 月	翻譯弗理契〈藝術風格之社會學的實際〉、革命文學國際委員會〈國際無產階級不要忘記自己的詩人〉、〈革命文學國際委員會關於馬雅珂夫斯基之死的宣言〉、〈關於馬雅珂夫斯基之死的幾行記錄〉、克爾仁赤夫〈論馬雅珂夫斯基〉、馬雅珂夫斯基〈詩人與階級〉以筆名「洛生」發表於《新文藝》第 2 卷第 2 號，該雜誌至此停刊。
		短篇小說集《都市風景線》由上海水沫書店出版。
	7 月	翻譯〈俄法的影戲理論〉於《電影》第 1 期。
	10 月	翻譯弗理契《藝術社會學》，由上海水沫書店出版。
1931 年 （昭和 6 年）	本年	次子劉航詩出生。
		因九一八戰事遷居法租界，開始接觸電影業，譯介電影理論、撰寫電影評論。
1932 年 （昭和 7 年）	1 月	28 日，松滬戰爭爆發，水沫書店毀於戰火之中。後轉赴日本數月，漸淡出文壇。
	7 月	〈影片藝術論〉連載於《電影周報》第 2～3、6～10、15 期。
	8 月	翻譯日本天野隆一、後藤楢根、乾直惠、大塚敬節、岡村須磨子、田中冬二共六位詩人詩作，併為〈日本新詩人詩抄〉發表於《現代》第 1 卷第 4 期。

	10月	8 日，至上海吳淞碼頭為赴法國留學的戴望舒送行，同時著手創作短篇小說〈赤道下——給已在赴法途中的詩人戴望舒〉。
	11月	短篇小說〈赤道下——給已在赴法途中的詩人戴望舒〉發表於《現代》第 2 卷第 1 期。
	本年	隨黃漪磋領隊的劇組至廣西拍攝由「藝聯影業公司」（簡稱「藝聯」）出資、楊小仲導演的《猺山艷史》，首次參與電影攝製。
1933年（昭和 8 年）	3月	與黃嘉謨等於上海創辦「現代電影雜誌社」，發行《現代電影》（*Modern Screen*）創刊號。
	4月	17 日，〈《牢獄餘生》的真實價值及其原作者〉以筆名「吶鷗」發表於《電影時報》第 320 號。 "Ecranesque"以筆名「吶鷗」發表於《現代電影》第 1 卷第 2 期。
	5月	29 日，三女劉玉都出生。 〈中國電影描寫的深度問題〉、〈歐洲名片解說〉以筆名「吶鷗」發表於《現代電影》第 1 卷第 3 期。
	7月	〈論取材——我們需要純粹電影作者〉以筆名「吶鷗」發表於《現代電影》第 1 卷第 4 期。
	8月	1 日，〈《伏虎美人》觀後感〉以筆名「吶鷗」發表於《電影時報》第 424 號。 16～17 日，〈禮讚偉大的藝術家羅德萊克 Luis Trenker〉以筆名「吶鷗」連載於《電影時報》第 439～440 號。
	9月	1 日，〈異國情調與《猺山艷史》〉以筆名「吶鷗」發表於《電影時報》第 455 號。 2 日，〈《猺山艷史》的體裁〉以筆名「吶鷗」發表於《電影時報》第 456 號。

5 日，〈從「電影演技」說到許曼麗——《猺山艷史》女主角〉以筆名「吶鷗」發表於《電影時報》第 459 號。

25 日，〈再觀《賴婚》——想到電影技巧的發達〉以筆名「吶鷗」發表於《電影時報》第 479 號。

擔任執行製作的電影《猺山艷史》由「藝聯」出品，於上海新光大戲院上映。

翻譯日本齋藤杜口短篇小說〈復讎〉於《矛盾》革新號第 2 卷第 1 期。

10 月 〈關於作者的態度〉以筆名「吶鷗」發表於《現代電影》第 1 卷第 5 期。

《矛盾》革新號接連刊出廣告，預告將推出由劉吶鷗主編的「矛盾叢集」。《劉吶鷗電影文論集》與《劉吶鷗小說集》為叢書其中二冊，但後續並未出版。

11 月 〈映畫《春蠶》之批判〉發表於《矛盾》革新號第 2 卷第 3 期。

與黃嘉謨同赴廣州，率領「藝聯」滬粵二地的男女演員拍攝《民族兒女》，二人共同擔任編導工作，但此片未上映。

12 月 〈電影節奏簡論〉發表於《現代電影》第 1 卷第 6 期。

1934 年（昭和 9 年）

5 月 〈電影形式美的探求〉發表於《萬象》創刊號。

〈現代表情美造型〉發表於《婦人畫報》第 18 期。

6 月 8 日，〈《太夫人》——好戲萬人共賞〉以筆名「吶鷗」發表於《電影時報》第 724 號。

劇本 “A Lady to Keep You Company” 發表於《文藝風景》創刊號。

〈褒格娜底演技——以《凱薩琳女皇》為中心〉發表於《時代電影》第 1 卷第 1 期。

		〈開麥拉機構——位置角度機能論〉（筆名吶鷗）、〈作品狂想錄〉（筆名莫美）發表於《現代電影》第 1 卷第 7 期。
	10 月	〈銀幕上的景色與詩料〉發表於《文藝畫報》第 1 卷第 1 期。
	11 月	短篇小說〈綿被〉發表於《婦人畫報》第 23 期。
		〈光調與音調〉發表於《時代電影》第 1 卷第 6 期。
		翻譯日本舟橋聖一短篇小說〈青色睡衣的故事〉發表於《現代》第 6 卷第 1 期。
	12 月	短篇小說〈殺人未遂〉發表於《文藝畫報》第 1 卷第 2 期。為生平創作的最後一篇小說。
	本年	妻黃素貞攜次子劉航詩、三女劉玉都定居上海。
1935 年（昭和 10 年）	1 月	〈影壇一些疵〉以筆名「吶鷗」發表於《婦人畫報》第 25 期。
	2 月	與高明、姚蘇鳳、葉靈鳳、穆時英合辦文藝月刊《六藝》，該刊為劉吶鷗參與編輯的最後一份雜誌，發行者「六藝社」社址是劉吶鷗自宅：上海江灣路公園坊 20 號。
		翻譯俄國愛森斯坦劇本〈墨西哥萬歲〉，連載於《六藝》創刊號～第 3 期，《六藝》於第 3 期後停刊，連載中斷。
	4 月	翻譯捷克弗羅伊德〈電影 MONTAGE 理論之來源〉以筆名「莫美」發表於《時代電影》第 1 卷第 8 期。
	5 月	3 日，翻譯美國安海姆《藝術電影論》，連載於《晨報》副刊「每日電影」，約四個月後中斷，未完成翻譯。

7月　進入「明星影片公司」（簡稱「明星」）編劇科，擔任電影《永遠的微笑》編劇。該片劇本改編自俄國托爾斯泰名著《復活》，為影星胡蝶婚後復出一年只拍一部的年度大戲，由吳村導演。

8月　5～6日，"ECRANESQUE"連載於《晨報》副刊「每日電影」。

25日，與葉靈鳳、穆時英、高明、姚蘇鳳、江兼霞聯合署名參與討論的〈《自由神》座評〉刊載於《晨報》副刊「每日電影」。

〈導演踐踏了中國電影〉發表於《婦人畫報》第31期。

10月　5日，〈每電談座〉發表於《晨報》副刊「每日電影」。

翻譯日本詩人西条八十詩作〈年〉、〈桐花〉、〈梯子〉等七首，併為〈西條八十詩抄〉發表於《現代詩風》創刊號。

12月　16日，翻譯英國李齊〈電影作風的派別〉於《明星半月刊》第3卷第5期。

本年　於電影《永遠的微笑》開拍之際離開「明星」，轉而編導「藝華影片公司」（簡稱「藝華」）的電影《初戀》。

1936年（昭和11年）

6月　因黃天始與黃天佐推薦，受國民黨「中央電影事業處」處長兼「中央電影攝影場」（簡稱「中電」）場長羅學濂之聘進入「中電」，攝製「中電」第一部商業性電影《密電碼》，並參與官方活動新聞與軍事教育紀錄片剪輯工作。《密電碼》劇本原著為張道藩，分別由黃天佐、張道藩掛名導演與編劇，實際上劉吶鷗也參與分幕劇本編寫與聯合導演。此外，同時擔任「中央電影檢查委員會」委員，負責電影上映前的檢查工作。

8月 舉家遷往南京，赴南京「中電」擔任「電影編導委員會」主任兼「編劇組」組長。

本年 四女劉玉城出生。

1937年（昭和12年）

1月 擔任編劇的電影《永遠的微笑》由「明星」出品，於新中央、中央、新光三家戲院同時上映，創下25年來年度最高票房紀錄。

3月 赴江蘇江陰拍攝江防水電爆炸試驗的紀錄片。

4月 中旬，擔任聯導的電影《密電碼》由「中電」出品，於上海大光明大戲院首映。

8月 9日，因中日戰爭爆發，辭去「中電」電影編導委員會主任及編劇組組長職務，自南京返上海。

本年 為「中央電影事業處」擬定「國家非常時期電影事業計畫」。

擔任編導的電影《初戀》由「藝華」出品。另有一說為1938年4月首映。

1938年（昭和13年）

1月 29日，「中華全國電影界抗敵協會」於武漢成立，為第一屆71位理事之一。

3月 10日，三子劉漢中出生。

擔任中日電影合作的橋樑，協助日本對上海影界之統治，調查上海影人去留狀況，負責召集張善琨、金焰、黃天佐等留在上海的影界人士。

本年 與日本「東寶映畫株式會社」（簡稱「東寶」）合作，以經營「友聯影片公司」的沈天蔭為名，由「東寶」出資六萬日元，創立上海「光明影業公司」，並與黃天始等策畫，使用「藝華」片場攝製電影，至1940年夏，前後拍攝《茶花女》、《王氏四俠》、《薄命花》、《大地的女兒》四部電影（另有二種說法是《茶花女》、《王氏四俠》、《薄命花》三部；《茶花女》、《王氏四俠》、《大地的女兒》三部）。

1939 年（昭和 14 年）　6 月　同穆時英、黃天始、黃天佐加入「中華電影股份有限公司」（簡稱「中影」），擔任製片部次長。「中影」為「株式會社滿洲映畫協會」、「東寶映畫株式會社」、「南京維新政府」聯合成立的電影製片、發行、放映機構。

1940 年（昭和 15 年）　6 月　以本名劉燦波出資贊助的電影《支那の夜》分前、後篇於日本、香港、上海及當時的滿洲國上映（在上海以《上海之夜》為片名，戰後改為《蘇州夜曲》），此片由「東寶」與「中影」合作製作，李香蘭（山口淑子）主演。

8 月　因「國民新聞社」社長穆時英遭暗殺，接任社長職位。

9 月　3 日，松崎啟次為製作紀錄片《珠江》抵上海，設宴京華酒家招待導演石本統吉與工作人員，劉吶鷗、黃天始、黃天佐亦出席。劉吶鷗約於下午 2 點 10 分先行離開會場，遭埋伏狙擊，送往仁濟醫院途中不治身亡。

4 日，遭狙擊的死訊見於各大報，《國民新聞》以〈劉吶鷗氏慘遭狙擊，又為和平運動殉難〉為頭條刊登，並於副刊「六藝」表示「本版沉痛紀念文化界導師劉吶鷗先生」，此後的幾天，陸續有人在此版悼念劉吶鷗。

6 日，母親陳恨抵達上海辦理劉吶鷗後事。

9 日，公祭典禮於上海膠州路 207 號萬國殯儀館舉行。

11 月　7 日，日本東京青山學院《青山學報》第 67 號第 9 版刊出劉吶鷗於上海被狙擊逝世之消息。

1985年	5月	短篇小說〈熱情之骨〉、〈兩個時間的不感症者〉收錄於嚴家炎編《新感覺派小說選》，由北京人民文學出版社出版。
1988年	12月	賈植芳主編短篇小說集《都市風景線》，由上海上海書店出版。 短篇小說〈熱情之骨〉、〈遊戲〉、〈兩個時間的不感症者〉收錄於李歐梵編《新感覺派小說選》，由臺北允晨文化公司出版。
1990年	6月	短篇小說〈遊戲〉、〈風景〉、〈流〉、〈熱情之骨〉、〈兩個時間的不感症者〉、〈禮儀和衛生〉、〈殘留〉、〈方程式〉、〈赤道下〉收錄於上海大學文學院中文系新文學研究室編《心理分析派小說集（上）》，由南昌百花洲文藝出版社出版。
1995年	本年	王彬主編短篇小說集《都市風景線》，由北京中國文聯出版社出版。
1997年	7月	短篇小說八篇收錄於方忠編《癡戀日記》，由北京中國華僑出版社出版。
	12月	賈植芳、錢谷融主編《劉吶鷗小說全編》，由上海學林出版社出版。
1998年	9月	第一屆「臺灣國際紀錄片雙年展」將劉吶鷗的實驗性紀錄影片《持攝影機的男人》「人間卷」、「遊行卷」列入觀摩片放映。臺灣電影資料館於1990年代進行由劉吶鷗外孫林建享所提供之《持攝影機的男人》的修復工程，共有「人間卷」、「東京卷」、「風景卷」、「廣州卷」、「遊行卷」五卷，該紀錄影片約攝製於1933～1934年，規格是9.5mm on DVD／B&W／Silent／46min。

1999年　2月　短篇小說集《都市風景線》由哈爾濱黑龍江人民出版社、北方文藝出版社聯合出版。

2001年　3月　短篇小說〈遊戲〉、〈風景〉、〈流〉、〈熱情之骨〉、〈兩個時間的不感症者〉、〈禮儀和衛生〉、〈殘留〉、〈方程式〉收錄於阿宏編《劉吶鷗‧章衣萍卷》，由北京印刷工業出版社出版。

康來新、許秦蓁合編《劉吶鷗全集》共六冊，由臺南臺南縣文化局出版。

8月　短篇小說〈熱情之骨〉、〈遊戲〉、〈兩個時間的不感症者〉收錄於李歐梵編《上海的狐步舞——新感覺派小說選》，由臺北允晨文化公司出版。

11月　短篇小說〈遊戲〉、〈風景〉、〈流〉、〈熱情之骨〉、〈兩個時間的不感症者〉、〈禮儀和衛生〉、〈殘留〉、〈方程式〉收錄於姜德銘編《徐雉‧馮鏗‧劉吶鷗卷》，由北京中國戲劇出版社出版。

2004年　1月　陳子善主編《都市風景線》由杭州浙江文藝出版社出版。

12月　短篇小說集《都市風景線》由北京中國文聯出版社出版。

2005年　5月　短篇小說集《都市風景線》由天津百花文藝出版社出版。

9月　14～25日，臺南縣文化局於縣立文化中心舉辦「回來吧！南國有溫暖——劉吶鷗資料暨影像展」。

17～18日，國家臺灣文學館籌備處主辦，中央大學中國文學系承辦，臺南縣政府文化局協辦之「劉吶鷗國際研討會」於桃園中央大學舉行，會議內容包括專題演講、綜合座談、紀錄片放映及林正芳、Cutivet Sakina、陳錦玉、李道明、李黛顰、秦賢次、黃仁、三澤真美惠、王韻如、曾月卿、許秦蓁共 11 位研究者的論文發表，劉吶鷗家屬於會中捐贈劉吶鷗劇本《永遠的微笑》手稿予國家臺灣文學館籌備處典藏。

11 月　中央大學中國文學系編《劉吶鷗國際研討會論文集》由臺南國家臺灣文學館籌備處出版。

2006 年　12 月　紀錄片《持攝影機的男人——人間卷／東京卷／風景卷／廣州卷／遊行卷》收錄於《臺灣當代影像——從紀實到實驗》，由臺北同喜文化出版工作室發行。

2008 年　2 月　許秦蓁《摩登・上海・新感覺——劉吶鷗（1905～1940）》由臺北秀威資訊科技公司出版。

2009 年　4 月　短篇小說〈熱情之骨〉、〈兩個時間的不感症者〉收錄於嚴家炎編《新感覺派小說選（修訂版）》，由北京人民文學出版社出版。

2010 年　5 月　短篇小說〈遊戲〉、〈風景〉、〈熱情之骨〉、〈兩個時間的不感症者〉、〈禮儀和衛生〉、〈殘留〉、〈方程式〉、〈殺人未遂〉收錄於李楠編《劉吶鷗、穆時英卷》，由上海上海文藝出版社出版。

7 月　康來新、許秦蓁合編《劉吶鷗全集——增補集》，由臺南國立臺灣文學館、臺南縣政府出版。

2011 年　10 月　9～10 日，中央大學、國立臺灣文學館主辦，長榮大學協辦之「璀燦波光——2011 劉吶鷗國際研討會」於中央大學舉行，會議內容包括三場專題演講、三場論壇活動及金昨非（Pavel Byzov）、三澤真美惠、徐明瀚、張明敏、許綺玲、黎活仁、趙勳達、康來新、許秦蓁共九位研究者的論文發表。

本年　臺灣藝術大學電影學系副教授廖金鳳與導演廖敬堯合作紀錄片《世紀懸案——劉吶鷗傳奇》，由廖金鳳監製，廖敬堯導演，廖金鳳、廖敬堯編劇，馮信華攝影，李宜蒼配樂。因版權問題，並未上映。

參考資料：

- 許秦蓁編，〈劉吶鷗藝文繫年〉，《劉吶鷗全集——影像集》，臺南：臺南縣文化局，2001 年 3 月。
- 許秦蓁編，「劉吶鷗生平重要事蹟」，〈文化臺商在上海——日據時期臺灣人劉吶鷗（1905～1940）〉，交通大學社會與文化研究所、中華民國文化研究學會合辦「去國・汶化・華文祭——2005 年華文文化研究會議」，2005 年 1 月 8～9 日。
- 許秦蓁編，〈劉吶鷗年表〉，《摩登・上海・新感覺——劉吶鷗（1905～1940）》，臺北：秀威資訊科技公司，2008 年 2 月。

輯三◎
研究綜述

織接世界人

以劉吶鷗之道，治之劉吶鷗之學

◎康來新
◎許秦蓁

把這些……統歸在一個有秩序的……節奏之中……

成為有個性的活潑潑……

——劉吶鷗〈影片藝術論・織接〉

這樣，你們就不再是外人或客旅，而是同城居住，上帝的一家人了。

——保羅〈以弗所書二章・外邦人〉

一、引言：鄉親14年

沉埋一甲子，劉吶鷗（1905～1940）於新世紀正式出土。

這也意味，我們認得這位出土於故土的鄉親有14年。比起其他現當代的臺灣本土前輩作家，時間上的14年不算太特別——特別長或特別短，但經過情形及相關積累卻足以另眼相看；宜乎登高進階、更上層樓，由在地感知而全球觀照，由相認所得的「織接」，來見識這位是鄉親也是「世界人」的劉吶鷗。當然括號的這兩詞是有典的，乃出自劉氏本人和他的上海友人。很巧，這個第14年剛好遇上第一次世界大戰開戰百歲祭，於是，順天應時，沿著「世界戰之於世界人」的思路，回顧並展望新興於新世紀的劉學。

二、テロ：戰爭・倫常

新世紀尚無世界大戰，若排名世界新聞頭條，那麼，開戰之姿的恐怖分子九一一事件，意料應第一。然而，意外是「恐怖分子」竟也成為新世紀劉學再出發的起點之一。所謂「再」者，是指學術化的劉吶鷗，繼 2001 年全集出版、2005 年首次國際研討會、2010 年追加增補集後——2011 年的「再」度國際研討會；所謂「出發」者，是指可視為學術首途的啟動；所謂「之一」者，自指「恐怖分子」未曾落單，至少那次研討會新上路者還有「手稿學」。先說懸疑不已的「恐怖分子」，沒錯，正是懸疑，以及後續的推理、驚悉乃至感動等的這些變化，「織接」起中日古典文學者林文月之於劉吶鷗長達 70 年的「不／認識」歷程。

話說七歲小女孩，曾在父母一次黃昏交談的「テロ」中，感受某種神祕的不安。原來，初聞陌生的「テロ」，就是新世紀媒體習見「恐怖分子」terrorist 的英文日譯口語；原來，1940 年劉吶鷗的九三身亡消息，在第一時間是被說成由「恐怖分子」所為的事件；原來，暗殺事件素被日人通稱「テロ」。娓娓萬餘言的主題講演，林文月考述史傳，鑽研文本，不厭其詳；獨家「劉燦波」的第一手見證、獨到雙母語優勢的跨多語分析，不僅為史傳劉學，而且也為她個人新添治學臺灣現代文學珍頁。尤值一提是：似在酷酷認真「改作文」，指「正」了劉吶鷗的古怪中文，但實則是惺惺相知「身世／感」，名叫臺灣人的「身世／感」——奉明治、大正、昭和為紀年的年逾半世紀，曾於帝國、祖國、內地、租界皆居家的家在「國不詳」，以日語為國語的一語難以盡。

然而，如此有難度的「身世／感」，正是史傳劉學的心血考掘。此卷所輯的 18 篇之文，也就「首位」於此一「知人論世」的六篇，來自異代不同地者的這六篇，可謂對為人父／輩、同儕、鄉里的劉吶鷗及其家族和所處世代的所知所論；引而申之，也是對世代於戰爭、為人於倫常，如劉吶鷗者的所知所論。

如劉吶鷗者的臺灣菁英，為數可觀；且看林文月所引劉氏日記的父／輩、臺灣史學者張炎憲（1947～2014）2005 年研討會主題講演所系譜的「變動時代／三種人」。這麼多史詩大河劇的俊彥人物，他們去留流動的「認同」歷程特別發人深省。身為國族主義（Nationalism）巔峰期的 20 世紀戰爭世代，注定受制忠／奸判然的絕對道德律。劉吶鷗的彗星人生，固然是國不詳的亞細亞孤兒，固然是「心中沒有國旗」（語出松崎啟次，1905～1974）的速決替罪羊；但，不可否認，國不詳和語言多元化的互為因果之實，以「資產」而非「負債」視之，可也。年輕世代的 Cutivet Sakina，法母日父的混血，聚焦多語劉吶鷗的具體語言實踐。這位女性研究者，以此為題，於 2005 年分別在臺灣發表相關論文、在巴黎里昂大學取得碩士學位之後攻讀博士學位，和林文月先後為劉學留下語／史互證的示例。她們共同依據的「多語」日記，也成了「多語」學者、任教斯洛伐克的馮鐵（R. D. Findeisen）「手稿學」對象，不厭其詳的一種「格物」之學，歐陸學派的作家研究新趨。

「多語」對當時的日本電影夥伴——松崎啟次更是印象深刻，在〈劉燦波槍擊〉長文中，引妻子的「開玩笑」：「劉先生作夢的時候是說哪一國話呢？」開玩笑嗎？大哉問呵！同時段的哀輓中，中國籍的影人同事，筆名隨初的黃天始，讚歎他多語才華之餘，質疑起致命的一國論調——「國籍又有什麼關係呢」、「我深痛恨獨裁政治的殘酷」，終則排除國籍模式的族群分類法，代以藝術至上的世界主義價值觀，來蓋棺「所認識」的至友一生：「吶鷗不是一個中國人，或是一個日本人，而是一個世界人。」

似曾相識而相異的族群三分說，見於中央大學許秦蓁 1998 年訪談文壇老人施蟄存（1905～2003）的回憶，他的「三分之一上海人」、「三分之一臺灣人」、「三分之一日本人」，雖較取得共識，但公認新感覺派的這位創始人之一，卻有兩點獨排眾議：1.覺得「意識派」更名實相符；2.劉吶鷗死於賭場資金糾紛的黑道之手。

懸疑不已——誰是テロ的主謀？另位中國籍的影界同事黃鋼（1917～1993），於案發四個月後，奉「延安」之命的「報告」出爐。副題是「回憶一個『高貴』人，他的低賤的殉身」的這篇〈劉吶鷗之路〉，雖旨在揭發劉氏的「漢奸」身分，但仰慕之忱溢於言表，意在言外更是國不詳者在開戰之際的去留流動性。雖然各種戰爭無休不止，但 1937 年七七事變的這次，卻是劉吶鷗被各方政權——重慶、延安、軍國日本視為奸細的關鍵。深研日本電影政治學，任教日本大學的三澤真美惠，多年孜孜於各方文獻，遠線追蹤テロ事件背後的影界網絡，於 2005 年研討會宣讀辦案成果的論文〈中日戰爭爆發後劉吶鷗在上海的電影活動〉（〈抗戦勃発後の劉吶鴎の映画活動〉），頗是史傳劉學的突破。一方面，劉吶鷗在國籍上，確屬一口流利東京腔的日本國民；但另一方面，投身祖國，難以啟齒自己臺灣人的身分，於是以廈門口音權稱福建人；未戰便也罷了，一旦開起戰來，勢必身不由己，敵／我分兩造，即或在我方，又有主戰主和加折衷的各為陣。就這樣，主客觀都充滿變數的劉吶鷗，當出入穿梭於征戰帝國、抗戰祖國的「心戰」傳媒電影圈，自然風險至極。為了藝術為了夢，厭惡政治者卻以周旋政權者來實踐理想，難為呵難為。從殖民地的臺灣，到租界區的上海，到中央首府的南京，又回到孤島的上海，從前期文學史中的新感覺派，到後期電影史裡的軟性電影，主流的國族主義意識形態，確立了劉吶鷗藝術／政治不正確的負面歷史形象。

出土故土後，劉吶鷗雖被平反重評，但既被視為公眾人物，則日記私事、死訊傳聞，便歸公從眾各一詞了。中央研究院彭小妍早在 1998 年，首先以波特萊爾（1821～1867）美學中，某種城市現代性的 dandy—— 浪蕩子封之，成了行之有年的一種形象定位。林文月則珍視他看似「浪蕩」形跡，實則勤毅的追夢內心；20 歲的下屬黃鋼，用主管有類「工作狂」的辦公室經驗，證實了這種勤毅習性。松崎在共事市場調查的互動間，感受一個父親的恐懼焦慮。劉吶鷗曾說起惡夢中，孩子死了，自己瘋狂哭喊並掃射現場的中日兩軍；閒談間，也會提到稚齡女兒未來的婚嫁條件……

幸而長大成人的三兒三女未曾喪生戰火。和張炎憲相交的長子劉江懷（1930～），後來遠走日本從事臺獨建國運動，曾一度改名「吶明」，似以兄弟輩分的排名來替亡父留名。留存於父慈娃嬌畫面中的劉玉都（1933～2014），後嫁麻豆林家，她正好和林文月同歲，兩人都珍愛留存了兒時的老照片，劉學也因而多了童趣和柔美。事發時才兩歲的幼子、後於東海大學退休的劉漢中（1938～2013）呢？對父親的一切「都籠罩在一團迷霧中」，但「漸漸知道」「並非水過無痕」。從照片認識父親，按圖赴日尋索舊蹤，兩度和盛名始終不墜的父親舊識李香蘭（1920～2014）見面。劉漢中對父親所屬的世代孺慕不已。

而這個第 14 年，先後傳來劉漢中、劉玉都、李香蘭——以及引領我們認真認識那個大河變動時代的張炎憲，如此四位相親相契於劉吶鷗者的離世消息。

但離世雖塵軀，未離世的卻是他們的故事、身影、精神，繼續厚實文創新鄉土的生命體質。這個第 14 年，鄉親後輩阿盛以厝邊講古的〈臺南二營劉家〉，為我們另啟想像劉吶鷗的視窗，知其人，識其宅，不亦讀者之福？

三、新興：文學‧世界

劉吶鷗其人正式出土於新世紀的故土臺灣，身家明確、《全集》相隨的隆重亮相。事實上，劉吶鷗其文，某種程度，早已出土於上一世紀重寫時潮下的 1980 年代，從那時起，有關中國現代文學的文類選本、通史論著，乃至城市、都會、海派等尖新話語中，開始出現這個名字；不過，只是讀其選篇的新感覺派之文，卻並不詳其人，甚至連基本檔案的卒年、籍貫都不詳。時至今日，文本路線者，雖仍可能對劉吶鷗其人不甚了了，卻能接棒北京大學嚴家炎 1985 年、中央研究院院士李歐梵 1988 年的選本起跑，每於文本解讀的里程續之，過目較難忘的命題如：「機械人」的「結伴婚姻」之於〈方程式〉、科學精神之於都市敘事、慾望之於王國維、劉吶鷗的連結……又像：在都市神經上飛馳、都市當下性、世界主義……不一而足。

確實不一而足，而足令劉學確幸的是：劉氏其人「手不釋卷」（語出翁靈文，卒於 2002 年），劉氏其文也被「好學不倦」，而且還是「舊學商量加邃密，新知培養轉深沉」的切磋不已。從前面史傳六篇的考掘難言身世／感，而此文學六篇的演繹新興／世界性，雖舊學新知各典範，商量培養兼而有，卻希望能在「織接」下，產生互相效力的一種秩序節奏。

以秦賢次為例，即使在兩岸初通資訊少的 1991 年，即或劉吶鷗其文背道左翼似無庸置疑；然而多年文獻經驗的邏輯，但憑過目出版書目，這位臺灣學者便要言宣稱，劉氏其人和左翼文學先驅魯迅（1881～1936）的關係之深：「係臺灣青年當中……最深的一位」。若說「效力」，那麼，北京師範大學王志松 2013 年的〈劉吶鷗與「新興文學」——以馬克思主義文藝理論接受為中心〉不妨如是觀之。

22 年後的王氏此文，不僅可因以認知：劉魯兩人關係之深，確實建立於 1928 年攜手出版左翼譯叢的創啟大業，尤有甚者，還對劉氏終究分手於左翼的關鍵之一，也就是他 1930 年問世的弗理契（V. Friche，1870～1929）《藝術社會學》譯著，得以「真章」工夫的導讀。王氏之文，一方面，宏觀此一理論性專書於 1930 年代世界左翼文學運動中的「接受」變動；另一方面，以之細部對讀劉氏同年印行的小說集《都市風景線》：如將前者「裸體」專章之論對讀後者〈禮儀與衛生〉文本所呈；又比方，弗氏所首肯印象派以瞬間局部為重的理念，正可合理化〈遊戲〉諸篇的織接（蒙太奇 Montage）手法。顯然，每被基要派責以「留有資產階級觀點」的弗氏一家言，卻贏得藝術至上者劉吶鷗的認同；連動之下，果然，所譯之書和譯書之人終不見容於左翼。較之馮雪峰（1903～1976）1930 年前就將劉氏譯書除名於《科學的藝術論叢書》，魯迅則在 1934 年和他隔空筆戰。可視為「效力」劉魯關係學的另一要篇，其實還早於王志松此文，亦即東京大學藤井省三在 2011 年研討會的主題講演「魯迅與劉吶鷗——戰間期在上海的

《猺山艷史》、《春蠶》電影論爭」。這位魯迅專家尋跡兩人生命史，分別從：舊式婚姻、留日學經歷的「類似」人生，以及喜好現代主義、流行文化的「共通」文藝觀，終而結語兩人此生唯一對話的電影論爭：「魯迅在……之後的沉默，難道不是對做為電影人的劉吶鷗表達的敬意嗎？」

沉默或果真意味某種敬意，但劉魯關係學卻始終存在戰爭世代的路線之爭；而其中所謂的「左翼／寫實主義」，果真二元對立於劉吶鷗被歸類的「現代／新感覺派」嗎？其實這才是王志松為文的緣起，也才有了和嚴家炎舊學商量的此一劉學新篇。一言以蔽，此文將引領新感覺派的劉吶鷗，回歸為引領「新興文學」的劉吶鷗。何以為據？1980 年代施蟄存的回憶中，劉吶鷗引介多元，卻都領航朝向「革新」。若尋跡歷史語境的「新興文學」，那麼，所謂的左翼和現代派，都是有別於以往舊有的「新興文學」。舶來於日本的這個用語，早在 1922 年就先被大正文人專用於創刊雜誌之名，舉凡前衛美學的達達主義者、從事社運的工人作家，皆刊其稿。證諸 1928 至 1930 年東京平凡社的《新興文學全集》，乃至 1933 年北京星雲堂的《日本新興文學選譯》，不論書名或「全」或「選」，仍是兼容並包，新感覺派自不在話下。不過，也就是同此之際，相對從嚴分殊的「新興文學」更勢不可擋，文學史也就由文學革命來到革命文學的 1930 年代；至此，「新興」一詞的命名機制，便由唯物史觀、無產階級革命論者來主導。

必也正名，儘管嚴家炎所定位現代文學流派之首的「新感覺派」，在命名上，不免遮蔽創始成員自我歸類「新興文學」的初衷之實；但無論如何，上一世紀的新感覺派之學，還是促使劉吶鷗學術化了；只不過，相形下，他常是存而少論的聊備一格。蓋新感覺派之學，若讀文本，則首選公認藝術評價最高的穆時英（1912～1940）；若談其人，便是長命跨世紀、兼治古典的施蟄存。施老更因另闢新感覺於「心理分析」，其人其文皆榮於一身。也幸好身在碩果存，才能重溫舊事、回歸「新興」語境。

回歸「新興」語境，其實也形同重訪劉吶鷗世界主義心志的知識世界：經由日譯所譯德裔蘇聯人的理論書《藝術社會學》，其文化版圖及於石器古文明及美術的近現代歐洲；所寫短篇小說集《都市風景線》，其文本身世每系譜於日、法兩國的新感覺派。再看他 1928 年出版的此生第一部書，編譯日本新感覺派短篇小說集的《色情文化》；據藤井省三〈臺灣新感覺派作家劉吶鷗眼中的一九二七年政治與性事——論日本短篇小說集《色情文化》的中國語譯〉之文，我們可從中推知劉氏初登上海文化界的世界觀。劉吶鷗手不釋卷天下讀，藤井好學不倦東西尋，文獻方面，考掘一絲不苟、徵引既博且精；文本方面，尤能中日關係民國史、世界局勢革命論的多重解讀，如滿洲問題、中國浪人、自由戀愛之於片岡鐵兵（1894～1944）的〈色情文化〉，性愛、革命之於中河與一（1897～1994）的〈孫逸仙之友〉、橫光利一（1898～1947）的〈七樓的運動〉…… 劉學新世紀，從史傳到藝文，三澤真美惠的一九三七，藤井省三的一九二七，一是中日開戰、敵我態勢的國族認同，一是國共分裂、階級對壘的美學抉擇，對得年 35 的劉吶鷗來說，彗星人生此其致之乎？

不過，即或彗星墜也殞石存，更何況文本不死讀者在。果真，互文相聯的意義生產。更增《都市風景線》的世界性，世界性的東方主義異國戀之於〈熱情之骨〉，世界性的階級分化成人禮之於〈流〉。前者出自中央大學許綺玲 2011 年研討會的〈菊、香橙、金盞花——從《菊子夫人》到〈熱情之骨〉的互文試探〉，後者則清華大學柳書琴 2014 年的〈翻譯・尤物——上海新感覺派與「滿洲國」藝文志派作家〉；兩位分治法國、臺灣文學的女性學者，初試劉學，便是「新知培養轉深沉」的示範。轉換作者考據典範的讀者理論「新知」，擴大了文本的跨文化版圖，深沉了相關對話的內容。許綺玲就劉氏文本的指名影射，尋跡新感覺派外部的法人羅諦（P. Loti，1850～1923）及其《菊子夫人》小說。比照下，其人的旅居異地、熱愛照相、層疊認同可和劉吶鷗相提並談；其文回響盛況無比，造就世界性羅曼史《蝴蝶夫人》經典性，也就更證〈熱情之骨〉的反骨逆向新興性。劉版菊子提醒世人：「詩的內容已經變換了」，的確，城市的互動倫常、生活的感覺和價值觀，都在重新興造中。改寫隊伍裡，劉吶鷗「最能充分體會」

原作用意。

「改寫」形成隊伍的〈流〉，柳書琴互文觀點的對象，可因此解讀出其中的新興／世界性。被遮蔽的新興「左翼」傾向，正是長期被漏看的〈流〉之旨；引而申之，被遮蔽的新興「雙重」屬性，才是長期被忽略的新感覺派本貌。據王升遠 2006 年 7 月的譯介考辨，得知日本左翼文學始終貫穿新感覺派的核心刊物，倒反而未見所謂正宗新感覺派的代表作。證諸「流」的重寫隊伍亦然。且看由劉吶鷗領隊的 1928 年短篇〈流〉，先後加盟有上海內部同仁：戴望舒（1905～1950）1930 年的詩作〈流水〉，穆時英 1931 年的短篇〈南北極〉、1932 年的短篇〈上海狐步舞〉，乃至於外部滿洲國「明明・藝文志派」成員，亦即爵青（1917～1962）1936 年的中篇《哈爾濱》。若〈熱情之骨〉是互文於東方主義羅曼史的「反骨」之作，那麼，以上眾「流」，可視為：前衛「左翼」意識形態其內、前衛「現代主義」美學其外的雙重性城市啟蒙敘事：新興空間湧動著揮汗流血的勞工人潮，促成他／我差異的階級覺醒，魔境尤物的性愛誘導，世界潮流下的轉骨成人禮。

重寫形成隊伍，重讀也漸群體。重讀如謝惠貞 2012 年東京大學的博士論文，指出劉吶鷗新感覺派初篇的〈遊戲〉，是横光利一〈皮膚〉的重寫；重讀如柳書琴，則延續上海新感覺派「第四代」命脈於哈爾濱的爵青，增新劉吶鷗自稱上承第一代横光，下啟第三代穆時英的流派承傳。其他重讀大宗的文化研究典範，如彭小妍、「世界」華語語系研究創始人史書美、李歐梵，他們所啟動浪蕩子、尤物、摩登女郎、性別、殖民等的論述，幾經對話培養，使劉學更加深沉轉精。其中李歐梵 1988 年的選本便異議於嚴家炎 1985 年的選本，李氏 2001 年《上海摩登——一種新都市文化在中國 1930～1945》中譯專書，以〈臉、身體和城市——劉吶鷗和穆時英的小說〉並論劉穆兩家文本，更闢「電影」專章，還以「世界主義」為結，恰好預示新世紀劉學的新方向。

四、織接：電影‧選刊‧人

回顧起來，劉吶鷗其文中的膠卷影片，比起新世紀正式亮相的紙本全集，還要更早露臉故土。「1998 臺灣國際紀錄片雙年展」就放映他業餘屬性的「家庭」作業《持攝影機的男人》「人間卷」、「遊行卷」。當時現場現身影評、史料國寶級的黃仁，他先知先行，尋寶劉吶鷗已多年；日後仍「好學不倦」，每增色充實劉學篇幅，如 2005 年研討會，以「技術」理論的先驅角色，來論電影人劉吶鷗的「理論」貢獻；相形下，刊於 2001 年劉氏全集《電影集》有關《永遠的微笑》一文，便是觸及「劇本」的平反之作：一方面釐清中共影史「反動」指控、「軟性」汙名；另方面文本連結托爾斯泰（1828～1910）《復活》、港片《法與情》。前輩此文，和秦賢次的劉／魯關係說，莫不見證：歷經冷戰、戒嚴年代，兩位慘澹經營兩岸文獻的彌足珍貴。

彌足珍貴當然也是倖存故土，又率先文物出土的劉吶鷗自拍之片。此片當然也可互文以視，為同名於蘇聯前衛電影維爾托夫（D. Vertov，1896～1954）《持攝影機的人》之經典重寫。臺北藝術大學的李道明在 2005 年研討會，便以音像紀錄片的專業身分論述。蓋戰爭世代的維氏，於一戰後俄共革命亂局之際，竟能因窮於膠片而變通出舊片翻新的組合電影，從而生發他大師地位的「影戲眼」理論系及紀錄片的實作系。其中所涉的「剪輯」工夫，和劉吶鷗「生命素」首要的「織接」（蒙太奇 Montage），都是關鍵當時電影學的數一數二論點。而劉吶鷗生手上路的 42 分鐘習作，自不乏借「鏡」互文前賢處，李道明特別指出新營車站之於世界電影開篇的《火車進站》。中央大學康來新於 2011 年研討會則以親子現代性的〈摩登嬰戲圖——劉吶鷗「電影眼」中的孩子〉解讀。

三澤真美惠再接再厲電影劉學的理論篇，「織接」之下，2011 年研討會論文的亮眼洞見至少有：1.經遠線追蹤的影響探源，尋得日本新感覺派成員的重要性，如谷崎潤一郎（1886～1965）對少年劉吶鷗的電影啟蒙，同時也因谷崎，她認同 2003 年張新民所謂泉鏡花（1873～1939）《瀑布的白絹物語》乃《永遠的微笑》所本的指認；又如承襲橫光利一對字幕、文學形式等的電影論點；2.細緻分殊劉氏軟／硬電影論戰之論，確認其「冷靜」及「非政治性」，完全不同於黃嘉謨（1919～2004）的情緒性反左、穆時英的抗戰熱情夾雜；3.由文學轉換電影專業的契機，來自 1930 年前後的文化大環境，亦即「新興」理論熱的日本評論界，以及魯迅趨步之舉的中國藝文圈；4.較之蘇聯、德國，日本和劉吶鷗電影理論的淵源直接而深遠。三澤好學不倦，力求以劉氏的「冷靜」、「非政治性」之道進行學術對話。

文物人物相繼出土，彙整分冊全集出版。「文化終職者」黃武忠（1945～2005）的〈從「無軌」到「歸鄉」——喜見劉吶鷗文學作品呈現〉，康來新的〈「我有什麼好看呢？」——悅讀好而好看的臺灣人劉吶鷗（1905～1940）〉，對於劉吶鷗新世紀的隆重亮相，這兩篇都不約而同「喜而悅」之樂，都不約而同「鄉而人」之親。許秦蓁的〈十年劉吶鷗（1997～2007）——以及，紀錄相關的人事物〉則道出前面引言所謂的「經過情形」，之足以另眼相看者，也許就是在於某種「溫故」之情的「新感覺」。

較之以前「全集」、「全集增補集」是多多益善的加法，此刻於眾多「彙編」評論目錄中的「選刊」若干，就是不以量為勝的減法。案頭的選刊，放映機前的織接，若嚴陣以待，豈不是有甚於算術的藝術加學術？此次編輯體例的比例原則，評論目錄三百量級者，選刊字數則十萬。拜資訊科技之賜，即或未必選刊紙本，存目也就形同 GPS 在握，據此搜尋可也：或線上閱讀，或實體開卷，甚或實地踏查。舉個例子，開卷閱讀地方文史學者林正芳的〈文明開化——一個日治時期臺籍文化人的案例〉，自有益我們結構性認知劉吶鷗的學校教育，而「喜而悅」之樂者，還可實地踏查其中的鹽水港公學校、長老教中學，就如後者新名字的「長榮」，劉吶鷗當年的兩所母校仍然學子莘莘校園青；他 1927 年的日記手稿，也典藏於同城的國立臺灣文學館；日記所相思的稻香南國，今天更增相思他的風景線，可謂城市之光文學愛也。

選刊之際，雖期以劉吶鷗之道為之：冷靜、非政治性的對話態度，秩序節奏而個性特色的藝能意境；卻仍是溫故之情的「鄉而人」，仍是「特色」於人的織接。18 篇的時間跨度 73 年，從 1941 年早春來自延安的新聞追蹤報告，到 2014 年初夏的臺南厝邊講古短章，其餘 16 篇者：論文占其五，緣起講章有二，追思至親、訪談故舊各一，攸關劉學及其出版四，節錄新感覺派選本、上海學專書、文訊期刊各一。希望經由 18 篇選刊的織接，18 篇之外的綜述分享，能重新感覺：劉吶鷗之為人也，戰爭其世、日本其國、臺灣其鄉、上海其城、永耀其父、燦波其名、藝文其心、世界其志的秩序節奏和個性特色。置身聲光化電的科技秩序，一以貫之是人如其名、名如其文的燦波美學節奏感：從印象派、蒙太奇的理論接受到新感覺派的小說實踐，甚至生命史的呈顯。呈顯於《持攝影機的男人》「人間卷」的人倫日常形象當然值得重視。此冊圖片輯的老照片，全由劉吶鷗愛女劉玉都和也是電影人的外孫林建享提供。世界其志、彗星瞬間之人，幸有兒孫鄰里的文物、故事留存。有了這些居家過日子的樣子，才更個性和特色。

溫故之情，尤是惜取資訊不明時期的高明之見，秦賢次〈臺灣作家劉吶鷗與魯迅〉之文，有關劉魯的關係之見，果然成為日後一證再證的命題。此次節錄舊作新命名，卻保留原文極少不察處，是有意而為，正因「不明」，所以才有劉吶鷗的學術化。

五、小結：互相效力的留／流之學

不論國族認同，或是美學抉擇，世界主義心志的劉吶鷗，在行動實踐上的去／留流動性，一卷之言難以盡也。

中日開戰，他未從鄉親黃朝琴（1897～1972）避難重慶，卻繼續「留」在孤島上海。《都市風景線》中的〈流〉，是他心眼新感覺魔都車流中、勞工人潮的血脈奔「流」。

而案頭編選這些相認所得，多少感同身受文字篇章的去／留流動性。當然也樂在其中的學而時習，當然也深愧劉吶鷗波光速度的神效執行力，當然也銘感各方的抬愛及賜助，特別是劉玉都、林建享兩代劉家人的文物貢獻。留／流之學的互相效力，在在受惠。

受惠不能不提當代克莉絲蒂娃（J. Kristeva，1941～）用典聖經的世界主義啟示。概括引申而言，在此漫漫長跑的里程中，先有使徒保羅（A. Paul，3～67）接棒耶穌「來我這裡，去到天下」，無分異／己的福音心志；繼之，奧古斯丁（A. Augustinas，354～430）不再是外人和客旅的共居聖城之說。如雲見證也臨到劉吶鷗的漢族儒家文化圈，加爾文（J. Calvin，1509～1964）長老會的臺南長榮、東京青山，聖方濟（S. Francisco，1506～1552）耶穌會的震旦。藝文恩賜的青少年劉吶鷗，九年置身教會學制，他後來在上海所實踐的世界主義心志，可視為奧古斯丁城市神學、歌德（J. Geothe，1749～1832）「世界文學」的兼美於一。

如此世界戰織接世界人的城市之光文學愛，或不失保羅人神和好之旨。保羅是這麼說的：「萬事都互相效力，叫愛神的人得益處」。

謹以此一「互相效力」之冊紀念離世的劉漢中、劉玉都、張炎憲三位劉學尊長。

是為記。

輯四◎

重要評論文章選刊

我的父親劉吶鷗

◎劉漢中口述*
◎曹永洋筆錄**

父親劉吶鷗（1905 年 9 月 22 日～1940 年 9 月 3 日），原名燦波，臺南縣柳營人。1940 年 9 月 3 日於上海京華酒店被暗殺時，我只是兩歲童子，我完全不知道父親 36 年像彗星般的生涯，他在文學界、電影界留下的印記，等我念東海大學物理系之後負笈美國取得博士學位，1976 年回到臺灣教書，當時歷史時空仍在蔣家政權的獨裁統治之下，劉吶鷗開始零星出現在某些報章雜誌時，也都是吉光片羽，一切都籠罩在一團迷霧中。我雖然選擇了物理，但是父親對藝術文學的基因當然還是流進我的身體血液中。我漸漸知道父親留下的工作並非水過無痕。

2000 年 3 月 18 日，陳水扁當選總統，民進黨首次執政，臺灣各縣市文化中心出版本土人物傳記，文獻，著作開始受到重視並有了出土的一線曙光。

《劉吶鷗全集》在臺南縣長陳唐山任內，由葉佳雄、姜博智策畫，陳萬益、康來新、許秦蓁、彭小妍、黃英哲等多位教授，全力投入、蒐集、翻譯，全集六大冊於 2001 年 3 月初版，包括《文學集》、《理論集》、《電影集》、《日記集》（上、下）、《影像集》。經過整整 61 年的時光，家父生前在文學和電影領域留下的光影才能回到自己的故鄉，魂兮歸來。我在此向為這個全集付出心力的團隊表示感謝和敬意。

---

*劉漢中（1938～2014），劉吶鷗三子。臺南人。美國州立猶他大學（The University of Utah）物理博士。發表文章時為東海大學退休教授。

**傳記作家。

文史蒐藏家秦賢次是劉吶鷗出土的重要旗手。父親從小家境優渥，16 歲到 22 歲間，遠赴日本青山學院求學，22 歲插班上海震旦大學法文特別班，並在上海創辦第一線書店，發行《無軌列車》雜誌，從此步入上海文學圈。當時號稱遠東第一大城的上海市，臺灣諺語活生生的寫照了貧富懸殊，政治時空複雜的 1930 年代繁華都會：有錢「上海」（臺語發音的意思：可以在上海過著富豪優哉優哉的日子），無錢「上海」（上聲）（臺語發音的意思：兩袖空空一個子兒都沒有，要在上海過日子就糟了，其慘無比）。父親和戴望舒、施蟄存開了一家水沫書店，水沫叢書出版了五種書，計有戴望舒詩集《我的記憶》、施蟄存小說《上元燈》、劉吶鷗小說《都市風景線》、徐霞村小說集《古國的人們》、姚蓬子詩集《銀鈴》。自編自導《永遠的微笑》、《初戀》。等我長大成人，才知父親的文學創作與穆時英等人的小說同屬新感覺派，當時日本作家屬於這種前衛創作群的代表人物便是 49 歲病逝的橫光利一和 1968 年諾貝爾文學獎得主川端康成。

可是父親自己一定沒有想到，正當英年的時候，死神已經盯哨著「劉吶鷗」。1940 年 3 月 30 日汪精衛「南京政府」成立，6 月穆時英慘遭不測。9 月 3 日，父親約好李香蘭（即山口淑子，1920～2014）商洽拍片事宜。女主角依約到店裡，未料父親爽約。翌日看報才知，報上赫然大幅刊登：「導演劉吶鷗被不明男子在上海京華酒店暗殺……」。赴日留學，青山學院畢業的父親，原本也動念要去法國遊學——我想精通日語、法文、中文的父親，也許認為由東京到上海比去巴黎會有更大的發揮空間。孰料這個選擇等於收到了死神的召喚，譜成他短短一生中，三分之一臺灣人、三分之一日本人、三分之一中國人的悲劇宿命！

從六冊全集呈現的劉吶鷗看來，我當然要扼腕痛惜父親死得不明不白！以他的才情，在文學和電影藝術上應該大有可為！

劉吶鷗本身具備的才情，從他少數留下的小說、劇本可略窺端倪。他資質優異，又得到良好的教育，精通各種語文。由於熱愛文學、電影、藝術，他才會選擇上海做為舞臺。問題是 1930 年代的中國上海這個國際商埠龍蛇雜處，日本軍國主義這時早已伸向東北，在國共相爭的汪、蔣、毛時代，被狙殺鬥爭的菁英不知多少，劉吶鷗不幸也成了活祭之一。

《影像集》中 63 頁有李香蘭贈送家父的簽名劇照，1943 年綺年玉貌的她曾親來臺南參加父親的告別式。她尚未來得及在父親執導的電影出任女主角，父親卻已英年殞命。我大學畢業，留學返鄉，聽到戰後她以山口淑子活躍影壇，與三船敏郎合演黑澤明導演的《醜聞》，與池部良合演谷口千吉導演的《曉之脫走》而成為熠熠明星，退出影壇之後以國會眾議員活躍於戰後日本政壇。李香蘭的一生饒富戲劇性和傳奇性，因此不久日本也把她的前半生拍成電視影集。

為了紀念這一段超越時空的友誼，我曾在 1970 年和 2006 年與李香蘭在日本東京見面。會晤的時間極短，當然也沒有談到什麼。大學同學說我的長相和全集封面的家父照片，簡直像極了。李香蘭當時見到三十多歲的我的模樣，可能也勾起她一些傷感的回憶。初次見面，她只禮貌性地說聲：「我以為你還是大學生呢！」

如今我自己已邁入古稀之年，在東京見到 88 歲的李香蘭，不能不驚歎女人的美是由氣質內涵散發出來的，難怪欣賞日本古典電影作品的人看到原節子、高峰秀子、早期的岸惠子、岩下志麻會興歎：現在的演員無論是氣質與演技，大有今不如昔之感，觀眾要期待像殷格麗褒嫚、凱薩琳・赫本、麗芙嫣曼或梅爾史翠普這樣的女演員，一百年內也出現不了幾位，作家何嘗不然！！

——選自《臺灣文學評論》第 7 卷第 3 期，2007 年 7 月

我所不認識的劉吶鷗

◎林文月*

2001 年以後，忽然在媒體上常常可見到由英文字 terrorist 轉譯而來的詞彙「恐怖分子」。我們中文在翻譯外文時多喜歡用意譯，而日本人則喜用音譯，這個英文詞彙的日譯應當是「テロリスト」，但他們往往不採全部字音，而只取用前二字，於是就成為「テロ」。我第一次聽到「テロ」這個意味著「恐怖分子」的詞彙，是在我七、八歲的時候。其實，根據後來的推斷，應當是在七歲時，而且更正確說來，應當是 1940 年的 9 月 3 日。我甚至還記得那天傍晚時父親下班回家，神色緊張地對母親用臺灣話說了些什麼。我並不記得那些話的內容，但是卻至今都沒忘記話中夾著的這個詞彙「テロ」，因為太奇怪了，不是臺語，不像日語，也不是上海話，是七歲的我從來沒聽過的語言，所以令我特別好奇，印象深刻。可是我們家的規矩是：大人說話，小孩不許插嘴。而且那天家裡的氣氛很不尋常，好像有什麼重大的事情發生，連七歲小孩都感受得到；所以雖然好奇，也不敢探問；好奇心便也過去了。當然，「テロ」指「恐怖分子」後來是明白了，至於父母為什麼會在我幼小時說過「テロ」，這個使我印象深卻全然不懂的詞彙呢？其實，我自己也是直到最近才推測知悉的。而所謂「最近」，竟然是和我此次受邀參加這個「劉吶鷗研討會」有關係的。

我的父親林伯奏先生（1897～1992）出生於彰化縣北斗鎮，他在北斗讀完公學校後，北上讀國語學校。日治時代的國語學校是比一般臺灣人子弟程度略高的學校。國語學校畢業後，他考取了上海東亞同文書院，並且

---

*臺灣大學中國文學系名譽教授。

因成績優秀而獲得「林本源獎學金」，赴上海東亞同文書院讀書。東亞同文書院是日本人在中國大陸所設立的大專程度學院，以培養日本青年對中國的貿易經商人才為主旨。中日甲午戰爭，清廷敗績而簽訂的馬關條約（1895 年），使臺灣成為日本的殖民地，當時的臺灣人在法律上遂隸屬日本公民，所以父親是以日本人的身分赴上海就讀東亞同文書院。他是第一位考取該校的臺灣人。畢業後，他進入日本大財團之一的「三井物產株式會社」的上海分社，成為該會社正式聘任的第一位臺灣人。直到 1945 年，太平洋戰爭日本戰敗，父親在上海的「三井分社」總共任職 30 年。父親在上海成家立業，我們八個兄弟姐妹，除了弟弟是因走避上海事變（1938 年），而全家移居日本，在東京出生，其餘都是生於上海。

我們的家在上海的閘北虹口江灣路。那一區是日本租界，有許多日本人居住。為了日人子女的教育需要而設立的日本小學校竟多達九所（第九國民學校係專為朝鮮裔日本公民子弟而設者）。至於我自己，先在第一國民學校讀了一年級，升二年級時因學生過多，而改分配到新設的第八國民學校。兩校都在步行可及的距離。當時住在上海的臺灣人，日常生活上，大致會使用三種語言：在工作或讀書等正式場合上說日語、出外購物時說上海話、居家說臺語，或臺語與日語、臺語與滬語、甚至臺語與日語與滬語混合使用。我們家就是屬於最後的一類，即三種語言輪流混合使用著。所以我才會在父母的對話裡聽到臺語裡夾著日本的外來語「テロ」。

但是今天我在這裡演講，為什麼會從「テロ」這個話題開始呢？那就得從四年前我收到許秦蓁博士送給我她的博士論文《戰後臺北的上海記憶與上海經驗》這本書談起。她送給我這本書，是因為書中引用了很多我過去所寫的文章裡一些與上海記憶和上海經驗相關的文字。那些都是我無意間追憶自己年少時在上海發生的種種，散見於一些篇章的文字。我離開上海是在 1946 年，也就是中日戰爭日本敗績，而中國收復臺灣（1945 年）的次年春間。臺灣光復了，臺灣人在法律上回歸為中國人。但是，住在上海的臺灣人（尤其是住在日本租界的臺灣人）處境卻十分尷尬，甚至於相當危險。因為之前，我們都是以日本國民的身分居住在那裡的。戰後，我們卻一下子都變成了中國人。我們每家甚至很快就把日本的太陽旗銷毀，改插青天白日滿地紅的中華民國國旗。其實，我自己是有些迷惘的，因為前些日子，我還跟同學們跪聽收音機裡天皇宣布日本戰敗，無條件投降，大家很傷心的哭；但過了幾天，我們卻變成戰勝國的子弟。我的日本同學們相繼倉皇地遷回日本去了。至於我家門口雖然插著中國國旗，還是沒法子保護突然改變的身分。鄰近的上海人指著我們叫罵：「漢奸」、「東洋鬼仔的走狗」。日本人遷返後，當地的地痞流氓持著槍械來我家要脅，父母不得不暫時走避法國租界。不久，我們只好急忙回到臺灣來。那一年，我 12 歲，小學五年級才讀一半。

由於我在上海只住到 12 歲，我所看到的上海是極有限的，雖然我們常常在禮拜天跟著父母去看戲、吃館子、逛「永安公司」、「先施公司」，也去「大世界」照過哈哈鏡等等，但那些畢竟是全家出動，坐車來去的事情。我從車窗望出去，只見快速倒退的街景，印象不夠深，不能和天天上學的路線上所見所聞相比較。我個人在散文寫作的過程，有一段時期採取「擬古」的寫作方式。我讀蕭紅的自傳《呼蘭河傳》，覺得她依空間為主軸，去敘述自己的幼年故事，頗為新鮮有趣；遂摹擬其方式書寫我自己年少時在上海上學路線上的見聞。然而，12 歲的孩子能走到哪裡去呢？從家到學校，總不出虹口、江灣路一帶的地理範圍而已。不過，我採用以空間為主軸的敘述法，將記憶中相關的人物、故事種種鋪排上去，倒也寫成另一種風味的長篇散文，自覺相當能夠把小時候的經驗和想法記錄了下來。寫那篇〈江灣路憶往〉，是在 1988 年，距我離開上海已過了四十多年。這中間我不曾回去過上海，我寫文章的時候完全是憑記憶，根本也沒有參考任何地圖。我一直不是個好記性的人，但很奇怪的是，一枝原子筆在指間，我在稿紙上書寫，一個記憶帶出另一個記憶來，使我自自然然地回到四十多年前的自己；記憶回來了，人物、事件、空間等等統統都回來了。但是說實在的，對於那些隱藏在空間裡的古老記憶，我是沒有太大信心的。那時候兩岸尚未互通，我也萬萬沒有想到又隔了十多年以後，竟然有人會拿著那篇〈江灣路憶往〉去「按文索驥」，以文字印證其中的地理空間，還原了我文章裡的江灣路、北四川路、虹口公園、內山書店等等地帶和地標。我是在讀《戰後臺北的上海記憶與上海經驗》才知道那篇〈江灣路憶往〉離開了我的紙筆印成書後，居然會遇到一個讀者，經歷那麼認真嚴厲的考驗的！如今想起初讀論文時的心境，還真的餘悸猶存。

讀許秦蓁的論文，另有一大發現是，在書中的「貳、閘北虹口——解嚴復活的租界經驗」結尾的一段文字：

> 透過考察林文月的童年地理版圖，再參照相關文獻資料或口述歷史，也得知「上海文壇的臺灣第一」劉吶鷗，當時常活動於虹口區，舉例而言，北四川路上的「天狗湯」是他常光顧的澡堂，日人內山完造所開設的「內山書店」，除了是劉吶鷗購得《旅行案內》、《月下的一群》、《站在音樂的十字路口》、《菊地寬戲曲集》、《改造》、《中央公論》、《文藝春秋》等書籍雜誌之處，也是林文月小學一年級時放學路上常駐足的「一爿書店」。
>
> ——《戰後臺北的上海記憶與上海經驗》，頁 57

在這文字裡面，北四川路內山書店的特定空間，作者並提了劉吶鷗的名字和我的名字。因為在我另一篇童年回憶的文章〈記憶中的一爿書店〉，我所寫的書店確實是意味著內山書店。只是，年少的我怎知自己的足跡踏印過的那個地方，早些時間曾經是另一個臺灣人劉吶鷗常常駐足之處？更怎麼知道劉吶鷗就是劉燦波呢？

老實說，我明白「劉吶鷗」就是「劉燦波」（或者應該反過來說，「劉燦波」就是「劉吶鷗」），還是近一、兩年的事情。對臺灣近代文學無甚研究的我，其實是數年前才知道有「劉吶鷗」的；反倒是更早就聽父母提過「劉燦波」。只是，這三個字還得用臺語發音，才能為我的耳朵所接受。我們從小就會偶然聽見父母用臺語對話，其中有時會夾著一些他們朋友的名字，例如黃朝琴、林坤鐘、李萬居、楊肇嘉、或劉燦波等等。那些長輩們有幾位到過我們家，大多數卻是沒有見過，我連他們的名字怎麼寫都不知道，所以換成國語唸，便不知如何發音了。「劉燦波」三字的臺語讀法，在上海時就聽大人提過的，我卻不曉得他竟會是今天這會議的主題人物。從種種資料和跡象推斷，很多年以前我聽到父母神色緊張地講「テロ」那件事，想必是和劉吶鷗有關係的。因為「劉燦波」就是「劉吶鷗」。

《劉吶鷗全集》的《日記集》後面，附錄秦賢次先生所撰的〈劉吶鷗日記中的舊雨新知〉裡，提及我的父親林伯奏先生。我父親比劉吶鷗大八歲。《日記集》下冊的最後一頁記載「十二月三十一日（土曜）」，所記的文字很少，卻寫著那一天在上海的臺灣朋友們於一年的最後一夜相聚去舞廳跳舞：

> 在二十九號朝琴君處開「芋泥會」會客（嘉蕙君）。會員以廈門話的知友幾人，晚上六七人一隊（嘉蕙、李君道南、林伯〔原作百，誤〕奏先生、青風等）去跳舞場巡探。在 Del monte〔蒙地舞廳〕時送一年的最后的一刻。后到黑貓，三民宮，Lodge。回來時已經天明。
>
> ——《劉吶鷗全集——日記集（下）》，頁 804

我記得父親會跳舞，並且確曾去舞廳跳舞過，如果是除夕或聖誕夜，還會帶禮物袋或彩色紙帽子、假面具等等紀念品回家，放在我們已熟睡的床頭，讓我們隔天醒來驚喜意外。劉吶鷗日記中的這些記述，肯定是可信的。黃朝琴是劉吶鷗的朋友，也是我父親的朋友，從日記裡可知他住的林肯坊也在江灣路，[1]其後，劉吶鷗也搬到林肯坊 31 號，[2]與我們家在同一條

[1]康來新、許秦蓁合編，《劉吶鷗全集——日記集（下）》（臺南：臺南縣文化局，2001 年），頁 784。
[2]同前註，頁 788。

路上。當時閘北那一帶日租界裡住著許多臺灣人，但我太小，他們都是我的父執長輩，所以沒有辦法認得。然而，許多名字以我父母所說的臺語讀出來，倒是至今都還有印象的，劉燦波便是其一。讀他的日記，他所記的地方，或一些當地習俗，我都很熟悉。除了「內山書店」，另外，如他二處提到的「福民醫院」，[3]也是我們家人生病去就診的地方，只是我們稱「福民病院」，也至今都是習慣用日語發音（ふくみんびょういん）。

小時候在家常常聽到劉燦波這個名字，卻不像黃朝琴和林坤鐘二位長輩，我在上海和回臺灣以後還見到過。父親是什麼時候和劉先生相識的呢？他們之間的交往如何呢？聽說他們曾合資經營房地產。但這些事情在父母已經過世多年之後，我也無由問清楚。然而，為了參加今天這個研討會，閱讀一些相關的文章、也查過一些資料，使我想起那個「テロ」二字，必然是與劉燦波有關聯的。我的大哥林仲秋先生長我九歲，我常向他請教日文方面的問題（他也在上海讀完東亞同文書院。父親是第 16 期生、大哥是第 44 期生，為前輩與後輩的父子關係）。答應了參加此會，我試著去詢問大哥，那位和「テロ」二字相關的人物是不是「劉燦波」（我不能說「劉吶鷗」，因為大哥也肯定不會知道他後來使用的這個筆名）。我大哥不僅證實了這個事實，並且還對我說，當時那個刺殺事件確實轟動了全上海，無論中國人（包括重慶方面，及南京方面）、日本人、臺灣人都議論紛紜。次日的報紙皆以顯著的版面刊出，[4]當時 16 歲的大哥是看了上海的日文報紙得知的。事隔多年，他告訴我，被刺客擊中胸部好幾發子彈的劉氏，中了彈還強忍痛按住血流如注的傷口，自己走到飯店的櫃檯打電話求救呢！對我說這些話的大哥，自己竟也按著腹部一拐一拐的走起來。大概許多年前的事情，也令他引起當年恐怖的回憶吧。

此外，我在後來康來新教授手贈的《劉吶鷗全集——增補集》中，也

[3]康來新、許秦蓁合編，《劉吶鷗全集——日記集（上）》，頁 114、《劉吶鷗全集——日記集（下）》，頁 582。

[4]康來新、許秦蓁合編，《劉吶鷗全集——增補集》（臺南：國立臺灣文學館，2010 年 7 月），頁 348。

發現了可以印證另一個與劉吶鷗相關的童年記憶。其中，一部分是圖（有三張照片，分別在第 29 頁及第 30 頁），另一部分是文字（第 316 頁）。圖和文都與「公園坊」有關。「公園坊」是我們家鄰近的一大片房屋，共有 33 間三層樓一式的紅磚小洋房，分三排建造，當年算是十分摩登的新式建築物。「公園坊」和我們江灣路 540 號的住家，只隔著 542 號弄堂的七幢二層樓小洋房，及一片草坪為鄰，步行幾分鐘便可到達。我的外祖父和外祖母晚年從臺灣到上海之初，曾一度暫住在「公園坊」八號。我有一張與兩位老人家的合照，便是在那個小洋房的門口拍攝的；放大的老照片上方，猶可見到門牌「**8**」字。這個「公園坊」八號，就是那三排紅磚洋房中第一排的第八號。「公園坊」是指這 33 間樓房，包括其前方水泥場地、以及其後方之網球場地的總稱，有石牌刻著「公園坊」三個字在一對門柱的右方。在《劉吶鷗全集——增補集》第 30 頁的右下方有一張看來是後來補拍的照片，門柱似為修繕過，但「公園坊」三字依舊是我記憶中的老石牌，而且與我所保存的舊照片完全相同。在我還沒有上小學之前，約許是五、六歲或六、七歲時，偶爾會陪母親從家走到「公園坊」去收房租。忘了是月初還是月底，每個月挨家挨戶去收租金。母親按門鈴，和人家寒暄，收下房租，大概是那樣子的吧。我跟在她身邊，無聊地看東看西。有時無人應門，或收不到房租，母親會不太高興，因為她又得再跑一次。依稀記得當時年幼的我也不太高興，因為說不定我又得跟著她再跑一次了。

其實，那時我們是以日語「こうえんぼう」稱呼「公園坊」的。在我開始上小學以後，鄰近的學生都要先集合，再兩兩排列成隊，有次序的走，而不是隨便各自行走的。學校那樣規定，是為了學童們的安全設想。我們每天都在「こうえんぼう」集合，然後才排隊上學。「公園坊」裡也住著我的同班同學，我至今都還記得其中兩個同年紀的同學，男生為小川滿洲國（おがわますくに）、女生是植田玲子（うえだれいこ）。兩人的成績都是頂尖好的。他們的家長都是日本「三菱物產株式會社」在上海的高層職員。在《劉吶鷗全集——增補集》的第 29 頁有兩張與「公園坊」相關的

照片，右下角的一張是「公園坊」小洋房（林建享攝），想必是不算太久以前所拍攝的，房屋依稀是我記憶裡的樣子，但磚瓦敗壞，已不復昔日堂皇樣貌，屋外晾著的衣褲當風飄著，可想見住戶文化水準的低落，令我失望感傷。我的大哥留著一張泛黃的舊照片，是「公園坊」的照片，三層樓的建築物和門柱上那三個字都比《劉吶鷗全集——增補集》所印製的完整且清晰。這張原版的老照片，已經歷一個甲子的歲月，曾隨著他從上海而臺灣、而美國。對大哥而言，當初可能只是隨便和他自己年輕時代的其他物品放在一起帶著；卻無意中對我這個演講成為有力的證據，而我把它翻印出來，應該也會是此次研討會中與劉吶鷗先生有關聯的私人收藏吧。《劉吶鷗全集——增補集》第 23 及 30 頁的兩、三張相片中，劉氏和他的朋友們合影的背景，正是這個地方。

今年春間，由於臺大梅廣教授的介紹，我認識了他的東海大學同屆同學專攻物理學的劉漢中教授，他是劉吶鷗的幼子。一夜交談，我原先期待著或許能夠從漢中口中多聽到一些有關劉吶鷗的故事，但對於自己的父親，他並不比我認識更多，因為父親遇難時，他才兩歲。他說：「我是從照片中認識我父親的。」不過，有一句話倒是很有意思。他不經意的提到：「聽我母親常常提起『灶仔』。」這個稱呼意味著劉家和我們家是相當親近的。我父親幼年時期在家鄉北斗鎮的名字是「林伯灶」，家人和親友都稱呼他「灶仔」。1946 年回臺灣以後，父親出任為光復後華南銀行第一任的總經理，覺得「灶」字不雅，所以改為臺語讀起來同音的「奏」字，但親友們仍稱呼他「灶仔」（與「奏仔」的發音相同），只是，交情不夠的朋友是不會如此稱呼的。漢中說聽他的母親提過「灶仔」，必然是他的父母早就如此稱我的父親，可見劉、林兩家的交情相當深。在此，又可以補述一則小故事。我的妹妹林文仁告訴過我，母親曾對她說，劉燦波在上海時開玩笑道：「伯奏嫂，你這兩個女兒這麼醜，將來怎麼嫁得出去哦！」所謂「兩個女兒」，指的就是我和文仁。這也說明了劉、林二家確實是有無所不談的交情，而且也顯現出劉吶鷗其人不拘小節的爽朗個性。

以上所談的這些人、事和片段的記憶，竟因為我收到《劉吶鷗全集》在先，受邀來參加這次的討論會在後，而整個貫串起來，讓我意外的發現自己和這位主題人物，是有一點點緣分的。可惜父母過世已久，我無由從他們那裡得到較多的第一手資料，我對於這位人物完全不了解。今天，我只能從他所遺留下來的文字來談一談我所不認識的劉吶鷗。

這位人物雖然在 35 歲的英年就去世了，但是從中央大學康來新教授和許秦蓁博士合編的《劉吶鷗全集》及《增補集》，可以看出其人興趣廣泛，多才多藝。除了文學寫作、翻譯，以及新文藝理論的引薦之外，他對電影理論和電影工作有實際的涉獵參與，對於 1930 年代的中國電影事業，具有相當大的影響力和貢獻。由於有限的發言時間，和個人有限的閱讀，我今天想要選擇劉氏的《日記集》與《文學集》，做為討論的主要對象。

讀這三本書時，我直接的感受是，劉氏這些文字明明是中文，但有些奇怪。奇怪的原因是他的中文裡常常夾帶著外文，有時是一個詞彙，有時是一個片語，或一個短句；時或是英文，或日文，或法文。這種說話或寫作時有意無意間夾入外語文的現象，其實在別人文章裡也可以見到，並不是太稀有的事情；只是，讀劉吶鷗的文章時，外語文出現的頻率特別高，其中尤以日文為甚。例子隨處都有。先舉出一些文中夾著英文的例子：

把一枝 Jazz 的妖精一樣的 Saxophone 朝著人們亂吹。

——《劉吶鷗全集——文學集》，頁 33

一個是要去陪她的丈夫過空閒的 week-end。

——《劉吶鷗全集——文學集》，頁 55

忽然 Close-up 起來了。

——《劉吶鷗全集——文學集》，頁 60

在 lady 的當前睡覺？你想教把 etiquette 改作了嗎？

——《劉吶鷗全集——文學集》，頁 71

你知道 love-making 是應該在汽車上風裏幹的嗎？

——《劉吶鷗全集——文學集》，頁 110

A girl in every port！也許是帶人面的動物吧！

——《劉吶鷗全集——文學集》，頁 155

一個 permanent wave 的 W 小姐交給了姪兒之後便先走了。

——《劉吶鷗全集——文學集》，頁 167

帶回來養在我們的 Bungalow 裏。

——《劉吶鷗全集——文學集》，頁 182

一套輕軟的灰色的 pyjama。

——《劉吶鷗全集——文學集》，頁 130

要麼就是她的 Boss（上司）或者是 patron（監護人）。

是這樣一個柔軟的 Creature（尤物）。

玻璃外的 Panorama（風景、景致）都消滅了。

——《劉吶鷗全集——文學集》，頁 204

翻閱劉氏的文章，幾乎沒有一篇不夾著英文，其中以名詞為最多，如上舉例子中的 Saxophone、Bungalow、pyjama、Boss 等等；有時是一個簡單的詞，如 week-end、close-up、love-making、permanent wave 等等。在中國，上海是一個最早接觸西洋人和西洋文化的城市，這個城市最早「洋化」、最早「摩登化」，是一個外地人見了會覺得非常「洋里洋氣」的地方，而上海人也總是給人「洋里洋氣」的印象；尤其是讀過一些書的人在社交場合說話，男男女女都經常有意無意之間會夾著一些英文，以表現時髦和身分。這種現象遠在六、七十年前已然存在。劉吶鷗生活在那樣的時空中，必然會受到周遭環境的影響，更何況處在電影界那麼一個最最時尚摩登的圈子裡，而他自己又在日本和上海受過高等教育，外語文的能力是很不錯的，所以言談之間中、英文夾雜並不足為奇；甚至寫文章時如此，也是可以理解的。

劉氏的文章不但是中文裡常夾帶著英文，有時也見到法文的出現，於此再舉實例：

> Non！Le Midi！Southern France！
> 啊！Rivera, Cote d'azur 嗎，蜜月旅行最好的？
>
> ——《劉吶鷗全集——文學集》，頁 86
>
> Ma cherie，你不冷吧！
>
> ——《劉吶鷗全集——文學集》，頁 93
>
> Comment allez-vous？
> 還好，Monsieur 呢？真是長久不見了。
>
> ——《劉吶鷗全集——文學集》，頁 135
>
> 我自從在秦的畫室裏頭一次看見了 Madame votre femme 就一目愛上了她了。
>
> ——《劉吶鷗全集——文學集》，頁 136

法文在文章裡出現的頻率雖不如英文之高，而且幾乎都是在人物的對話中出現。這個現象，一方面是由於劉氏曾經下過工夫學習，所以有能力駕馭法文；另一方面則又反映了在當時上海的某些高層（或自命高層）社會裡，有一些人是除了使用英文夾入言談之中，又喜歡夾帶一些法文的。其實，不僅是 1930 年代的上海人士如此，今日的臺北又何嘗不然呢！在美國的社交圈裡，也是有類似現象的。世界各地，大凡人都是喜歡附庸風雅，好尚賣弄的吧！

不過，我們知道劉吶鷗是先有了日文教育的根柢，成年之後到上海，才與上海的中國文人、藝術界友人來往，同時大概也可能是那時才開始使用中文寫作的。如果這個假設能夠成立，則又可以從另一方向來解釋他文章裡每好夾用英文、法文的情況了。凡是對日本語文有所接觸的人都會知道，日本語文之中經常是夾有外國語文的，所以即使是一個沒有讀過什麼書的日本人，也會很自然的在日常生活中說著英文（或法文）。譬如他們稱：

玻璃杯：「コップ」（cup）

咖啡：「コーヒー」（coffee）

鋼琴：「ピアノ」（piano）

照相機：「カメラ」（camera）

牛奶：「ミルク」（milk）

冰淇淋：「アイスクリーム」（ice cream）

皮包：「ハンドバッグ」（hand bag）

〔駕駛時之〕後退：「バック」（back）

隧道：「トンネル」（tunnel）

男女之約會：「デート」（date 英文）、或「アベック」（avec 法文）

衣著帥氣：「シック」（chic 法文）

禮儀：「エチケット」（etiqette 法文）

這些隨便想到的例子，說明了日本人經常說著（或寫著）外國語文而不自覺。有些東西原本是外國傳入的，譬如上舉的例子，中國人會想一些意譯的方式：玻璃杯、鋼琴、照相機、牛奶等等，而日本人則直接取音譯的方式：「コップ」、「ピアノ」、「カメラ」、「ミルク」等等。由於日文和英文、法文都是拼音文字，所以他們可以採用音對音，亦步亦趨的方法變成「日文」讀出來，至於那些音串聯起來的是什麼意思，久而久之竟好像本來就是日文了。你拿一個玻璃杯去問從沒有學過英文的鄉下老人「這是什麼？」他必定毫不遲疑的說：「コップです。」他甚至以為自己所說的是日文呢。不過，在書寫時，他們有一個規定，寫這些拼音字時，得要用「片假名」。

我在這裡花時間舉這些例子說明，是因為我自己和劉吶鷗一樣，也是先受了日本教育，稍長後才學習中文的。我是到了大概讀中學時才恍然大悟，原來有些話語是英文（甚至於法文）而並不是日文呢！用這種經驗（或角度）去讀劉氏的文章，你就不會對那些常出現在文中的西洋文字感

覺奇怪了。因為在日常生活上講日文（或寫日文），就是不可避免的自自然然會摻雜各種各樣的外文。譬如以上列舉的 Jazz，本來就是「ジャズ」、Saxophone 是「サキソホン」、pyjama 是「パジャマ」、Bungalow 是「バンガロー」。自自然然，我們都是這樣學習長大的。我的意思是說日本人不稱「パジャマ」而稱「寢卷」（ねまき），反倒是裝老古怪了（其實，在今日臺灣，70 歲以上的人也大致會這樣子說的）。不過，在寫成文章時，這些外來語的音譯倒是有定規，必須要用片假名書成，所以讀者一望便知哪些是外來語。

劉吶鷗生於日本統治時代的臺灣，雖然年少時期曾在家鄉的私塾讀過中文，想必還不到可以寫作中國的白話文程度。對他而言，在臺灣接受日本教育到中學，其後又赴東京讀有貴族色彩的青山學院。成年之後才到上海，說日語和寫作日文的經驗在先，其後才學中語、寫作中文。這樣的學習過程，或者會令他在寫中文時也自自然然像寫作日文時夾入一些外來語。而中文對於處理外來語時，多半採用意譯，如「牛奶」、「隧道」、「照相機」等等，有時也採用音譯，不過，中國字是表意的，不是標音的，所以我們在讀這些外來語詞彙的音譯文字時，便得「心照不宣」，只取其義而不必介意其涵義了。例如：

斯拉夫女

——《劉吶鷗全集——文學集》，頁 116

密斯脫 Y、密昔斯 Y

——《劉吶鷗全集——文學集》，頁 162

波希米安

——《劉吶鷗全集——文學集》，頁 129

魯保特

——《劉吶鷗全集——文學集》，頁 202

不過，較多的時候，他會直接引用英文或法文。除了上文提到上海的摩登人士每常喜好談話中夾帶外語文的習慣外，我想他個人先受過日文教育的讀寫背景，也可能是很重要的原因。而上舉最後一例「魯保特」三字為外來語 Robot 的音譯，應該是劉氏自創，所以《文學集》的編者於此三字下特別附註（英語「機器人」的音譯）。以我個人的觀察，閱讀劉氏這些與其他中國作者的文章不同風格的表現，可以揣測出其所以如此的道理，但是一般中國讀者就會感覺生硬拗口了。施蟄存曾經批評道：「此人說國語很困難，夾雜著很多閩南音。中文也很勉強，寫一封信好像是日本人寫的中文信。」[5]施蟄存形容劉氏「寫一封信好像是日本人寫的中文信」，正可以證明我的分析是可以成立的。

要完全了解劉吶鷗的中文書寫，其實是需要具有一些日本文化的基礎才行。上舉日本人習慣直接引用外來語詞彙的音譯詞，便是其中一個特色。我們中國人總是稱「機器人」，而不會說「魯保特」這樣奇怪的譯音詞；但日本人無論男女老少都是講「ロボット」，大概沒人會說「機械人」；說「機械人」（きかいじん）反倒是奇怪了。想來，對於劉氏而言，要他說「牛奶」、「禮儀」、「皮包」，而不說「ミルク」、「エチケット」、「ハンドバック」，反而是有些不自然的吧。不過，除了外來語彙，我們有時也會看到一些不容易懂的詞彙、或句子。這些文字都是中國文字，但不像一般中國人所使用的詞或句，遇此情形，我試著以日本人的觀點去讀，就可以讀懂了。下面再舉一些例子，先引其原文及出處、再標出日文讀法、最後揣度劉氏用此詞的原意：

落膽「らくたん」：失望

——《劉吶鷗全集——文學集》，頁 99

[5]引自 Cutivet Sakina 著；王珮琳、許秦蓁合譯，〈劉吶鷗「新感覺派」1927 年日記中的語文表現〉，《劉吶鷗國際研討會論文集》（臺南：國立臺灣文學館，2005 年），頁 127。

速力「そくりょく」：速度

——《劉吶鷗全集——文學集》，頁 101

女兒「おなご」：女性（或婦人）

——《劉吶鷗全集——文學集》，頁 103

橫斷「おうだん」：橫過（形容走馬路）

——《劉吶鷗全集——文學集》，頁 105

興味「きょうみ」：興趣

——《劉吶鷗全集——文學集》，頁 107

令人奇癢的話「くすぐったい話」：令人不好意思的話

——《劉吶鷗全集——文學集》，頁 136

一目愛上「一と目惚れ」：一見鍾情

——《劉吶鷗全集——文學集》，頁 136

掘根掘葉「ねほりはほり」：追根究柢

——《劉吶鷗全集——文學集》，頁 258

自己們「じぶんたち」：咱們

——《劉吶鷗全集——文學集》，頁 295

這些中國文字我們都認得，只是組合在一起卻成為一些我們所不容易懂，或者是感到陌生的詞彙或句子。這些從他的文集裡隨便挑出的例子：譬如「落膽」是什麼呢？我想很多人用中國語發音，都不能了解是什麼意思而且會嚇一跳；可是你如果會用日語讀這兩字：「らくたん」，就明白那是指「失望」的意思了。「橫斷」在原文中：「橫斷了馬路」，是做為動詞用的，我們雖可以猜想作者的用意，究竟不如取「橫過」二字普遍習用，不過，這在日本人是完全不會有問題的。「速力」和「興味」，也總不如「速度」和「興趣」的自然。至於「女兒」，在原文中是指特定的一個女性，並非中文裡稱謂親子關係的「女兒」，所以都是比較傾向日文的用語。而「一と目惚れ」之詞，在中文裡有「一見鍾情」這個現成的成語，捨此不用而用從日文直譯過來的「一目愛上」，就顯得很奇怪了。「掘根掘葉」和「一目愛上」，是類似的問題。至於「自己們」大概也是這種情況下的產物。「奇癢」，在中國人的想法裡只能指生理上的一種感覺，而不會做為心理上的一種形容詞：「令人奇癢的話」，「くすぐったい話」：令人不好意思的話。這樣的中文是不可能為一般的中國人所理解的。雖然日文是日文，中文是中文，但日本文化自中古遣唐史時代以來便深受中國的影響。他們到今日還通行的文字「片假名」（かたかな）和「平假名」（ひらがな）便是由中國文字變化而來。[6]在行文之間，也不可避免的仍舊會夾用著許多不同於中國使用的簡體字，甚至也有他們自創的字體。在詞彙的組成上又常有不同於中文的習慣，因此即使我們在日文裡看到認得的「漢字」，也未必能正確的了解其內容。劉吶鷗在中文書寫時，其實有些場合是使用著日本式的「漢字」習慣的。

除了以上所舉的這些字、詞、句有受到日本語文影響的痕跡外，劉吶鷗的文章也有一些日文式的迂迴長句。例如：

因為牠是不長久的愛情的存在的唯一的示威，

——《劉吶鷗全集——文學集》，頁 104

從鄰近櫛比的高樓的隙間伸進來的一道斜直的陽光的觸手，正撫摩著堆積在書架上的法律書類。

——《劉吶鷗全集——文學集》，頁 114

啟明是不願意一個愉快的有美麗的婦人的茶會的時候被他那不大要緊的藝術論占了去，

——《劉吶鷗全集——文學集》，頁 132

我們幾個人是像開在都會的蒼白的皮膚上的一羣芥蘚的存在。

——《劉吶鷗全集——文學集》，頁 243

[6]見林文月，《中國文化對日本文學的影響》（臺北：中央研究院，2002 年），頁 49～51。

車列來到小學校的後面的很長的鐵橋時，

——《劉吶鷗全集——文學集》，頁 248

新鐵路，在埋滿著山國的煙霞深處散布著黑煙和油漆的氣味的盆地的，春天的植物的中間，火車悠然地匍行了。

——《劉吶鷗全集——文學集》，頁 262

上舉的句子有兩個特性：其一是句型偏長，其二是使用過多「的」字。這是日文的特色之一。在翻譯日文時，譯者往往會受原作之影響，遂在有意無意之間譯成較長而多帶「的」（の）字的中文。只是，劉氏的小說創作裡也有不少這類近似日文，比較曲曲折折，而且多帶「的」字的長句。

日記文的書寫，除了少數人意識到自己身後可能留傳而公之於世間，大多數人都會當作是一己之私密，保留當時之行蹤或感情思想的紀錄，而比較率性存真，文筆也會更隨興不拘束。從這樣的角度來觀察《劉吶鷗全集》所收上、下兩本《日記集》，雖然這兩本只收他從 1927 年 1 月 1 日至 12 月 31 日，一年的時間裡所發生種種，及感情思維各方面。閱讀他人的日記，原本是可供研究其人生活及時代背景，甚至滿足讀者偷窺欲望的好途徑。但是，我今天透過劉吶鷗的日記所要探討的不是其內容，而是承接我前面關於其文字特色的問題。創作與論文或翻譯，都要考慮或警覺到讀者的存在，日記則是屬於較私密性的，比較不需要多費心思去咬文嚼字，也不會太注意修飾，所以更能直接透視寫作者的文字特色。

劉氏的日記，字跡十分潦草，時而潦草到不可辨認的地步。至於其文字則長短不齊，長者如「十月十日（月曜）」，記在北京參觀故宮的所見所思，頗為細密，近五百字[7]；短者如「三月十一日（金曜）」，只二字：「好睡，」。[8]通觀分刊於上、下二冊 804 頁（左頁為原稿、右頁為印刷，故實

[7]康來新、許秦蓁合編，《劉吶鷗全集——日記集（下）》，頁 636。
[8]康來新、許秦蓁合編，《劉吶鷗全集——日記集（上）》，頁 178。

際是 402 頁）的 1927 年日記，除 12 月 29、30 日兩天，不見紀錄外，其餘日日都有文字，而且每月日記的後面所附讀書紀錄專欄裡，也都可以看到他仔仔細細羅列當月所讀的書目、著者、出版社及讀後感。可知劉吶鷗有其認真律己的一面。從左頁的原稿版影印看來，這本東京新潮社印製的「新文藝日記」有一定的格式：預為使用日記者印製成一日一頁、每頁 12 行直書的形式，而且頁首有月、日及日式一周記法（月曜、火曜、水曜、木曜、金曜、土曜、日曜）。大概是受到這種日記本印製形式的限制，最多只容 12 行的文字，所以有時不能「暢所欲言」，文字便會溢出格式外。這種情形，在 9 月底至 10 月中的一段日期最為明顯，字既細密，而行數特別繁擠。這時期，劉吶鷗首次造訪北京，北地的歷史、文物、風俗、景象，大大吸引了這位南方出生的青年人；所見所聞，一切令他感到新鮮好奇，同時也令讀此日記的人從字裡行間體會出他的興奮，甚至感受到他急促書寫的心情。

這本 1927 年的日記，大體上以中文書成，但是也夾雜了許多的日文、英文、法文等等外文。其中，以日文為最常出現。外文之使用，最常見到的是詞彙。由於日記之書寫，本來不預設讀者，是寫給自己看的（或者是與自己的對話），所以不必有定規，用什麼語文最方便，就寫什麼語文。而書寫的方式也就比《文學集》裡的創作、翻譯、或論文隨意得多。譬如《文學集》中的文章裡引用外來語時，都把它們的英文、法文的原文寫出，那是因為考慮到讀者為中國人的緣故。至於日記的讀者（或對談者）是他自己，因此他可以隨意地使用各種語文去記述。臺灣人處在日本統治了三十餘年的當時，已經受到所謂「國語運動」的影響，一般人不但會說日語、讀日文、甚至於生活中也不自覺地受到日本人慣用外來語的習俗，會自自然然的說出來，或寫出來。屬於這一類的例子特別多，下舉例先取原文、次還原其外文、再列出編者為中文讀者所加之對應中文：

カルシウム：calcium〔鈣〕

——《劉吶鷗全集——日記集（上）》，頁114

トランク：trunk〔行李箱〕

——《劉吶鷗全集——日記集（上）》，頁238

シャツ：shirt〔襯衫〕

——《劉吶鷗全集——日記集（上）》，頁262

オールバック：all back〔全部後梳〕

——《劉吶鷗全集——日記集（上）》，頁244

スープ：soup〔湯〕、ハムエッグ：ham egg〔火腿蛋〕

——《劉吶鷗全集——日記集（上）》，頁348

センチメンタリズム：sentimentalism〔感傷主義〕

——《劉吶鷗全集——日記集（上）》，頁160

バス・タイム：bath time〔入浴時間〕

——《劉吶鷗全集——日記集（上）》，頁176

前三個例子是英文名詞的音譯，用片假名書寫。劉吶鷗這麼寫，全日本男女老少也都普遍如此說、如此寫，他們根本忘了這是外來詞似的自然使用著。至於受日本統治過的臺灣人，也都隨隨便便講「シャツ」、「トランク」等等，聽的人和講的人都並不覺得奇怪。至於「センチメンタリズム」、「バス・タイム」等等，則是比較為知識階級的人所使用，但也並不是什麼特別深奧的外來語。劉氏應該是由於平時說話，甚至思維時習慣了這樣子混合著中、日語文，乃至於日本人的「外來語」，所以寫日記便也呈現如此。而以他對於法語文的嫻熟，時則又把中、日、英、法文摻合著使用，例如：

所見所聽沒有一件不是心肝ストレンジなもの〔奇怪的東西〕。

——《劉吶鷗全集——日記集（上）》，頁128

他們兄弟是一派不能夠交的人，あまりにマテリヤル〔太過於唯物現實〕，

——《劉吶鷗全集——日記集（上）》，頁 180

雖沒有什麼 attraction〔魅力〕，

——《劉吶鷗全集——日記集（上）》，頁 184

不是我神經衰弱一定覺後很 erotic〔色情〕的，

——《劉吶鷗全集——日記集（上）》，頁 186

不由的唱了不成調子的メロデー〔旋律〕望窗下一看，

真是アム——〔愛（法文）〕——的氣候！

——《劉吶鷗全集——日記集（上）》，頁 56

房東天津人，看來好像 un bon chinois〔一個善良的中國人（法文）〕。

——《劉吶鷗全集——日記集（上）》，頁 68

懷那久遠之鄉，白雲？——同一的感情，Bon Voyage！O！frére〔祝旅途順利！噢！兄弟（法文）〕。

——《劉吶鷗全集——日記集（上）》，頁 296

"Belle nuit！"〔美麗的夜晚（法文）〕不意地從口裡，

——《劉吶鷗全集——日記集（下）》，頁 748

這些例子顯示著，在日記裡劉氏大量使用外來語，書寫之際，時則原文，時或日文的音譯，沒有一定的規則，甚至有時更以片假名取代普通日文。例如：ツマラナイ〔無聊〕[9]、ハタラク〔工作〕[10]、キモノ〔日本和服〕[11]、キモチ〔心態〕[12]、コッケイ〔滑稽〕[13]。這些多變化而隨興使用各種語文的情形，一方面說明了劉吶鷗具有多種語文能力，同時也因為寫

[9]康來新、許秦蓁合編，《劉吶鷗全集——日記集（上）》，頁 242。
[10]同前註。
[11]康來新、許秦蓁合編，《劉吶鷗全集——日記集（下）》，頁 562。
[12]康來新、許秦蓁合編，《劉吶鷗全集——日記集（上）》，頁 314。
[13]同前註，頁 326。

日記本來就是一己的私事，不必忌諱他人怎樣讀、如何理解的問題，故而心裡怎樣想便怎樣寫，自自在在，不像在《文學集》所收諸文裡需得時刻意識到中文讀者存在的問題。當然，先正式接受日本教育，由小學而中學，其後更赴日本，在東京青山學院完成高等學部文科的學業；且在眾多日本同學之中，竟以唯一的臺籍生名列前茅，可見他的成績優秀，[14]上海的文友如施蟄存也誇讚他「能說得一口流利的東京腔」。[15]然而，從 1912 年七歲入鹽水港公學校，到 1926 年青山學院畢業，受了十數載日本教育的劉吶鷗，雖然 1926 年入上海震旦大學讀法文，且與戴望舒、施蟄存等文人交往，但在較短暫的時間裡習得的中文，或許使用起來不能如日文流利暢快，而且平日言談思考之間也必不免於還摻雜著日語文習慣的吧。譬如日記中出現的「臆（原作「憶」，筆誤）病者」[16]（「膽小鬼」おくびょうもの）、「臆病」（「膽小」おくびょう，原作「膽心」，誤），與前舉「落膽」、「速力」等詞，同屬「日式漢字」，而非純正的中文。既然日記是為自己而寫，只要自己看得懂，用什麼文字書寫都可以，而劉氏能夠使用中、日、英、法各種語文，遂在這幾種能力範圍裡愛用什麼文字，便用什麼文字，他有多種的選擇。譬如：日本和服，有現成公定的漢字「著物」（きもの），而他捨此不用，卻以筆劃較少的片假名「キモノ」取代，或許也是一種方便。又如到銀座去閒晃，日本人把銀座（ぎんざ）取其前半「ぎん」，閒晃（ぶらぶら）取其後半「ぶら」，而成為「銀ぶら」，在日記裡劉氏則寫成片假名的「ギンブラ」。[17]至於少數幾處，無論在小說創作、翻譯或日記裡，又有疑似為臺語的字句：「麗麗拉拉」[18]、「敢真是」[19]、「眠床」[20]、

[14]見彭小妍，〈浪蕩天涯——劉吶鷗 1927 年日記〉，《劉吶鷗全集——日記集》，頁 10～11。
[15]見許秦蓁，《戰後臺北的上海記憶與上海經驗》（臺北：大安出版社，2005 年），頁 85。
[16]康來新、許秦蓁合編，《劉吶鷗全集——日記集（上）》，頁 224。
[17]同前註，頁 374。
[18]康來新、許秦蓁合編，《劉吶鷗全集——文學集》，頁 293。
[19]同前註，頁 301。
[20]康來新、許秦蓁合編，《劉吶鷗全集——文學集》，頁 319。

「圓或是扁」[21]，這樣看來，劉氏往往是會隨興所至地混合使用中、日、臺、英、法文等多種語文的。對於外人而言，這樣的文章並不容易讀，有時甚至不太通順，然而其中卻非常真誠坦白的顯現出了劉吶鷗其人來。

以上，我似乎挑剔地專門羅列出劉氏文章裡的瑕疵，對前輩有失尊敬；但我必須如此一一舉例，並且標示出處，才能說明非得如此不可的原因。我讀劉吶鷗的文章和關心他這位前輩人物，其實，還只是近兩、三年來的事情。起初，只是驚悉他竟然是我父親在上海時期所交往過的朋友，不但是同住在閘北日租界江灣路一帶的相當親密的朋友，並且還可能是一起投資建造「公園坊」的「劉燦波」其人。同時，他大概見過年幼時的我，否則不可能批評我長得醜，怕我長大嫁不出去。然而，我讀劉吶鷗的文章，卻十分受到感動，我一方面為他對文學、藝術投注的熱情所感動；另一方面也透過他的文字——被那些奇異的、不容易懂的、甚至不通順的、「劉吶鷗式」的中文所感動。我努力地閱讀著、分析著，動用我自己所認識的一些語文，試圖去了解他想要表達的那些意象和原義。於是我逐漸明白了。我明白了他的文章想要表達的那些意思，明白了他當年以極短時間習得的中文努力要表達的那種努力。雖然人在上海，畢竟劉吶鷗和戴望舒、施蟄存、杜衡等人的教育背景不同。在不算長的 35 年生命裡，走過臺灣、日本、中國，他的學習過程是比較迂迴曲折的。臺灣在百年的時間，經過兩度政治的變化，老百姓的語文，也不得不隨著歷史現實，由中語文，而日語文；復由日語文，而中語文。對於劉吶鷗而言，從日文而中文，為期只有一、兩年的時間。1927 年的日記裡，雖然有多種語文混合使用的情形，同時也有少數篇章完全以日文呈現[22]，畢竟絕大部分是以中文書成。我在他的創作、翻譯、評論，和日記的字裡行間，看到一位形跡看似「浪蕩」，實則內心勤勉堅毅、追求一個夢的人物。這是我對於我所不認識的劉吶鷗的一點認識。

---

[21]康來新、許秦蓁合編，《劉吶鷗全集——日記集（上）》，頁 322、364。
[22]見劉吶鷗，「三月二十三日（水曜）」，《劉吶鷗全集——日記集（上）》，頁 202。

參考書目

・康來新、許秦蓁合編，《劉吶鷗全集——文學集》（臺南：臺南縣文化局，2001 年 3 月）。

・康來新、許秦蓁合編，《劉吶鷗全集——日記集（上》（臺南：臺南縣文化局，2001 年 3 月）。

・康來新、許秦蓁合編，《劉吶鷗全集——日記集（下）》（臺南：臺南縣文化局，2001 年 3 月）。

・康來新、許秦蓁合編，《劉吶鷗全集——增補集》（臺南：國立臺灣文學館，2010 年 7 月）。

・中央大學中國文學系編，《劉吶鷗國際研討會論文集》（臺南：國家臺灣文學館籌備處，2005 年 11 月）。

・許秦蓁，《戰後臺北的上海記憶與上海經驗》（臺北：大安出版社，2005 年 9 月）。

・林文月，《擬古》（臺北：洪範書店，1993 年 9 月）。

・林文月，《中國文化對日本文學的影響》（臺北：中央研究院，2002 年 10 月）。

——本文為「璀燦波光——2011 劉吶鷗國際研討會」專題演講
國立臺灣文學館、中央大學主辦，2011 年 10 月 9～10 日

劉吶鷗之路（報告）
回憶一個「高貴」人，他的低賤的殉身

◎黃鋼*

是誰在那菩提樹下呢？彈著曼陀鈴的樂聲中，零碎的、戲謔的廣東話語片片飛來。我走過去，認識了劉吶鷗。

女演員宿舍前的樹蔭地是可以站著敘談的：

「從上海來麼？」

「從上海來。」他答說，把方才給那曼陀鈴的女演員照像的機子盛進小皮盒。

如戴望舒在〈前夜〉這首詩中所曾寫過的，劉吶鷗真是個有著橙花香味的，清明灑脫的南方少年，烏黑的頭髮是密生的，整齊地用四對六的比量分梳著，乾淨，沒有留鬢角；不討厭的眉毛下，排著不像科學家而只像藝術家的感覺豐富的大眼。他，沒有戴帽子……劉吶鷗是自由人。腳上，質地講究，式樣大方的皮鞋；額上有汗珠時，他就用那大而無花的手帕迅疾地揩去汗珠——手臂的動作敏捷，豪爽，揮擺的角度甚寬。

我歡喜這一類的人。

但用什麼來回憶他？一個名士，一個精粹的電影論文的翻譯人，一個華貴階層的寫作者與你第一次的見面……那時候，我底智育色度還是薄弱的，浪漫風情的法國電影和戴望舒的詩集，以及翻譯得美麗如繪的拉瑪爾丁底《葛策齊拉》這樣的小說冊子營養著我……於是，我告訴劉吶鷗，說最近讀到他論述影片《仲夏夜之夢》的文章……

---

*黃鋼（1917～1993），湖北武昌人。記者、報導文學家。發表文章時就讀於魯迅藝術文學院。

並不特別傾心於這一話題，劉吶鷗來到辦公廳，選一張最大、最新的寫字檯就瀟灑地坐下了。以後，一年左右的時光他便正式的坐在這裡。我底桌子，在他底對面。他的職務是編導委員會的主任兼編劇組組長。他是來南京就這職務的。

這次是夏天，白紗窗的上部透進些陽光投射到牆上，我們平常沒有注意。劉吶鷗即刻捻鈴，叫工友來，命令在窗外要快快裝好窗篷；篷布，要深綠色的，或者白與綠相間的也行。（不能用陰丹士林牌的黃帆布！——他喊叫著添說。）這之後，他便著手把編導室的一切都重加整頓……頃時間，他修改、補充了許多製片表格，重開了一份戲劇、新聞影片的攝製大綱。他主張，接著便規定了製片各部門的紀律、速度，和精密的分工完工的方式。此外，在簡明的自白中他沒有隱瞞他是醉心於靈感的地，可是又要得助於天才的寫作。

「怎麼，你對劉的印象很好嗎？」幾天後，那彈曼陀鈴的女演員這樣問我道。

她揶揄我，說看見我第一次與劉相見的時候，我紅了臉。

——原刊於《大公報》第 3 張第 11 版，民國 30 年 1 月 27 日

用不著說謊，劉給我的印象是很好的。他是一個負責任、守時間、遇事又不講情面的人；在處理電影劇本的分幕這項專門技術上，他有他根據於理論的，圖表化而且是科學地準確這樣的長處。雖然，他要求於人者常太苛刻，但其本人卻堅強的宣言著：一個志向與靈魂不趨從高尚的人，是不能做藝術事業的……這樣，聽起來，劉吶鷗不是一個很可愛的人嗎？與他相見了，新鮮之感，蓄意的觀察和談話也許都曾促使我暴露我的不慣交際吧，但這算什麼呵，算什麼羞恥？

我也向劉吶鷗學習著電影製作的一些知識，那時，在職業電影技巧人的生活裡我還是個生手。而飽滿高大的劉吶鷗，在學術上也還是繼續努力著的；每天他都要抽暇讀書。

有次，我因午睡遲延了下午的辦公，劉吶鷗叫人把我從宿舍裡催出來，待我穿好長褲，再悠然地到我們工作檯前的時候，我不能說劉吶鷗有愉快的、如常的神色。等一會，等我坐下來了，開始做事了，他就輕問道：

「你今年多少歲了，能夠告訴我麼？」

我奇怪這樣的問句。

「20。」我坦然的說出。

「我以為，」他放下筆，沉重地，帶友愛地說：「20 歲還不是睡午覺的時候。你現在不應該睡得太多……」

劉就是這樣的人，他是能夠美國式的，實際而且嚴格地對待地他底職業的……

但除了上一層，我則無從再向他學習別的什麼；生命之原野已經或正在他的面前展開，成熟著名利的果實了——而我卻毫不富足，除開了作夢以外真正的快樂和世俗的享受都萬分地缺乏與生疏。在飯店裡，劉吶鷗是頭等的饕餮客，他能像《安娜・卡列尼娜》書中的奧布浪斯基侯爵般熟稔地點喚著菜食；家裡，廚師是高明的老練。遇著他在咖啡館與飲冰座，那兒必然有歡暢的、喜劇性的談論——他愛聽這些——與夫輕鬆的舞曲、滑膩的婚事樂。只圖謀個人舒適，盡情追求愉樂的見解像一面得意的軍旗在招引著他；每回，去上海返南京之後，我總見他在寫字檯的玻璃磚下抽出上禮拜夾在那裡的舞女照片，而換上另外新的一張。呵！美麗的柳如眉，美麗的歐陽鵑，美麗的杜若雲，美麗的小達尼……劉吶鷗是永遠推崇和歡喜她們的，她們的名字也永遠儘像這一類。凡是和劉吶鷗共處過一天以上的人，都會知道：在他洋服上身小口袋中，有著一柄黑骨梳，辦公事的黃皮包裡頭，老帶著一面小鏡。照他的意見：

「電影，是眼睛吃的冰淇淋，

心靈坐的沙發椅。」

——原刊於《大公報》第 2 張第 8 版，民國 30 年 1 月 30 日因此，他常常許願於未來「純粹藝術的」、「自由的」電影製作。對於國家文化事業的前程，有時也不免擲出輕視的，非熱愛的歎息。還有比他那不時對鏡自梳的舉動更令我詫異的嗎？我能夠活活的記起來，他每天必有好幾次要用到他底梳與鏡，即使是很忙，不管是在辦公廳、走廊，或拍戲的地方……。

這顯然是他愛惜自己的青春，眷戀那戀愛或被戀愛的，美好作樂的時光。他若要給人以他底感情，那該是如何的公平、可貴，而接受它的人又該是如何的幸福呵！——最先，我曾這樣想過。一夜，我們電影場的工作人員從電影檢查會裡觀過《茶花女》回來，所有的女演員都被那嘉寶的演技弄得哭泣了；年輕些的，為純潔和虛榮的矯飾而流淚，年長些的，哭她們已往有罪的，或無辜的愛情與婚嫁方面的創痛或經歷。走到窄巷裡，靜暗的地方，劉吶鷗突然撫著我的肩膀，說：

「K呵，你也覺得受感動麼？」

那時候，我正在戀愛。我愛的是一個平時不甚振作讀書，但近日卻受到職業上的刺激，願意從此改過向上的，未嫁的女人。這件事，大家都是知道的，劉還讀過我與她的寫信。

「當然，我覺得瑪格蕾特還是可愛的，」我回答劉關於《茶花女》問話：「從前看小說的時候，受感動更要厲害。」

「嗨，」劉發出平日少見的，粗鄙的，有些野性的笑聲：「你贊成阿芒麼？！你贊成他……是吧？」

「真實的感情都會弄成悲劇的，」劉說：「K呵，你為什麼對你的那位小姐那樣真情呢？」

我不回答。

停停，我說：「那大概是為了我在戀愛吧。」

「戀愛需要真情麼？」劉用懷疑的腔調自問，又自答道：「戀愛，是用不著那樣認真的呀！」

走到紅綠燈下了；這次我記得我真是紅起臉來，面部發燒——但紅燈映到我們身上來，劉或許不會察覺我自愧的自思吧。佇立著讓汽車過去，便叫後面的演員們追蹤上來。過馬路，這些人就要走往更冷僻的小道了。竹林，窄木橋和油菜地，法國領事館的圍牆外路……人們談起現今國內文藝出版界……

「我從來不看那些雜誌……」劉說。他講他不贊成《文叢》、《作家》、《文季》和《文學月報》，至於《譯文》，則不置可否。而魯迅、靳以、巴金……他評定他們都是「卑鄙的」；理由是：這些人的藝術事業，都沾染上了政治。

「喊什麼國防文學呢？中國根本就沒有國防，為什麼一定要把『國防』這兩個字跟『文學』拉上？左翼的人叫這些口號，完全是因為混飯吃的緣故……」劉末尾說，像中國這樣一個落後的國家裡，是根本用不著談政治的。但如果是在日本，或別的現代獨立國家裡，就又當別論了。而這，也就是共產主義的政黨在中國無須存在的理由。

……當他說著這些的時候，他是非常之自信的。

和他分手了。

繞過較末後的一個公共汽車站，是劉的南京的寓所。「前面不好走，劉先生，你帶了手電嗎？」「不要緊，這條路我走熟了。」他回答我們說：「我是向來不愛用手電的。」

——原刊於《大公報》第2張第8版，民國30年1月31日

在那可紀念的7月7日之後——

「我要回上海去了。」劉來到辦公廳裡，這樣對我說。

這時候，是早晨八點鐘，劉向來是準時上工的。

辦公廳裡並沒有多的人，平常，只有劉，我，和另一個女職員。女職員為編劇員。我只是編劇組的助理，在編導會中幫著劉的。此刻室中唯有我與劉。

劉叫我跟他到剪接間去交代一些事情。

「你看，這就不像一個應付戰爭的樣子，」劉進了剪接間之後說：「工作時間已經到了，技術部還沒有一個人來；這種樣子要和日本人打是打不過的。……哼，中國人，總是一塌糊塗！」

他翻著很多盛影片的圓鐵盒子，檢查著。拿到一盒未接好的紀錄片，他就預備自己動手去剪接它。

前數天，我就聽劉說他要辭職，不受挽留的話，現在從他急急著手料理這一切的模樣看他，他是真要走，真要離開這裡的重要職務了。

我守在劉的身旁，想明瞭他為什麼一定要回到上海去的理由；也希望得到他給我某種幫助、某種指明、某種扼要的、最後的教育——當這最後的、臨別的時候。

但這一切都沒有得到。

他用假裝的懷疑和失望把他心底裡隱祕包藏起來。

他說，我們平常就拍不好藝術性很強的、高級的、「真正富有人生的詩的意味的」電影，作戰了，「中央還不知道要不要這樣工作呢」。

我說，不會的，藝術者的參戰，國家電影工作者之去路，都是很明顯的呵！

——原刊於《大公報》第2張第8版，民國30年2月1日

他淡漠地哂笑著，擺著頭。「靠不住的，中國的事情不能夠相信……」

他底思想的堡壘是不能被攻破的。

我沉靜起來，看著他；他在進行剪接，他那年輕而多智的頭顱低俯向桌面，他那濃密的，可人式樣的黑髮被電扇槳的旋風攪擾得朝前飛翻，肥碩而結實的雙手迅速動作著，……

「這樣的一個人，」我想：「積極的工作者……但是，站在民族的愛護心以外……但是，」我又想：「他到底是一個積極的工作者。」

他歷來就是這樣工作著；當他在攝影場的時候，他是精明人，權威。在這剪接間，每次，每當他拉起一端影片，向著燈或窗的亮光處映明著，

細審那畫面的內容或剪接的次序與尺度的時候，總令我聯想起世界某一名導演的小照，因為他實在是有著聰明的眉目，和協調地、藹然地運思著的表情的。

而我已看慣了劉吶鷗底平衡的、均整的、男性的嫵媚的容貌。直到現在，我才覺出，他那永是那樣輕快、泰然，又從不曾憂心地皺起眉頭的面部上所擺示出來的人生調子，與我們大家所期望的生活，是並不合拍的。

「或者，你也可以到上海來，」劉吶鷗對我說；「有些事情在上海做起來痛快些……你到過上海麼？」

「沒有，」我答說。

「真的沒有？」

「真的，」我愚蠢地，如一個鄉下人似的回道：「我現在還沒有什麼必要去那裡；我不會跳舞，也不會玩……我這個人，多少有點保守，這是我的缺點。」

影片接好了……

「將來，你還是幹電影麼？」他問我。

「一定，」我答：「這是終身不改的了。你呢？」我轉問他。

「我也不會改，」他答說，把影片收拾好了，裝進圓鐵盒子裡。「不過我還會做生意……你知道我會做生意麼？」

「不知道，」我說，「我對那沒有興趣。」

「滾，你，」他假歎著氣，又裝出失望的樣子來說：「你太單純了，有很多事情你都不知道。」——他發覺，這樣的憐憫將會把我損傷了，就馬上改口——「你不比我，我有家庭、妻子、小孩，我有難處，我非回到上海去不可。……你呢，純潔些（我聽著笑了），你將來不會和我一樣的。」

最後的一句，他當作無限的鼓勵來說，自己卻依然很有神采地揚一揚眉毛。

回到辦公廳，樓梯走廊間的大掛鐘敲響九點。

我們的女編劇員還是沒有來。

「告訴她，」劉嚴厲地說：「我是不大歡喜人家不按時上工的。」接著，他便拿出小鏡子、黑骨梳，優閒自鑑地理起頭髮來。

這之間他接到兩次電話。一次是他的僕人打來的，告訴他說房子已經退了，行李也運到車站，要他 11 點 40 分之前趕到下關去。另一次電話是管轄我們的機關，中央電影事業處打來的，詢問劉幾樣工作事項。

——原刊於《大公報》第 2 張第 8 版，民國 30 年 2 月 3 日

在後一次電話裡，劉表示：整個「國家非常時電影事業計畫」雖然由他起草擬定了，不過那還是沒有什麼用的；因為，據他講將來正式地打起來之後政府不知道要退到什麼地方去，而離開了海口，在內地那樣的條件底下他是認為根本無法做電影的。第二，放映機的問題，他主張完全存在銀行裡，不必取回來；全國巡迴放映網的辦法，他說，那是行不通的，因為戰爭會給全國各大城市以嚴重的空襲，空襲以後城市的電流一瞬就要停止了，這還放映什麼？（而鄉村和小城市的觀眾，他是完全忘記了）最後，第三，他聲言不必怎樣忙著去拍出防空的教育短片，為了，他預料能夠懂得防空知識的人，早會離開戰爭的危險區了，而一字不識的老百姓，你難道真要用電影去教育他們麼？

就是這樣荒謬無理的意見，劉吶鷗用輕蔑的，但也是婉轉的口氣說出來，說畢拋下話筒，算是交代好他最後的工作。

他站起身來。

想走。

忽然看見檯上玻璃磚下夾著的兩張相片，他又坐下了。相片之一是這裡用飛機去上海接他來南京就職，在下飛機的時候拍的；另一張是個舞女的大半身。

「噢，這個我還要帶走，」他說。把它裝進那皮包之前，又這樣問我：「你看她怎麼樣？還有一點魅力麼？」

她的確是有一些魅力。

好像我也預備和這類紙上的美女告別似的，又重新再看了那照片一眼；那舞女，叫做張什麼，她底唇邊，似乎有一個迷人的黑痣，眼之深處，閃耀著一種縱慾者必有的，淫佚的色情。……

這一瞥不由我不想起劉吶鷗回滬以後的生活風趣。

「在上海舞女中間，」劉自傲地補白著說：「 我常常可以發現許多的Camera Face，嘿，要是在中國別的地方，要找一個像這樣漂亮的女演員，那是不容易的呀……」。

他把那舞女的照片在玻璃磚上反覆嬉弄著——這是頭一次，我感覺劉吶鷗有些低級和無聊。

「……天始也許要和這個舞女結婚；」劉這樣添講道。所謂天始，是劉吶鷗在上海最親密的事業夥伴，姓黃，是個電影批評人。

底下，再沒有什麼較精采的對話了……這就是劉吶鷗最後一次來我們工作場合的情形。

送劉去車站之後。我到那個彈曼陀鈴的女演員那裡去了一次。她就是我前面所說的戀人。因為裁員減薪，已經被革去職務了——她在職業上最近受到這樣的刺激。如今住在女青年會。

——原刊於《大公報》第2張第8版，民國30年2月4日

與我同到女青年會的還有一個朝鮮籍的青年，他從前也是我們那裡的演員，不過因為神經衰弱，在一次不重要的角色飾演中擦火柴燃菸而止不住手指的戰慄，被劉吶鷗指責為不能上大寫鏡頭的無能的演員，因此就得到了免職的處分。他是一個良善的人，我明瞭他從來沒有打算欺負，或者是謀害於誰，而現在，他，和我那女友，以及其他十數名青年演員一齊失去電影職業已多時了。這自然是使他們陷入可悲的貧困。

此刻，朝鮮朋友在女青年會的客室裡翻閱報紙，他決定去應募軍事學校的招考。

「反正我們總是要跟日本人幹的，」他說：「暫時不弄藝術，我也要去

當一個有用的兵。」

「那麼，我呢？」女友喊道。

「你怕什麼，參加新生活總會的婦女工作隊作宣傳好了。」朝鮮朋友還是指著報紙說。

我們出到街上來了。幾輛大卡車上面載著航空員打我們眼前飛擦過去，陸軍教導總隊精銳的武裝開進城中；長條刺刀與水壺相碰的聲音。歌詞：「起來，不願做奴隸的……」報販，高叫著號外：「虹口起了衝突，虹口起了衝突！」牆角上，明星公司出品，劉吶鷗編劇的《永遠的微笑》的電影海報之上，被刷上了一張國民黨南京特別市黨部的簇新標語：「歡迎平津同學來京參加抗戰工作……」

我們談到了劉。

朝鮮朋友數著劉吶鷗在上海一月可能收入的房租，數目是相當的巨大。「誰講他在日本還有地產呢，」他繼續說：「——他的母親不是福建人，是日本人；這樣他當然是不會留在南京做事的。」

哦，我醒悟一些了……

我們底步伐快起來。

「我們是不能跟著劉吶鷗走的……」我自語著。

「誰說要跟他一塊兒走呢？」女朋友奇怪地問道：「K呵，你現在對劉吶鷗還是那樣的看法嗎？」

「不，絕不；」在一家飯廳坐下來之後，我說：「我認為劉吶鷗是一個自私的人，——我們不能歡喜他。」

「越有錢的人越是吝嗇的，」朝鮮朋友說：「無論對於生命，或者是銀錢……」他舉例，說劉替人拍照的時候，從來只贈給被攝者以底片，而不印樣張，因為唯有如此他才可以節省兩分錢的洗印費。「不錯，」女朋友作證明說：「去年劉吶鷗來南京跟我們拍的照，後來也只給了底片，沒有帶樣張。他講：這幾張我給你拍得很好，你自己拿去放大吧！」

三個人都不禁笑了。朝鮮朋友仰起脖子，舉杯傾下他今晚第一杯啤酒。

這天是 1937 年的 8 月 9 號。

——原刊於《大公報》第 2 張第 8 版，民國 30 年 2 月 5 日

「那是我們住到島上來的第六天了……」

兩年後的秋日，我在北方戰場上的游擊部隊裡得到了一本陳舊的《現代》雜誌，重溫著劉吶鷗底〈赤道下〉這篇小說。

上面和下面都是〈赤道下〉開始的幾節：

這天天氣很好，屋外的陽光覺得是特別美媚。從早晨起便聽見海鷗在叫。珍說她看見美國海軍飛艇的銀翼由島上的東北角飛過。我卻只看見幾個大的花蝴蝶在窗外龍舌蘭邊飛玩。吃過了簡單的午飯小休息之後，我們便接受了微妙的引誘跳出了我們底 Bungalw。穿過一座天成的椰林，我們終於在廣闊的海邊發見了我們自己。猛來的一陣熱風把珍底一笠闊邊的草帽一吹落，她的短髮便向後豎直了。我禁不住在陽肩衣之下抱住了那浴衣緊縛著的細體，順在粉鼻下印了一個熱情。

讀著這的時候，我已經是知道劉吶鷗在前年夏天回上海去不久便已做了漢奸的消息了。離這十數個月以前，當我還在重慶，就從報上看到了劉吶鷗在滬替日方管理電影檢查事業，出入與日人為伍，生活更加富裕了……這樣的報導。

現在，我繼續把這個曾力主藝術者底品格應該是清潔和高尚的聰明的人底創作再看下去：

這是島上最美麗的一個地點……

砂雖是燙的，然而碧水卻極度地涼爽。當我們伸直了腳仰浮在水面上，而拿著無目的的視線遠擱在海水褐色的珊瑚礁時，我們的思想是跟頭上旋舞著的海鵜一般地自由的。我們得跟深海裏的魚蝦做着龍宮的夢，跟

那赤腳大蟹橫行於島裏的岩礁的空隙間。帶著鹽味的南來的風會把我們灌醉了，並向我們底體內封進了健康。我們是陽光的兒們，我們在無人的砂上追逐着，遊戲着，好像整個天地都屬於我們的愛一般地。

——惑人的片段呵！

什麼是純粹藝術的、自由、而又富有人生底詩的意義的創作呢？劉吶鷗底精神的、肉身的樂園，就永是在這如他的曾加工描畫過風景裡嗎？

在重慶時我晤到由上海來的文化，據談劉吶鷗一手主持謀害我們留滬的文藝和新聞界的戰士，極為毒辣……這是不是他認為別人的一切工作，都是沾染上政治，以致靈魂全太卑汙了的緣故呢？

我無法安適如舊地把〈赤道下〉卒讀下去。雖然在很久以前的往日，我曾在保守、狹小，而又幻想著逸世的歡樂的落後生活裡，酒醉也似地，心甘情願地做過這種文字的俘虜。

結局，1940 年的 9 月 6 日，我在延安見到劉吶鷗死去的新聞。

那新聞是說：9 月 3 日午後的二時一刻，上海公共租界四馬路又發生了一樁鋤奸案。原來，有幾個高貴的華人偕同幾位日本官員們在京華酒家午餐，餐畢，下樓時突有個預先在樓下茶座飲茗的青年，向那群人中之一連開了三槍……

槍彈都擊中在一個漂亮的紳士底胸部。

他倒下來了。他那沒有戴帽子的頭顱又碰損於樓梯下層的畔沿上，顱間也撞出了血。

青年刺客見達到了目的，急忙跑出去跳上汽車，逃脫了。

新聞電稿的後文是這樣的：

——原刊於《大公報》，第 2 張第 8 版，民 30 年 2 月 6 日

……據悉，被擊者名劉吶鷗，年約四十，福建人，曾任電影導演，嗣投

入日方與黃逆天始等合組中華影片公司，代日統制華中區電影事業，更不顧廉耻，甘心賣心，加入日本國籍。彼現任所謂國民新聞社長及所謂中國新聞學會滬分會理事等職。

9 月 6 日是國際青年節，延安的假日。昨天，我們歡喜地迎接著中國電影製片廠的工作外景隊路過於此。今天早上，還要在這裡新闢的黑房裡趕印著許多從電影底片剪下來的時事新聞呆照，所以就沒有休息。劉被刺的電稿，是午後當我們拿著電影攝影機，往國際青年節的紀念大會去的途中讀到的。它列印在這裡的《今日新聞》紙上。

我們終於走進了今日熱烈的聚會場，被選舉出來的模範青年的浩蕩的隊伍，挽臂繞場遊行著；為首者高舉起蔣介石和毛澤東兩先生的畫像，歡歌，由全體合唱著。多種多幅的橫面旗幟上，寫著各國文字的聯誼之語，現在是反戰同盟員的日軍俘虜們，被大家鼓掌歡迎著……我們所要拍攝的，也正是這些流動著向上的血液的，活潑、有力的場面。

我們底工作，是前進著的歷史的反映和表揚者；而這一層，卻是那迴避在生活中用其真實感情的，已逝的劉吶鷗所無從知曉的了。在我隨身帶著的電影技術札記本裡，最初的幾頁中還有著由劉教給我的，新聞紀綠片攝製的基本法則，但因了我們是能把那死死的方法與原則，搬用到這光耀的電影營地裡來的革命技術者，所以當履行本位工作的戰鬥任務的時候，常忘掉了艱苦，而感覺有一種合理的驕傲的快樂。

這種快樂，在劉吶鷗臨終的時候恐怕也還是不能追求到的……雖然呵，他生前之走向享受，恰好像我們此刻，走向為眾人的義務的服務一樣地倔強，一樣地踴躍。（完）

——原刊於《大公報》第 2 張第 8 版，民國 30 年 2 月 7 日

——選自康來新、許秦蓁合編《劉吶鷗全集——增補集》
臺南：國立臺灣文學館，2010 年 7 月

專訪上海施蟄存談劉吶鷗

◎許秦蓁*

一

時間：1998 年 3 月 30 日

地點：上海愚園路施家

錄音：許秦蓁

問：施先生當時怎麼認識劉吶鷗的，可不可以談談劉吶鷗？

答：劉吶鷗是臺灣人，他是 1926 年到上海震旦大學到法文特別班學法文的，這個法文特別班是預備留法的人，各地不懂法文的，或各地英文中學的學生到震旦來念法文特別班就可以到法國去念書。劉吶鷗和戴望舒同班，我和杜衡同一班，劉吶鷗比我們高一屆。我認識劉吶鷗是在震旦特別班，至於他是不是更早來到上海，那我就不是很清楚，因為他都會和另外一個在上海商學院讀書的臺灣人住在一起，他們那時候住在淮海路，當時的霞飛路，不過我不認識那個人。另外，特別班是補習班性質，有些到震旦大學念法文特別班的，可以念震旦大學一年級，這一班，通過這個辦法繼續念震旦的人是很少的，所以到這個特別班結果到後來都是去打游擊的，有些到法國去，有些就不念了。我進震旦時，劉吶鷗已經不在震旦了，不過戴望舒那時候還在震旦，他念一年級。戴望舒打算等我和杜衡，再一起到巴黎去。

---

*發表文章時為中央大學中國文學系碩士生，2000 年獲中央大學中國文學研究所博士學位，現旅居海外。

問：劉吶鷗在 1927 年日記中提過「丘君」，施先生知道這個人嗎？

答：是丘瑞曲，就是和劉吶鷗住在一起的，他們兩個人大概是很要好的，他就是在上海商學院讀書的。劉吶鷗離開特別班以後的情形我就不是很清楚，但是他念完特別班之後，還是跟丘瑞曲住在一起，以後大概他回臺灣去結婚再到上海來吧！時間我不是很確定了。他後來回到上海之後，他自己弄了一個大里弄，叫花園坊，就是現在虹口公園背後，一個大花園，大概一、二十幾棟是吧！那是劉吶鷗的產業。

問：施先生在回憶錄中提過，1931 年之後，劉吶鷗就轉向去拍電影了，您還記不記得是什麼情況，或是什麼情形去拍電影的？

答：劉吶鷗向來喜歡做跟電影有關的事，他喜歡看拍照啦！電影啦！他什麼時候參加電影事業我並不清楚，但是 1931 年因為八一三，日本人占領了上海，我們是住在租界裡，不過劉吶鷗那個房子是在中國地界，一打仗他自己也搬到租界裡來，他那個房子被日本人占領了，他後來也回臺灣了，他在臺灣、上海去去來來的。1931 至 1935 年我在上海辦雜誌，他在上海拍電影了。

問：劉吶鷗的〈赤道下〉是發表在您編的《現代》，轉入電影行之後，劉吶鷗的創作情況如何？

答：他寫作的文章大多在我那裡發表的，還有《文藝風景》，他的文藝創作都在我這裡發表，他的電影文章就在《現代電影》，姚蘇鳳編輯的《辛報》，裡面的電影副刊好像也有劉吶鷗的文章。

問：請問《新文藝》〈編輯的話〉大概都是誰寫的？

答：那些全是我寫的。

問：劉吶鷗和施先生、戴望舒開過兩個書店，那他主要是負責什麼工作呢？

答：劉吶鷗是老闆，他每天上午來管帳，結餘他拿，還有一個校對。

問：徐霞村在〈記劉吶鷗〉裡提到，在水沫書店時期，劉吶鷗的經濟狀況曾經出過問題，您知道那是什麼情形嗎？

答：劉吶鷗的經濟狀況不會差的，水沫書店結束是因為政治的關係，出了問題是因為遇到打仗，把書店都打掉，劉吶鷗也沒興趣了，他興趣轉到電影去了，不搞文藝了。

問：劉吶鷗轉向從事電影事業之後，和施先生之間往來密切嗎？

答：不會密切的，兩個人的路都不一樣了，我也不住在虹口了，我搬到法租界了，不會常常碰頭的了。我們同劉吶鷗的關係，都集中在 1927 至 1930 年，文藝活動也衰下來了，他的電影事業也忙了起來，他跑到電影界裡去，後來有沒有再寫什麼也不清楚了。

問：後來劉吶鷗還有一篇〈赤道下〉發表在《現代》？

答：我曉得他的〈赤道下〉是最後一篇，在《現代》也就那麼一篇。

問：後來《文藝風景》裡還有一篇劉吶鷗的劇本？

答：對，還有一篇，《文藝風景》只出了兩集。

問：劉吶鷗在 1927 年中提到跳舞的事情，他很喜歡跳舞嗎？

答：他喜歡跳舞。他同戴望舒兩個人，在水沫書店的時候，差不多一個禮拜去四個晚上，北四川路的「blue bird」，青鳥，這是日本人開的舞廳，舞女都是日本人、臺灣人和高麗人。戴望舒比較清楚他跳舞的夜生活，我不知道。

問：有沒有聽過劉吶鷗提到他的臺灣朋友們？

答：這我不清楚，他也很少提，因為他的臺灣朋友、日本朋友，講的都是閩南話或日本話，我是聽不懂的。劉吶鷗家在臺灣大概是開糖廠的。

問：施先生知不知道劉吶鷗求學的背景？他念過大學嗎？有沒有聽他提過？

答：他沒有念過大學，他是念青山學院。我曉得他念青山學院，但是不確定他有沒有畢業。劉吶鷗不太願意講他過去的事情，不講，就是對我們不講，對上海人不談過去，他到底是日本人是中國人還是臺灣人，他自己從來沒有說明白過。

問：那當時很多人以為他是日本人囉！

答：是啊！因為他日本話講得好，他講的日本話都是東京話，漂亮，所以「blue bird」的日本舞女、朝鮮舞女都歡迎他的，他講話很漂亮。有一個舞女還跟劉吶鷗說過，你說的話簡直是東京話。

問：在辦書店的時候，施先生、戴望舒與劉吶鷗的休閒活動只有跳舞嗎？

答：跳舞是晚上的事情，辦書店的時候，上午到書店來，夏天中午我們去游泳，晚上我們去跳舞，是這樣的一個生活。

問：當初辦《無軌列車》時，文藝界的反應如何？

答：別人的批評很少，那個很早就辦了，那時候沒有什麼人看的。中共五四運動的新文學應該從 1917 年算起，我們是在第一個十年進門的，大概是 1927 年，1917 年的新文學重點在北京，那個時候上海還是鴛鴦蝴蝶派的勢力，文藝很少的，所以我們水沫書店這些人和夏衍他們，與開明書店這一批人，都是在新文學運動第一個十年的後半期，大概是 1924、1925、1926 年這個時候，所以有許多東西在上海都是新花樣，所以現在有人說我們是「現代派」，因為那時候上海這些文藝青年，是和過去的不同的，同鴛鴦蝴蝶派不同，同早期的新文學家也不同，所以情況兩樣了。

問：劉吶鷗與電影界的關係，施先生清楚嗎？

答：這就不知道了。

問：劉吶鷗被暗殺之後有好幾個說法，施先生的看法是？

答：上海所有的賭場都是他的，是劉吶鷗控制的，上海在汪精衛時期，劉吶鷗因為透過日本人的關係，他是上海軍法賭場的頭頭，每次進去各個賭場都可以拿到許多錢，上海就是劉吶鷗控制的，他侵害了上海流氓的經濟利益，所以流氓把他打死了，並不是政治關係。

問：劉吶鷗大概是什麼時候開始與賭場有關係的？

答：我們叫做抗戰時期，就是日本人侵略中國的時期。

問：1927 年 10 月，劉吶鷗和戴望舒去了一趟北京，這件事情您知道嗎？

答：這我不清楚，可是戴望舒去過北京，因為當日我們都想轉到中法大學去，戴望舒先到北京去，北京青年都要回來，所以戴望舒看看北京情況也不對，就玩了一下就回來了。他本來是去北京看看北京中法大學，但是他一看北京的革命也不好，他就回來了，結果在北京認識了馮雪峰，所以後來馮雪峰也到上海來了。像丁玲、馮雪峰、姚蓬子都是在這一趟認識的。

問：劉吶鷗 1927 年日記提到他和戴望舒一起去北京，可是在戴望舒的評傳裡，我們都只看到戴望舒自己一個人到北京，沒有看到劉吶鷗也跟他一起去的記載。

答：是啊！我也不相信劉吶鷗也去了，因為我記得這個時候劉吶鷗恐怕已經回日本去了。因為四一二事變戴望舒先到我家裡躲著，後來我回到杭州，杭州黨部意見更兇，因為震旦大學裡告密的那個學生，是杭州人，這樣子浙江省反共反的更兇，戴望舒因為告發信，震旦大學告發他也是杭州人，所以他在杭州待不住，他同杜衡兩個人就到我松江來住，住在松江，後來他就到北京去，大概這一次，我想恐怕他們不一定是一道去的吧！

問：劉吶鷗 1927 年日記還提到幫施先生、戴望舒上日文課，那時候的情形如何？

答：上日文課啊？那時候戴望舒住在劉吶鷗家裡，劉吶鷗太太還沒來，劉吶鷗一個人雇了一個老媽子住著。

問：施先生提過劉吶鷗的中文不好，那他的小說怎麼寫出來的？

答：劉吶鷗的中文很勉強的，你注意一下，他有很多句法都是不對的，有日本句法。他講閩南語我也聽不懂。

問：劉吶鷗當時看不看電影？會不會有什麼批評？

答：劉吶鷗愛看電影，外國片他是全看的，他寫過電影評論，在姚蘇鳳編的副刊，他的電影批評文章可以出一本的，可是不知道他的署名。

問：劉吶鷗為什麼筆名叫「吶鷗」呢？和戴望舒的「夢鷗」有沒有關係？

答：不關的，劉吶鷗最早的署名叫做吶吶鷗，吶吶鷗是日本話吧！它是日本什麼話的中文翻譯。

問：那「葛莫美」也是劉吶鷗囉！「葛莫美」是日文的「海鷗」。

答：是。「白璧」也是劉吶鷗，不過他用這個筆名寫的文章不多，「夢舟」也是劉吶鷗的筆名。

問：施先生對黃嘉謨有印象嗎？

答：他是劉吶鷗的好朋友，黃嘉謨、丘瑞曲和劉吶鷗都住在一起的，他們是好朋友。

問：穆時英和劉吶鷗的交情如何？平常聊寫作嗎？

答：很好，他住在劉吶鷗的房子裡，戴望舒、姚蘇鳳、穆時英都住在劉吶鷗的花園城裡，住了一棟房子不出房金（房租）的。他們幾個人住在劉吶鷗的房子裡面，最要好的時候，游泳，跳舞都在一起的，看電影更在一起了。

問：《無軌列車》的〈列車餐室〉是誰寫的？還有，為何又叫《無軌子》？

答：這是劉吶鷗寫的。當時上海有無軌電車，也有有軌列車，列車是火車，就是沒有軌道的火車，比電車大了，就是指沒有軌道的火車。

問：劉吶鷗看不看阮玲玉的電影呢？

答：大概是都看的，不過最多的還是都看外國電影，中國電影不太看的，劉吶鷗他有一個姿態的，看中國電影，他一講起中國電影就會「oh！」，他就說中國人演的不好，他最欣賞的就是德國「ufa」電影，當日德國「ufa」電影的藝術性最高，他喜歡看藝術性的，他喜歡的幾個人，就是「嘉寶」，還有一個男的法國人，這幾個人演得好。

問：劉吶鷗的個性如何呢？

答：劉吶鷗的個性很難講，他三分之一是上海人，三分之一臺灣人，三分之一日本人，因為他的文化經驗就是這三條路，環境有關係的。

問：徐霞村〈記劉吶鷗〉提到劉吶鷗很小氣，那劉吶鷗是個大方的人嗎？

答：說他大方呢，不大方，說他小氣呢，也不好說，他花錢是要考慮的，但是尤其是他對你有感情，你去借他也肯的，在水沫書店時，他是老闆，我是雇員，我拿 100 元一個月，工資算是多的。說劉吶鷗小氣，不是小氣的，是他用錢比較抓得緊的。

問：劉吶鷗看不看「寫實小說」？

答：他不是不看寫實小說，他腦袋裡沒有「寫實主義」的，我們都是受他影響的，看的文藝作品，老是寫實主義的東西，我們覺得那都是呆板的。

問：劉吶鷗本身會批評「寫實小說」嗎？

答：他講自己的興趣，不太批評別人的。

問：他平常看些什麼書呢？

答：什麼內容我不清楚，反正他看的都是日文。他是日本青山學院出來的，青山學院在日本是個貴族學校，日本人也講過，青山學院有一種風氣的，貴族公子多。

問：那劉吶鷗會不會很貴族氣呢？

答：在中共看來，劉吶鷗看來不算有貴族氣，因為他這個人還是隨便什麼人都能談得攏的，在這裡和別人交惡他是沒有的，不過他處理自己的事情就是貴族花花公子。

問：施先生見過劉吶鷗的太太嗎？

答：見過，他太太不太講話的，因為不會講上海話，也不會講普通話。劉吶鷗去世後，我在上海還碰過他太太，1942 年，我從內地回上海，我去看過她一次，她就住在江蘇路，延安西路一帶。

問：施先生對黃天佐有印象嗎？

答：有印象，是電影界的，劉吶鷗後來幾年都和黃嘉謨、黃天佐在一起。

問：劉吶鷗會提到日本新感覺派小說嗎？

答：那時候日本有新感覺派，但中國沒有，這個名字中國那時候還沒有，是樓適夷的一篇文章提到的，樓適夷從日本回來之後，大概看了一些日本的文藝書，就說我們上海的這一批人是新感覺派，他這樣子講的，所以除了這篇文章以外，在其他文藝雜誌上，也沒有人講我們是新感覺或老感覺的。

問：您覺得依劉吶鷗的個性，他會喜歡「新感覺派」這個名詞嗎？

答：劉吶鷗也不會喜歡的，因為他腦筋裡還沒有這個名字，這個名字後來我查過，德國也有，應該是「意識」而不是「感覺」，所以應該叫做「新意識」，我不曉得現在「新感覺派」這個名詞成不成立。

問：劉吶鷗在穿著打扮上會不會很講究，會不會很愛漂亮？

答：劉吶鷗不叫做愛漂亮，這個叫做衣冠楚楚，他向來就是這樣，因為第一，他有錢，西裝破了舊了他就丟掉了，我說他真的是衣冠楚楚，他不是拚命的在身上打扮，他穿戴整齊，習慣是這樣子的一個人。那時候在上海，有辦法的，春秋一套，夏天一套，冬天一套，三個季節裡，每個季節有兩三套衣服算是蠻闊氣的，我們只有一件大衣，他有三件大衣呢！

問：劉吶鷗寫詩嗎？

答：劉吶鷗沒寫過詩，翻譯詩，但沒寫過。

二

時間：1998 年 4 月 1 日

地點：上海愚園路施家

錄音：許秦蓁

問：劉吶鷗 1927 年日記中，提過翁君、蔣君，您有印象嗎？

答：這兩個人我不清楚，劉吶鷗除了我和戴望舒之外，還有兩個好朋友，是黃嘉謨和丘瑞曲，文藝界和電影界大概就是和這些人，後來和姚蘇鳳也不錯。

問：施先生可不可以談談穆時英？

答：他是在《新文藝》發表第一篇文章，那時候他在光華大學，後來我的《現代》雜誌停刊之後，他到國民黨裡面去，當一個上海讀書雜誌審查委員，那的名譽很壞，人家都說他到官方裡去了，他本來是自由作家，後來進了國民黨去看人家送來去讀書雜誌審查委員，就變了官了，他每天就看人家送來的要出版的東西，他紅筆一劃就不准印了，就是這樣子所以人家對他印象很不好，後來抗戰了，他就到香港，1940 年他跟著汪精衛回到上海，掌管《國民新聞報》，這個是一個大事，算是文化漢奸。劉吶鷗和穆時英都是那個時候被打死的，劉吶鷗是因為賭場，他並不是同汪偽政府國民黨的謀殺的，他的關係是從上海流氓謀殺的，因為上海的賭場都是黃金榮、杜月笙，那些上海大流氓，他們的收入，那麼劉吶鷗靠了日本人的勢力，把他們這些流氓的錢拿掉了，所以上海賭場裡頭的收入都是歸日本方面拿去的，中間就是劉吶鷗，中國人的代表，劉吶鷗是做日本人的傀儡。

問：是誰介紹劉吶鷗進入汪精衛政府的？

答：穆時英是在香港就聯繫好的，和劉吶鷗沒關係，兩個人是兩條路，劉吶鷗是因為日本人的關係，穆時英是因為樊仲雲，他們這一群人，被汪精衛收買了去，跟著汪精衛一起從香港到上海組織偽政府。汪精衛在南京主持政府，穆時英和樊仲雲在上海辦報紙。穆時英沒有在南京做過事情，只有在上海辦報紙。

問：劉吶鷗管賭場是誰的說法？

答：沒有人說，我知道，那時候 1940 年我從內地到上海，我就知道他這個情況，劉吶鷗自己不提的，後來他死了，也有人這樣說。劉吶鷗死在京華酒樓樓梯下，穆時英死在黃包車上。

問：劉吶鷗過世的時候，施先生有沒有來拜祭他？

答：沒有，那時候我在福建，在廈門大學，我回來時已經 1944 年了，他們兩個人都已經死了。

問：劉吶鷗在 1927 年日記中提過你們要辦一份雜誌，提到一些編輯方向，名字定為「近代心」，您有沒有印象？

答：我不記得，但是後來沒有出這份雜誌，那個時候我們還在震旦，旁邊是震旦大學，那時候他住在霞飛路，晚上他會過來，可見得那時候我們要辦雜誌已經有一個想法，可是沒有完成，劉吶鷗日記中所提的，這種計畫後來就是水沫書店的計畫。因為四一二政變，我們在震旦只念了半學期。

問：劉吶鷗提過內山書店，您有沒有印象？

答：內山書店在北四川路底，虹口公園那邊，我們也常常到內山書店去看，日本人開的，我們常常去買他們的許多書

問：《新文藝》中的〈讀者會〉單元，是誰負責回信的？

答：不是我就是戴望舒回的，劉吶鷗是不管事的，他每天來水沫書店一趟，上午管帳，他是老闆走帳房，我們是編輯，校對，跑腿，三個人，還有一個老師傅，老師傅的太太幫我們燒飯。

問：水沫書店的生意好像不錯，出了很多書？

答：這很難說的，上海 1930 年代辦書店，又好辦又難辦，這些書當時是新的，有銷路的，但是這些都是左傾書，國民黨會禁，要監視你，所以我們都不太曉得如何弄，加一個中國內地的各地方的書商，最大的是湖南、開封、洛陽，那些書店的老闆，那時候上海書店裡還有一個工作人員叫「跑街」（salesman），因為書要經過他去推銷的，所以內地書店的老闆到上海來，每一個書店裡頭的跑街要去招呼他們，請他們吃飯，吃完飯把我們出版的東西的書單子給他們看，他們一看覺得好的，要 10 本，要 20 本，他批，批了之後我們把書送去，書送去之後他們拿到本地去賣，賣了之後錢偷去了，不給，那麼下一次再來，他再買，就算賣光了，也不會馬上給錢，如果上次買 100 元，這次頂多給 50 塊，所以他們 1000 塊可以買我們 3000、4000 塊的書，那時候上海的書店都是給內地的書店偷倒的。大書店的話各地有分店，所以那個時候我們經營有個計畫，所有的小書店小出版社聯合起來，到全國開連鎖店，我們有計畫，可是後來打仗了，什麼

都完了，劉吶鷗也這樣主張，戴望舒特別跑到開封、成都、北京去看看，了解情況，他曉得那時候我們小書店這樣經營不好，就是被內地的小書店偷死了，這種生意很難做的，後來我們再也不想辦書店，書店難辦。

問：那時候水沫書店的客人都是什麼樣的人呢？

答：買書沒有問題，當然都是青年知識分子，大學生，中學生，書是有銷路的，可是這一個發行的局道不對，出版家占了一個很不利的地位，便宜都是辦書店的人占，所以那時特別是開封，有一個書店老闆到上海來很闊氣的，大家都請他吃飯，我們也用一個跑街的，不過我們沒有專職的跑街，這中間還有一種人，他熟悉各種出版情況，他做許多小書店的跑街，我們給他 70、80 塊到 100 塊錢一個月，他替三個出版社跑街，他一個月可以拿到 300 塊錢。他替每一個出版社去聯繫內地的書店，如果沒有這樣的跑街，我們一本書也賣不出去，我現在想那時候我們還年輕不曉得，那劉吶鷗是因為有錢，所以不在乎，我們水沫書店辦了兩年，花了兩、三萬元，都是劉吶鷗投資的，他在臺灣很有錢。

問：劉吶鷗 1927 年日記中提過千代子，您知道這個日本舞女嗎？

答：千代子也是「blue bird」的舞女，我知道這個人，戴望舒還寫過一首詩給她。千代子是舞女，會講日本話也會講上海話。當時在上海的日本舞女有很多都是朝鮮人（韓國人）。

問：劉吶鷗日記中除了瑞曲之外，還提到青江、翁君這些人，您有沒有印象？

答：青江和翁君我不知道。

問：劉吶鷗的法文程度如何？

答：他和戴望舒同一班，可能他在東京青山學院就已經念過法文了，他是 1926 年才到上海的，他 9 月到震旦，我們才認識他的，之前只有戴望舒認識他。

問：劉吶鷗是為了念法文才到上海的嗎？

答：這也不一定，他可能是到上海來玩玩，來的時候不一定是要念法文，也許他到震旦念法文也是來玩玩的，他來到上海的時候，也不曉得上海有震旦大學，也不曉得震旦大學有一個特別班，也不知道這個特別班要念一年，可見得他來的時候並不是專程為了念法文，是來到上海之後剛好知道有一個特別班，他沒事就來讀讀法文，晚上出去玩，白天來讀書，他是這樣子一個態度來念法文的。進了震旦念法文，碰到戴望舒，兩個人一下子談得攏，才從戴望舒同我們這邊的影響搞文學。他本來也不一定是來上海搞文學的。我們的三個書店，從第一線、水沫書店到東華書店總共三年。

問：《新文藝》、《文藝風景》裡面的插圖是誰畫的？

答：是郭建英畫的，不過《都市風景線》的封面是他自己畫的。

問：劉吶鷗日記裡提到的「秋原」，是胡秋原還是葉秋原？

答：是葉秋原，也是我們杭州人，他是美國大學社會學 MA，早兩年我、戴望舒和他都在杭州，我們辦了一個「蘭社」，我們最早是一個小的文學組織在杭州，除了我、戴望舒、杜衡、葉秋原，還包括張天翼，其他有幾個後來不寫文章了，搞文藝就這五個，到了上海葉秋原本來是在東吳大學念法科的，後來到了美國去留學，東吳大學在蘇州，法科是在上海東吳中學夜間部，東吳中學白天是中學，晚上是東吳大學法科，所以東吳大學法科的人都是在上海讀書的，不到蘇州去的，因為那個時候的教師都是上海的律師。

問：您知不知道劉吶鷗有個朋友叫做黃朝琴，也是臺灣人？

答：不知道。劉吶鷗有好幾面，他同日本人的關係到底怎麼樣，說不定日本人還利用他搞一些中國消息，不過這是我們的懷疑，因為他自己並不願意，不是做這種事情，個性上不會做這種事，不過是日本人會利用他。穆時英是汪精衛的部下，劉吶鷗是日本人的部下。後來有人認為穆時英是漢奸，劉吶鷗是日本特務，他同日本人的熟悉超過汪精衛，他跟日本人的關係比汪精衛早，在那個時候，連日本領事館都同他有關係的，因為日本人把他看成是半個日本人。他們的背後都有一個日本人在管他的，所以他的地位很怪的，劉吶鷗人很聰明。

問：有沒有人說穆時英的小說比劉吶鷗寫得棒？

答：穆時英聰明，他的中文比劉吶鷗還好，他講話也會帶日本腔。劉吶鷗喜歡的是橫光利一、谷崎潤一郎。

問：施先生怎麼會想到要寫像〈魔道〉那樣的小說？

答：那時候我們這些青年喜歡怪異的、幻想的、Romatic，那時候文人青年都喜歡新浪漫主義，我們的小說要用「新意識」小說，不要用「新感覺」。

——選自許秦蓁〈重讀臺灣人劉吶鷗（1905～1940）——歷史與文化的互動考察〉
桃園：中央大學中國文學系碩士論文，1998 年 12 月

變動年代下的臺灣人劉吶鷗

一個臺灣史觀點的思考（節錄）

◎張炎憲*

1939 年汪精衛在南京成立國民政府後，隔一年，1940 年，劉吶鷗就被暗殺身亡，暗殺的原因可能是跟他親日或親汪精衛政權有關。在 1940 年複雜的時空背景下，臺灣人到底在上海應該扮演怎樣的角色，是一個很難處理的問題。劉吶鷗本質上是親日本的，所以他的好友施蟄存才認為他是「三分之一的上海人」、「三分之一的臺灣人」、「三分之一的日本人」，表示他當時的身分很特殊，而且在被暗殺的時候，他正好是「國民新聞社」社長，該社與汪精衛政府有關，所以他的死與政治脫離不了關係。1940 年 9 月 3 日劉吶鷗被暗殺，短短 36 年的生涯，從劉吶鷗身上我們可以發現存在許多問題。

如果我們從另外一個角度去思考，那就是在變動年代臺灣人到底應該怎麼辦？處於變動年代、在變動年代中求生存並不是臺灣人所願意的，1895 年，日本人領有臺灣，也不是臺灣人的選擇，1930 年以後，日本人發動戰爭，也不是臺灣人的選擇，1945 年，日本戰敗，國民黨來接收臺灣，也不是臺灣人的選擇，所以在一切都不是臺灣人的選擇的情況下，臺灣人就任人擺布地度過了一百多年，而這一百多年我們到底如何去理解呢？劉吶鷗正處於這樣複雜變動的年代，是個很好的例子，很值得我們去理解。臺灣人在戰時是日本國籍，二次大戰結束之後，臺灣人變成了中國國籍，而日本和中國這兩個國家長期處於敵對的關係，臺灣人又先後被這兩個國

---

*張炎憲（1947～2014），嘉義人。臺灣史學者。發表文章時為國史館館長。

家統治，應該如何自處才好呢？

首先我想說明在日本統治時代，臺灣人到底在想些什麼？到底在追求些什麼？我認為可以分幾個方面來說明：

第一方面，臺灣人認為他可以扮演介於中國與日本之間的橋樑角色，使日本和中國和平相處，不致發動戰爭。臺灣人認為，自己精通日文，又會講客家話、福佬話，懂得中國話，這樣的多語言關係是臺灣人的特殊能力，可以扮演中介的多重角色。我們從《蔡培火全集》可以看得出來，他寫過《與日本本國民書》，希望日本應該重視臺灣人，借重臺灣人的特殊才能，使臺灣人扮演中日兩國之間和平的橋樑角色。蔣渭水也在文章中提出臺灣人應該扮演中介的角色。所以當時臺灣菁英大多有臺灣人可以扮演日本跟中國之間橋樑角色的想法。

第二方面，當時的臺灣人認為要做一個堂堂正正的臺灣人，必須先改造臺灣的政治、經濟、社會、文化，才有辦法趕上日本人，跟日本人平起平坐。所以在 1920 年代，臺灣人推動各色各樣的政治社會運動，如臺灣文化協會、臺灣議會設置請願運動、臺灣民眾黨、臺灣共產黨、臺灣地方自治聯盟以及無政府主義、勞工運動、農民運動等，企圖改造臺灣、建設臺灣。這些運動，從右派到左派，從自由民主、議會政治、政黨政治的追求到無產階級革命，其最終目標都是臺灣是臺灣人的臺灣，由臺灣人來治理，希望這樣的目標達成之後，臺灣能夠達到獨立自主。

第三方面，當時的臺灣人，有的因抗爭無法達成目標，在失望之餘，選擇遠走避難；有的相當徬徨，不曉得該怎麼辦而採取逃避；有的則參與國民政府的工作。而這些人也可以分成三個部分來談。

第一種人，是在 1920、1930 年代初期對抗日本，但因時局的改變，感到沒有成功的可能。其中如楊肇嘉，臺中清水人，在 1941 年到中國上海去經商；吳三連，臺南人，也在 1941 年先後到中國北京、天津經商，因為他們認為在二次大戰下，日本實施戰時體制，臺灣人已無法有所作為，甚至處處受到監視，只好逃離日本，跑到日本人控制下的中國地區去求生存。

另外一種人，因具備語言和專業上的才能，看到滿洲國、中國華北、華中、華南，都受日本的控制或影響，因此想去中國求發展。如江文也，臺北三芝人，在北平師範大學教書，創作出很多音樂作品；王詩琅，臺北人，在 1938 年到廣東參與日本人辦的刊物《廣東迅報》；陳澄波，嘉義人，也到上海教書，留下許多杭州、上海的畫作；廖文毅，雲林西螺人，到浙江大學任教，廖文奎到金陵大學任教；張深切，南投人，也到中國北京擔任教職，並創辦《中國文藝》。這些人到中國去，在政治上也許沒有什麼作為，但因具備多種語言和才能，在混亂多變的時局下，發展出他們的事業。

還有另外一種人就是依賴中國。依賴哪個中國呢？大多數人都是依靠中國國民黨，認為國民政府力量夠的話可能打敗日本，將臺灣從日本殖民地裡解放出來，如黃朝琴，他來自臺南縣鹽水鎮，在國府外交部工作；李友邦，臺北蘆洲人，他組成「臺灣義勇隊」來對抗日本人；翁俊明，臺南人，成立「中國國民黨臺灣省黨部」；李萬居，雲林人，在留法期間參加中國青年黨，之後在國民政府工作；張秀哲，臺北人，參加廣東臺灣革命青年團。這些做法的共同點是，當臺灣的力量沒有辦法對抗日本時，可以借重中國的力量來對抗。此外左派的謝雪紅、蔡孝乾等，想要借重共產主義第三國際的力量，或是中國共產黨的力量來對抗日本。總之無論是右派或左派人士，都認為臺灣人的力量不夠，無法推翻日本，只有借外力才有可能達到脫離日本的目標。

在日本統治時代，臺灣人大概有這三種心態，這三種心態都想要解決臺灣的問題，希望透過自己的方式，達到臺灣是臺灣人的臺灣、由臺灣人治理的目標，雖因手段不同，達到的成果或目標會有差異，但那時候沒想到那麼多，只想到在日本統治底下，臺灣人過的是次等國民的生活，希望能獨立自主，脫離被殖民統治的命運。

雖然在日本統治下，臺灣人有徬徨、有無奈、有悲哀、有痛苦，但也拚命努力學習，透過日文，了解到日本明治維新之後的近代化成果，也學習到歐洲、美國的近代民主自由和社會主義思想，並且看到中國的落後及需要改革的地方。臺灣人戰前的種種經驗應該傳承下去，讓下一代的人了解在日本統治時代，臺灣一方面被殖民地化，一方面也近代化，跟上世界的潮流，在臺灣做出許多貢獻。但這種經驗在戰後沒有辦法延續下去，因為中國國民黨政府認為這是受到日本帝國主義、殖民主義奴化的結果，而被消音無法傳承，成為臺灣人的歷史失憶。

臺灣人曾經當過日本兵，為了日本天皇打仗；也被國民黨徵集去中國，打過國共內戰；也被共產黨俘虜之後派去打韓戰。臺灣人在無法自主之下，被捲入三次戰爭，但這三個政權不只互相對立，甚至還發動戰爭相互廝殺，臺灣人處在這樣的時代，除了無奈悲哀，又該如何自處呢？

我讀了《劉吶鷗全集》之後非常感動，越讀越覺得臺灣人很無奈，但是也覺得劉吶鷗在這樣無奈的時代裡，創作出文學、藝術、電影等作品，留下事蹟讓人憑弔。正好我認識他的長子劉江懷，二二八事件後他到日本，改名「劉吶明」，與劉吶鷗（本名劉燦波）只差一個字，別人還以為他們是兄弟，其實是父子關係。

劉江懷參與廖文毅的臺灣共和國臨時政府，他主編《臺灣民報》，與日本時代的《臺灣民報》同名，但是戰後的《臺灣民報》是臺灣共和國臨時政府的機關刊物，也是海外臺獨運動首次發行的刊物。劉吶明在東京時主編這份刊物，因為他的日文很好，用日文寫作，是臨時政府重要的文膽。我曾經訪問過他為什麼要用「劉吶明」？他不置可否。但我相信，他應該是追思他父親。他父親劉吶鷗是一個浪漫的文人，新感覺派的文學作家，軟性電影的催生者。劉吶鷗的長子劉江懷也一樣充滿熱情、理想和浪漫，才敢在 1950 年代挺身而出從事獨立運動，在當時獨派人士勢必被國民黨列入黑名單，不只不能回臺灣，在臺灣的家人也會處處受到監控。

劉吶鷗在日本統治時代，到底應該扮演何種角色呢？臺灣人？日本人？或者是上海人？雖然他跟上海的文人有非常密切的關係，但是他流的血是臺灣人的血，他的國籍是日本國籍。他的兒子在 1930 年出生，當然是日本國籍，卻在戰後挺身從事獨立運動，認為臺灣只有獨立才是唯一的出路。雖然廖文毅的獨立運動沒有成功，但是劉吶明敢挺身投入獨立運動，如果跟他父親的行為連在一起來看，更能體會臺灣人在兩個時代所遭遇的困境，角色扮演的艱難，以及為臺灣謀出路必然遭受打壓的事實。

劉吶鷗與劉江懷父子兩人出身柳營望族劉家，都具備文學才華，充滿理想浪漫，才會在時代變動中做出與當時存在矛盾衝突的舉動，這到底代表什麼意義呢？我認為他們身處這兩個時代，走過兩個政權，一位處於國民黨、共產黨、汪精衛和日本相互角力衝突的上海，臺灣人生活其中彷彿是邊緣人，但他卻充滿鬥志，想要扮演文化推手，終於被暗殺犧牲；一位流落在日本從事獨立運動，想要打倒國民黨政權，建立獨立自主的臺灣。我想這是臺灣人在變動年代中，為追求理想的最好見證，所以我閱讀劉吶鷗的資料以後，有相當的感觸，不想從中國文學史、電影史的角度來討論劉吶鷗的表現，也不想追究新感覺派的作品內涵，或是上海文壇和電影界的真貌，也不想從中國國民黨或中國共產黨的鬥爭來看，因為這兩者都視劉吶鷗為叛徒。他的兒子劉江懷在海外從事臺灣獨立運動，也同樣被國共兩黨視為叛徒。所以國共兩黨的解釋都是統治者的解釋，不是臺灣人自己的解釋，也不是站在臺灣的歷史解釋。臺灣人的歷史解釋不能只著重於當時日本和中國的政局，圍繞他是不是親日或親汪精衛等等問題。因為這些都是外在世界的觀察，如果站在臺灣人的立場應該重視他是一個臺灣人，是日本國籍，去過上海，在上海工作時碰到許多問題，其中有許多問題不是他個人能力或地位所能解決，因此他面對這些問題時，他是如何去處理呢？他內心的感受、理想與現實的掙扎又是如何？我們討論劉吶鷗的時候，如果能從變動年代臺灣人的角色入手，而非只從日本角度、中國角度來討論，則比較能貼近臺灣人的感情世界，體會出臺灣人在世變之下的處境與作為。如此我們才能將臺灣人的心靈世界、理想追求、對臺灣的感情以及變動年代的體驗留傳下來，成為臺灣人珍貴的文化資產。

——選自中央大學中國文學系編《劉吶鷗國際研討會論文集》
臺南：國家臺灣文學館籌備處，2005 年 11 月
——2014 年 8 月修改

臺南二營劉家

◎阿盛*

臺南柳營劉家，在清領日領時期都是一方望族，耕讀世家。本家大宅位於今之士林村，另一衍建大宅位於今之八翁村；八翁古名八老爺，一般不改舊稱。

最盛時，劉家擁有良田數百甲，典型大地主，但鄉里譽為禮門，亦無仗勢欺人或恃富驕恣之行。清咸豐 2 年（1852 年）劉圭璋中舉，光緒 15 年（1889 年）劉澧芷中舉；又，中秀才者有三。日本昭和 2 年（1927 年）劉明電修得德國柏林大學哲學博士學位，是臺灣首位專研馬克思主義的學者。

二戰後，劉明電與中共郭沫若、廖承志等公開往來，曾提議成立親共團體，因此財產被沒收，他的名字一度成為禁忌，直到戒嚴法解除。

劉圭璋之曾孫，我讀高中時見過，亦常到他繼承的八老爺大宅。宅外是古時長工僕婢居所，宅內屋多而冷清，顯見時代更迭、數世繁華春去也。高屋懸一匾，書「文魁」兩大字，右題「兵部侍郎兼都察院右副都御史巡撫福建等處地方提督軍務兼理糧餉加三級王為」，王即王得祿；左題「壬子科中式第七十四名舉人」、「同治丙寅年臘月吉旦劉達元立」，達元是劉圭璋之字。該匾後移置本家大宅祠堂。題字是我讀高二那年抄錄的。

劉達元兄弟之孫劉永耀，遷居新營，建一文藝復興式樓房於新營國小後側，早卒，其妻人稱耀舍娘，掌理龐大家業。子名燦波，別號吶鷗，1926 年到中國，在上海開書店、編文藝雜誌、寫作、拍電影，14 年後遭暗

---

*本名楊敏盛。作家，為「阿盛寫作私淑班」主持人。

殺。他確是才子，與劉明電同樣鮮被提及，1998 年，許秦蓁碩士論文〈重讀臺灣人劉吶鷗〉，由康來新教授指導，劉始獲得應有的重視，臺南縣文化局其後出版《劉吶鷗全集》共六冊；許之博士論文詳說戰後臺北的上海記憶與上海經驗，即源於碩士研究主題。我與許教授有緣，緣因我曾住洋樓旁，但當年不知吶鷗其人。

讀高三，我常自借住的小屋觀望洋樓，庭院深深，無燈無人，大致維持良好；地方傳說鬧鬼，我不太相信，出入數次，但覺荒廢可惜。20 世紀末葉，我欲重遊舊地，已夷平矣。同式洋樓，柳營劉家本宅後亦有一幢，據聞拆之重建於彰化民俗村。

畫家劉啟祥與明電永耀同輩，年少時偕臺北永和楊三郎赴法國習畫，會合臺南下營顏水龍，遊歷歐洲；三人皆極傑出畫家，美名將永存臺灣美術史上。劉葬於柳營公墓，與他同輩而軼聞趣事早前常被地方人談起的「四舍」劉北鴻（達元之嫡孫），亦葬該地，其墓金字塔形，臺灣罕見。

數年前我再到柳營兩劉宅，昔日足跡依稀在，青絲已然染作白。而地方史翻過一頁，今之新富戶泰半經商獲利，賣田換大錢者也有。然彼等大多不炫富不驕矜，猶有樸實重學習氣，又頗明留財莫若留德之人世恆理，樂於公益；部分則不耕之後亦不課子孫勤業，甚至譏諷博士如博土，平日唯事互較股票輸贏座車貴俗，已忘老代優良傳統教養。兩相比較。後者刻薄成性，多招怨聲，當然理無久享；前者仁厚為基，福澤綿長，或可成名望世家。

——選自《中國時報》，2014 年 5 月 4 日，21 版

臺灣作家劉吶鷗與魯迅

◎秦賢次*

雖然，魯迅的日記中從未提及劉吶鷗，但我仍然確信劉吶鷗係臺灣青年當中，與魯迅關係最深的一位。

劉吶鷗（1900 年～1940 年 9 月 3 日），原名燦波，筆名有吶鷗、洛生、莫美、吶吶鷗、葛莫美等，係臺南新營人。劉吶鷗家庭富有，自幼即在日本讀書，曾肄業東京青山學院，專攻文學。1925 年秋，考入上海震旦大學法文特別班學習一年，與詩人戴望舒為同班同學。1927 年 4 月，上海清黨時，回到臺灣，一年後攜帶巨資再度回到上海，先後開辦了第一線書店及水沫書店。

水沫書店創立於 1929 年初，地點設在北四川路公益坊內，存在時間有三年之久。由於劉吶鷗深受日本左翼文壇的影響，水沫書店在他的經營主持之下，幾乎成為當時出版左翼新興作品的大本營。1930 年春，馮雪峰約同魯迅合編一套翻譯馬克思主義的文藝理論叢書，取名《科學的藝術論叢書》，原訂譯出 16 種，後來實際出版的僅有八種。其中六種經由水沫書店印行，二種洽商光華書局出版。八種中，魯迅自己翻譯的占二種，一為蘇聯盧那卡爾斯基原著的《文藝與批評》；一為日本藏原惟人、外村史郎輯譯的《文藝政策》。二書分別於 1929 年 10 月及 1930 年 6 月，由水沫書店出版。由此可見，當時魯迅與劉吶鷗關係之深。

劉吶鷗除精於日本及西洋文學外，也有語言天才。在日、英、法文外，也會說北京話、上海話、廣東話及廈門話。他的日文，確實比中文更

*現代文學史料研究者。

好。劉吶鷗喜歡文學與電影。在文學方面，他喜歡新興的、流行的文學風尚。劉吶鷗是我國新文學以來，從事都市文學寫作的第一人，也是中國「新感覺派」的奠基人。在文學創作上，他主張技巧應與內容並重，反對「內容高於一切」的理論，因而常被人稱為「技巧至上主義者」。

劉吶鷗一直在上海從事文學及電影工作。1940 年 9 月，被我方情治人員誤殺，享年僅 41 歲。生前出版的作品只有三種，一為短篇小說集《都市風景線》；二為日本短篇小說譯集《色情文化》；三為馬克思主義文藝理論譯作《藝術社會學》，三書均由水沫書店在 1929 年及 1930 年間出版。

我認為劉吶鷗是 1930 年代臺灣最重要的小說家，儘管他的作品全在上海發表、出版，因而幾乎對當時的臺灣文壇無任何影響，但是他作品的特異風格及其對當時海派文壇的深遠影響，在 1990 年代的今天，已真正的受到重視，並獲得應有的崇高評價。

——選自《國文天地》第 76 期，1991 年 9 月

臺灣新感覺派作家劉吶鷗眼中的一九二七年政治與性事

論日本短篇小說集《色情文化》的中國語譯

◎藤井省三[*]

◎王志文譯[**]

一、日本新感覺派和中國「新感覺派」

我最近在為一本大家都很熟悉的《國民辭典》撰寫約十名臺灣作家的解說，從賴和、楊逵，到白先勇、李昂，其中有關劉吶鷗的介紹我如此敘述：

> 劉吶鷗（Liu Naou），臺灣作家、電影導演。臺南大地主的長子，到東京留學之後，在上海成為新感覺派的推手活躍於文壇，1936 年進入電影圈，中日戰爭時期任汪兆銘政權下《國民新聞》社長後被暗殺，電影作品《初戀》。（1905～1940）

在一本「國語＋百科」的辭典上，這樣簡單的記載，我相信已最低限度傳達了曾在東亞舞臺裡活躍的國際級文化人的真實面目！

1918 年 4 月到 1920 年 3 月，劉吶鷗在臺南長老教中學就學，此後有兩年時間，他到東京青山學院中等學部就讀，1922 年 4 月升入同校高等學

[*]東京大學文學部・大學院人文社會系研究科教授。

[**]專業日文譯者。

部英文科，四年之後畢業。1926 年秋天赴上海震旦大學，進入法文特別班就讀，1927 年 4 月返回東京逗留 5 個月，同年 9 月再回上海。1928 年在上海創設「第一線書店」，9 月發行翻譯短篇小說集《色情文化》，創立文學雜誌《無軌列車》，於雜誌中親自執筆撰寫短篇小說，才 23 歲的青年劉吶鷗已在上海文壇嶄露頭角。

第一線書店由於被國民黨查封而關閉，劉吶鷗並沒有因此屈服，於 1929 年 9 月再開設「水沫書店」，並創立文學雜誌《新文藝》，與劉吶鷗同時代的上海新感覺派作家穆時英（1912～1940）此時也在《新文藝》開始發表創作，劉吶鷗個人短篇小說集《都市風景線》（1930 年 4 月）也是由「水沫書局」所發行。[1]

劉吶鷗尚未進入文化界以前，便十分關心電影界，1932 年出資設立藝聯影業公司，便將事業重心轉移至電影事業，活躍於編劇、導演工作，一直到中日戰爭爆發。[2]

然而，有關大正末期在日本文壇登場的新感覺派，近代日本文學研究者，同時也是東京大學教授的小森陽一曾作以下評論：

> 大正十三（一九二四）年，以橫光利一、川端康成等為中心，創辦了雜誌《文藝時代》。一開始有中河與一、片岡鐵兵、今東光等十四位作家。有關他們的文學運動，文學評論家千葉龜雄以「採取暗示與象徵，將人生內部全面的存在與意義，特地以從細孔讓人窺視般，微妙態度的藝術」來評價，並將之稱為「新感覺派」（〈新感覺派的誕生〉，大正十三年十一月《世紀》）。新感覺派在文壇上，是與「普羅文學」對立的「現代主義文學」的一個目標，這是至今為止的定論。但我認為，將

[1]康來新、許秦蓁合編，《劉吶鷗全集——影像集》（臺南：臺南縣文化局，2001 年 3 月），頁 174～194。

[2]有關電影人劉吶鷗，下列論文有著詳細記載：三澤真美惠，〈被暗殺的電影人　劉吶鷗的足跡：1932～1937 年——尋求超越「國民國家」論的價值創造〉，《演劇研究中心紀要Ⅳ》（東京：早稻田大學，2005 年 1 月），頁 111～123。

「普羅文學」與「現代主義文學」視為單純的對立是錯誤的想法。兩者應是同時出現於「現代主義」的大世界中，是擁有共同時代背景的文學表現方式。[3]

有關小森教授以上的意見，東京大學名譽教授川端香男里（川端康成女婿、俄羅斯文學及比較文學學者）則有下列看法：

日本新感覺派作家群出現的一九二〇年代，前半段是第一次大戰（大正三年・一九一四年～大正七年）後，於歐洲興起的藝術革新運動，由未來派、達達主義、超現實主義等做為代表的前衛藝術時代。到了後半段，此運動則十分接近馬克思主義、共產主義，甚至與之成為一體，所以不能一味的以對立立場視之。

在日本，普羅文學和現代主義文學因人為因素一分為二，原因是相互有著對抗意識。即使彼此曾經對抗，卻也不能說是敵對狀態。因此，重點應該去思考二者的共通性。[4]

劉吶鷗是第一個接受 1920 年代於日本開始的最先進的現代主義——新感覺派與普羅文學，並將其翻譯介紹到上海文化界。此外，還在自己的小說創作中加以實踐。北京師範大學外語文學院教授王志松，針對此上海「新感覺派」的特色作了以下分析：

中國新感覺派在反抗寫實主義手法的大前提下，以新感覺文學為中心，廣泛的接受了 1920～1930 年代湧入中國的各種文學思潮。因此，中國的新感覺文學在創作風格上，與日本的新感覺相比雖然不同，但在反抗寫實主義的創作風格、技巧的創新和文體的改革上具有的前衛意識等文學

[3]井上ひさし、小森陽一編著，《座談會昭和文學史・第 1 卷》（東京：集英社，2003 年），頁 451。
[4]同前註，頁 452。

的基本傾向上是相通的。劉吶鷗他們雖然沒有明確的理論主張，但作品卻反映了現代都市人荒唐無稽的存在。[5]

「日正當中，特快車滿載著乘客，全速飛奔而去。沿途的小車站就像頑石般，完全被漠視了。」[6]這是橫光利一代表作〈頭和腹〉的開頭。這句話代表了日本新感覺派文章的特色——「新奇比喻」和「外文語調」。王志松教授還提到劉吶鷗與郭建英等人在翻譯文體上的不同處，劉吶鷗翻譯文體的特徵為「基本態度是直譯」，直接使用日文漢字，如「葬式」（葬禮）、「實感」（真實感、確實感覺到），「在翻譯一些多義動詞時，往往選擇最具有視覺效果的詞義」。王教授更進一步強調，劉吶鷗透過日本新感覺派的翻譯，獲得一種新文體，稱為「表現微妙心理變化技巧的自由直接引用法」。[7]

即使臺灣方面正進行著有關劉吶鷗的傳記研究，中日兩國對於中國新感覺派和劉吶鷗的翻譯文體也已經有更深入的研究，然而在 1928 年近代中國史的轉換期，於上海初次登上文學舞臺的劉吶鷗，究竟懷抱怎樣的世界觀，關於這點筆者恐怕因孤陋寡聞而未知。本文將針對《色情文化》所收錄作品群中提出的「新思想」進行分析，並試著去探討劉吶鷗從翻譯該書當中所獲得的世界觀。

[5]王志松，〈新感覺文學在中國二、三十年代的翻譯與接受文體與思想〉，《日語學習與研究》2002 年第 2 期，頁 71、72。王志松教授的另一篇論文〈劉吶鷗的新感覺派小說翻譯與創作〉（《中國現代文學研究叢刊》2002 年第 4 期，頁 54～69），也討論了同樣的問題。

[6]保昌正夫等人編，《定本橫光利一全集第 1 卷》（東京：河出書房新社，1981 年），頁 396。最初刊登在 1924 年《文藝時代》創刊號。

[7]王志松，〈新感覺文學在中國二、三十年代的翻譯與接受文體與思想〉，《日語學習與研究》2002 年第 2 期，頁 69、72～73。有關於《色情文化》翻譯文體，錢曉波也在日本進行相關研究。〈劉吶鷗和中國新感覺派的開始——有關於日本翻譯小說集《色情文化》的考察〉，《杏林大學研究報告・教養部門》第 22 號（2005 年 2 月）。〈從翻譯文體論看日中新感覺派文學的比較——以劉吶鷗翻譯集《色情文化》和創作集《都市風景線》為中心〉，《言語和交流》第 9 期（2006 年）。

二、自由戀愛與中國浪人片岡鐵兵〈色情文化〉中的滿洲問題

劉吶鷗 1928 年 9 月出版的《色情文化》所收錄的七篇小說，全都是 1927 年在日本具有代表性的綜合雜誌和文藝雜誌上所發表的短篇小說，有關這點讓人深感興趣。該書並沒有收錄 1928 年的作品，原因應該是當年劉吶鷗不僅要翻譯該書、為開設第一線書店做準備，還要為《色情文化》和文藝雜誌《無軌列車》做編輯和印刷，因而花費了很多時間吧！不過為何 1926 年以前的作品一篇也沒翻譯呢？

國民黨發動北伐戰爭展開國民革命，1928 年大致上統一了中華民國。因此在上一段文章中，將這一年稱為近代中國史的轉換期。一方面在日本 1927 年也可稱為昭和戰前史的原點。1927 年 3 月爆發的金融恐慌，起因為第一次世界大戰時戰爭暴發戶們的投資風潮，和 1920 年景氣蕭條後的金融界重整不徹底，造成臺灣銀行等多數銀行被迫停業、破產。此後日本經濟持續蕭條，直接面臨 1929 年世界性經濟大恐慌。

在外交、軍事方面，1927 年 5 月日本第一次出兵山東，干涉國民黨北伐戰爭有著重要的意義。日本武力干涉是為了確保在滿洲、華北的利益，是將「滿蒙」視為與中國本土性質完全不同的「特殊地區」的一種「分離主義」的展現。此後日本對於中國國民國家的形成採取敵對態度，傾向採用侵略主義、帝國主義，歷經滿洲事變（1931 年），1937 年中日戰爭全面爆發。

1927 年正逢經濟和外交的同步危機，以左派勞動黨為中心組成了反對山東出兵的「對中非干涉同盟」。但是隔年三月發生三・一五事件等共產黨相關人員的無條件檢舉，因為這些政治彈壓，反侵略主義的民眾行動逐漸被封殺。此外，1928 年日本首度實施的眾議院議員普選，僅有成年男子有選舉權。當時既有政黨在面對經濟、外交危機之際，僅考慮該黨的利益和黨的策略，對此有影響力的政黨政治家則遭致極右派或軍人的恐怖攻擊。於是日本民主主義的成熟化以失敗收場，也無法迴避由於戰爭而導致

的國家滅亡危機。

1927 那一年也是日本因戰敗而破滅的昭和戰前史的原點。劉吶鷗所翻譯的《色情文化》全部採用 1927 年所發表的短篇小說，這代表劉吶鷗本身也深深的關注著這動盪的一年，也可將這一年視為現代東亞史的起點吧！至少劉吶鷗從綜合性雜誌如《改造》和《太陽》中所選定並收錄翻譯作品的過程中，一眼便可看出在他眼中所關注的是〈日本・中國・俄國問題〉的討論（戴天仇、後藤新平等，《改造》4 月號）、〈蔣介石何去何從〉（古莊國雄，《改造》4 月號）、〈資本家機能的總破產〉（高橋龜吉，《改造》6 月號）、〈中國國民革命和工會運動〉、〈在勞動農民黨旗下！〉（作者分別為山本懸藏、大山郁夫，《改造》10 月號）、〈農村階級戰的新展開〉（細野三千雄，《太陽》第 10 號）等等的紀事。

附帶一提的是，昭和元年是從大正天皇逝世（1926 年 12 月 25 日）起算，所謂的「昭和」時代實際上則是從 1927 年開始的。[8]

《色情文化》的第一篇小說正是片岡鐵兵的〈色情文化〉，該小說原本刊登在 4 月號的《改造》。根據劉吶鷗日記所載，1927 年 4 月 7 日他收到祖母病危的電報，4 月 12 日他由上海出航，當天正是國民黨蔣介石發動「四一二政變」的清黨日，出航第二天，他到達長崎，沒有停留便直接搭特快車前往門司，停留兩夜後，15 日航向臺灣，17 日抵達基隆當天，便搭夜車趕往新營。在此次歸鄉之旅途中，劉吶鷗在 4 月 16 日的日記上寫著「在船中，無聊得很，拿出《改造》讀 Yone Noguchi 的〈西行法師〉。」有關於 Yone Noguchi 和野口米次郎容後再敘，劉吶鷗應是為了在船上打發時間，而在停留門司期間買了《改造》吧！

劉吶鷗抵達故鄉的時候祖母已經病逝了，他在日記中批判當時臺灣地主家庭舉行葬禮的繁複禮數，他記載著「四月廿一日……沒事可做，整日只顧讀著雜誌」。 4 月號《改造》刊登了〈日本・中國・俄國問題〉、

[8]關於 1927 年左右的狀況，請參見《文庫版・昭和歷史第 2 卷・昭和的恐慌》（東京：小學館，1988 年 7 月）。

〈勞農帝國主義的極東進出〉（高素之）、〈蔣介石何去何從〉等，劉吶鷗在看了這些時事解說之後，進而注目到刊在雜誌末端創作欄，由片岡鐵兵所創作的小說〈色情文化〉。

片岡鐵兵（1894～1944）是橫光利一等人所創辦《文藝時代》裡的新感覺派的代表作家，1928 年加入勞農黨便走上普羅文學之路。刊登在《無軌列車》第 8 期（1928 年 12 月 25 日），劉吶鷗所翻譯的片岡鐵兵〈一個經驗〉，是片岡在轉進普羅文學後發表於普羅文學雜誌《戰旗》（1928 年 11 月號）的小說。片岡的新感覺派時期雖僅有四年，〈色情文化〉正是他短暫的新感覺派時期代表作，其內容大致如下：

> 小說中的「我」半年前「帶著在都市戀愛、放浪和研究學問而傷痕累累的身體回到故鄉」，「新的鐵路鋪設了，村莊裡也蓋了車站」，碰到舊情人帶來熟識的 A。那個女人在都市裡，同時擁有「我」和 A 等五個男人。因為從滿洲回來的「中國浪人」的丈夫想要殺了這行為不檢的女人，於是她害怕的從都市逃到這裡。不久，她和 A 不但誇張的熱吻，還和「我」恢復了性關係，對新事物敏感的村莊高年級小學生對此感到十分興奮，但她產生錯覺，認為這些學生是丈夫派來的手下，所以她又從村莊逃走了。

「山動了。原野動了。森林動了。家動了。電線桿也動了。一切的風景都在動。我們村莊的嶄新文明史，就是從這讓人不舒服的經驗開始了……」針對描述村莊鐵道車站新建設的文章開頭的一節，菊地弘在 35 年前發表的〈片岡鐵兵論〉評論：「動的現實和捕捉動的感覺，都是作品構成的要素，從文章表現可看出兩者擁有相同資格與地位。」[9]這一段文章的確是新感覺派的文體，但菊地氏更針對〈色情文化〉做了全面的批判性的

---

[9]菊地弘，〈片岡鐵兵論〉，《日本近代文學會》同編集委員會編第 16 號（1972 年 5 月），頁 49。

評價：

> 都市文化輸入地方上時，帶來了各種事物，滲透人心。但鐵兵卻馬虎的只注意到認識與感覺這種官能性的事物，將其他一切事物抽象化了。〈色情文化〉就是在這種情況下被創作出來。因此，鮮明的描寫昭和初期抹煞個性與個人的機械主義，以及在物質文明的社會環境中忐忑不安的人們——遊走於表面的人群，在這部分真實反映出時代現象的作品應是〈繩索上的少女〉，此作品更能代表新感覺派。[10]

我從「她」現在的戀人 A 得知，「那個傢伙」要回來了，「那個傢伙」指的就是「長年遠走滿洲的她的丈夫」，接著來說明他們之間的關係。

> 當我住在都市的時候，她是我們集團的中心，大家都知道她是有夫之婦這個事實。她把老公遠去滿洲當成一種幸福，過得十分自由。她總是這樣說：「如果老公回來了，妾身會被殺。」那個傢伙年輕的時候是有名的不良少年，有無數打架和殺傷人的經驗。那個傢伙不在家時，他太太行為不檢點這些事，因為那傢伙的朋友打小報告，連遠在滿洲的他都知道了。那個傢伙寫信恫嚇他太太說：「等我回來妳就死定了，妳最好有這個打算。」[11]

「我」的說明先告一段落，A 還告訴「我」以下的故事。

> 她的恐懼症越來越嚴重，不斷被殺的幻覺使她感到恐懼。最後甚至說旅館的女侍是西太后。西太后！從滿洲引起西太后的聯想，實在讓人對她

[10]同前註，頁 50～51。
[11]片岡鐵兵，〈色情文化〉，《改造》1927 年 4 月號，頁 52。

的無知感到可笑。接著，她幻想著她先生回來後，集合了東京的中國浪人要把她找出來。[12]

接著 A 感歎，「她」是「為了刺激你，才會找我一起來」。「我」回答，由於「生理上的無能」，「精神上也被閹割」，所以「我對她已經感受不到魅力。……她竟然無知到認為現今中國的女性代表是西太后。所有無知的東西對我來說都是醜陋的。」[13]

有關「她」和「我」的關係，菊地氏也寫了如下的批判。

威嚇「她」的丈夫為什麼要去滿洲做大陸浪人？只有打架和殺人無數的經驗，作者完全沒考慮到要試著剖析之外的生活背景。女人受到只會使用暴力的丈夫生命威脅，漸漸罹患恐懼症，被塑造為「受被殺的幻覺脅迫」的女人；生理和精神上都受到閹割，因此認為「一切事物皆是中性存在」的男性；以這兩者互動的故事來描寫的「戀愛文化形式」讓人深感興趣。[14]

片岡鐵兵果真完全放棄「試著剖析生活背景」嗎？「我」斷定「她」無知的根據是，「她」將「西太后視為中國女性的代表」。那麼代表 1927 年的中國女性是誰？對當時日本人來說，兩年前過世的孫中山（1866～1925）的遺孀宋慶齡（1893～1981），和她同年底嫁給蔣介石（1887～1975）的妹妹宋美齡（1897～2003），這對姊妹才毫無疑問的是中國女性的代表。

姊妹在美國名門大學衛斯理女子學院留學後，姊姊一邊當孫文祕書，一邊和孫文談戀愛，並在 1915 年結婚。1924 年 11 月 28 日，孫文到神戶

[12]同前註，頁 53。
[13]片岡鐵兵，〈色情文化〉，《改造》1927 年 4 月號，頁 53。
[14]菊地弘，〈片岡鐵兵論〉，《日本近代文學會》同編集委員會編第 16 號，頁 50。

兵庫縣立神戶高等女學校禮堂時，以「大亞細亞問題」為題演講 （通稱「大亞細亞主義演講」） ，訴求解放亞洲被壓迫民族，日本應捨棄霸道、回歸王道，廢除對中國的不平等條約，這件事情眾所周知。此時和孫文同行的宋慶齡也針對女性解放問題作了演講，日本的大眾媒體做了以下報導：「這是世界女性日漸覺醒的有力證明。」[15]

1927 年中國女性代表人物的第二人選是宋美齡，經過五年以上愛情長跑後，12 月 1 日在上海和統一中華民國的領導者蔣介石舉行豪華婚禮，又稱為「世紀婚禮」。他們兩人捨棄中國傳統長衣，穿上歐美式的服裝。新郎穿著黑色燕尾服配銀領帶，新娘穿銀刺繡的白色婚紗，配上銀色的鞋。此外，宴會一開頭就由擔任司儀的前北京大學校長蔡元培，帶領新郎新娘以及參加婚禮者，全體向孫文的遺像深深地一鞠躬，誓言將完成中國革命，果真是革命性的「世紀婚禮」。隔天《東京朝日新聞》報導「蔣介石先生／終入愛巢／兩人共同穩固革命基礎」。《紐約時報》報導「蔣、孫逸仙夫人的妹妹結婚／三千人來看衛斯理女子學院的新娘」。[16]

本來孫文的別名叫日新，1883 年信奉基督教時牧師幫他改名為逸仙，爾後他對歐美人便使用 Sun Yat-sen（孫逸仙）這名字。

這樣的 1927 年，認為咸豐帝的妃子、同治帝的母親，用陰謀詭計統治清末的最高權力者西太后（1835～1908）是中國女性的代表的話，就算被譴責是「無知」也無可奈何。所以〈色情文化〉的女主角不是用西太后當中國女性的代表來考量，而是由丈夫在滿洲的祕密行動聯想到西太后。西太后 1908 年幽禁光緒帝至死，之後讓三歲的溥儀就任帝位後西太后病死。接著 1927 年四年後的滿洲事變建立傀儡政權的滿洲國，日本讓已成人的溥儀先當滿洲國執政，再使其登上皇位來考量的話，〈色情文化〉的「她」的妄想雖是無知，也能說是有先見之明的吧。

已婚的女性有五個男朋友，且至少和兩人有性關係，但害怕被從滿洲

[15]尚明軒等編著，《宋慶齡年譜》（北京：中國社會科學出版社，1986 年），頁 44～45。
[16]藤井省三，《百年的中國人》（大阪：朝日新聞社，2000 年），頁 67～71。

回來的「中國浪人」也就是大陸浪人的丈夫殺害，於是逃到「我」在山區的故鄉。〈色情文化〉的故事中，的確是沒有說明「為了什麼丈夫要到滿洲當大陸浪人」。不過在夏目漱石的長篇小說《門》（1910 年）中，御米的前夫安井持續威嚇違背人倫而私奔的主人公夫妻宗助和御米，也沒有說明為什麼安井會在滿洲。[17]已遭家變的丈夫去滿洲的理由或者說要殺害出軌妻子的丈夫滯留滿洲的理由，當時《改造》的讀者應是不言而喻吧。日俄戰爭以來，在漸漸成為日本準殖民地的滿洲，其支配機構的頂端，有像滿鐵（南滿洲鐵路股份公司）這樣的國策公司，由日本召集菁英和職員，一方面在日本下層社會卻出現了黑社會。

關於「她」的丈夫，那個女人尖酸刻薄的說：「那個人，說起來好恐怖。殺了人卻一點感覺都沒有。殺了人以後，到了緊要關頭，有很多可以替代自首的小弟。反正在滿洲這地方見血連屁都不如，危險事早就司空見慣」。[18]如果考量 1928 年 6 月關東軍的張作霖爆炸謀殺事件，對日本和中國的讀者來說，這個「丈夫」也有可能是關東軍的關係者吧 。

實踐自由戀愛的女性和「在滿洲這地方見血連屁都不如」的大陸浪人，毫無理由的共存於 1927 年的日本，前者被後者趕盡窮追的日本的 1927 年，以「採取暗示與象徵，將內部人生全面存在和意義，特地以從細孔讓人窺視般，微妙態度」[19]來描寫的小說，就是〈色情文化〉。

三、革命與性愛——中河與一〈孫逸仙之友〉及其他

短篇集《色情文化》第四篇，中河與一的〈孫逸仙之友〉發表在《文藝時代》1927 年 4 月號 。

主角是「為了尋找某商務策略上的機密而到這個島」也就是香港「落腳」的小說中的「我」和「有著美麗身材與頸部」的西班牙嚮導艾蜜莉

[17]藤井省三，《20 世紀的中國文學》（千葉：放送大學教育振興會，2005 年），頁 238～239。
[18]片岡鐵兵，〈色情文化〉，《改造》1927 年 4 月號，頁 59。
[19]千葉龜雄，〈新感覺派的誕生〉，《世紀》1924 年 11 月號。本稿引用《日本現代文學全集 67 新感覺派文學集》（東京：講談社，1968 年），頁 358。

亞。艾蜜莉亞「擅長中文和日語，英語只知道 Mr.和 love 和 sweetheart 這三個單字。」而她「保有革命思想」，帶「我」去「廣東政府首相」的講演會、支持孫文的下層民眾和勞動者及妓女居住的「有電車行走」的中國街，「我」「對於在英國殖民的香港有這麼多孫逸仙的朋友感到吃驚」。不久艾蜜莉亞突然「進入維多利亞街的一間房裡」，「投身在沙發上。那是什麼都接受的大膽姿勢。金色枕頭滾落了」。這故事的結尾是，「她也一定有與我同住此屋的打算。我想，在政治策略上我必須征服這女人」。[20]

就這樣，原本不過與英國殖民地的香港有「商務策略」關係的「我」，被與狂熱支持孫文及其革命路線的下層中國人有著相同狂熱感的西班牙姑娘誘惑，而陷入「政治策略」的戀愛中。實踐自由戀愛、性愛的歐洲美女，與狂熱支持孫文的中國無產階級所共有的城市——新感覺派有力成員中河與一在本篇〈孫逸仙之友〉以香港為舞臺敘述著自己的中國革命觀。

次月（5 月號）的《文藝時代》的「創作一人一評」欄裡登載著三個人對本篇的短評，其中一人的松永端指出，「我注意到『！』。只在『孫文的友人』這些字後才有『！』，讓我感到不安。在各種層面、意義上感到不安……，雖是篇美麗的文章。」。[21]

如從南方的英國殖民地香港來展望中國革命，可以樂觀的想成是政治和性愛、東方與西方的融合，但像片岡鐵兵〈色情文化〉一樣地考量日本對滿洲的干預時，孫文和「像豬一樣擁擠的睡在行人通道上的苦力。但也是南方中國大統領的友人！」[22]正在進行中的中國革命，應該會讓敏感的讀者感到「不安」吧！

《色情文化》最後一篇作品〈在藍天上畫圖〉的作者，是當時從社會主義人道主義立場寫童話的小川未明（1882～1961）。〈在藍天上畫圖〉

---

[20]中河與一，〈孫逸仙之友〉，《文藝時代》1927 年 4 月號，頁 70～77。
[21]《文藝時代》1927 年 5 月號，頁 66。
[22]中河與一，〈孫逸仙之友〉，《文藝時代》1927 年 4 月號，頁 75。

作為小說登載在《改造》10 月號的創作欄裡，是童話風的〈將軍〉和〈女性微笑時〉這兩篇獨立文章。後者談及當時日本工廠女工轉職咖啡廳女服務生的不幸女性，與波希米亞占卜師一見鍾情的故事；前者是「中國」的將軍對愛人亡夫的嫉妒演變成權力濫用，因而遭受報復的故事。

愛人和生前相思相愛的「志士」是在「南方中國出生」，愛人把「志士」的遺孤寄養在自己故鄉「遼東」的娘家，某次愛人請求從將軍駐紮地「南清」回到生病的兒子身邊，不過將軍命令她把能映照出死去「志士」笑臉的魔法戒指交出才能離去。但面對即使兒子病危也按約定歸來的愛人，將軍不打算歸還戒指。於是將軍在「有史以來，未曾見過的激烈戰爭」中負傷，被病死的愛人兒子所化身的烏鴉吃掉了眼睛……。

把以上概要讀一遍的話，就能明白這童話風的小說很明顯的是把辛亥革命到北伐戰爭的中國革命做為背景。「強者常對弱者不履行約定義務。並且濫用權力，自由的為所欲為。」[23]從這一童話敘述中便可明白，或者說劉吶鷗也許聯想到在上海親身經歷的四一二反共政變。

《色情文化》第二、三、六篇的橫光利一〈七樓的運動〉和池谷信三郎〈橋〉以及川崎長太郎（1901～1985）〈今後的女性〉各自刊登在《文藝春秋》9 月號和《改造》6 月號及《新潮流》1927 年 12 月號。橫光以百貨公司為舞臺，描寫以大筆小費誘惑七樓「櫃檯小姊」，藉以收集肉體的各部分創造「永遠女性」的老闆的「放浪少爺」，以及被設定為「永遠女性」的頭部，自由使用「嶄新幽默」，「逆行百貨公司法則」的能子，這兩人的戀愛遊戲。

池谷的作品被評論為「以類似德國的外國為舞臺，將男女愛欲藉由情景描述，成為甜蜜的抒情文」。被如此評論主要是因為，他去了第一次世界大戰後面臨通貨膨脹的德國留學，因匯率差距而度過富裕生活的經驗。[24]川崎描寫的則是年輕的男性小說家和女性畫家的戀愛故事。

[23]小川未明，〈在藍天上畫圖〉，《改造》1927 年 10 月號「創作欄」，頁 23。
[24]瀨沼茂樹，〈作品解說〉，收錄於前註 20，《新感覺派文學集》，頁 412。

這三篇並不是以中日關係為主題，即使那樣「在樓下的工廠，一分鐘印出幾千張報紙，阿爾伯特公司製的高速輪轉印刷機轟轟隆隆地轉個不停，讓附近二十多戶的居民得到失眠性神經衰弱。……易卜生、蔣介石、自殺、保險魔、寺尾文子、荒木又衛門、延期償付……等全部用粗繩綑綁裝上卡車，朝這大都市串連各地的停車場送出」，把蔣介石作為小道具來登場。[25]「街上收音機正播放著新聞——無產政黨在縣議員選舉獲得好成績……停業銀行難以收拾……奉天的排日熱潮——中國的共產主義化」[26]，簡短的描述著中國情勢。

即使橫光都沒提及中國，但卻讓百貨公司的「櫃檯小姊」能子：「欸，是阿，我是你那地方的員工啊。我想說的是世界各國的勞工啊！要團結啊。因為我啊，從早上八點就一直站著。哪像你邊做運動順便爬上七樓，邊下著樓一張張撒著紙幣，還有開車載著競子小姊到處兜風，這種新工作真是無法想像。」從社會主義觀點來對資本家加以批判。

還有《色情文化》第五篇的林房雄〈黑田九郎氏的愛國心〉是從《太陽》1927 年 8 月號的「短篇六篇」欄收錄的短篇小說。教育部海外研究員的黑田氏在倫敦的飯店，他在市內拿到一英鎊紙幣的偽鈔，「請原諒我們這寡廉鮮恥的同胞硬是把這偽鈔給了外國紳士」，服務生賠不是並提出要用自己的新紙幣來替換，他被這種愛國心感動，於是說：「那張非法的紙幣，你可自由地幫我處理掉」，他拒絕換新鈔並把「偽鈔」交給服務生。黑田的朋友大使館員白井四郎識破這服務生是在詐欺。可是十年後，「擁有旭日瑞寶章的教授」出名的黑田，在收音機演講中竟把往年的欺詐事實改編成「愛國至誠」的美談，還歎息著現代日本青年的頹廢說：「回過頭來看看我國的現狀」，「不斷地訴說應把愛國心發揮成日常茶餘飯後的行為」。在家聽了這節目的原大使館員白井歎息：「所謂的愛國心像哈哈鏡

[25]池谷信三郎，〈橋〉，《改造》1927 年 6 月號，頁 18。
[26]川崎長太郎，〈今後的女性〉，《新潮流》1927 年 12 月號「創作欄」，頁 33。

一樣，逕自扭曲事實。」[27]

這作品可說是為了嘲諷以對中國發動侵略戰爭為目的，鼓動愛國心的日本統治階層，就像「哈哈鏡」般的「逕自扭曲事實」。翻譯這作品的劉吶鷗，或許也開始對國民黨政權下的中華民國發起的愛國運動感到懷疑吧！

如前所述，劉吶鷗 1927 年 4 月從上海經由門司回到臺南的船中，雖看到《改造》4 月號片岡鐵兵的〈色情文化〉，但是劉的日記並沒有提到〈色情文化〉，反而寫著「四月十六日　在船中，無聊得很，拿出《改造》讀野口米次郎的〈西行法師〉」。這散文〈西行法師〉的作者野口米次郎（1875～1947），18 歲到美國以 Yone Noguchi 之名的詩人身分初次問世，又到英國一年後回日本，成為慶應義塾大學英文系教授。他的第一本日文詩集是《雙重國籍者的詩》[28]，1921 年 12 月該書刊行 4 個月後劉吶鷗進入青山學院高等學部英文科，或許劉吶鷗對這個在異國登臺的詩人也寄予同感吧！[29]進入電影圈之後的劉吶鷗，對日本電影人的朋友說：「我了解國旗不在心胸的悲哀人的感受」。「哈哈鏡」對愛國心的諷刺，劉應該有著深沉共鳴吧！

四、於上海文化界初登臺時劉吶鷗的世界觀

當時新進氣勢飽滿的記者大宅壯一（1900～1970）在 1930 年刊行的評論集《現代層和現代相》中指出，第一次世界大戰後的世界在政治經濟文化上發生革命性的變調，以蘇聯為母體的社會主義文化和「在最大的暴發戶國美國發生的百分百資本主義文化」這兩個新文化形態誕生了。相對於前者被資本主義的路障所阻礙著，「美國文化有著無法計量的資本力量與電影等其他宣傳的強大力量，因此一開始就先風靡了因戰爭而非常疲累的

[27]林房雄，〈黑田九郎氏的愛國心〉，《太陽》1927 年 8 月號，頁 161～166。
[28]野口米次郎，《雙重國籍者的詩》（東京：玄文社，1921 年）。
[29]松崎啟次，《上海人文記——電影製片人的手記》（東京：高山書院，1941 年），頁 53～54。

文化祖國歐洲，接著還征服了東洋諸國及全世界」。[30]

在該書中大宅也對美國文化影響下的昭和初期現代主義作如下的指摘：

> 如果說資本家層的文學是感情文學，無產階級層的文學是意志文學的話，現代層的文學就可說是感覺文學。現代生活的重心在於感覺。現代生活就是以滿足感覺為目的的一種消費經濟……現代生活沒有「理想」……沒有「道德」……這就是感覺的世界。這就是遺留給「現代人」的唯一世界。現代主義就是為了活在這個世界裡，而被發明出來的生活哲學。[31]

劉吶鷗一方面從片岡鐵兵的〈色情文化〉中領會到，像這樣的現代主義，無力抗拒日本侵略滿洲，一方面從中河與一〈孫逸仙的友人〉理解，那些現代主義者對中國革命懷有善意，至少也抱持著好奇心吧！另外從小川未明〈在藍天上畫圖〉，或許也聯想到中國革命所潛藏的權力濫用的危險性。

橫光利一〈七樓的運動〉和池谷信三郎〈橋〉，是描寫現代主義消費經濟中的戀愛和性愛典型的日本新感覺派作品。川崎長太郎〈今後的女性〉也是描寫作家或藝術家為了成長而戀愛，或是改變同居人的青年們，是稍稍有「私人」小說風的作品。不過，劉吶鷗應該也察覺到，就像池谷、川崎兩作品簡單描寫的中國情勢般，昭和初期的現代主義是在中日關係的網目中。

劉吶鷗在《色情文化》中，日期 1928 年 7 月 12 日的〈譯者題記〉如下地敘述著：

---

[30]《大宅壯一全集第 2 卷》（東京：英潮社，1971 年 2 月 25 日），頁 154。
[31]同前註，頁 7～8。

> 現代的日本文壇是在一个從個人主義文藝趨向于集團主義文藝的轉換時期內。牠的派別正是複雜的：有注意個人心境的境地派、有掛賣英雄主義的人道派、有新現實主義的中間派、有左翼的未來派、有象徵的新感覺派，而在一方面又有像旋風一樣捲了日本全文壇的「普洛萊達利亞」文藝。
>
> 在這時期裏要找出牠的代表作品是很不容易的。但是文藝是時代的反映，好的作品總要把時代的色彩和空氣描出來的。在這時期裏能夠把現在日本的時代色彩描給我們看的也只有新感覺派一派的作品。
>
> 在這兒所選片岡，橫光，池谷等三人都是這一派的健將。他們都是描寫著現代日本的資本主義社會腐爛期的不健全的生活，而在作品中露著這些對于明日的社會、將來的新途徑的暗示。其餘幾個人也都用著社會意識來描寫現代生活的；林房雄就是一个普洛派的新進的翹楚。[32]

「文藝反映時代」——在日本統治下的臺灣生長，在東京接受中學、高中教育的劉吶鷗，選擇 1928 年北伐戰爭終結時新生的中華民國中心都市上海做為自己文化活動的地方，他應該是想藉由翻譯出版《色情文化》，述說自己的世界觀吧！劉吶鷗同書收納 1927 年的日本短篇小說群，是以現代主義和中日問題為主題的作品，對他來說像那樣的《色情文化》是尋求東亞的「明日社會、將來新方向」的一種手段。

——選自康來新、許秦蓁合編《劉吶鷗全集——增補集》
臺南：國立臺灣文學館，2010 年 7 月

[32]康來新、許秦蓁合編，《劉吶鷗全集——文學集》，頁 229～230。

新感覺派與心理分析小說（節錄）

◎嚴家炎*

新感覺派小說的創作特色

在快速的節奏中表現半殖民地都市的病態生活

中國新感覺派受到日本新感覺派的影響，與他們很有相似之處，卻也有自己的特殊性。中國新感覺派實際上是把日本這個流派起先提倡的新感覺主義與後來提倡的新心理主義兩個階段結合起來了。其中，劉吶鷗、穆時英的作品如果說具有較多新感覺主義的特點，那麼，施蟄存的小說主要是新心理主義的產物，也可以說是典型的心理分析派作品。儘管如此，作為一個流派，他們畢竟又有一些共同的創作特色。

中國新感覺派創作的第一個顯著特色，是在快速的節奏中表現現代大都市的生活，尤其表現半殖民地都市的畸形和病態方面。可以說，新感覺派是中國現代都市文學開拓者中的重要一支。

魯迅在 1926 年談到俄國詩人勃洛克時，曾經讚許地稱他為俄國「現代都會詩人的第一人」，並且說：「中國沒有這樣的都會詩人。我們有館閣詩人，山林詩人，花月詩人，……沒有都會詩人」[1]。如果說 1920 年代前半期中國確實沒有「都會詩人」或「都會作家」的話，那麼，到 1920 年代末期和 1930 年代初期可以說已經產生了——而且產生了不止一種類型。寫

---

*發表文章時為北京大學中國語言文學系系主任，現為北京大學哲學社會科學資深教授。

[1]魯迅，〈〈十二個〉後記〉，《集外集拾遺》（北京：人民文學出版社，1981 年）。

《子夜》的茅盾，寫《上海狂舞曲》的樓適夷，便是其中的一種類型，他們是站在先進階級立場上來寫燈紅酒綠的都市的黃昏的（《子夜》初名就叫《夕陽》）。另一種類型就是劉吶鷗、穆時英等受了日本新感覺主義影響的這些作家，他們也在描寫上海這種現代大都市生活中顯示出自己的特長。他們寫大都市中形形色色的日常現象和世態人情，從舞女、少爺、水手、姨太太、資本家、投機商、公司職員到各類市民，以及勞動者、流氓無產者等等，幾乎無所不包。這種描寫常常採取快速的節奏，跳躍的結構，如霓虹燈閃爍變幻似的，迥異於過去小說用從容舒緩的敘述方法表現恬淡的農村風光，寧靜的生活氣氛。有人在介紹劉吶鷗的小說集《都市風景線》時說：

> 吶鷗先生是一位敏感的都市人，操著他的特殊的手腕，他把這飛機、電影、JAZZ（爵士樂——引者）、摩天樓、色情（狂）、長型汽車的高速度大量生產的現代生活，下著銳利的解剖刀。在他的作品中，我們顯然地看出了這不健全的、糜爛的、罪惡的資產階級的生活的剪影和那即刻要抬起頭來的新的力量的暗示。[2]

這種說法大體上是切中特點的。當時左翼作者的文章也說：「意識地描寫都市現代性的作家，在中國似乎最初是《都市風景線》的作者吶鷗。」[3]本來，新感覺派的先驅者往往都以描寫大都市生活見長：像法國拉博（Valéry Larbud, 1881～1957）就被稱為善於以「頭等車上旅客」的身分描繪「都市風景線」——表現現代都市的物質文明；保爾・穆杭的《夜開著》、《夜閉著》，橫光利一的《上海》，也都是以描寫現代大都市生活著稱的長篇。劉吶鷗的小說集所以叫做《都市風景線》，就同這些外國作家的先導和影響有關。他的小說場景，涉及賽馬場、夜總會、電影院、大旅館、小轎車、富

[2]《新文藝》第2卷第1號（上海：水沫書店，1930年3月15日）。
[3]壯一，〈紅綠燈——1932年的作家〉，《文藝新聞》第43號。

豪別墅、濱海浴場、特快列車等現代都市生活的各個方面，其中心主題則是暴露資產階級男女的墮落和荒淫。總之，1930 年代新感覺派作家在嘗試著打開都市文學道路方面是有功的。如果說 1920 年代中國現代小說的成就是在「鄉土小說」和表現知識青年生活的「自我小說」方面，那麼 1930 年代都市文學的興起在現代小說史上就是突出的發展，其中也就包括新感覺派所做的一些貢獻。

主觀感覺印象的刻意追求與小說形式技巧的花樣翻新

新感覺派小說在表現都市生活內容的過程中，刻意捕捉新奇的感覺、印象，並對小說的形式、手法、技巧作了一定程度的革新。

這個流派的主要藝術特色，是將人的主觀感覺、主觀印象滲透融合到客體的描寫中去。他們那些具有流派特點的作品，既不是外部現實的單純模寫和再現，也不是內心活動的細膩追蹤和展示，而是要將感覺外化，創造和表現那種有強烈主觀色彩的所謂「新現實」。劉吶鷗〈兩個時間的不感症者〉是這樣開頭的：

> 晴朗的午後。
>
> 游倦了的白雲兩大片，流著光閃閃的汗珠，停留在對面高層建築物造成連山的頭上。遠遠地眺望著這些都市的牆圍，而在眼下俯瞰著一片曠大的青草原的一座高架臺，這會早已被為賭心熱狂了的人們滾成為蟻巢一般了。緊張變為失望的紙片，被人撕碎滿散在水門汀上。一面歡喜便變了多情的微風，把緊密地依貼著愛人身邊的女兒的綠裙翻開了。除了扒手和姨太太，望遠鏡和春大衣便是今天的兩大客人。但是這單說他們的衣袋裡還充滿著五元鈔票的話。塵埃，嘴沫，暗淚和馬糞的臭氣發散在鬱悴的天空裡，而跟人們的決意，緊張，失望，落膽，意外，歡喜，造成一個飽和狀態的氛圍氣。可是太得意的 Union Jack（英國國旗——引者）卻依然在美麗的青空中隨風飄漾著朱紅的微笑。There, they are off! 八匹特選的名馬向前一趨，於是一哩一掛得的今天的最終賽便開始了。

通過「流著光閃閃的汗珠」的白雲，使人了解到上海某一天很高的氣溫；通過天空裡發散的「塵埃、嘴沫、暗淚和馬糞的臭氣」，使人體會到馬賽場的緊張的氣氛；……讀了這段寫馬賽場的文字，我們難道不覺得它的寫法異乎尋常嗎？是的，通過視覺、聽覺、嗅覺、味覺、觸覺的客體化、對象化，使藝術描寫具有更強的可感性，具有某種立體感，這正是新感覺派要追求的效果。

正因為新感覺派重視寫各種感覺，有時將視覺、聽覺、嗅覺、味覺、觸覺這些不同的方面複合起來寫，因而容易出現所謂「通感」的現象。西方現代派本來就主張在感覺上「五官不分」，托麥斯有這樣的詩句：「我聽到光的聲響，我看到聲音的光」，「我的舌頭大叫，我的鼻子看到」[4]。新感覺派由於追求感覺的新奇，更需要在「通感」上下功夫。應該說，這類「通感」手法運用的貼切和成功，為新感覺派作品增色不少。

此外，他們在借鑑電影的表現手段，吸取西方意識流手法，以及將詩歌中的疊句運用到小說中創造某種氣氛等方面，也都是有特點、有成就的。像〈上海的狐步舞〉那種場景切換的方法，那種跳躍的鏡頭和快速的節奏，沒有對電影的借鑑是不可思議的。

總之，新感覺派小說在形式、手法、技巧等方面很重視創新，而且取得了一定的成就。蘇汶答覆舒月批評時所說穆時英「在這新技巧的嘗試上有了相當成功」[5]，這個說法並非沒有根據。左翼作家樓適夷在〈施蟄存的新感覺主義〉一文中，批判了施蟄存〈在巴黎大戲院〉、〈魔道〉這些小說的思想傾向與藝術傾向，但也肯定了作者在藝術形式、手法上所做的新探索。他說：「〈在巴黎大戲院〉與〈魔道〉無疑地是中國文學上一個新的展開，這樣意識地重視著形式的作品，在我的記憶中似乎並不曾於創作文學裡見到過。」[6]對於新感覺派小說這方面的特點與成就，我們不應忽視。

---

[4]轉引自袁可嘉為《外國現代派作品選》（上海：上海文藝出版社，1980 年 10 月）所寫〈前言〉。
[5]《現代》第 1 卷第 6 期，1932 年 10 月。
[6]《文藝新聞》第 33 號，1931 年 10 月 26 日。

新感覺派小說的傾向性問題

新感覺派小說是 1930 年代海派文學中有成就有貢獻的流派，但同時也帶來過某些傾向性問題和不很好的後果。這個流派的失誤也有一定的代表性，值得我們研究。

首先，醉心於表現「二重人格」，而且較少批判地表現「二重人格」，就是會給文學創作帶來誤導的一個重要問題。新感覺派作家是著力描繪二重人格的，這是他們的興趣所在。劉吶鷗、穆時英等作家筆下寫得最多、最通常的是兩類人：一類閒得無聊，把生活的一切方面（包括愛情、婚姻在內）都當作遊戲。劉吶鷗小說〈方程式〉裡的 Y 先生，半個月可以談三次戀愛，認識才兩天就可以結婚；另一篇小說〈遊戲〉中的女主人公，把愛情與兩性關係完全看做逢場作戲，剛和未婚夫訂親又和別人同居。在他們看來，人生不過是玩弄別人和消磨日子而已。而穆時英小說中的人物，則據說又是些專門愛看劉吶鷗小說的人（像〈被當作消遣品的男子〉這篇裡的女主人公）。另一類則是在生活的軌道上被壓扁或擠出了軌道的人物，如〈夜總會裡的五個人〉那樣。這兩類人裡就有許多二重人格的人物。例如劉吶鷗小說〈殘留〉中的女主人公霞玲，一方面據說極端思念剛死去的丈夫，非常悲痛，連走路都失去了氣力，這一切似乎都很真摯；另一方面，料理完喪事的當天晚上就希望有別的男子代替丈夫來陪伴她。她挑逗一個男朋友沒有如願之後，竟獨自在深夜走上街頭，任外國水手擁抱、侮辱，這種二重人格，簡直到了讓人無法理解的程度。

新感覺派小說家所以熱衷於表現二重人格，這同佛洛伊德學說主張人的「本我」都包含著與「性的衝動」相平行的「侵犯衝動」這種理論有直接關係。在佛洛伊德看來，人的本能就是自私的，總想「侵犯」或「占有」別人的。一旦「本我」受到「自我」（理智）或「超我」（道德）的限制，就會形成矛盾。因此，二重人格或多重人格，這是佛洛伊德學說幾乎必然會得出的結論。接受佛洛伊德這種觀點，當然就會醉心於刻畫二重人格乃至多重人格。

應該說，我們並不籠統地、一概而論地反對寫二重人格。生活中確實存在著一定數量的二重人格的人物，因此，作品中描寫這類人物不但是可以的，而且是需要的；如能描寫得真實和深刻，揭示出這類現象產生的社會根源，進行正確的引導，對於讀者認識這類人物甚至認識當時社會，都是很有意義的。但是，第一，我們不贊成把人們都看成二重人格或本性就是自私的。佛洛伊德認為人本能地都有「侵犯」、「占有」他人的欲望，這是一種不科學的見解。嬰兒餓了想吃東西，會哭會鬧，這是他的本能，但他並不必然要去「侵犯」、「占有」別人。把要吃的本能引申為每人都有「侵犯衝動」，這在邏輯上至少是不謹嚴的。人並不都是自私的，不要說現代革命的過程中產生過數以萬計、十萬計的為了崇高理想而英勇獻身的志士，就是在封建社會或資產階級革命時代，也還有大批自覺地為捍衛民族利益與階級利益而赴湯蹈火、不惜犧牲的人物——被魯迅稱為「中國的脊梁」式的人物，如岳飛、文天祥、史可法、海瑞、秋瑾等等。我們反對把人神化，但也反對那種在「不要神化」的名義下抹煞事實、把人獸化、把每個人都看成「二重人格」的自私的偽君子。第二，我們也不贊成讓文藝作品專門去大寫特寫「二重人格」的人物。文藝作品有多方面的功能。文藝作品應當充分表現出生活的複雜性，但表現生活的複雜性與刻畫「二重人格」的偽君子是兩回事，不能混為一談。第三，還應當看到，劉吶鷗、穆時英、施蟄存一些作品中的二重人格，並不完全是從生活出發的，恰恰相反，有時是從作者主觀臆測出發的，是作者主觀思想的投影。

其次，新感覺派小說創作還接受佛洛伊德學說的唯心史觀的影響，對一些事件和人物作了不正確的解釋。佛洛伊德學說誇大性慾的作用，認為性是起根本作用的因素，認為性能量的轉移可以創造了不起的事物，是所謂「力必多」（Libido），幾乎把人類的一切現象（也包括許多文化現象）都用性心理來解釋。有的新感覺派作家企圖按照佛洛伊德主義來解釋各種歷史事件和歷史人物，這就形成了歷史唯心主義傾向。日本作家橫光利一寫過一篇著名的短篇小說，叫做〈拿破崙與金錢癬〉，就把拿破崙攻打俄羅斯的重大軍事行動歸因於拿破崙性心理的變態。可以看出，作者橫光利一，完全按照佛洛伊德學說來解釋拿破崙東征俄羅斯這個重大歷史事件。到 1930 年代施蟄存等手裡，這類小說寫得更多。其實，這些作品都在不同程度地圖解佛洛伊德主義。我們說，任何圖解都不是真正的文學創作，圖解馬克思主義不行，圖解佛洛伊德主義也不行。魯迅前期也曾經受過佛洛伊德學說的影響，他寫〈補天〉，最初就試圖在神話題材中用佛洛伊德學說「解釋創造——人和文學的——的緣起」[7]。但在實際創作過程中，他的態度有所改變。他把女媧煉石補天的場景寫得那麼壯麗多彩，把女媧摶泥做人的勞動寫得那麼莊嚴和充滿喜悅，就說明他實際是在用生活的邏輯（其實是神話曲折地反映的生活邏輯）去匡正他頭腦中先入為主的關於「性的發動」[8]之類佛洛伊德的觀點。因此，到底從生活出發，以生活的邏輯去限制和匡正佛洛伊德學說，還是從佛洛伊德學說出發，修改生活本身的邏輯，使生活圖景成為佛洛伊德學說的註腳？——這兩種創作路子之間的距離和教訓，實在是很能發人深省的。

再次，新感覺派有一部分作品（主要是劉吶鷗、穆時英的一些作品）存在著相當突出的頹廢、悲觀乃至絕望、色情的傾向。一些左翼作家以及朱自清等進步作家在當時就加以批評，這是必要的（儘管批評中也有某些「左」的簡單化傾向）。作品的這種悲觀主義思想傾向，在 1930 年代新感覺派小說中，具有一定的代表性。它並不是偶然出現的；一方面，反映了作者本身的虛無思想和陰暗心理，另一方面，也表明了當時這個流派在哲學、心理學和文藝思想上無批判地接受西方現代主義所帶來的消極影響。

如同新感覺派小說的功績不應被遺忘一樣，新感覺派創作中出現的這些傾向性問題，我們應該予以分析和評論。

---

[7]魯迅，〈序言〉，《故事新編》（北京：人民文學出版社，1981 年）。
[8]魯迅，〈我怎麼做起小說來〉，《南腔北調集》（北京：人民文學出版社，1981 年）。

——選自嚴家炎《中國現代小說流派史（增訂本）》
武漢：長江文藝出版社，2009 年 8 月

劉吶鷗與「新興文學」

以馬克思主義文藝理論接受為中心

◎王志松*

劉吶鷗等人將他們自己的文學活動定位為「新興文學」，而後世學者則將其定名「新感覺派」編織進文學史敘述中。的確，較之「新興文學」，「新感覺派」一詞更能凸顯他們做為一個文學流派的團體性以及文學創作的現代派特徵。然而，不可否認的是，也因此遮蔽了他們的左翼傾向。「新感覺派」的命名者嚴家炎說：

> 這個現代主義流派和中國普羅文學運動幾乎是相同的：它們可以說都是大革命的產物；新感覺派的某些成員，在大革命高潮時期也曾經相當激進，加入共青團，和普羅文學運動的成員頗為相似。而不同的是：新感覺派的作家在大革命失敗後處於彷徨、苦悶之中，他們儘管同情革命，不甘沉淪，但在政治上和文藝思想上並沒有明確的方向。他們因探索新的文學道路而趨向於現代主義。[1]

這一觀點延續至今，以至於有學者認為他們的左翼傾向不過是「追趕時髦的趨新意識」。[2]之所以如此否定他們的左翼傾向，是由於他們的文學活動與 1930 年代的「左翼聯盟」保持一定距離，甚至還與之發生激烈的爭論。然而，左翼立場在當時是否只有「左翼聯盟」這樣一種選擇？更為重要的

---

*北京師範大學外國語文學院教授。

[1]嚴家炎，《中國現代小說流派史》（北京：人民文學出版社，1989 年），頁 125。

[2]金理，《從蘭社到《現代》——以施蟄存、戴望舒、杜衡及劉吶鷗為核心的社團研究》（上海：東方出版中心，2006 年），頁 78。

是，劉吶鷗他們在文學創作上的現代主義探索到底與左翼傾向有無內在關聯？這些問題不僅干涉如何把握劉吶鷗他們的現代主義特徵，也涉及如何重新審視 1930 年代的左翼文學運動。本文從「新興文學」一詞入手，就以上問題試作探析。

一

關於劉吶鷗所說的「新興文學」，施蟄存於 1980 年代回憶說：

> 劉吶鷗帶來了許多日本出版的文藝新書，有當時日本文壇新傾向的作品，如橫光利一、川端康成、谷崎潤一郎等的小說，文學史、文藝理論方面，則有關於未來派、表現派、超現實派，和運用歷史唯物主義觀點的文藝論著和報導。在日本文藝界，似乎這一切五光十色的文藝新流派，只要是反傳統的，都是新興文學。劉吶鷗極推崇弗里采的《藝術社會學》，但他最喜愛的卻是描寫大都會中色情生活的作品。在他，並不覺得這裡有什麼矛盾，因為，用日本文藝界的話說，都是「新興」，都是「尖端」。共同的是創作方法或批評標準的推陳出新，各別的是思想傾向和社會意義的差異。劉吶鷗的這些觀點，對我們也不無影響，使我們對文藝的認識，非常混雜。[3]

這段回憶透露出兩個信息：其一，劉吶鷗將左翼文學看作現代派文學的一個部分；其二，回憶者施蟄存反覆強調這樣的文學觀是「矛盾」和「非常混雜」的，而在當時他們並沒有意識到其中的矛盾性。那麼，這種矛盾的文學觀到底是劉吶鷗個人的誤解還是日本語境的反映呢？

在日本，「新興文學」一詞最早使用在大正 11 年（1922 年）由山田清三郎創辦的文藝雜誌刊名上。該雜誌由「勞動者文學」和「民眾藝術」兩

[3]施蟄存，〈最後一個老朋友——馮雪峰〉，《沙上的腳跡》（遼寧：遼寧教育出版社，1995 年），頁 127～128。

個團體合辦，在關東大地震前與雜誌《播種人》一起對無產階級文學運動的展開發揮過重要作用。這雜誌將無產階級文學和先鋒派文學聯合在一起，形成衝擊既成文壇的文藝陣線。成員中既有高橋新吉等達達主義者，也有前田河廣一郎、官島資夫等工人作家。至 1920 年代末，隨著新感覺派文學和無產階級文學的興起，「新興文學」一詞更是被媒體頻繁使用。1928 至 1930 年平凡社出版了一套《新興文學全集》，共 24 卷，包括先鋒派文學和無產階級文學，如第十卷詩歌集的作者既有無產階級作家壺井繁治，也有現代派詩人萩原恭次郎。因此可以判斷，在日本的語境中「新興文學」是在一個寬泛的意義上使用的。

從劉吶鷗他們創辦的雜誌和書店來看，他們也是在寬泛的意義上使用「新興文學」一詞的。就雜誌《無軌列車》、《新文藝》刊載的內容而言，既有新感覺小說、象徵派詩人的詩和相關的評論文字，也有蘇俄文學專輯和無產階級文藝理論的介紹，以及其他類型的作品。他們經營的書店在其方針上也大致相同：理論書籍方面有魯迅參與主編的一套譯介無產階級文藝理論的「科學的藝術論叢書」。小說方面出版兩套叢書，其一是「現代作家小集」，包括橫光利一著；郭建英譯《新郎的感想》，勞倫思著；杜衡譯《二青鳥》；其二是「新興文學」叢書，包括平林たい子著；沈端先譯《在施療室》，約翰・李德著；杜衡譯《革命底女兒》，雷馬克著；林疑今譯《西部前線平靜無事》，辛克萊著；林微音譯《錢魔》。

這種寬泛的「新興文學」觀，其實並非簡單地受了劉吶鷗的影響。他們的早期創作已經顯現出一些現代主義文學的特色。而在政治傾向上，施蟄存和杜衡、戴望舒參加過共青團，四・一二政變後脫黨，但對社會主義運動仍然抱有同情和關心。此外，馮雪峰與他們的交往也不可忽視。施蟄存說：

> 雪峰還閱讀及蘇聯的文學史和文藝理論。他在 1927 年，已在北京北新書局出版了三本介紹蘇聯文學的書，都是昇曙夢著作的譯本，我們認為他

是當時有系統地介紹蘇聯文藝的功臣。他的工作，對我們起了相當的影響，使我們開始注意蘇聯文學。[4]

魯迅參與主編無產階級文藝理論叢書，也與馮雪峰有密切關係。在創辦第一線書店時，馮雪峰常常勸告他們要出版一些「有意義」的書。當時劉吶鷗在譯弗理契的《藝術社會學》，戴望舒在譯伊可維支的《唯物史觀的文學論》，馮雪峰在譯盧那卡爾斯基的《藝術與社會基礎》，魯迅也正在譯盧那卡爾斯基的《文藝與批評》，於是大家商量決定出版一套介紹馬克思主義文藝理論的叢書，約請魯迅任主編。魯迅同意參編，與馮雪峰一起作計畫，並擬定書目，共 12 種，分配譯者如下：1.盧那卡爾斯基著；雪峰譯《藝術之社會的基礎》、2.波格達諾夫著；蘇汶譯《新藝術論》、3.普列哈諾夫著；雪峰譯《藝術與社會生活》、4.盧那卡爾斯基著；魯迅譯《文藝與批評》、5.梅林格著；雪峰譯《文學評論》、6.蒲力汗諾夫著；魯迅譯《藝術論》、7.蒲力汗諾夫著；雪峰譯《藝術與文學》、8.列諸內夫著；沈端先譯《文藝批評論》、9.亞柯弗列夫著；林伯修譯《蒲力汗諾夫論》、10.盧那卡爾斯基著；魯迅譯《霍善坦因論》、11.伊列依契著；馮乃超譯《藝術與革命》、12.魯迅譯《蘇俄的文藝政策》。

這套叢書從 1929 年 5 月到 1930 年 5 月依次出版五種，第六種被上海光華書店組稿於 1930 年出版。這個出版計畫由於種種原因最終沒有全部完成，但對當時的文壇產生了重要的影響。[5]

在此需要留意的是，劉吶鷗譯《藝術社會學》和戴望舒譯《唯物史觀的文學論》沒有被納入該叢書中。據施蟄存回憶，其原因是「左翼理論界對這兩本書頗有意見，認為它們還有資產階級觀點」。[6]即是說，出面選擇書目的雖然是魯迅和馮雪峰，但馮雪峰背後儼然有一個「左翼理論界」存

[4]同前註，頁 125～126。
[5]施蟄存，〈我們經營過三個書店〉，《沙上的腳跡》，頁 18～20。
[6]同前註，頁 20。

在，並在書目的選定上發揮了重要作用。顯然，劉吶鷗和當時的「左翼理論界」之間對馬克思主義文藝理論的認識有一定的差異。有關他們之間的這種差異，以下筆者通過具體分析劉吶鷗譯《藝術社會學》的內容及其與他本人創作之間的關係進行考察。

二

《藝術社會學》的作者弗拉基米爾・弗理契 1870 年生於莫斯科的一個德國人家庭，1889 年從德國中學畢業後，進入莫斯科大學的歷史語言學系。從 1905 年起與布爾什維克密切交往，成為莫斯科委員會的講師團中最熱心的活動家之一。他以馬克思主義做為理論基礎對歐洲文學展開廣泛研究，取得豐碩成果，主要有《西歐文學史概論》、《十九世紀西歐文學的主潮》、《噩夢和戰慄的詩》和《莎士比亞論》等。與此同時，在藝術史研究上也成就斐然，著有《社會的藝術史》和《藝術社會學》。尤其後者被認為是他的學術代表作。

弗理契在《藝術社會學》中開宗明義地指出，藝術社會學建立於經濟基礎之上，是一門關於上層建築的綜合性規律的科學，它包括藝術創作的所有門類：建築、音樂、繪畫、詩歌、雕刻等。藝術社會學要闡明的根本問題是：何種藝術適合於人類社會發展的何種時代？即關於藝術和社會、藝術發展和社會發展的關係問題。弗理契認為，不論何時何處，某個社會的形態不可避免地受到一定的經濟結構的制約。在一定的社會中藝術範式（type）和形式，也同樣不可避免地受到該社會的意識形態的上層建築的制約。藝術具有一定的社會功能。藝術形象在人的感情和想像上發揮作用，又通過這種作用進而在每個人的思想上產生影響。藝術滿足社會或其中一部分集團（即階級）的趣味，並進而把這些感情、想像和思想加以組織、統一，給予發展的方向。弗理契特別強調經濟基礎對藝術範式和形式的決定性作用。他說：

> 這樣，至 18 世紀為止，是可以立這樣一個法則。即，某國的美術底盛衰，是與其經濟勢力有依存關係的，換言之，美術底衰微，常在那國在經濟上失去了優越的地位的時候到來，同時，經濟的先進國家常是美術界底霸權者。[7]

弗理契承認「藝術社會學」是在普列漢諾夫的馬克思主義文藝理論基礎上發展起來的。普列漢諾夫的文藝學不單考察經濟與藝術之間的關係，還貫穿著一種歷史觀，即將歷史看作一個通向社會主義的發展過程。因此，他對資產階級上升階段的藝術並不排斥，對「為藝術而藝術」的觀點也給予充分理解。但是對 19 世紀末 20 世紀初無產階級登上歷史舞臺之後出現的兩股反現代、反資本主義的藝術潮流——批判現實主義文藝和現代派文藝——則表現出不同的態度：讚賞和提倡批判現實主義文藝，排斥和否定現代派文藝。

> 印象派的畫家對作品的思想內容毫不關心。其中有人巧妙地宣傳他們的主張：光線是繪畫的主角。但換言之，光線的感覺只是感覺，它既不是感情，也不是思想。將自己的注意力局限於感覺領域的藝術家，將變得對思想和感情漠不關心。[8]
>
> 讀者當然聽說過所謂的立體派。並且假如讀者接觸過這些作品，我基本上可以斷言這些作品不會打動他。至少對於我而言，這些作品不能夠喚起任何美的喜悅。[9]

---

[7]弗理契著；劉吶鷗譯，〈藝術社會學〉，康來新、許秦蓁合編，《劉吶鷗全集——理論集》（臺南：臺南縣文化局，2001 年），頁 165～166。

[8]プレハーノフ著；藏原惟人譯，〈芸術と社会生活〉，《階級社会の芸術》（東京：叢文閣，1929 年），頁 201～202。

[9]同前註，頁 206。

普列漢諾夫認為，印象派和立體派只注重形式，缺乏內容，因而不是真正的藝術，是資產階級沒落的表現。在對現代派的理解上，弗理契則與此不同。他的歷史觀顯現出一種矛盾。一方面，他繼承普列漢諾夫的觀點，承認以共產主義為終極目標的歷史發展過程，論述了無產階級在這一歷史過程中的重要地位和所擔負的歷史重任。[10]在這種歷史觀下，他將資本主義的藝術也劃分為兩種，即上升時期的革命性藝術和奪取政權後的快樂主義藝術，並對後者持批評態度。在他看來，「當資產階級完成了獲得政權底戰爭，當這階級做著支配階級蓄積著巨富，又當這階級脫卻了政治鬥爭而從事於物質的幸福底生產的時候，藝術，無論在什麼地方都由宗教的、道德的、市民的觀念解放，而表現著人生享樂底觀念，益發歸向於它底形式的、技術的專門的課題」。[11]尤其自藝術生產變為以市場為目的之後，出現了對「新的形式」的盲目追求。僅僅是靠迅速地變換它的外形來獲取消費者的關注，於是印象派、新印象派、立體派、未來派、構成派、新古典派等以熱病的速度新舊更迭。因此他斷言：「這是『樣式』底迅速的交替時代，同時也是沒有一個樣式的時代！」[12]

但另一方面，弗理契還提出了一種「歷史循環觀」：

> 每個社會經濟的形體，在人類發達底過程中，多數是常被反復著的。譬如石器時代底狩獵制度，就在現代的阿非利佳和澳大利亞底獵人也有。新石器時代底原始的農業，現代的「蠻人」也有。（略）古典時期的希臘底資產階級社會，從 15 世紀到 17 世紀的義大利，荷蘭，和 19 世紀後半的歐羅巴也有。而因為同樣的，或是類似的社會經濟的組織，是應當生產同樣或是類似的藝術典型，所以雖然有地理學的要件和年代記的符號把它區別著，但我們也須同時研究這些反復的社會經濟的組織。[13]

---

[10]弗理契著；劉吶鷗譯，〈藝術社會學〉，康來新、許秦蓁合編，《劉吶鷗全集——理論集》，頁 385。
[11]同前註，頁 118。
[12]弗理契著；劉吶鷗譯，〈藝術社會學〉，康來新、許秦蓁合編，《劉吶鷗全集——理論集》，頁 151。
[13]同前註，頁 92～93。

將古希臘劃分為資產階級社會或許並不恰當，但是貫穿其中的一個觀點值得注意：他不完全贊成線性的歷史進化觀，而是認為歷史也有相似的循環反覆。在這樣一種觀點之下，他對藝術樣式之間的承傳性予以關注，對印象派等現代派藝術表示出某種理解，沒有完全否定。弗理契之所以會出現這樣的矛盾，在於他對待藝術的不同態度。當做為社會主義文化的建設者時，他積極提倡無產階級藝術，排斥資產階級社會產生的現代派藝術；但當做為一個研究者時，他盡力將現代派藝術也當作客觀的藝術現象進行分析和研究，從而超越了當時的意識形態的束縛。後者被認為是「還有資產階級觀點」，但也正是這點吸引了劉吶鷗。

三

弗理契的《藝術社會學》出版於 1926 年，該書的日譯本由昇曙夢翻譯，從 1927 年開始連載於雜誌《社會學徒》，1930 年出版單行本。劉吶鷗的翻譯以昇曙夢譯本為底本，於 1930 年出版。據施蟄存回憶，劉吶鷗的翻譯持續了一年多[14]，因此他最遲在 1929 年初已經開始翻譯該書。由於劉吶鷗翻譯該書的時間與他創作《都市風景線》（1930 年）幾乎重合，因此這兩者之間的關係值得關注。

首先，看劉吶鷗小說〈遊戲〉中的電影蒙太奇手法：「在這『探戈宮』裡的一切都在一種旋律的動搖中——男女的肢體，五彩的燈光，和光亮的酒杯，紅綠的液體以及纖細的指頭，石榴色的嘴唇，發焰的眼光。」[15]這種捕捉瞬間畫面的手法當然受到日本新感覺派小說和電影蒙太奇的影響，但劉吶鷗在弗理契的《藝術社會學》中發現其理論根據無疑備感興奮。弗理契在論及印象派時說：

他們不想把世界底某一片當作『事物本身』，不想把不變的東西當作某現

[14]施蟄存，〈我們經營過三個書店〉，《沙上的腳跡》，頁 18。
[15]劉吶鷗，〈遊戲〉，《都市風景線》（上海：水沫書店，1930 年），頁 3。

象底『觀念』，而把它當作純然的印象傳達著。印象派是寫實派。然而異於後者，是極端的個人主義者。他們不願把世界當作全體看。他們底標語是『我如何看牠？』（維也那底文學者阿爾丹堡 Peter Altenberg 底印象主義的素描底標題）一切偶然的、特殊的、瞬間的東西，纔能引起他們底興味，[16]

弗理契認為印象派也是寫實派，但兩者的不同之處在於寫實派的寫實是基於某種觀念上的認識，並企圖通過對象的描摹表現這種觀念上的認識。而印象派則「把外界，即物質，無條件地承認為客觀地存在著的東西，構成自己底知覺的東西」。比如「同一的樹木，在一日內的種種的時刻，和在種種的光線上，可以引起種種的心象。」他們的使命便是，「在絕不能第二次被反覆的某偶然的瞬間，傳達那由世界所受的自己底知覺。」[17]印象派的畫家描摹人物畫像也不是逼真地描繪整個面部，而是「單把最有特色的部分，如額或眼傳達，而其餘的東西都置之不問」。[18]注重瞬間印象以及突出描寫對象最具特色的局部正是劉吶鷗慣用的蒙太奇手法。

其次，劉吶鷗小說對女性身體異乎尋常地關注。《藝術社會學》專設一章論述「裸體」，包括男性和女性的裸體。弗理契認為：「封建的、神官的社會組織上的藝術，是不知道男性和女性的裸體的。裸體的盛行是只在資產階級社會底藝術上。而當資產階級把它當作市民的平等和政治的自由的象徵，而貫穿著市民的、政治的激情的場合，是男性的裸體描寫繁榮著，而當資產階級，從市民的尚武觀念轉移到了快樂主義的時候，男性底裸體便把它的地位讓給女性底裸體。」[19]19 世紀以後，資產階級一旦確立其統治權，繪畫展覽會便馬上呈現出「婦人裸體畫展覽會之觀」。但弗理契指出，古代的維納斯和現代的維納斯是有很大差別的，「即前者實在是有平靜

[16]弗理契著；劉吶鷗譯，〈藝術社會學〉，康來新、許秦蓁合編，《劉吶鷗全集——理論集》，頁 239。
[17]同前註。
[18]弗理契著；劉吶鷗譯，〈藝術社會學〉，康來新、許秦蓁合編，《劉吶鷗全集——理論集》，頁 298。
[19]同前註，頁 290。

的，古典的『貴族的』形式的，而後者卻是依著在事務所或是交易所在金錢問題中生活著的、從街頭商人底美學的見地評價著女人底肉的暴發戶底趣味的，卑野的『奴隸的』裸體。」因此，「在十九世紀的歐羅巴底繪畫上，與這婦人裸體底卑俗的禮讚同時，對於婦人裸體的恐怖的感情也發生起來了。」[20]劉吶鷗的小說對女性裸體所抱有的態度也正是這樣一種矛盾心理：禮讚與恐怖。〈禮儀和衛生〉中有這樣一個場面：

> 女性的裸像不用說啟明是拜賞過的。但是為看裸像而看裸像，這卻是頭一次。他拿著觸角似的視線在裸像的處處遊玩起來了。他好像親踏入了大自然的懷裡，觀著山，玩著水一般地，碰到風景特別秀麗的地方便停著又停著，止步去仔細鑑賞。（略）他綜合地想像著自然以前的近似頹唐的生活，而在眼前清楚地窺探著她有形上的一切的祕密時，真不知道怎麼才能把從他心裡湧起來的一些莫名其妙的情緒制止下來了。（略）他自從進來之後，便很奇妙地受著一種心理上的壓迫。[21]

男主人公啟明某次受邀來到朋友的畫室，正好遇見朋友在畫女性裸體模特。上述這一段描寫了啟明當時進入畫室的內心活動。一方面是細細地欣賞裸像，但也「很奇妙地受著一種心理上的壓迫」。可以說，對女性裸體的「卑俗的讚美」和「恐怖的感情」構成劉吶鷗的頹廢主義特色的一個重要方面。

第三，對資本主義社會極端個人主義和商品化的人際關係的諷刺。〈風景〉描寫了一對男女在火車上偶然相識，在「追求自由」和「追求自然」的現代生活觀驅動下，中途下車發生了關係。該小說的結尾耐人尋味：「這天傍晚，車站的站長看見了他早上看見過的一對男女走進上行的列車去——一個是要替報社去得會議的智識，一個是要去陪她的丈夫過個空閒的 week-

---

[20]弗理契著；劉吶鷗譯，〈藝術社會學〉，康來新、許秦蓁合編，《劉吶鷗全集——理論集》，頁 289。
[21]劉吶鷗，〈禮儀和衛生〉，《都市風景線》，頁 126～127。

end」。[22]結尾的淡淡敘述暗含了對這二人「追求自由」和「追求自然」的譏諷。在〈遊戲〉中，女主人公周旋於兩個男人之間，雖然與其中一個打得火熱，但最終選擇了送給她外國車的男友。題目「遊戲」也是對女主人公不離口的「我愛你」的一個諷刺。〈禮儀和衛生〉則表現了性（愛）與金錢的交易關係。男主人公啟明是一個律師，為維護新女性的權益和地位在法庭上振振有詞，受到社會上的尊敬。但是下班之後卻迫不及待地去逛妓院。雖然他對相識的妓女不是沒有好感，但當發現她真要和自己談情說愛時不勝煩惱，只想早點完事。「她們對於一切的交接很不簡明便捷。」[23]弗理契在《藝術社會學》中指出：「資產階級社會，瓦解為互相競爭著的孤立的、自足的、而肯定著自己一個人的數十萬的個人。」[24]在同一時期，其他馬克思主義文藝理論大多注重階級剝削和階級壓迫的問題，引導出的文藝創作方向自然是鼓動階級鬥爭推翻資本主義社會，但弗理契對資本主義社會的認識卻包含了異化的視角，關注的是個體在社會中被扭曲的生存狀態。這與劉吶鷗生活於大都會切身感受到的人的孤獨與異化是相通的。

從以上三個方面不難看出，《藝術社會學》與劉吶鷗的創作之間有許多相通之處，雖然不能由此斷言劉吶鷗的這些手法和對社會的認識是全部受了弗理契的影響，但可以肯定的一點是：既然劉吶鷗特別推薦《藝術社會學》且翻譯出版，那麼他對該著的觀點確實抱有很大的共鳴，並從中獲得一些啟發。

四

弗理契的《藝術社會學》出版後，當時一度受到蘇聯文藝批評界和日本左翼文壇的好評，但進入 1930 年後卻出現批判的聲音。批判主要針對該著的兩個問題：其一，沒有明確指出資本主義必然消亡的歷史過程；其

---

[22]劉吶鷗，〈風景〉，《都市風景線》，頁 33。
[23]劉吶鷗，〈禮儀和衛生〉，《都市風景線》，頁 115。
[24]弗理契著；劉吶鷗譯，〈藝術社會學〉，康來新、許秦蓁合編，《劉吶鷗全集——理論集》，頁 243。

二，理解與讚賞資本主義沒落階段的現代派藝術。藏原惟人在〈藝術社會學的方法論——讀弗理契《藝術社會學》〉一文中指出，弗理契的歷史觀和藝術觀「不僅無法在無產階級文學運動中對藝術現象進行總體性的把握，也沒有闡明我們的藝術社會學的實踐目的。」[25]其原因如下：

> 我們的藝術社會學的實踐的目的在於闡明現代藝術的滅亡和新藝術的興起的規律，指出現在以及將來我們的藝術的實踐方向。因此，與我們所有的社會科學一樣，藝術社會學的最重要的任務也是在於闡明社會的藝術發展規律，尤其是闡明轉型期的藝術規律。但是從「什麼樣的時代與什麼樣的藝術相適應」這樣靜止的問題出發顯然是達不到上述目的的。[26]

日本左翼理論界在 1930 年代初對弗理契的評價發生重大轉變，與 1920 年代末 1930 年代初蘇聯文壇的動向密切相關。1928 年，蘇共高層內部鬥爭，托洛茨基失足被開除黨籍，1929 年被趕出國外，由此展開對托洛茨基的全面批評。托洛茨基文藝理論思想主要有兩個方面：1.政治與文學是兩種不同的事物，有各自的領域，兩者雖然有交叉之處，但是仍然有重要的區別。兩者有各自的活動規律，不能互相替代。2.黨在文學領域，只能實行間接領導。[27]對托洛茨基文藝理論思想的批評，就是要否定他的這種政治與藝術的二元論觀點。在這一過程中，不單是托洛茨基受到批判，弗理契、德波林、布哈林等人的文藝理論也受到批判，並逐步形成政治至上的文藝思想。

需要指出的是，這種政治至上的文藝思想是打著「列寧主義」旗號展開的，而其中成為理論基礎的是列寧的一篇短文〈黨的組織和黨的出版

[25]藏原惟人，〈芸術社会学の方法論——フリーチェの《芸術社会学》を読む〉，《藏原惟人評論集第二卷》（東京：新日本出版社，1968 年），頁 90。
[26]同前註，頁 90～91。
[27]馮憲光，〈托洛茨基的政治文藝學思想〉，《馬克思主義美學研究》第十輯（北京：中央編輯出版社，2007 年版），頁 65～68。

物〉。列寧的這篇文章發表於 1905 年 11 月，論述了在第一次俄國革命後的社會條件下黨的出版活動問題。列寧認為，此前黨的出版物是非法出版，但是第一次俄國革命後黨的出版物開始變得合法。雖然必須保障個人創作的自由，但是反黨的宣傳文章不能刊載在黨的出版物上，而判定是否反黨的基準就是黨的綱領，由此提出了「黨性原則」。俄文的「литература」是從拉丁文「litteratura」演化而來的，詞義複雜，有廣義和狹義之分。廣義泛指一切書面言述，狹義則在近代以後專指文學，即以語言文字為表現媒介的藝術。就該文的整體脈絡和寫作背景看，「литература」應該是指廣義的書面言說。但是在 1920 年代末 1930 年代初，「литература」被解釋為狹義的語言藝術。於是這篇文章的主旨就被解釋成為「文學必須為黨服務」，進而言之是要為當前的政策服務。藏原惟人是〈黨的組織和黨的出版物〉其中一個日譯本的譯者。劉吶鷗翻譯的弗理契《藝術社會學》沒有被納入「科學的藝術論叢書」顯然與蘇聯文壇、日本左翼文藝界的這些動向有很大關係。

與此同時，在中國，「新興文學」這一概念的內涵於 1930 年也發生著演變。馮雪峰於《拓荒者》（第 1 卷第 2 期，1930 年 2 月）發表譯文〈論新興文學〉。該譯文是從岡澤秀虎日譯本重譯過來的列寧的〈黨的組織和黨的出版物〉。日譯本和中譯本的標題及第一句是：

党の組織と党の文学

文学は（訳者注、この文学は、後に書かれてゐる如く、プロレタリヤ文学の意なり）党の文學とならねばならぬ。[28]

論新興文學

文學（即普羅列塔利亞文學——譯者注）不可不為集團底文學。[29]

---

[28]レーニン著；岡沢秀虎譯，〈党の組織と党の文学〉，《文藝戰線》1929 年第 3 期。

[29]列寧著；岡沢秀虎日譯、成文英（馮雪峰）重譯，〈論新興文學〉，《拓荒者》1930 年第 1～2 期。

馮雪峰將標題「党の組織と党の文学」翻譯成〈論新興文學〉，括號中明確標註文學是指無產階級文學。在這篇文章中對文學原理有如下明確的規定：「對於社會的無產階級，文學底工作不但不應該是個人或集團底利益底手段，並且文學底工作不應該是離無產階級底一般的任務而獨立的個人的工作。不屬於集團的文學者走開吧！文學者的超人走開吧！文學底工作，不可不為全部無產階級底任務底一部分。」[30]值得注意的是，《拓荒者》在同一期中還發表了〈伊里幾的藝術觀〉一文。該文表達了列寧對現代派藝術的看法：「關於表現主義，以及其他主義的作品，我不能承認這是藝術天才的崇高的表現。我不懂這些。對這些作品，我感覺不到任何歡喜。」[31]即是說，《拓荒者》這期發表的兩篇文章，都是以列寧的名義，一方面是對文學的社會功能提出明確的政治服從要求，另一方面則是對現代派藝術的否定。

這一年，中國的無產階級文學運動取得重大發展，3 月 2 日左聯宣告成立。當時左聯所確定的行動總綱領有以下兩點：1.我們文學運動的目的在求新階級的解放。2.反對一切對我們的運動的壓迫。同時決定了主要的工作方針，其中一條是：吸收國外新興文學的經驗，及擴大我們的運動，要建立種種研究的組織。[32]左聯主辦的文藝雜誌《大眾文藝》於 1930 年（第 2 卷 3、4 期）推出「新興文學專號」，可以認為是為了落實左聯提出的行動總綱領。「新興文學專號」內容包括介紹各國的新興文學概況和文學作品，基本上都是傾向於無產階級文學。在第 3 期理論欄目中刊載三篇文章——藏原惟人〈藝術理論的三四問題〉、何大白〈中國新興文學的意義〉和祝秀俠〈新興文學批評觀的一斑〉。何大白在〈中國新興文學的意義〉中對「新興文學」一詞作了辨析。他說，從 1927 年下半期開始，中國文學方面發生了新的文學運動。這個新產生的文學有三個名字：革命文學、新興

[30]同前註。
[31]列裘耐夫著；沈端先譯，〈伊里幾的藝術觀〉，《拓荒者》第 1 卷第 1～2 期（1930 年 1～2 月）。
[32]馬良春、張大明編，《三十年代左翼文藝資料選編》（四川：四川人民出版社，1980 年版），頁 132～133。

文學和普羅列塔利亞文學。其中，「革命文學說是含有革命性的文學，但是內涵是很廣泛的，含混的。沒有具體的規定，甚至是相反的意思。並且，革命文學托洛茨基曾經用過，而他是和普羅列塔利亞文學相反的意思使用。」因此需要慎用該詞。而「新興文學這個名詞在資本主義先進的國家是對的，然而在中國少許是含混的，但未嘗不可以用。普羅列塔利亞就世界範圍而言，總是一個新興的階級。我們提倡的新興文學就是普羅列塔利亞文學」。[33]祝秀俠在〈新興文學批評觀的一斑〉中也說：「新興的文學批評，是科學的，社會學的，唯物論的，集團主義的。」[34]這兩篇文章均明確將「新興文學」的概念限定於無產階級文學。

隨著「新興文學」概念被限定在「無產階級文學」，劉吶鷗他們也曾試圖跟隨調整後的「新興文學」，對他們自己主辦的《新文藝》進行改刊，創作內容也力圖向無產階級文學靠近。但最終發現很難適應這種改變，於是只好放棄，依然繼續他們對現代主義文學的探索，許多重要作品也都是此後發表的。這種狀況被許多學者認為是背離左翼立場。

就當時的情形而言，他們確實沒有緊跟左聯的行動總綱領，但他們並沒有放棄對馬克思主義理論和無產階級文學的關心。《新文藝》終刊之後，劉吶鷗與戴望舒將被「科學的藝術論叢書」排斥在外的《藝術社會學》和《唯物史觀的文學論》以「馬克思主義藝術理論叢書」出版了。這既是對「科學的藝術論叢書」的一種補充，也包含了對當時「左翼理論界」的反駁。戴望舒在譯者後記中特別指出：「作者（指《唯物史觀的文學論》的著者——筆者注）對於唯物史觀在文學上的應用戒人誇張，他對於把事實荒唐地單純化了的辛克萊的藝術論，加以嚴正的批判。近來看見有人把少女懷春的詩，也把唯物史觀當作萬應藥，像江湖郎中似地開出『小資產階級的沒落——』等冠冕堂皇的脈案來，則對於這一類人，本書倒是一味退熱

[33]何大白，〈中國新興文學的意義〉，《大眾文藝》1930年第3期。
[34]祝秀俠，〈新興文學批評觀的一斑〉，《大眾文藝》1930年第3期。

劑。」[35]

儘管《藝術社會學》和《唯物史觀的文學論》也存在一些不足，但弗理契對現代派藝術的理解以及對現代資本主義社會的異化現象的批評現在看來已經成為文學批評的常識，也被當代馬克思主義文藝理論所接受。因此，劉吶鷗他們展開的現代主義文學的探索，在新奇的表達、對都市光怪陸離的描寫以及對異化現象的注視上，非但不是離棄馬克思主義文藝理論，而恰好是以他們所理解的馬克思主義藝理論做為理論基礎的，也可以說其中包含了「左翼聯盟」以外的其他左翼傾向。

——選自《山東社會科學》第218期，2013年10月

[35]伊可維支著；戴望舒譯，《唯物史觀的文學論》（上海：水沫書店，1930年版），頁332。

臉、身體和城市

劉吶鷗和穆時英的小說（節錄）

◎李歐梵*
◎毛尖譯**

很顯然，在劉吶鷗的小說裡，男性比女性明顯弱很多。那些男性追求者一而再地被描敘成一個瘦弱苗條的人，他急切的行為總是像「小男孩」一樣。很偶然地，他也會有強壯的手臂，有和查利・卓別林那樣的滑稽的鬍子或是像考爾門那樣高貴而文雅的鬍子。再次證明了劉吶鷗是多麼容易受好萊塢電影工業的影響，但此外就別無「相襯」的描述來表明他在身體或智力上可以真正和她匹配。儘管他們在情節中占了「內聚焦」的地位，他們自身的主體地位卻是危險的，其努力也總被有意識地抽空。[1]因此他們不僅不是「智慧的主體」，可以把自己的欲望加諸一個對象化的女性身體上，反而成了自信十足的現代女性手中的「玩物」。

在史書美論劉吶鷗的一篇論文中，她敏銳地提出，劉吶鷗的男主人公依然保持著「過時的父系制的道德感性」，而他典型的女主人公則是第一批都市「現代性產物」：「凝聚在她身上的性格象徵著半殖民都市的城市文化，以及速度、商品文化、異域情調和色情的魅惑。由此她在男性主人公身上激起的情感，極端令人迷糊又極端背叛性的，其實複製了這個城市對他的誘惑和疏離。」[2]〈兩個時間的不感症者〉無疑完美地體現了這種女

---

*發表文章時為哈佛大學中文教授，現為香港中文大學中國文化講座教授。
**華東師範大學對外漢語系教授。

[1]以「內聚焦」來表達主體性的方式可參見安東尼・白的博士論文，《三十年代的新感覺派——劉吶鷗和穆時英小說研究》（多倫多大學）第四章。

[2]史書美，〈性別，種族和半殖民主義——劉吶鷗的上海都會景觀〉，《亞洲研究》第 55 卷第 4 期

性。不過，劉吶鷗筆下的女主人公並不是人人都被描寫成現代尤物，不停地追逐體現速度和魅力的都市商品。如果我們比較一下這部小說和〈遊戲〉裡的女主人公形象，會發現這是她們構成了一個很有意思的個案。她們都是欲望和欺騙遊戲裡的圓滿贏家，都瘋狂地崇拜汽車。在〈兩個時間的不感症者〉中，「Fontegnac 1929」在男性主人公眼中顯然是某種性對象，即女性主人公的物質替代；但當女主人公宣布她喜歡在飛馳的車上做愛時，她再度占有了那汽車。在小說〈遊戲〉中，另一輛車，1929 型號六汽缸的飛撲，在酷愛野遊車的女主人公看來，是「真正美麗，身體全部綠的，正和初夏的郊原調和」。[3]史書美認為劉吶鷗小說中的這種女人和汽車的並置，暗示了「這個城市的節奏就是現代女子更換男友的速度，就是現代女子對風馳的賽車的喜愛：一時的場景一時的羅曼史，一個充滿飛車和短暫邂逅的都會」。[4]

在這裡，時間和速度的關鍵含義不可能在任何西方現代性的話語裡被如此過分強調。汽車，就像火車一樣，做為一種速度的商品，顯然是現代性的物質表徵。所以劉吶鷗在他故事的標題上也強調了它的意義：那兩個男性追求者失去了那個摩登女郎正是因為他們是「時間的不感症者」。不過問題是劉吶鷗的女主人公到底是在追求一種什麼樣的速度？〈遊戲〉裡的女主人公讚揚那輛「飛撲」是因為它有六個汽缸，所以「馳了一大半天，連一點點吁喘的樣子都沒有」；至於〈兩個時間的不感症者〉中的 Fontegnac 1929 則既代表速度又是新潮了，而且還明顯象徵著財富。

劉吶鷗可能是在上海的中英文報紙或像《名利場》這樣的外國雜誌所刊登的廣告上，找到這些形象特殊而且流光溢彩的汽車牌子。他對汽車的大肆鋪敘，洩露了他對它的物質價值（金錢）和象徵價值（速度）的迷戀。與此同時，〈流〉裡的男主人公還把繁忙時間街上擁擠的車輛比作小甲

（1996 年 11 月），頁 947。

[3]劉吶鷗，〈遊戲〉，《都市風景線》（上海：水沫書店，1930 年 4 月），頁 10。

[4]史書美，〈性別，種族和半殖民主義——劉吶鷗的上海都會景觀〉，《亞洲研究》第 55 卷第 4 期，頁 948。

蟲，說它們「吞」「吐」著人們。從中可以看出來，即使是在頌揚現代便利中最引人注目的東西時，它也同時會引起興奮和焦慮。

另一個也包含興奮和焦慮的例子是劉吶鷗對做愛的描述。似乎是為了震懾他的讀者，劉吶鷗在集子的開首兩篇〈遊戲〉和〈風景〉裡就觸目地描寫了做愛。事實上，〈風景〉裡男女主人公的做愛場景是帶有田園色彩的，他們先是在火車上邂逅，然後在一個小站下車；在他們各奔東西前，在女主人公的挑逗下，他們當即在田野裡做起自然之愛來。這個女主人公無疑是現代都市產物，因為她流瀉著「都會的女人特有的對於異性的強烈的、末梢的刺激美感」。[5]而他們的做愛場面很簡略地被描寫成一個驚人的比喻：「在素絹一樣光滑的肌膚上，數十條的多瑙河正顯著碧綠的清流。吊襪帶紅紅地嚙著雪白的大腿。」[6]劉吶鷗的這兩個色情比喻帶有赤裸裸的異域色彩，顯然是模仿了穆杭和日本的「新感覺派」，但他並沒有止於模仿。那個穿紅色吊襪帶的女人是從巴黎來的還是從上海來的？從前面的故事裡我們得知，她的頸部和圓小的肩頭使她像是「剛從德蘭的畫布上跳出來的」。[7]所以這些色情性描寫都是為了引向男主人公最終的「思考」，思考人是如何被「機械文明」束縛住了。這種信息在劉吶鷗的文本和角色身上是相當罕見而且相當無力的。

當然，我們不能要求劉吶鷗嚴格地追隨現實主義的教條，來增加作品的可信性和真實性。這個故事裡的女主人公確實是個臆想的人物。但在其他的情形下，她似乎不是那樣幻想型的人物。〈遊戲〉裡的女主人公在故事的開頭也一樣被寫得很異域化，女主人公有一個小而挺直的希臘鼻子。像〈兩個時間的不感症者〉裡的女郎一樣，她也有兩個追求者：她說其中一個有卓別林似的鬍子，而她又誘惑另一個「太荒誕，太感傷，太浪漫」的男人。劉吶鷗把她和後者的做愛場面描寫得相當詳細：

[5]劉吶鷗，〈風景〉，《都市風景線》，頁 26。
[6]同前註，頁 31。
[7]劉吶鷗，〈風景〉，《都市風景線》，頁 23。

> 鼻頭上是兩顆火辣辣的眼睛，鼻下是一粒深紅色的櫻桃。他像觸著了電氣一樣。再想迴避也避不得了。
>
> 雪白的大床巾起了波紋了。他在他嘴唇邊發現了一排不是他自己的牙齒。他感覺著一陣的熱氣從他身底下鑽將起來，只覺呼吸都困難。一隻光閃閃的眼睛在他的眼睛的下面凝視著他，使他感覺著苦痛，但是忽然消失了。貞操的破片同時也像扭碎的白紙一樣，一片片，墜到床下去。空中兩隻小足也隨著下來。他覺得一切都消滅了。[8]

這是男女性愛描寫中很有趣而且帶點古怪的片段。雖然這段話是由男主人公敘述的，來自他的體驗，也用了他的視角；但行動的發起人卻是女性人物，是她誘引了他，而且她光閃閃的眼睛使他「感覺著苦痛」。但女主人公的行為似乎也有和她不相稱的地方：一個像她那樣自由不羈的女性，怎麼可能至此還保持著貞操，而且準備在一夜隨意的旅館約會裡，交托給一個她準備拋棄的男人？女主人公性格裡的兩面性，誘引者和處女，很顯然不協調，除非性行為在她對男人的控制策略中不是什麼關鍵因素，又抑或這個敘述男主人公（甚或作者本人），依然懷有不可救藥的傳統男性性幻想，需要從對女子的貞操占有中獲得「快感」。不管理由或效果是什麼，這個性場景和身體，對男性和女性來說都一樣，是多少有些不協調的。

我們同時也要意識到，並不是劉吶鷗小說中所有的女主人公都可以被方便地納入自由、大膽，甚或隨便的那類現代女性。他的小說中還有這樣一類女子：儘管也有現代特性，但她們依然是男人的占有物，男人的附屬品。這後一類女性形象，常為學者所忽視，我們可以在《都市風景線》中的末兩篇小說〈殘留〉和〈方程式〉中找到她們。在〈殘留〉中，女主人公是個新寡的女子，在一連串的內心獨白中，她說出了她的孤寂和對男人的需求。當她獨個兒散步的時候，她讓自己被一個外國水手勾引了，並圓

---

[8]劉吶鷗，〈遊戲〉，《都市風景線》，頁 14。

了他 A Girl in Every Port!（一埠一女）的夢。因此她是很願意獻出她做為寡婦的個性體和主體性，而成為交易中的一種商品。在〈方程式〉中，一個被簡易地稱為密斯脫 Y 的男人新近喪妻，亡妻總是為他準備午餐的 salade；他的姑母於是為他介紹了兩個現代女子 A 和 W，做為續弦候選：密斯 A 有「纖細的小手」，是一個可以「一塊兒聽馬連良」的好伴侶；而有 Permanent Wave（電燙髮）的密斯 W，和他約會的地方是看 Talkie（有聲電影）的影戲院，但最後他卻是和「昨天還不相識的密斯 S」睡在了一張婚牀上。因此這個故事就成了一個四人「旋轉遊戲」，一男三女他們都沒有自身身分；甚而他們的名字也被化約為一個大寫字母，就像數字一樣。小說諷刺的是婚姻遊戲本身，以及一個都市白領的無人格的日常生活：「誰都知道密斯脫 Y 是個都會產的，細密、明晰而適於處理一切煩瑣的事情的數字的腦筋的所有者。」[9]在這樣一個男性主宰的理性世界裡，女性只不過是棋盤上的木偶或小卒，不過，男主人公的處境也好不到哪兒去。

〈方程式〉這篇小說的標題在劉吶鷗的故事中是很具代表性的。我們讀著他的小說，從他發表的第一部小說〈遊戲〉（1928 年）開始，故事所引起的激動慢慢地消解，徒勞的追逐、愛的三角等等，就像方程式變得越來越明晰。而且，不管他所描摹的「都會女郎」多麼具有異域色彩和象徵意味，她們也越來越像她的男性追求者一樣，不過是都會舞臺上的一個敘事「人物」。她被寫得很浮表，正是因為她要在一個更深的意義上來象徵這個城市。把劉吶鷗的故事連接起來的，正是男女角色對這個都市本身的共同的毫不羞愧的迷戀。因此史書美的下述結論是對的：

> 劉吶鷗顯然熱衷於描寫都市景觀，把它們視為他的注視對象並加以色情化。在劉吶鷗的絕大多數小說中，他會用比喻性的語言來長篇鋪敘都市生活的各個方面以及它的物質文化。甚而，這個都市的道德淪喪在這樣

[9]劉吶鷗，〈方程式〉，《都市風景線》，頁 167。

的語言裱糊之下，也顯得相當有魅惑力。[10]

誠如《都市風景線》這本小說集的封面所示，劉吶鷗的本旨是想創造一系列的都市「景觀」。小說標題裡的法文字可以同時代表，如柏右銘（Yomi Braester）所說的，「風景」和舞臺。[11]在這樣的「風景」裡最受人注意的角色，就像是一個更大舞臺的都會「奇觀」上的道具。柏右銘認為，「奇觀」涵蓋了劉吶鷗很多小說中的主題和文學技策。「敘述張力經常源於對景觀的不同態度。女性角色通過她們對景觀虛幻性的適應或從一處滑向另一處的輕鬆來展示她們的技巧。其結果是，她們由此經常把她們的男性搭檔拋在了後面，使他們因為對危險處境的無知而成了犧牲品。」[12]而在穆時英的小說裡，都市環境下的男女角色之間的敘事安排就顯得技巧得多，俐落得多，儘管穆時英也同樣擱淺在都會本身的景觀裡。雖然劉吶鷗和穆時英都過著耀眼的摩登生活，穆時英的角色卻顯得更「不安寧」，也因此他的小說比劉吶鷗的故事在心理層面上更具揭示性。

也許劉吶鷗是第一個描寫都會異域風的中國現代作家，如果說他是一個先鋒，那麼穆時英可算是一個年輕的藝術大師，他完成了劉吶鷗的「城市規劃」。在劉吶鷗之後，他為現代尤物的形象帶來了更多的光彩和魅力。他把男女角色之間的邂逅套路推到了一種喜劇化的，甚而滑稽的地步，這在劉吶鷗的小說裡總出現得有點古怪。由此變成了一種對商品化現代性的毀滅性諷刺。如果說劉吶鷗對女性的描寫暴露了他殘留的傳統主義，而且他也更集中於刻畫女性的臉，那穆時英以女性身體為焦點進行寫作，是非

---

[10]史書美，〈性別，種族和半殖民主義——劉吶鷗的上海都會景觀〉，《亞洲研究》第 55 卷第 4 期，頁 943。

[11]柏右銘，〈上海的景觀經濟——劉吶鷗和穆時英小說中的上海跑馬場〉，《現代中國文學》第 9 卷第 1 期（1995 年春），頁 50。

[12]同前註，頁 40。柏右銘也提到，劉吶鷗小說中的男女角色都有點像遊手好閒者，他們懷著一種看似輕快的態度，表面上放縱享樂和賭博。而且，那種「遊手好閒者的注視」正好把「他的周圍空間進行重塑」。不過，在我看來，他們不過是擺一個姿勢——沒有遊手好閒者的注視——以此來展覽他們自己：就像〈遊戲〉裡的男主人公清楚表明的是為了「出風頭」。在他們對城市的觀察裡，罕有什麼自我指涉或曖昧意味，因為他們和他們的作者一樣都不可能和城市保持那種距離。

常明顯而且極其精采的。還有，穆時英對都市景觀的描寫是真正的電影技法薈萃：這個城市真正作為聲光化電的萬象世界而浮現出來。不過，穆時英筆下的景觀，是否和本雅明評價波德萊爾的作品一樣，可以被稱之為都市寓言則還有待討論。

——選自李歐梵著；毛尖譯《上海摩登——一種新都市文化在中國 1930～1945》
上海：生活．讀書．新知三聯書店，2008 年 6 月

菊、香橙、金盞花

從《菊子夫人》到〈熱情之骨〉的互文試探

◎許綺玲*

一、近在眼前的菊子

根據許秦蓁教授在《摩登・上海・新感覺》一書內所整理的年表，劉吶鷗（1905～1940）的短篇小說〈熱情之骨〉是在 1929 年，他 24 歲那年，首度發表於徐霞村（1907～1986）主編的《鎔爐》月刊創刊號（僅出了這一期，由上海復旦書店發行）[1]，後於 1930 年收入《都市風景線》文集內，由水沫書店出版。小說描述一名來自法國南部的青年外交人員比也爾，來到東方國度之後，與一名花店女主人有一段短暫的豔遇。因為是東西方男女之間的異國戀情，小說裡有段文字，影射法國作家羅諦（Pierre Loti）的文學作品，並直接提到羅諦筆下有名的小說人物，菊子：

> 他覺得一定有像羅諦小說中一樣的故事，或是女性在什麼他不曉得的地方等著他。
>
> 這就在今天實現了。他真不相信這麼動人，這麼可愛的菊子竟會這麼近在眼前。[2]

從這段文字看來，劉吶鷗顯然知曉羅諦的作品。這點並不令人意外。

---

*發表文章時為中央大學法文系副教授兼系主任，現為中央大學法文系教授兼系主任。

[1]許秦蓁，《摩登・上海・新感覺——劉吶鷗（1905～1940）》（臺北：秀威資訊科技公司，2008 年 2 月），頁 136。

[2]康來新、許秦蓁合編，《劉吶鷗全集——文學集》（臺南：臺南縣文化局，2001 年 3 月），頁 89。

羅謫，本名為韋佑（Julian Viaud, 1850～1923），是法國海軍軍官，曾在海上航行多年，不只一次到過大清帝國[3]、日本，還曾在澎湖停留，1885 年，法清戰爭期間在福爾摩沙（臺灣）外海駐守了將近一個月。他也是 19 世紀末、20 世紀初，頗富知名度的作家，更於 1892 年得以入選為法蘭西院士，生前已享有法國作家極高榮耀之社會地位，作品揚名國際。他的日記體小說《菊子夫人》（*Madame Chrysanthème*）乃根據他個人 1885 年居留日本長崎一個多月間的所見所聞與生活經歷所撰，1887 年 12 月成書出版。這部作品與其說是一則愛情故事，不如說是敘事者在百般無聊的異鄉深感水土不服，且盼不到愛情萌芽的日常紀事；有關這部作品的評析，會在本文下一章節詳述。

《菊子夫人》出版後，很快就被譯為多種外語。在東亞，最早的日文譯本，可能是 1915 年，野上豐一郎出版的譯作《お菊さん》（新潮社出版，之後收入岩波文庫）。中文譯本由徐霞村於 1928 年首次推出，也就是劉吶鷗撰寫〈熱情之骨〉的同一年（文末註明的完稿日期是「二八，十，二六」[4]），中文譯名訂為《菊子夫人》，先在《小說月報》登載，並於商務印書館出版（1940 年代又於重慶再版）。作者姓氏譯作「洛蒂」，不同於〈熱情之骨〉裡，劉吶鷗所用的「羅謫」二字。

值得注意的是，《菊子夫人》在法國出版之後，尚且激起了許多回響，催生了一連串的互文改寫作品，尤其演藝創作方面頗受世人矚目，以下僅作簡要介紹。1893 年，首先有法國音樂家梅沙傑（André Messager, 1853～1929）在文藝復興歌劇院（Théâtre lyrique de la Renaissance）推出同名歌劇，分成四幕，加上序幕與終結，劇情則略有更動，愛情的成分變得較濃厚而浪漫，角色的性格和人物的心理，也有略為不同的詮釋。隔年，雷嘉

---

[3]相關介紹，可參考錢林森、克里斯蒂昂・莫爾威斯凱主編，《20 世紀法國作家與中國》（南京大學出版社、阿爾德瓦大學出版社，2001 年 9 月）其中兩篇論文：吉雅梅特・狄戎，〈一位法國官員皮埃爾・綠蒂的中國夢〉，頁 215～222；錢林森，〈雙重身分，雙重情感，雙重形象——綠蒂筆下的中國〉，頁 232～237。

[4]康來新、許秦蓁合編，《劉吶鷗全集——文學集》，頁 98。

梅（Félix Régamey, 1844～1907）則從女主角的主觀角度改寫同一故事，亦呈日記體小說，名為《菊子夫人的粉紅記事本》（*Le Cahier rose de Madame Chrysanthème*）[5]，作者並附上一篇導言，針對羅諦原作採取了強力反駁的立場，試圖轉化女主角以及日本的形象。經過了這兩篇互文改寫之後，低調平淡的菊子已準備變身為深情忠烈的蝴蝶夫人了。或多或少得自《菊子夫人》的啟發，但更廣為後人熟知的，便是一系列以女主角為中心的小說、戲劇和歌劇。然而，除了主題仍是東西方男女之間的異國戀情之外，故事內容實際上已有了很大的改變：先有美國人路德朗（John Luther Long, 1861～1927）於 1903 年出版了一則短篇小說；貝拉斯寇（David Belasco, 1853～1931）再依這部短篇小說改編為舞臺劇。不過，現今真正廣為人知的是義大利歌劇作曲家普契尼（Giacomo Puccini, 1858～1924）1904 年推出的歌劇《蝴蝶夫人》（*Madama Butterfly*）。[6]起先是在米蘭的史卡拉劇院（La Scala）首演，並不成功，但在劇本略作了修訂之後，重新於義大利的布雷夏（Brescia）與法國巴黎兩地上演，皆得到了觀眾的熱烈回響。《蝴蝶夫人》的故事起頭近於《菊子夫人》的模式，但人物換成了美國海軍軍官與日本藝妓少女，最後則以悲劇收場。劇情凸顯的是男子撒錢騙情、負心而怯懦，對比女子的天真深情、忠貞不渝，徹底的自我犧牲。[7]除了歌劇以外，也有多部電影延用了《蝴蝶夫人》的故事：早在劉吶鷗〈熱情之骨〉出版之前的默片時代，就有 1915 年由歐爾柯特（Sidney Olcott, 1873～1949）拍攝的《蝴蝶夫人》；1919 年，劇作家貝拉斯寇與著名德國導演費茲朗（Fritz Lang, 1890～1976）合作的影片名為《切腹》（*Harakiri*）；1922 年，又出品了一部以歌劇為本的電影《海逝》（*The Toll of the Sea*），將故事

[5]Félix Régamey, *Le Cahier rose de Madame Chrysanthème*. (Bibliothèque artistique et littéraire, 1894)
[6]由賈柯札（Giuseppe Giacosa）與依利卡（Luigi Illica）負責撰寫劇本（libretto）。
[7]劇情摘要：美國海軍軍官平克頓（B.F. Pinkerton），先在長崎娶了日本藝妓少女（Cio-Cio-San）為妻，隨後離棄了她，另娶了美國女子。蝴蝶夫人為他生下一子，苦等了三年，在得知真相後，自刎而死。詳細的歌劇劇情和曲式分析，請參閱 Gustave Kobbé, *Tout l'opéra* (Paris: Robert Laffont, 1997), pp. 647-650.

背景移到了中國。[8]到了 1932 年，還有一部參照歌劇演出的《蝴蝶夫人》（導演 Marion Gering, 1901～1977），由知名男星卡萊葛倫（Cary Grant, 1904～1986）主演。[9]由此可見，從《菊子夫人》到《蝴蝶夫人》，東西異國戀情的故事持續風靡了多年。尤其是普契尼的著名歌劇《蝴蝶夫人》幾乎重塑了這個主題的神話原型。它那激烈悲愴、賺人熱淚的愛情故事，甚至使得作為最初源頭的《菊子夫人》顯得淡然失色。也由於《蝴蝶夫人》的聲名響亮，遠遠蓋過了《菊子夫人》的名聲，如此移花接木，現今一般人往往誤以為《菊子夫人》也是同樣慘烈的愛情悲劇，而實則不然！[10]

劉吶鷗以其當代背景寫的〈熱情之骨〉離羅諦發表《菊子夫人》的年代已有將近四十年的時光。想必透過這一連串改編的文學或影劇作品之流傳，劉吶鷗即使未曾真正讀過羅諦的原作或譯作，對其故事也應有所聽聞。劉吶鷗到底有沒有讀過《菊子夫人》？許秦蓁教授在 2010 年秋天，中大法文系主辦的「漢法文化交流」研討會上曾發表論文〈劉吶鷗及其同時代作家如何理解法國文藝——以《現代》雜誌為階段性考察〉[11]，從各種現有文獻推斷劉吶鷗在法語方面的聽說讀寫能力，以及他對法國文學的認識與接觸情況。劉吶鷗現今僅存完整之 1927 年度日記，其中所記載的讀書心得是非常重要的訊息來源[12]，許教授對其內容要點已做了詳盡的摘要和分析，本文不再重複。在此筆者僅提出一點疑問：從其推論資料來看，劉吶鷗雖有訂購法文書籍與閱覽法語文學期刊的習慣，但主要仍以閱讀和翻譯短篇文章居多，且以當代作品為主，至於他是否可能閱讀長篇且時代稍早

[8]由華裔美籍女演員黃柳霜（Anna May Wong, 1905～1961）擔綱主演。

[9]女主角為西德尼（Sylvia Sidney, 1910～1999）。

[10]一般談論〈熱情之骨〉的文章，在提到《菊子夫人》的影射時，往往都將其故事主旨簡單歸結為「一位法國軍官愛上了一位日本女子」，不但誤導其內容也未加以詳論。如李歐梵著；毛尖譯，〈第六章　臉、身體、城市——劉吶鷗與穆時英的小說〉，《上海摩登——一種新都市文化在中國 1930～1945》（北京：北京大學出版社，2001 年 12 月），頁 204。

[11]許秦蓁，〈劉吶鷗及其同時代作家如何理解法國文藝——以《現代》雜誌為階段性考察〉（中央大學法文系主辦，「漢法研討會」論文，2010 年 10 月 8～9 日）。

[12]請參閱康來新、許秦蓁合編；彭小妍、黃英哲編譯，《劉吶鷗全集——日記集（上）、（下）》（臺南：臺南縣文化局，2001 年 3 月）。

的小說《菊子夫人》法文原版，則難以判斷。〈熱情之骨〉寫於 1928 年底，可惜並未見當年的日記留存下來，否則或可如梵谷留下的日記與信件一般，讓後人知道他如何轉化現實所見於畫中，如何針對美學效果考慮媒材與構圖等等。[13]如上所述，因徐霞村的《菊子夫人》中譯版於〈熱情之骨〉寫作之同年出版，又因〈熱情之骨〉正是在徐霞村主編的刊物發表，劉吶鷗即使未曾細讀《菊子夫人》，或也知其概況，但對其原著與譯作之評價如何，目前尚無法確知。

本文的實證考察就寫到這裡為止，一方面由於資料不足和時間有限[14]；另一方面，就研究上的趣味而言，筆者認為與其從實證的角度，考證劉吶鷗是否真的讀過《菊子夫人》、讀的到底是法文原版，或是日文、中文、英文譯本、〈熱情之骨〉又如何受到「影響」、「啟發」等，也就是傳統的源頭考據研究論法，不如從現今讀者接受的角度去探詢存在於〈熱情之骨〉與《菊子夫人》兩部作品之間可能觀察到的互文性關聯。〈熱情之骨〉並未白白影射羅諦與菊子夫人，即使只是三言兩語，影射本身已足以啟開非僅單一面向的閱讀地平線。影射之舉實際上已參與了促動文本意義的過程。因此，本文企圖釐清的便是〈熱情之骨〉對《菊子夫人》所做的回應：直接但又曲折的回應。以下，在分析兩篇文本如何對話之前，我們先就《菊子夫人》梗概介紹寫作源起和書寫方面的幾點特色，以便稍後與〈熱情之骨〉進行對照。

二、《菊子夫人》：夏蟬驚秋

1885 年夏，羅諦在結束臺澎的駐守任務之後，隨其所屬軍艦前進至長崎補給維修，羅諦便在這段短暫的停留期間，由專人仲介，尋求一名日本

[13]比如畫家在拜訪嘉謝醫生（Doctor Gachet）時碰巧看到醫生的女兒彈奏直立式鋼琴，而稍後在給弟弟的信文中，梵谷便提到他以長幅構圖表現彈琴的少女，以綠色帶橘點的牆面、紅色帶綠點的地毯，配深紫色的鋼琴與女孩身上的粉紅色洋裝等。Vincent Van Gogh, *Lettres à son frère Théo* (Paris: Grasset, 1937), p. 296.

[14]筆者不諳日語也造成研究上的一項困難。

女子做為伴侶。他在長崎地方警政單位公開簽訂了短期的婚約，並租了一間山坡上的傳統日式宅院，與新婚妻子住了下來。日本女子和旅居的外國人士之間有明確金錢交易的合法短期婚約，按月計酬，在當時乃普遍通行的作法；從書中的描述可知，婚約的對象並不是藝妓或類似特種行業出身者，而往往是普通中等家庭的年輕未婚女性，也就是所謂的「良家女子」。故事中的菊子夫人時年 18 歲，受過一般的良好家教，擅長彈奏三味線。她的家族親戚人數眾多，羅諦與他們往來密切。在現實中，與羅諦簽訂婚約的其實是一位名叫「金」（O-Kane-San）[15]的年輕女子，在小說中卻改以「菊子」名之；起先用法文意譯的 Madame Chrysanthème 稱呼，直到最後幾天的日記裡，敘事者才照著「菊」的日語發音改稱 Kikou-San，以其音韻表現菊子的日本少女特質。而引人好奇的是在現實中，Kikou-San 卻另有其人，且竟是一位年輕的男性車伕，也是親家的一位窮親戚。[16]現實中，羅諦在長崎只停留了一個月（1885 年 7 月），但在小說中，時間卻延展三個月之久，直到 9 月 18 日軍艦離開長崎為止。作家羅諦一直有寫日記的習慣。根據專研羅諦的學者維爾席耶（Bruno Vercier）考察比對他的日記，發現羅諦的小說不只拉長了時日，且有許多天的紀事都是出自現實中某兩、三天的觀察所得，特別是 7 月 24 日的日記內容在小說裡被分批用於跨越 7 月到 9 月的好幾天日記。[17]僅僅從上述現實與小說的這兩項差異看來，便可知《菊子夫人》雖是以現實經歷為本，帶有濃厚的自傳性色彩，但嚴格說來不能視為自傳。作家羅諦從書寫的角度考量，選擇了他向來偏好的日記體，創造了一部小說。[18]藉由日記小說這種特殊的文類，他不但賦予了其故事一種再現現實的「效果」，同時藉著日復一日的記事：1.他得以適時點

---

[15]Kane 一般意指「錢」的意思。

[16]羅諦剛到長崎就碰巧搭了他的人力車，在小說中他一直用其車伕代號 415 來稱呼此人。他是一位肌肉結實、耐操而和善的人，羅諦對他格外信任，在長崎居留期間儼然成了他的專用司機。

[17]Bruno Vercier, “Annexes”, in *Madame Chrysanthème* (Paris: Flammarion, 1887, 1990), pp. 250-251.

[18]*Madame Chrysanthème* 共分長短不一的 56 個章節，有些章節在文章起頭有標注日期，有些沒有。羅諦的另一本斷片結構式小說 *Aziyadé*，其章節則交錯著信件與日記體。請參閱 Pierre Loti, *Aziyadé*. (Paris: Flammarion 1879, 1989)

數、細細描繪長崎當時的庶民生活習俗，從枕頭樣式到早餐的菜色，從少女出遊時愛買的小飾品到燈籠、洋傘與摺扇的花樣，食衣住行宗教娛樂，樣樣不缺；2.日常生活的重複與變化，凸顯了可感知的時間性，相對而弔詭：從起先冗長緩慢的未知、等待與期待，逐漸沉滯（時間過得好慢！），再到近尾聲時突來的緊迫感（時間過得真快！）；3.日記在分段中緩慢推進的形式結構，也為這個「發現他者文化之旅」與「落空的愛情」雙重主題塑造了必要的氛圍，為這個幾乎沒什麼故事性的故事提供了起伏平緩的起承轉合，同時也確保整體的敘事具有一定的說服力。進一步闡釋如下。

若說這是「幾乎沒什麼故事性的故事」，是因旅居長崎的一整個夏天並無重大的事情發生。[19]男主角和菊子在婚後雖相敬如賓，卻一直難以培養出深厚的情感。事實上，本來便無「好的開始」。原來，菊子並不是婚姻仲介者打算介紹的人選，她只是當日同來羅諦家中旁觀的大批親友之一。而且是羅諦隨行的部下、好友、好弟兄伊福（Yves）[20]意外幫他選中的。正當原先的安排出現僵局時，伊福忽然在人群中瞥見衣著素雅，面露倦容，且比其他女孩多了一抹愁思的菊子，悄悄地指給羅諦看。[21]如此，經過商談之後，立刻決定了價錢，拍定了婚事。如此倉促而偶然的「初次見面」（傳統愛情故事的重要主題），卻已埋下了其後潛在於（羅諦、菊子、伊福）三角關係的緊張因子，以及主人翁揮之不去的鬱悶心境。然而，與其說這個三角關係是出自愛情，不如說只有輕微的嫉妒在作祟，且不必然是因愛而產生的嫉妬：據學者查諾（Damien Zanone）的分析，羅諦真正在意的是做為

[19]以旁敲側擊的方式書寫「空無」（rien），巴特（Roland Barthes, 1915～1980）認定為現代書寫的一種趨勢，請參閱巴特論羅諦的小說 *Aziyadé*（Roland Barthes, “Pierre Loti: *Aziyadé*”, in *Oeuvres complètes IV, 1972～1976* (Paris: Editions du Seuil, 2002), pp. 107-120）。進一步的闡釋可參閱 Michael Sheringham, “Ce qui tombe, comme une feuille, sur le tapis de la vie: Barthes et le quotidien”, in *Barthes, au lieu du roman* (Paris: Editions Desjonquères/ Editions Nota bene, 2002), pp. 135-158.

[20]伊福是以羅諦的真實友人為本所創造的小說人物，和羅諦一樣是假名，且在《菊子夫人》之前已是另一部小說《伊福，我的兄弟》（*Mon frère Yves*, 1883）的中心人物。請參閱 Damien Zanone, “Bretagne et Japon aux antipodes, Les deux moments d’un même roman d’amour pour Yves: Lecture de *Mon Frère Yves* et *Madame Chrysanthème*”, in *Loti en son temps, Colloque de Paimpol* (Rennes: Presses Universitaires de Rennes, 1994) pp. 98-99. 順帶一提，羅諦或許常將他的同性戀情誼十分含蓄地暗藏在異性戀經歷的字裡行間。請參閱 Roland Barthes, “Pierre Loti: *Aziyadé*”, pp. 107-120.

[21]Pierre Loti, *Madame Chrysanthème* (Paris: Flammarion, 1887, 1990), p. 73.

友人的伊福是否會對菊子過於動心而背叛了他，換言之，羅謫更重視的是兩人之間男性友誼的價值；而當某日伊福不得不留宿家中時，菊子拒絕（在榻榻米通鋪上）睡在兩人的中間[22]，此舉一來化解了丈夫對她的試探意圖，二來表明她（和丈夫同樣）重視夫妻的名分與倫理[23]——雖是短期的婚約，但卻是場嚴肅投入的遊戲，換言之，兩人都很入戲，同時又只當是兒戲看；且有朝一日，戲終將落幕，劇本早已在預想之中。三人之間稍稍具有戲劇性張力的時刻，其實在日記中所占的分量並不多，且通常是羅謫的主觀認定：他自始至終對於三人之間的「小動作」格外敏感，往往若有意似無心地窺視著菊子和伊福，尤其經常在默默地觀察菊子的一舉一動[24]；這些，再加上其他往來親友所展現的日常生活舉止，便成為他日記中的主要內容。然而，這位激情之夢落空的異鄉鬱悶者，在自覺的水土不服驚擾中，仍不斷試圖想去掌握和定義日本這一異國文化的特色。大量的生活事物描寫，或許可視為一種擬民族誌或人種學式的認知過程，而這些觀察和感受（有時他帶著憐惜的眼光欣賞，但更常感到「莫名其妙」），同時又剛好鋪陳這男女三角關係的整個故事背景；他那嫉妒的目光重疊著異國風俗文化引起的驚訝，彷彿乏味的婚姻、錯失的愛情與難以融入其中的異國文化乃互為因果，彼此不斷地相互渲染，密密地共織成生活的紋理；也籠罩著整個時空，如同空氣中始終伴隨著的夏蟬鳴唱，日夜不停息：「蟬叫聲是這些島嶼的夏日之聲，對我而言，這就是代表這個國度的聲音」！[25]

主人翁情無所託，把煩躁虛無的心情藏在日記裡。日記的語調自然是帶有各種情緒的，且因常感不解、不耐，亦見不時有輕微的怨言，和自

[22]同前註，p. 154.

[23]Damien Zanone, “Bretagne et Japon aux antipodes, Les deux moments d’un même roman d’amour pour Yves : Lecture de *Mon Frère Yves* et *Madame Chrysanthème*”, in *Loti en son temps, Colloque de Paimpol*, pp. 97-110.

[24]因此，有學者認為《菊子夫人》可說是赫格里葉（Alain Robbe-Grillet, 1922～2008）新小說作品《嫉妒》（*La Jalousie*, 1957）的一個遙遠的互文前身。請參閱 Damien Zanone, “Bretagne et Japon aux antipodes, Les deux moments d’un même roman d’amour pour Yves: Lecture de *Mon Frère Yves* et *Madame Chrysanthème* ”, in *Loti en son temps, Colloque de Paimpol*, p. 106.

[25]Pierre Loti, *Madame Chrysanthème*, p. 105.

憐、嘲諷的語氣。對於日本的觀察，他最常使用的形容詞是「小」(Petit)[26]，人小，眼睛小、樹小、茶几小，杯碗小，一切都小；微小、窄小、矮小、邈小、小氣、小可憐、小家子氣……。使用「小」的次數如此頻繁，以至於某日他竟從日記的私密語境跳出，直接對著讀者自省：為何不得不用如此多的「小」字來形容日本的一切人事物！[27]他甚至自嘲地想，「真的，就在我那單調的地平線那端，彷彿露出了一篇情節錯縱複雜的小說起頭；好似在這個日本姑娘們與蟬兒們的小小世界裡，有一整套的劇情正欲糾結起來：伊福愛菊子；菊子愛伊福；雪子愛我；我誰也不愛！」[28]可是這一切的格局是如此之小，根本微不足道，他繼續寫：這樣的三角（或四角）戀情若發生在別的國度可能早就演發成一場兄弟相殘的大悲劇，可是就因為人在日本，受到這個環境會把一切「變小、趨緩、逗趣」的傾向，這樣的悲劇根本是無法想像的……。[29]

諸如此類「小」看日本的想法，加上其他更無遮掩的貶抑語調，也難怪出版之後會激起當時法國的東方學者反彈，他們認為羅諦不但無知、對異國文化欠缺包容態度，不尊重其民族文化生活，更醜化了日本人的形象。維爾席耶提醒我們，若對照稍早之前，法國東方語文學院（Institut national des langues et civilisations orientales）的學者基美（Emile Guimet）在 1875 年所撰的《日本散步》(*Promenades Japonaises*）一書，便可知羅諦在《菊子夫人》中對日本人行為舉止上的解釋有所誤解，而有幾件特定的

[26]關於日本的形容語彙討論，請參閱 Irma D'Auria, " Les Contradictions du Japon dans l'expérience de Loti ", in *Loti en son temps, Colloque de Paimpol* (Rennes: Presses Universitaires de Rennes, 1994), pp. 111-122. 在羅諦眼中，日本人無論大人小孩都有一種孩童般即時嘻笑玩樂的隨性傾向。羅諦與伊福私底下還把一同出遊的一大群少女親友稱為「我們那些乖巧的小狗狗」(Pierre Loti, *Madame Chrysanthème,* p. 97)。他一直難以理解的是，何以日本人隨時隨地（如在莊嚴的寺院裡）會忽然一起放聲大笑。這種文化上的差異至今仍經常讓歐洲人備感困惑。

[27]Pierre Loti, *Madame Chrysanthème*, p. 182.

[28]同前註，p. 165. 按：雪子（Oyouki）是房東的女兒，也是十多歲的少女。菊子教她彈奏三味線。雪子和許多其他親戚的女兒，還有羅諦的兩、三位同袍以及他們在長崎以臨時婚約娶的日本妻子等眾人，經常在晚間，一大群人提著燈籠一起下山進城去玩，他們到寺院、市集、商店街和茶室，也登高賞夜景。這樣的活動在日記中出現了好幾回。

[29]Pierre Loti, *Madame Chrysanthème*, p. 165.

日常生活事物根本是描寫錯誤。[30]更有甚者，就在種種日常事物不厭其詳的描述當中，做為被觀看客體的菊子，在丈夫羅諦眼中竟被喻為一個「架子上的娃娃」（poupée d'étagère）[31]，神情有若「死去的仙子」（un air de fée morte），如同「藍蜻蜓標本一般被壓扁、釘住」（quelque grande libellule bleue qui se serait abattue là et qu'on y aurait clouée）！[32]這樣的比喻，或許出自世紀末那帶有頹廢色彩的審美觀投射，但說穿了，菊子是被當作一個撐著和服（無引人欲求的身體）、表情難解（使溝通的想望冷卻）[33]的「小小人形（玩偶）」（petit poupée）（矮小可愛[34]而始終疏遠陌生……）。羅諦豈不是「肆無忌憚」[35]地物化了日本女性？某天，他甚至認定，菊子唯有在華麗和服的包裹下，在特定的背景和光線中，擺出一定的靜態姿勢，才可能顯出美麗誘人的「形象」（image），而且若是換成其他任何日本女子，效果皆然！[36]——就因諸如此類的言論，不難理解何以羅諦至今仍是殖民與女性議題研究者嚴厲批判與大加撻伐的對象。[37]

不過，換個角度看，或許我們應當試著區隔作家羅諦與《菊子夫人》

---

[30]引自 Bruno Vercier, "Annexes", in *Madame Chrysanthème*, p. 248. 不過，值得注意的是，羅諦的《菊子夫人》出版後對於法國本已盛行的日本風（Japonisme）反而有增無減。

[31]Pierre Loti, *Madame Chrysanthème*, p. 177.

[32]同前註，p. 108. 這個昆蟲標本的比喻，在普契尼的歌劇《蝴蝶夫人》中成為最重要的女主人翁隱喻寫照，且標註了她死守愛情的命運，和最後的殉情。

[33]Pierre Loti, *Madame Chrysanthème*, p. 109. 羅諦說他來到日本後，就因為娶了菊子，反而無心學好日文。

[34]關於日本的特色，羅諦以此三個帶有貶意的形容詞歸結：petit, mièvre, minard，同時也用於形容日本女子。Pierre Loti, *Madame Chrysanthème*, p. 182.

[35]引用史書美論文（中譯版）的評語：「在對東方主義異國女郎的複製者中，彼埃爾．羅蒂（Pierre Loti）的小說更為**肆無忌憚**。他以日本為背景的自傳體小說名為《橘子夫人》（Madame Chrysanthème, 1888）。曾由徐霞村（b. 1907）譯成中文。這部自傳公然把主人公邂逅的日本女郎稱為他的『異國靜物』，因奇怪陌生而富於魅力、神秘、遙不可及……」（按：粗體字為筆者所加，「橘」子夫人為原文誤植），請參閱：史書美著；孟悅譯，〈性別、種族與半殖民地性——劉吶鷗的上海都市風景〉，中央大學中國文學系編，《2005 劉吶鷗國際研討會論文集》（臺南：國家臺灣文學館籌備處，2005 年 11 月），頁 45。

[36]Pierre Loti, *Madame Chrysanthème*, p.177.

[37]有關「性別、種族與半殖民地性」的議題，請參閱：史書美，〈性別、種族與半殖民地性——劉吶鷗的上海都市風景〉。筆者大體上認同史書美教授援引的論點基礎，但是史教授對於「物質現實」面以「民族主義」做為唯一值得一提的「主旋律」而未加以論證，筆者存有疑問。此外，史教授文中有關羅諦《菊子夫人》的細節分析，或許也有待商榷。

小說裡的「主人翁羅諦」。維爾席耶便指出，在作家羅諦未曾打算公開的日記裡，對日本的描述不大相同：真正的日記雖並未對「錢夫人」多加讚賞，但有關長崎的生活紀事限於平鋪直敘，少有價值判斷，語調中庸，並不帶有情緒性反應，且對於感情事多保留而含蓄，幾乎與心思敏感多變的另一個羅諦（小說人物）判若二人。我們雖不能斷言是否小說才真正透露出作者的真實感受，或說矛盾亦可同時存在而不自覺，不過，就文本之論述來客觀品評，若略過那些語帶誇大嘲諷的形容字眼，羅諦在小說中仍為當時代的日本民情風俗留下了細節鮮活豐富的寫照。[38]另一方面，這位水土不服而煩悶不悅的人物羅諦[39]，是作家羅諦有意在小說裡塑造的，經由日記作為宣洩管道，容他自由不拘地傾吐其主觀感受。這個抱怨連連的愛情失意者，自憐又自嘲，其角色自有其逼真感，也連帶左右了他對日本抱持著主觀而負面的觀感。總之，正因如此的角色界定，加上日記體的私密場域，又利用了特定形象化的日本，才使得「整體敘事具有一定的說服力」。然而，在此同時，其中所明白顯露的東方主義亦足以引人詬病了。

人事物既已如此設定，讀者若退一步想，細心讀之，便可知實際上應該被嘲笑的不是菊子或日本人，而是寫日記的法國軍官本身。《菊子夫人》的反諷意味使得讀者應有警覺而免於陷入羅諦角色認同的危險。面對一個表明主觀立場的日記執筆者，讀者應可選擇後設立場，確認可笑的是負責敘事的人物「我」，法國軍官羅諦。然而，當時代的讀者似乎並不覺得有趣，反而因一心期待複雜的劇情而表現出新浪漫主義式的反應。《菊子夫人》之所以引發各種後續的改寫，甚至日後還催生出性格與命運全然不同於菊子的殉情者「蝴蝶夫人」，正是因當時的讀者對法國軍官的偏激、無度量與不公正深感不滿。與其說他們不能接受他對日本近乎醜怪漫畫式的塑

[38]與羅諦同時代的畫家梵谷（Vincent Van Gogh, 1853～1890）便是在讀了《菊子夫人》之後，在寫給弟弟的信文中表達了他對日式建築以「無」為結構中心的空間之美感到無比興趣。Vincent Van Gogh, *Lettres à son frère Théo*, p. 192.

[39]況且他不時憶起往昔在中東曾有過的一段熱烈異國戀情，因而越發難以融人眼前的現實。那段戀情曾被寫進他的第一部長篇小說作品 *Aziyadé*（Aziyadé 即為愛戀的對象，也是以真實人物為依據所創造的小說人物）。

像，不如說是對「乖巧」的菊子深表同情，只是這種「同情」態度在今日仍應當被批判為一種使之異化的自詡優勢眼光。因此，無論是梅沙傑的歌劇，或者雷嘉梅的《粉紅記事本》，都讓無言的、被冷落的，始終處於被觀看位置的菊子終於有了發聲的機會。兩人的互文改寫，皆特別針對分離前的關鍵時刻（對這部故事而言也稱得上是高潮！）提出了另一種版本。話說在羅諦的《菊子夫人》中，當法國軍官奉命準備隨軍艦離開長崎時，忽然對菊子產生了前所未有的憐愛之情（並決定從此改口稱她為 Kikou-San[40]），同時也期盼她在此最後時刻能回以熱烈而哀傷的離情依依。可是，卻不巧他撞見妻子獨自一人，一邊唱歌，一邊擊打著銅板，好似「正在測試錢幣之真偽」（這是法國丈夫的理解）[41]，而那些錢幣正是丈夫先前才剛交給她的婚約酬金。這一來，主人翁羅諦只得更加篤定地認為菊子重利忘情，縱使她在臨別時面帶愁容，也只是基於日本式的禮貌，而私底下早已迫不急待數著賺得的銅錢了。就是針對這個疑似唯利是圖的作為，梅沙傑的歌劇與雷嘉梅的《粉紅記事本》都決定讓菊子有表白自清的機會[42]，也試圖證明羅諦軍官只是一廂情願，太過主觀地認定情勢，根本不了解菊子的心。對他們而言，菊子應該是純情的，全心為愛付出的。

於是幾十年後，菊子將一步步升格為「可愛的菊子」。

三、〈熱情之骨〉：花香銅臭

〈熱情之骨〉不但提到了羅諦和菊子，男主角又是名法國人，與羅諦

[40]實際上，在日記中他竟筆誤為 Kihou-San。Pierre Loti, *Madame Chrysanthème*, p. 203.

[41]Pierre Loti, *Madamc Chrysanthème*, p. 224.

[42]雷嘉梅的《粉紅記事本》中，菊子在日記裡解釋說她唱的是一首日本家喻戶曉的歌曲，內容諷刺放高利貸者愛財敗德，同時一邊以擊打銅板作為伴奏，表示對金錢之不屑；菊子在信文中抱怨的，正是羅諦對日本文化的陌生與誤解（Pierre Loti, “Annexes”, *Madame Chrysanthème*, pp. 247-248.）。梅沙傑的歌劇則安排伊福將一封菊子的親筆信交給羅諦，以表達愛意。至於《菊子夫人》裡，羅諦最後找了伊福攤牌，伊福的回答（「她是你太太啊！」Pierre Loti, *Madame Chrysanthème*, p. 207.）讓羅諦備感放心，但直到最後他都並未嘗試與菊子剖心而談，只留下他自己主觀片面的認定與多少為了自我尊嚴的慰藉和託詞，一面故作瀟灑，一面又孤芳自賞，繼續耽溺於浪漫的離愁之中。

一樣名叫「比也爾」(Pierre)，也自詡為多情種。故事同樣以東亞為背景[43]，最後也因金錢介入而破壞了一段短暫的異國情幻。在介紹過《菊子夫人》之後，可藉之做為一個濾器，以觀察比較〈熱情之骨〉。相信熟悉劉吶鷗作品的讀者必會發現兩部作品異多於同，更遑論與《蝴蝶夫人》的差別。以下先從兩者之類同點出發，再逐步尋找路徑中的分歧點，更遠處，或許將再度相交，然後又錯開。

《菊子夫人》中的羅諦雖然在日記中一再抱怨日本文化難以理解，但是他不但在離日前早已前往照相館與妻子、伊福三人共同留影，臨行前還去蒐購了不少禮物，帶走了好幾箱的紀念品，並且抽空為居住了一個夏天的屋舍畫了相當寫實的素描，再請專人到府上在他背上紋身，留下具有日本風味圖式的刺青。唯一令他略感遺憾的是沒能帶走一段情，再多帶走一個女人的心，如同他在北非曾有的纏綿悱惻經歷，或說斬獲。簡言之，他是個「收藏者」。同樣的，〈熱情之骨〉的比也爾也是個收藏者：文中插入的一整段倒敘，交代他在法國的成長歷程，但並不是像羅諦主觀敘事中的童年回憶那般充滿了鄉愁感傷，而只是特地為了說明這位豔遇收集者的養成經過。在西方文學傳統之下，像比也爾這樣的收藏者可說已是「唐璜」的後代末流。

羅諦與比也爾，一位是海軍，一位是駐外的外交人員，兩人的職業身分也有利於他們的探索收藏事業。他們經常有機會旅行，也經常**旅居**他鄉。巴特對「旅居」的觀念有其明晰而高妙的分析：他指出旅居是一段十分矛盾的時期，乃介於兩點之間的過渡地帶，但會**持續**一段時間，也就是說，「過渡本身乃由其自身發展過程之緩慢所定義……：旅居者就是一位重

[43]文中地點雖自始至終沒有明講出來，只說是「這西歐人理想中的黃金國，浪漫巢穴的東洋」，但在 1920 年代日本已經過現代化，要說是「西歐人理想中的黃金國」，依舊承受著殖民主義宰制的國家應該是中國，且文中提及的植物花木與溫帶歐洲類似，女主角在信文末的署名叫「玲玉」（是中國人的可能性極大），她娘家住在「長安寺街」一帶，這樣的街名在中國許多的老城都有。而文末提到「輪船與工廠」，想必是現代化的港都，且從故事中外語的普遍使用來看，應是外國人居多的租界地區。

複其停留欲望的旅行者：『我住在一個世上最美麗的國家，……我享有無盡的自由』」。[44]在此自由與欲望已成一體之兩面。而更重要的是，旅居者的心境如同他對暫留地點所認定的一般，是開放的、例外的、處在各種定位邊緣或其外的；他具有一種「神奇而充滿詩意的靈光，如同那些與社會、理智、情感和人性已絕裂的人一般」[45]——自由的極致，便已幾近「瘋狂」。這無拘的心境尚且賦予他所在的地點多重的樣貌，重疊著其他地點的聯想與渴望；因之，我們可進一步補充說，旅居者可能水土不服，但也可以不服水土，兩者皆可以不見他鄉於眼前，卻同樣想像是處在他鄉的他鄉。

對羅諦而言，他到了日本，是以結婚定居來展開他的旅居生活，他的日本經驗充滿著日常生活細節，但也處處感受到水土不服，他鄉總在心中，與現實無以妥協。如前所述，日常生活本身在這部小說裡是構成其異國情調的主要內容，羅諦面對著許多明擺於眼前的事物、舉動，卻時時感到不解其意，彷彿盡是些恣意的符號，而日記的形式隨著執筆者主觀的意識而流動，呈斷片式分段，緩慢地推進時間。相對的，〈熱情之骨〉中的比也爾雖也結了婚，但仍尋求快樂的自由，整篇小說完全專注在他脫離日常生活之外的一段經歷，一個非比尋常的奇遇（aventure／adventure），即使那段少年時代往事的倒敘，也是為了整併於這位尋芳者目前行動的「遠因」之中，因而整部短篇小說所述的事件是建立在一致而向心的結構秩序上。

若說羅諦日記中的生活紀事仍帶有相當實證的觀察寫錄（且不論其不時插入的主觀心情感受），比也爾的經歷或可在此用幾分簡化定義的方式，形容為片面感覺的特寫蒙太奇，一個接一個出現[46]；視、聽、嗅、味、觸的感官，拼貼出比也爾與其周遭的互動關係，零零碎碎地顯現給讀者他所行

---

[44]Roland Barthes, “Pierre Loti: *Aziyadé*”, in *Oeuvres complètes IV, 1972～1976*, p. 117.

[45]同前註。

[46]有關 20 世紀現代文學與電影運鏡手法的模擬，請參閱李今，〈第三章：電影與新的小說範式——第一節：女體和敘述者作「看」的承擔者、第二節：都市風景和小說形式的空間化〉，《海派小說與現代都市文化》（合肥：安徽教育出版社，2000 年 12 月），頁 141～157、158～172。

經的時空給予他的感官刺激——新感覺？——。讀者必然可以感受到〈熱情之骨〉是充滿著濃郁花香的一篇小說！就在這裡，出現了一個問題：羅諦以實證寫錄日常生活，以無數細節之累聚喚起異國情調，而劉吶鷗是否從那一連串的感覺特寫片段，也造就出一個充滿異國風味的國度？這異國風味又是從誰的角度所見所聞的異國？

在解答上述問題之前，我們別忘了，這兩部作品都寫其當代，而兩部作品寫作的年代卻相距了40年。在這40年間，東方與西方都歷經了改變[47]；雙方彼此的認識、接觸與滲透，已不限於往昔的範圍和深入的程度。〈熱情之骨〉的比也爾從法國來到東方國度，卻不見其行經的街道、路樹、商店與花鳥，有何標誌著東方符號的異國情調。比如故事開頭的城市寫景，令人幾乎錯以為身在法國：

> 午後的街頭是被閒靜侵透了的，只有秋陽的金色鱗光在那樹影橫斜的鋪道上跳躍著。從泊拉達那斯[48]的疏葉間漏過來的藍青色澄空，掠將頰邊過去的和暖的氣流，和這氣流裡的不知從何處帶來的爛熟的栗子的甜的芳香。[49]

來到花店的門口，門上寫的是英文字：Say it with flowers，而女主人與比也爾初次相會，似乎毫不因男子的外國人身分而引起好奇，兩人之間雖不知用哪種語文交談，但彼此並未顯出溝通上的困難。甚至吸引比也爾的花店女主人，也並未凸顯其美貌有何「東方特色」，或者更確切言之，即

[47]以法國來看，1914 至 1918 年的一次大戰結束了戰前的「美好年代」(La Belle époque)，真正進入一個新的紀元。兩戰期間的法國，前十年（1919～1929）雖然因一次歐戰對國力造成了嚴重的耗損，但在文化上與現代化的進程方面仍有重大的發展，也是現代藝術發展百花爭鳴的時代，巴黎因注入許多各國人才而成為世界的文化重心之都，此十年一般便稱為「瘋狂十年」(Les Années Folles)。1929 年之後，隨著世界經濟大恐慌的影響，加上德國納粹逐步取得政權，又有蘇聯擴展的共產主義勢力威脅，使得法國國內外情勢日益不安，社會動盪，因此這後十年被稱為「黑暗十年」(Les Années Noires)。

[48]泊拉達那斯，即 platanes，法國梧桐樹，與栗子樹同為法國最常見的城市路樹。

[49]劉吶鷗，〈熱情之骨〉，康來新、許秦蓁合編，《劉吶鷗全集——文學集》，頁 83。

用以形容其美貌的言述（discours）或者辭彙範疇（champ de lexique）及其文化意涵，都不帶有東方色彩，即使所謂的「東方特色」僅是指流於陳規化的描述樣板。然而，若是仍有刻意被強調的「東方特色」，也許正是羅蒂一直看不順眼的日本特有的「小」，況且意味深長的是，在劉吶鷗的筆下，「小」終於翻身了，不再等同於可憐、可卑，且不但毫無貶意，反而成了比也爾眼中最迷人、最性感的特色：小花店、小門、嬌小的身體、「不任一握的小足」，特別是那經過特寫的「小手」，幾乎已承受著戀物崇拜：

> 比也爾從沒見過像在他襟前纖弱地動著的那樣秀膩的小手。他想，把這朵金盞花換了這一隻小手，常掛在胸前觀賞可不是很有趣的嗎？他想把慄動的嘴唇湊近去時，那小手已經縮回去了。[50]

比也爾恨不得把小手當成胸花戴，他對女性之物化想像，已不輸羅蒂眼中的「小小人形」了。比也爾還用了另一套描寫系統來形容花店女主人的美貌，也就是取自於古希臘羅馬神話的譬喻，如「**花妖**」、「**人魚**」、「**春神**」，以及「**那兩扇真珠色的耳朵不是 Venus 從海裡出生的貝殼嗎？**」[51] 換言之，投射在她身上的，或者界定花店女主人的審美觀點應是出自西方文化的想像，而非源自東方。若是有何東方文化的影射，卻也是透過法國文學家筆下的想像產物：文中提到「**那腰的四周的微妙的運動有的是雨果詩中那些近東女子們所沒有的神祕性**」。[52]而更為拉近至遠東之東方想像，便是提及「**像羅蒂小說中一樣的故事，或是女性**」，以及「**這麼動人，這麼可**

[50]劉吶鷗，〈熱情之骨〉，康來新、許秦蓁合編，《劉吶鷗全集——文學集》，頁 85～86。

[51]同前註，頁 84、85、89。筆者此處的論點與史書美教授的看法不同。請參閱史書美，〈性別、種族與半殖民地性——劉吶鷗的上海都市風景〉：「一天，在一家彌漫著金盞花和菊花芬芳的花店中，他（按：指比也爾）發現了他的菊子夫人，他的『人魚』、『一位從春神的花園裡出來的女神』。她立刻成了**東方異國風情神祕感**的源泉」（按：粗體字為筆者所強調）。中央大學中國文學系編，《2005 劉吶鷗國際研討會論文集》，頁 50。

[52]劉吶鷗，〈熱情之骨〉，康來新、許秦蓁合編，《劉吶鷗全集——文學集》，頁 89。

愛的菊子竟會這麼近在眼前」。[53]值得注意的是，這些影射就陳述活動來看，應明白歸屬於比也爾——之為思想主體：「**他覺得……**」、「**他真不相信……**」；接著，再由作者（劉吶鷗）／敘事者採鬆散的自由間接引句（style indirect libre）形式，讓比也爾進一步思及法國文學典故。因此，在小說的語境中，無論是以羅諦為榜樣，或直接用菊子來稱呼花店主人，或拿她與「**雨果詩中那些近東女子們**」作比較，這些都是出自比也爾自覺的文化背景常識所產生的聯想；而敘事者所做的，或說小說所寫的，只是在轉述屬於比也爾的觀感，並沒有跳脫屬於人物的故事時空而從旁暗示給讀者作參照。換言之，敘事者並未在比也爾不自知的情況下，拿他與羅諦作比較；敘事者並非只想告知讀者，尋求讀者一方的默契而已。而此處筆者以為有必要如此確認，並要一再強調影射主體的位置所在，是因為：舉出影射對象用以自我比擬的，既然是故事中的人物自身（比也爾），並由他承擔影射的全責，之後的故事發展便足以形成更有力的諷刺，而到了結尾，作者／敘事者只稍後設地利用他的這一自我觀感，便能對比他最後所當承受的現實後果。

比也爾在 1920 年代來到東方的某個現代化港都，他不但沒有歷經水土不服或者異文化所帶來的「衝擊」，反而不覺有任何衝突困擾，便將西方傳統神話所提供的審美語彙直接挪用到一名東亞女子的身上。而在這個非常「國際化」（即歐美化）且已盡失本土歷史符號和地域風格的城市裡，彷彿只是為了重新輸入異國情調（exotique）的距離，以增添情色之美（érotique）的欲求，刺激更多渴望，比也爾不由自主地憶起前個世紀過時文學中的東方意象，藉之來彌補、美化或者距離化眼前的現實。這便彷彿再也尋不見異國情調的東方，到了 20 世紀初還得「仰賴」得自西方的想像來追尋那他鄉的遠古他鄉、他鄉的異地形象了。就此而言，花店女主人的這句話，豈不意味深長，不正道出了比也爾的幻想模式？「**我只覺得在甜**

[53]同前註。

蜜的興奮之後，聞了這金盞花，似乎有那種相近香橙花香的。」[54]從這句話可以得出一道公式來：喝了可可，再聞金盞花，可以得到香橙花香！如此，味覺加嗅覺所得之幻覺，有了類比的情況：「羅諦」、「菊子」的影射添加在眼前的人身上，可期望帶給這段豔遇多一點兒異國風味的幻想。此處似可斷取劉吶鷗所譯之〈保爾・穆杭論〉，比較穆杭的異國情調：「……大膽地盡使祕密曝露出來的對於外國的實際的知識混成起來的……」。[55]

「混成」的狀態往往是不負責任的、無知的，僅只有利於一時的衝動需求。正是如此，若是與《菊子夫人》一對照，比也爾口中的「菊子」顯然是極為簡單化、意義濃縮後的菊子，換言之，已成了異國戀人的某種濃縮神話版（就巴特的定義為言），是對於源初之「菊子夫人」的異化轉換。正當比也爾得意洋洋地影射「可愛的菊子」來想像自己即將享有的豔福（「薔薇花的床上的好夢」[56]）時，他肯定忘了，或者忽略了《菊子夫人》結尾因金錢問題引來的愛情夢想幻滅。而這一點，便是作者劉吶鷗／敘事者最後安排給他的一記當頭棒喝。兩相對照：《菊子夫人》裡的羅諦軍官從一開頭便同意依約以金錢交易的方式尋得一位他人安排好的伴侶，可是始終沒有真正愛上她，臨到最後，卻仍妄想女子會對他有情有義，不受錢財左右；而女子對金錢「似乎」很在意，反而遭到他的鄙視。[57]事實上，《菊子夫人》後來的改寫，無論是梅沙傑的歌劇、或是雷嘉梅的《粉紅色記事本》，甚至已大幅走樣的《蝴蝶夫人》影歌劇系列，無一不是順著羅諦軍官未能實現的想望在重新塑造菊子：一個完全只為愛情而活的女人，也可說是一個別無他求的愛情奴隸——被釘死的蝴蝶標本。由此看來，劉吶鷗的

[54]劉吶鷗，〈熱情之骨〉，康來新、許秦蓁合編，《劉吶鷗全集——文學集》，頁 85。

[55]Benjamin Crémieux 著；劉吶鷗譯，〈保爾・穆杭論〉，康來新、許秦蓁合編，《劉吶鷗全集——文學集》，頁 446。

[56]劉吶鷗，〈熱情之骨〉，康來新、許秦蓁合編，《劉吶鷗全集——文學集》，頁 89。

[57]《菊子夫人》中一個在筆者看來格外諷刺的比喻，是羅諦看到菊子在臨走前擺在門外，打理好的包袱和一把三味線，長長的指板露出在外，竟令他不由地想起以前小時候讀拉封登（la Fontaine）寓言故事書裡〈夏蟬與螞蟻〉的插畫，還背誦起了故事的起頭：「蟬兒歡唱了一個夏天後，來到鄰居螞蟻的家門前……」，然後一進屋裡，便看到菊子一邊擊打著銅板一邊唱歌。Pierre Loti, *Madame Chrysanthème*, p. 223.

〈熱情之骨〉作為《菊子夫人》的遙遠互文，確是一大創舉，同時也是劃時代的，更是應合當時現代城市新倫理觀的寓言。這一回，玲玉不只刻意在比也爾最意想不到的時刻說出了「煞風景」的話：「給我五百元好麼？」更於隔天主動寫了信和他論理：

> 你說我太金錢的嗎？但是在這一切抽象的東西，如正義，道德的價值都可以用金錢買的經濟時代，你叫我不要拿貞操向自己所心許的人換點緊急要用的錢來用嗎？（……）我這個人太 Materielle 也好的。
> 你每開口就像詩人一樣地做詩，但是你所要求的那種詩，在這個時代是什麼地方都找不到的。詩的內容已經變換了。就使有詩在你的眼前，恐怕你也看不出吧。這好了，好讓你去做著往時的舊夢。[58]

關於這封信的內容以及「玲玉」作為時代新女性所代表的意義，已有史書美教授於前次劉吶鷗研討會上，就性別、種族與半殖民地性的議題作了十分精闢的評析，請讀者自行參閱，筆者不再重複。在此僅抄錄其結語如下：「她（玲玉）以自己的主動索取有意識地破壞了比也爾的異國想像，從而顛覆了他的東方主義。更重要的是，這一顛覆效果是通過女性有意識地自我商品化來實現的。她毫不掩飾的物質化是「她」（？）反東方主義的能動力（agency）的標誌。她的物質性通過對東方主義規則的拒絕，反觀著東方主義自身」。[59]

四、以互文為觀點：小結

作家羅諦，在法國出生，航遍各大洋，世界各角落，會說多國語言，尤其嚮往古文明發源地。除了寫作之外，他也熱衷於在相機鏡頭前，自拍

---

[58]康來新、許秦蓁合編，《劉吶鷗全集——文學集》，頁 97。

[59]史書美，〈性別、種族與半殖民地性——劉吶鷗的上海都市風景〉，中央大學中國文學系編，《2005 劉吶鷗國際研討會論文集》，頁 52。

自演，作異域民族風裝扮，甚至曾扮作古埃及的法老王。他一方面以遠古他方的文明作為精神身分上的認同；另一方面，他每回出海，總要惦記起故居所在的家鄉，縈迴心中，日記裡總是鬱鬱鄉愁。他的寫作也就在這兩個相反方向的憧憬之間，不斷地來回擺盪。[60]

作家劉吶鷗，在臺灣出生，到日本受教育，學習西洋文學，再到中國上海去發展，講臺語，精通日文，能讀英、法文，選擇以中文寫作。他帶著鄉愁，遠走他方，在寫作中描繪的卻是最現代的氛圍，最後追尋的是新興的電影藝術動感世界。作家劉吶鷗也有身分認同上的包袱及憂思，而許多的臺灣人在一個多世紀以來，出於歷史的意外、政治的壓迫、或自願的選擇，豈不也在一生當中有著同樣層層疊疊的跨國經歷！

從一個現今臺灣人的角度來閱讀〈熱情之骨〉是很奇特而令人暈眩的經驗（假使「暈眩」也可為一種現代摩登的美的範疇？！）。劉吶鷗以中文敘述一位法國外交官來到東方，偶遇東方美人，並想起了法國作家筆下的異國戀人。文中有著劉吶鷗的書寫常見夾雜的英文或法文原文，也有寫成「比也爾」、「泊拉達那斯」（Platanes，即法國梧桐樹）中文音譯名的異質組合。而喚起比也爾心中的「故國家鄉的幻影」，也就是法國，無論對劉吶鷗或是對我們臺灣的讀者而言，恰恰是以我們為座標中心所迎對的遠地他鄉：曾經嚮往法國，卻從未曾去過法國的劉吶鷗，想必只能從他所閱讀的書中，友人的來信裡，得到一些綜合性的法蘭西印象，多多少少總帶著刻板的印記去想像。如此產生的故事時空氛圍，比起觀看寶塚歌舞劇團的演出，恐怕更令人感到時空錯置而神奇眩目吧？是否可以這麼說：〈熱情之骨〉有若多種本地與異國花香組合調製成的香水，其芳香獨特且不一而足，難以定義？

然而，且不論〈熱情之骨〉在這位現代臺灣作家筆下所調製出的特有文風應當如何命名，更重要的是，「異國情調」在劉吶鷗的故事語境中已不

[60]羅諦也是 19 世紀末、20 世紀初「童年敘事」（récit d'enfance）現代新文類的典範創始者，其著名的作品為 *Le Roman d'un enfant*（1890）。

再僅僅構成一個視界的陷阱，或一種異化的幻影，反而深入其文脈中，轉換成一種促生文本意義的書寫策略，被善加利用。〈熱情之骨〉當然是《菊子夫人》的互文本，但是劉吶鷗一反其當代影藝盛行之風潮，並沒有再增添一個蝴蝶夫人烈女的中文版，而是將人物置於新的時代環境中，形塑其新的感性與生活態度。他敏於察覺當代的國際交流現狀，把握住新的城市人倫關係，以及現代物質條件下都會人的生存樣態。況且「詩的內容已經變換了」！[61] 借著玲玉這句率直的言語，劉吶鷗豈不也要提醒讀者：切勿再抱著比也爾那不合時宜的想望，因異國情調已不能再如往昔的幻想一般，天真地作為一種享樂式的審美觀依託。就此而言，劉吶鷗或許在一系列的改寫作家當中，最能充分領會作家羅諦在《菊子夫人》中的用意：描繪異國情調追尋者得面臨挫敗的現實經驗，乃歷史之必然；故事的情節安排註定了浪漫幻想終將破滅，乃合情合理性。

引用文獻

- 史書美，〈性別、種族與半殖民地性：劉吶鷗的上海都市風景〉，《2005 劉吶鷗國際研討會論文集》（臺南：國家臺灣文學館籌備處，2005 年 11 月），頁 17～65。
- 李今，《海派小說與現代都市文化》（合肥：安徽教育出版社，2000 年 12 月）。
- 李歐梵著；毛尖譯，《上海摩登——一種新都市文化在中國 1930～1945》（北京：北京大學出版社，2001 年 12 月）。
- 許秦蓁，《摩登・上海・新感覺——劉吶鷗（1905～1940）》（臺北：秀威資訊科技公司，2008 年 2 月）。
- 許秦蓁，〈劉吶鷗及其同時代作家如何理解法國文藝——以《現代》雜誌為階段性考察〉（「漢法研討會」論文，中央大學法文系主辦，2010 年 10 月 8～9 日）。
- 中央大學中國文學系編，《2005 劉吶鷗國際研討會論文集》（臺南：國家臺灣文學館籌備處，2005 年 11 月）。

---

[61] 康來新、許秦蓁合編，《劉吶鷗全集——文學集》，頁 97。

- 方長安，〈第八章　20 世紀 30 年代現代派小說與日本新感覺派〉，《選擇・接受・轉化——晚清至 20 世紀 30 年代初中國文學流變與日本文學關係》（武漢：武漢大學出版社，2003 年 6 月），頁 307～327。
- 康來新、許秦蓁合編，《劉吶鷗全集——文學集》（臺南：臺南縣文化局，2001 年 3 月）。
- 康來新、許秦蓁合編；彭小妍、黃英哲編譯，《劉吶鷗全集——日記集（上）、（下）》（臺南：臺南縣文化局，2001 年 3 月）。
- 康來新、許秦蓁合編，《劉吶鷗全集——增補集》（臺南：國立臺灣文學館，2010 年 7 月）。
- 藤井省三，〈臺灣新感覺派作家劉吶鷗眼中的一九二七年政治與性事——論日本短篇小說集《色情文化》的中國語譯〉，康來新、許秦蓁合編，《劉吶鷗全集——增補集》（臺南：國立臺灣文學館，2010 年 7 月），頁 356～375。
- Benjamin Crémieux 著；劉吶鷗譯，〈保爾・穆杭論〉，《劉吶鷗全集——文學集》（臺南：臺南縣文化局，2001 年 3 月）。
- 千葉宣一，〈新感覺派論爭歷史意義〉，葉謂渠編；唐月梅等譯，《日本現代主義的比較文學研究》（北京：中國社會科學出版社，1997 年 12 月），頁 138～151。
- Roland Barthes, "Pierre Loti: *Aziyadé*", in *Oeuvres complètes IV, 1972～1976* (Paris: Editions du Seuil, 2002), pp. 107-120.
- Irma D'Auria, "Les Contradictions du Japon dans l'expérience de Loti", in *Loti en son temps, Colloque de Paimpol* (Rennes: Presses Universitaires de Rennes, 1994), pp. 111-122.
- Gustave Kobbé, *Tout l'opéra* (Paris: Robert Laffont, 1997), pp. 647-650.
- Pierre Loti, *Aziyadé*. (Paris: Flammarion, 1879, 1989)
- Pierre Loti, *Madame Chrysanthème*. (Paris: Flammarion, 1887, 1990)
- *Loti en son temps, Colloque de Paimpol*. (Rennes: Presses Universitaires de Rennes, 1994)
- Michael Sheringham, "Ce qui tombe, comme une feuille, sur le tapis de la vie: Barthes et le quotidien", in *Barthes, au lieu du roman* (Paris: Editions Desjonquères／Editions Nota bene, 2002), pp. 135-158.

- Vincent Van Gogh, *Lettres à son frère Théo*. (Paris: Grasset, 1937)
- Bruno Vercier, "Préface", in *Madame Chrysanthème* (Paris: Flammarion, 1887, 1990), pp. 5-35.
- Damien Zanone, "Bretagne et Japon aux antipodes, Les deux moments d'un même roman d'amour pour Yves: Lecture de *Mon Frère Yves* et *Madame Chrysanthème*", in *Loti en son temps, Colloque de Paimpol* (Rennes: Presses Universitaires de Rennes, 1994), pp. 97-110.

——本文發表於「璀燦波光——2011 劉吶鷗國際研討會」

國立臺灣文學館、中央大學主辦，2011 年 10 月 9～10 日

——修改於 2012 年 1 月

《永遠的微笑》劇本重刊序

◎黃仁*

首先要感謝國立中央大學中國文學研究所博士班研究生許秦蓁小姐，為寫碩士論文〈重讀臺灣人劉吶鷗（1905～1940）——歷史與文化的互動考察〉，居然拿出「上窮碧落下黃泉」的勇氣，以一年多的時間奔走上海、臺南、臺北三地，尋訪有關人士及圖書館，查遍有關典籍著作，找到近百種相關書刊參考，補正不少傳聞錯誤，整理出完整的《劉吶鷗全集》。

其中重刊劉吶鷗編劇的《永遠的微笑》的電影劇本手稿，不但保留了珍貴的影史文獻，也讓後輩愛好影藝人士，有機會閱讀 1930 年代的電影劇本，探究當年劇作方式，尤其劉吶鷗的電影劇作自成一派，在中國電影史上被稱為「軟性電影」，根據 1995 年中國大陸出版的《中國電影大辭典》，對「軟性電影」一詞解釋如下：

> 廿世紀三〇年代出現的一種藝術觀念和創作主張。一九三三年初，劉吶鷗、黃嘉謨、穆時英、黃天始等人先後在《現代電影》等報刊發表〈從大眾化說起〉、〈現代的觀眾感覺〉、〈大眾化專賣店〉、〈今日的國產電影題材的商榷〉、〈電影之色素與毒素〉、〈硬性影片與軟性影片〉等一系列文章，鼓吹「電影是給眼睛吃的冰淇淋，是給心靈坐的沙發椅」，提倡所謂「美的觀照態度」，認為電影只是為了滿足觀眾的「肉體娛樂」和「精神慰安」，反帝反封建題材「不適合電影製作」，如果銀幕上映出來的又全是災難、病死、虐待等等社會黑暗面的壓迫，或是失業貧困等難題，

---

*資深影劇工作者、影評人、電影史學家。

對觀眾「未免太殘暴了」，主張多拍攝「少女腰酸」、「美人病春」之類的題材，甚至攻擊左翼電影運動是「在銀幕上鬧意識」的「硬片」，宣稱「我們的座右銘是：電影是軟片，所以應當是軟性的！」「軟性電影」由此得名。在這種主張影響下，先後出現了《化身姑娘》等十餘部「軟性」影片。左翼電影評論工作者曾在《民報》副刊「影譚」、《晨報》副刊「每日電影」及其他報刊上，予以嚴肅的批判，成為中國電影史上一次重要的論戰。

照此解釋，如果《永遠的微笑》列為「軟性電影」，似不妥當，因為並沒有讓觀眾的眼睛吃冰淇淋，也沒有給心靈坐沙發椅。故事以女性為主，應稱為「女性電影」較為適當。下文可作進一步說明。

關於《永遠的微笑》影片的內容及拍攝經過，這裡抄錄男主角龔稼農在回憶錄中的敘述，該是最為正確。

胡蝶與潘有聲於民國廿四年十一月廿三日結婚，伉儷和諧，生活安樂，準備退出影壇。民國廿五年《永遠的微笑》是胡蝶替明星公司主演最後的一部片子，劉吶鷗編劇，吳村導演，董克毅、張進德攝影，由胡蝶與筆者領銜主演，龔秋霞、王獻齋、舒繡文、王若希、徐莘園、王吉亭聯合主演，是「明星」一部社會悲劇文藝鉅片。

故事是：南京城的春天，歌女盧玉華（胡蝶飾）和同伴坐了馬車作郊外遊，在黃昏的歸途中，車輪忽遭脫輻，馬車夫何啟榮（龔稼農飾）從急智裡放棄了車子，二人騎了一匹馬，送玉華到家裡，因為恐怕她誤了清唱的時間。

玉華是寄居在表叔羅匡（王獻齋飾）家裡的，每月得到的包銀，大都給羅匡拿去。他有一個後妻新珠（舒繡文飾），前身也是歌女。前妻之子少梅（王若希飾），很聰明，很親近玉華，看做同胞的姊姊，玉華也很疼他，他能夠上學讀書，是得力於玉華相助。

羅匡另外有一養女雪芳（龔秋霞飾），將來也要做歌女的，所以督教很嚴。雪芳和少梅有一點愛之萌動，玉華是知道的，並且同情於他們倆，常以正義去勉勵他們努力向上。

一天，玉華偶然到街上去，見啟榮駕了一輛馬車經過，便載著玉華，隨意散步，玉華把那本函授講義還了他，表示願意資助求學，啟榮大為興奮，認為平生知己。這時天下大雨，玉華就到啟榮家裡，度過了雨夜。

當舖的經理程照（徐莘園飾），是常常為玉華捧場的客人，並且對她有野心，可是玉華非常厭惡他，但羅匡卻很想籠絡他，為了兩人意見分歧，玉華對他們很不滿意。

新珠在歌女時代，有一個常給她捧場的王伯生（王吉亭飾），她嫁了，還是和她來往，並且誘她逃亡。新珠便向玉華扯謊，說是老母有病，要借錢去探望。玉華信以為真，把準備資助啟榮的錢給了她。

羅匡失掉了妻子，在沉醉裡，想污辱雪芳，給少梅撞破，玉華從外邊回來也知道了。少梅想和雪芳離開這萬惡的家庭，別尋出路，玉華勸住他們，但少梅終於盜取玉華的錢，不別而行了。

啟榮司法官考試及格，派為學習檢察官，要還一筆債，不得不向玉華告急。玉華手邊的錢，給新珠騙去，又給雪芳和少梅偷去，已無積餘，只好向當舖和程照去通融，好不容易借到，在出門時，給羅匡搶去，她再向程照借錢時受盡了程的侮辱，在自衛抵拒中，以剪刀刺死程照，索性硬起心腸，在銀櫃裡抓了錢走出當舖。玉華到啟榮讀書的蘇州去找他，誰知啟榮已調回南京地方法院的檢察官。折還南京城，不幸被偵緝人員逮捕。

啟榮到了南京，去找玉華，見已人去樓空，非常悵惘。從報紙上突見玉華殺人被捕消息，就到拘留所去，會見那闊別三年的愛人和恩人，他想迴避，但是玉華很高傲地說：「我幫助你，原是希望你做一勇敢的、盡責任的人，不要為我而徇法」！

開庭的那天，啟榮以檢察官的地位，列舉被告的罪狀，提出證據，以公正論調，主張予以嚴厲處罰，但是他內心已苦不堪言了。

玉華聽到死刑的論斷時，預服的毒藥已發作了，在尊嚴的法庭上，啟榮抱住了垂死的愛人和恩人，大哭。玉華不許他哭，叫他勇敢一點，學她在無論什麼境遇裡，永遠微微地笑。她先作最後的微笑，要求他也報以微笑，啟榮只得勉強跟著她笑，以安慰她，使她瞑目。

這一位聖靈似的歌女，終於微笑著服從了那死的判決。

《永》片導演為慎重起見，在還未開鏡之前，曾經到南京去一趟，特地到秦淮河畔，實地去考察那些歌女的生活，雖然只有一星期，也已有很深的了解，並去中山陵、明孝陵、紫金山一帶，再作進一步勘察外景。

經四個月的精心攝製，終於順利完成。初映於民國廿六年春，在上海第一流的新中央、中央、新光三家大戲院同時放映，觀眾踴躍，佳評潮湧，轟動一時！

《永》片是比較高水準的文藝出品。有曲折動人的故事，有一流的導演和攝影師，有演技逼真的演員，因此，上映後各報的輿論競相推介，尤其觀眾口碑載道，咸謂為明星作品中鮮有之佳作！因而轟動全滬，是故營業鼎盛，創廿五年度之最高票房紀錄。

照龔稼農的回憶，《永遠的微笑》叫座又叫好，可說得上成績很可觀。可是 1963 年中共出版的《中國電影發展史》454 頁至 455 頁，以「反動的《永遠的微笑》及其他偵探、戀愛題材影片」為題，將該片批評得一文不值。由於該書已發行英文版和日文版，是國際影壇公認研究中國電影主要史書，主編程季華曾受聘到美國南加大電影系，親自講授本書，因此該書的評論值得特別重視，現將該書第一段先抄錄如下：

自 1934 年，「軟性電影」份子在遭到左翼電影評論工作者的堅決回擊，在「理論」上徹底破產之後，他們便在國民黨反動統治勢力的指使和支持下，先後鑽進幾家電影公司，搞起「創作」來了。就這樣，號稱軟性電影「理論家」的劉吶鷗就鑽進了「明星」，編寫了電影劇本《永遠的微笑》。

事實上，劉吶鷗的電影理論並未澈底破產，否則中共中國電影學會會長羅藝軍主編的《中國電影理論文選》，不會選刊兩篇劉吶鷗的電影學術論文，並稱讚他的電影論述有一定的學術價值。

至於劉吶鷗進明星公司當編劇，也非國民黨統治勢力指使，而是留日學者歐陽予倩擔任編劇組長，賞識精通日語，出身日本貴族學院的劉吶鷗，他們經由日語建立情誼，顯然因素較多。《中國電影發展史》465 頁的批評續抄錄如下：

> 《永遠的微笑》是一部徹頭徹尾、徹裡徹外、公開無恥地為國民黨反動派的法律作辯護的影片。法律，這是社會的上層建築，是國家機器的一部份，是階級壓迫的工具。反動統治階級的法律，是只能為反動統治階級的利益服務的，特別當國民黨反動派除了用軍事「圍剿」以外，還以「法律」的名義鎮壓人民，成千成萬地屠殺革命者的時候，劉吶鷗這個國民黨反動派的御用走卒竟捏造出歌女這荒唐透頂的人物來渲染反動法律的「一秉至公」，這除了說明劉吶鷗之流死心踏地為國民黨反動派服務的反動面貌以外，還能說明別的什麼！不僅如此，他們甚至要求被壓迫的人民在反動法律面前也必須俯首貼耳，帶著「永遠的微笑」！
>
> 「軟性電影」份子在散佈他們反動的「軟性」謬論時，曾大叫大嚷地反對「在銀幕上鬧意識」，竭力鼓吹所謂「不帶副思想」的「美的照觀態度」。但是，在《永遠的微笑》裡，明目張膽地宣傳反動法律的「神聖不可侵犯」，不正是「在銀幕上鬧意識」麼！在這裡，「軟性電影」份子們再好不過地用他們自己的「創作」揭穿了他們自己的「理論」，這次說明「軟性電影」份子所謂的反對電影的思想性和傾向性，只不過是要宣傳他們反動的思想和表現他們反動的傾向罷了。

影片《永遠的微笑》上映時，正是抗日民主運動高漲年代，由於它思想反動，技巧拙劣，根本沒能在群眾中產生什麼影響。

中共的批判，可說是純為反對而反對，不惜歪曲事實的真相。試想三分之一臺灣人（生長於臺灣）、三分之一日本人（在日本求學，以日本為國籍）的劉吶鷗，到夢想的祖國上海，只幾年時間，並未產生肯為國民黨驅使賣命的感情，以致上海淪陷後，未隨國民黨遷都去重慶，也未留在上海做國民黨的地下工作，甚至還替以國民黨為敵的汪偽政府和日本人工作，能說得上是國民黨的「御用走卒」嗎？

當然劉吶鷗更不會「公開無恥地」為國民黨的法律作辯護，事實上，《永遠的微笑》是根據俄國文學家托爾斯泰的文學名著《復活》改編，雖然部分情節和主題已偏離了原著，但從幾位主要人物的個性、遭遇和故事的基本架構，仍可清晰的看到《復活》的影子，《永》片中被控自衛殺人罪的歌女，就是《復活》中歷盡滄桑的妓女，也為自衛殺人判刑。《永》片中奮發自強的青年檢察官，內心要感恩圖報，正是《復活》中有贖罪良知，甘替妓女洗雪殺人罪嫌奔走的公爵，絕非荒唐透頂的人物，不過，《復活》中揭露舊俄社會黑暗、司法腐敗及統治階層荒淫部分，此片以社會正義、法官的良知、歌女的樂觀、堅強取代，並非壓迫人民在反動法律前俯首貼耳。

據現仍在臺灣，已 86 歲的上海影壇前輩胡心靈先生說：「《永遠的微笑》是明星公司夠水準的大製作，卡司很強，拍得很認真。故事確是改編自托爾斯泰的《復活》，主題強調法治精神，做人要積極有信心，詳情已記不起來。不過，十幾年前，香港吳思遠根據《永遠的微笑》重拍的《法外情》，非常之好，對主題和情感的把握很深刻。」

胡心靈是當時明星公司的導演，也是《永遠的微笑》的女主角之一龔秋霞的丈夫，拍片時他在現場，是最佳的見證人。

由於《法外情》的叫好叫座，港臺兩地類似以「法」與「情」矛盾衝擊的電影，後來還出現好幾部，足見《永遠的微笑》抓住人性的弱點和優點，經得起時間考驗。在今天看來，仍可算是一部優良國語片。

《永》片導演吳村，福建人（1905～1972），1930 年從影，編導默片《血花淚影》，1933 年與聯華公司導《風》，1934 年進明星公司，1938 年後在新華、國泰、國華都拍過片，1948 年替大同公司導白光主演的《蘇三豔史》、《天涯歌女》、《歌聲淚痕》、《孤島春秋》、《女兒經》、《熱血忠魂》、《重婚》、《四千金》、《李香君》，是資深中堅導演，作品偏娛樂性，與左派導演沈西苓、程步高，與右派導演鄭正秋、張石川都合作過。1995 年還在上海。

《劉吶鷗全集》的出版，不只是臺南縣人的驕傲，更是繫起海峽兩岸文壇、影壇的一大事，我期待著還有更多類似全集的出版，必可造福人類！

2000 年 10 月於臺北

——選自康來新、許秦蓁合編《劉吶鷗全集——電影集》

臺南：臺南縣文化局，2001 年 3 月

劉吶鷗的電影美學觀

兼談他的紀錄電影《攜著攝影機的男人》

◎李道明*

一、劉吶鷗與電影（尤其是紀錄片）理論與美學的關係

劉吶鷗先生關於電影的論述，大致可分為：1.電影作為一門藝術的特質；2.電影形式的表現；3.1930 年代中國電影的問題，這三大類。劉吶鷗關於電影作為一門藝術的特質的論述，主要強調電影的機械或化學的元素。他在〈影片藝術論〉一文中，把電影藝術的要素界定為——視覺與聲音，認為電影藝術是「表現一切人間的生活形式和內容，訴諸人們的感情為目的」，而描寫的手段則是攝影機和錄音機。[1]

他反對電影模仿舞臺劇的製作方式，認為電影的魅力是來自剪接（蒙太奇）[2]所創造出來的。（他引用普多夫金的看法，認為蒙太奇不僅指實際 physically 去「剪」與「接」影片，而是創作者「說話」的方式——選擇它所要的畫面，「創造」出新的時間與空間。）拍攝是要為剪接而準備的。這種方式所拍出來的東西，才是有「電影感」（他稱之為 cinématographique）[3]，而非「照相感」（photographique）。劉吶鷗也舉愛森斯坦的《新與舊》

---

*發表文章時為臺北藝術大學電影創作研究所副教授兼所長，現為臺北藝術大學電影創作學系教授兼系主任。

[1]康來新、許秦蓁合編，《劉吶鷗全集——電影集》（臺南：臺南縣文化局，2001 年 3 月），頁 256～258。

[2]劉吶鷗把 montage 譯為「織接」，以與「剪接」相區分。

[3]劉吶鷗在 1930 年的文章〈俄法的影戲理論〉中使用 cinématographique 一詞，但在 1932 年的〈影片藝術論〉中則使用 cinégraphique 一詞。

（又譯為《全線》）為例，[4]說明蒙太奇不只是表現物體的外在形態，而是表現抽象概念的「電影語言」——由各畫面、各片段之間的相剋、相沖，使觀眾辯證式地產生感動與獲得知性的概念。

除了介紹普多夫金與愛森斯坦的蒙太奇觀念，與以他們的電影作為蒙太奇理論的例證外，劉吶鷗也介紹了維爾托夫「電影眼」[5]的理論。[6]維爾托夫認為：電影的「機械眼」比肉眼更能看穿一切，能將一切現象解體、分析、解釋，再重新組合成一個有主題的作品，因此不必使用演員，只要用攝影機把「人生」的片段組合起來，即可以表現一個「人生」。接著他介紹維爾托夫的電影《持攝影機的人》。[7]

這便是劉吶鷗電影論述中，極少數與紀錄片有關的部分。時間是在1932 年，顯見他當時已看過（或至少知道）維爾托夫最重要的一部呈現他「電影眼」理論的作品《持攝影機的人》。劉吶鷗將這部片名譯為《攜著攝影機的人》，並附上法文 L'homme à la Caméra，顯見其資料是來自法文（唯不知是直接來自法文資料，或是來自日文翻譯的法文資料）。此外，他也介紹了維爾托夫在有聲電影出現後所建構的「無線電耳」的觀念。

劉吶鷗對「電影眼」的看法雖然有點茫然，因為畢竟「沒有演員的電影」是不是電影未來的走向，他並不敢確定。但他顯然對這種美學觀極有興趣，才會把他自己所拍的家庭電影似的影像「織接」起來，並名之為《攜著攝影機的男人》。[8]

他在同一篇〈電影藝術論〉中，也介紹了 1920 與 1930 年代歐洲前衛電影中的「純粹電影」（pure cinema／le Film Pur）與「絕對電影」

[4]轉引自黃仁，〈中國電影技術理論的先驅——試論 30 年代臺灣人劉吶鷗對中國電影理論的貢獻〉，中央大學中國文學系編，《2005 劉吶鷗國際研討會論文集》（臺南：國家臺灣文學館籌備處，2005 年 11 月），頁 343。

[5]劉吶鷗把 Kino－Eye（Ciné－oeil）譯為「影戲眼」。

[6]康來新、許秦蓁合編，《劉吶鷗全集——電影集》，頁 267～269 及〈俄法的影戲理論〉，《電影》雜誌第 1 期（1930 年 7 月 10 日再版），頁 74～78。文章內容請參閱附錄一與附錄二。

[7]劉吶鷗翻譯為《攜著攝影機的人》或《攝影的人》。

[8]劉吶鷗的紀錄片，國家電影資料館譯為《持攝影機的男人》，也許按照劉吶鷗本人的意思，譯為《攜著攝影機的男人》更為恰當。

(absolute cinema/le Cinema Absolu)。前者以勒澤(Fernand Léger)的《機械芭蕾》、雷內・克萊爾(Rene Clair)的《中場休息》[9]、卡伐爾坎提(Alberto Cavalcanti)的《僅有時間》[10]、曼・雷(Man Ray)的 *Emak Bakia* 及羅伯・佛羅瑞(Robert Florey)的《零先生之愛》為代表;後者以維京・依果林(Viking Eggeling)的《斜線交響曲》、漢斯・李克特(Hans Richter)的《節奏 21》、華特・魯特曼(Walter Ruttmann)的《柏林——城市交響曲》為代表。不過,劉吶鷗雖然介紹了前衛電影的觀念,但他還是認為電影藝術絕對不能放棄「劇情」(他稱之為「生命素」),顯然他是「入世」的,也因此緣故他才並未嘗試製作這類「前衛」的電影吧。因此,雖然劉吶鷗提倡「電影感」,卻並不反對文學在電影中的應用;至少他肯定字幕的使用(得當),以及組織影像的方式是模仿文學而來的。

二、維爾托夫的「電影眼」理論

由於劉吶鷗曾拍攝一部名為《攜著攝影機的男人》,明顯指涉維爾托夫的同名電影與「電影眼」理論,因此此地簡單介紹一下維爾托夫及其「電影眼」理論。

維爾托夫在紀錄片歷史上最重要的貢獻,是他在蘇聯革命後發展出來的「真理電影」。[11]維爾托夫在大學時代深受未來主義的影響,歌頌機械的節奏與動力,一直從事聲音與語言的實驗。1917 年布爾雪維克黨奪取俄羅斯政權,建立蘇維埃後,維爾托夫即自願加入莫斯科的電影委員會,負責剪輯新聞片。由於 1917 至 1920 年俄國內戰及外國干預的結果,電影底片奇缺,因此維爾托夫等電影創作者必須利用每一呎能用的底片。這不但促

[9]劉吶鷗譯為《停演時間》。

[10]劉吶鷗譯為《時而外別無物》。

[11]「真理電影」取名來自蘇聯布爾雪維克共產黨所出版的宣傳報《真理報》。後者是印刷宣傳品,前者則是電影宣傳品。真理,俄文 pravda 相當於法文的 vérité,與英文的 truth。「真理電影」Kino Pravda 後來影響法國「真實電影」cinema vérité,兩者字面意義相當,但美學理念不完全相同。

成了蘇聯蒙太奇理論的出現，也讓維爾托夫藉由製作舊片翻新的「組合電影」（compilation film）醞釀出他的「電影眼」的理論，強調紀錄片由真實影像片段的選擇、拍攝、剪輯的過程，以及攝影機代替人類肉眼的超人能力。而他在 1922 年推出的「真理電影」，則明顯地表現出他對紀錄片的態度——（無產階級的）電影必須以真理（即真實事物的紀錄片段）為基礎，經過組合（剪輯）而創造出新的「電影事物」（film－thing），讓觀者對真實有更深入的見解與更廣泛的感覺。鏡頭的影像必須是真實的，但是經過刻意的選擇與構圖，並考慮光影與動態效果，然後經由剪輯，配上字幕與音樂，創造出全新的感覺、情緒、意義。

維爾托夫強烈反對劇情片的人工效果，視之為人民的鴉片。他回到電影發明人盧米埃兄弟的概念，拍攝正在發生中的行動，並且用隱藏式攝影機等各種方式去捕捉這些行動。維爾托夫極其相信電影拍攝到的即是真理，而用剪輯的方式把小真理組合成的整部影片也是真理。他同時認為攝影機具有超人的多變能力。它好比是機械的眼睛，可以爬到無所不在的地方，拍到肉眼所不能見到的東西。攝影機超越了時間與空間，比人眼更能捕捉到真理。維爾托夫反對純粹的寫實影像，反而追求藉由剪輯與特殊效果來表達出創作者要表達的「真理」。這種運用各種實驗方式以達到真實的想法，在 1950 年代末期啟發了法國民族誌電影創作者尚・胡許建構他的「真實電影」的理論。

維爾托夫親自創作了一部電影《持攝影機的人》（1929 年）來體現他的「電影眼」理論。他把攝影機當成超人來崇拜的心理，在這部影片中表露無疑。這部影片一方面呈現了都市中的蘇聯人民日常生活一天自日出前至日落後之間的各種風貌（因此屬於「城市交響曲」紀錄片類型），一方面乂顯示攝影師在拍攝這些日常生活的情景。這種作法，在一部影片中同時呈現了拍攝者、拍攝過程、與所拍攝的結果，啟發了 1970 年代人類學電影創作者所鼓吹的「反身性」（reflexivity）的美學觀。

至於對紀錄片的貢獻方面，維爾托夫除了建立起「報導式紀錄片」的地位外，他的理論與影片對 1930 年代西方藝術家及知識分子踴躍參與紀錄片的製作起了非常大的作用。他的《持攝影機的人》不僅是紀錄片歷史上的一部經典作品，也對後代許多電影創作者產生巨大的影響。尤其是他啟發了「真實電影」的美學觀，對 1950 與 1960 年代法國導演如克利斯・馬蓋、尚—盧・高達等人產生重大的影響。

關於劉吶鷗對「電影眼」與維爾托夫的介紹，請參見附錄一與二。大家可以將附錄與本文的分析介紹作對照，即可知道劉吶鷗 70 年前在中國介紹歐洲電影理論有多先進、貢獻有多大，可惜他生（位）不逢時，被左翼影人以人廢言，未能在當時中國影壇產生應有的影響，也未獲得應有的地位，殊為可惜。

三、劉吶鷗的《攜著攝影機的男人》與同時期臺灣的業餘電影

臺灣紀錄片的發展，在 1960 年代中葉以前，大致上可定性為官方統制（製）新聞片、宣傳片與教育片的時期。包括日治與國府統治時期，都是由國家機器掌控電影紀錄媒體的製作與放映，用以遂行國家意識形態的教育、宣傳與控制。

但在 1920 至 1930 年代，在大正民主時期的末期和昭和初期，臺灣社會因為都市興起，經濟發達，一些受過高等教育的士紳階級或藝術家，開始有錢、有閒地玩起相機、曲盤（唱機），少數人甚至拍起業餘（或家庭）電影。[12]劉吶鷗與鄧南光是至今仍有作品留存，可供觀賞的兩位代表人物。

來自臺南的劉吶鷗[13]於 1920 年代末期開始活躍於上海文壇，與施蟄存等人創辦書店並發行文學雜誌，用西方現代主義的手法創作小說，被歸類

[12]當時的業餘電影有 8 毫米與 9.5 毫米兩種。

[13]劉吶鷗本名劉燦波，是臺南柳營／新營人，1920 年代負笈東瀛青山學院，1926 年自英文科畢業後，前往上海震旦大學修習法文，結識戴望舒、施蟄存等作家，開始活躍於上海文壇，之後亦參與上海影壇。劉吶鷗曾編劇或導演了幾部劇情片，也曾擔任國民政府「中央電影攝製場」的電影編導委員會主任及編劇組組長。1937 年中日戰爭爆發後離職，之後投身汪精衛政府的「中華電影公司」擔任製片部次長，後來並兼任「國民新聞社」社長。1940 年 9 月 3 日於上海京華酒店被刺身亡。

為「新感覺派」。[14]之後劉吶鷗並撰寫電影評論文章，介紹蘇聯愛森斯坦與普多夫金的「蒙太奇」理論、維爾托夫的「電影眼」理論、歐洲的「純粹電影」與「絕對電影」的實驗電影美學，以及西方劇情片的美學形式理論。他並創辦電影公司拍電影，批評左翼電影的「教條」作風，鼓吹電影的美感與藝術性。

劉吶鷗對蘇聯「蒙太奇」電影理論情有獨鍾，尤其對維爾托夫的「電影眼」理論與電影《持攝影機的人》極為推崇，甚至自己還完成了一部《攜著攝影機的男人》[15]（分為「人間之卷」、「遊行之卷」、「廣東之卷」、「東京之卷」四段）。這部影片大約製作於 1933 至 1934 年，[16]是用當時業餘的 9.5 毫米電影攝影機拍攝的。「人間之卷」以劉吶鷗自己及家人——母親、妻子、兒女、弟弟、弟弟家屬等人，以及書畫家在劉家揮毫之情景為拍攝對象。「遊行之卷」則記錄了臺南新營市街（？）上一場迎神遊街盛會。《攜著攝影機的男人》的其他兩卷，劉吶鷗則記錄了一些自己及家人在臺灣、日本、中國等地，以及搭輪船在海上時的活動，是比較屬於記錄家庭活動，缺乏主題與藝術處理的「家庭電影」。

雖然取名效法維爾托夫的紀錄片經典名片，但《攜著攝影機的男人》在技術與理念上均差之甚遠。這部片子外觀上比較像一部「家庭電影」——「人間之卷」中的家人對被拍攝這件事均十分自覺，甚至可能都是配合拍攝者（劉吶鷗本人？）的指導而「演出」的，因此十分不自然；「遊行之卷」中的事件應該是實地發生的，但劉吶鷗可能受限於拍攝經驗

[14]「新感覺派」被認為是「中國唯一自覺運用西方現代主義創作手法來描寫現代都市人生活和心理的獨立小說流派」。參見許秦蓁，〈重讀臺灣人劉吶鷗（1905～1940）——歷史與文化的互動考察〉（桃園：中央大學中國文學系碩士論文，1998 年 12 月），頁 71，轉引自吳中杰、吳立昌主編，《1900～1949 中國現代主義尋蹤》（上海：學林出版社，1995 年），頁 381。中國的「新感覺派」可能源自日本的「新感覺派」文學運動，包括橫光利一、川端康成、片岡鐵兵、今東光等人是主要提倡者。劉吶鷗、施蟄存、穆時英、徐霞村、黑嬰、葉靈鳳等人被列為中國的「新感覺派」作家。

[15]影片原名「カメラを持つ男」（A）Film By "The Man Who Has Camera"，顯然是從維爾托夫《持攝影機的人》（*The Man with a Movie Camera*）的日文或法文轉譯自俄文而來，意思相近，但譯名因層層轉譯而與俄文或英文有差別。

[16]參見康來新、許秦蓁合編，《劉吶鷗全集——電影集》，頁 132。

或準備不足，只能在少數幾個點拍攝，使得影片只有「紀實」感，但沒能看見作者的「意見」與藝術處理。雖然《持攝影機的男人》有這些缺點，但也不是一無是處。影片其實是經過剪輯的，從一些剪輯的方式來看，作者是進行了一些有意識的剪輯試驗。在新營車站的段落，一開始甚至有模仿盧米埃兄弟著名的《火車進站》的意圖，可惜沒有持續拍攝旅客上下車廂的情景，也無由火車上拍攝景物，或如維爾托夫那樣以各種角度與位置在火車內外取景的狀況。

與劉吶鷗同一時期的鄧南光，[17]也於 1930 年代在臺灣使用 8 毫米業餘電影攝影機記錄自己的家庭活動，以及臺灣與日本的景觀與社會事件。鄧南光的電影，在技術上與藝術處理上比劉吶鷗成熟。他的作品至少有《淡水河》、《去看海女》、《芭蕾舞》、《家族照》、《東京》、《建築描寫》、《驟雨》、《虫》、《春》、《某一天》、《賽馬》、《動物園》、《漁遊》等十餘部。雖然仍可見到業餘者初拍紀錄片的青澀，但鄧南光盡量在他的作品中運用各種形式元素與剪輯來創造影片的焦點與節奏，使人明白他的意圖，欣賞他的創意。根據目前已出土的資料而言，鄧南光可能是日治時期臺灣最有成就的紀錄片創作者。他的《漁遊》與《動物園》曾獲得日本 8 毫米電影協會的佳作獎。[18]《驟雨》則令人想起荷蘭導演伊文思的名作《雨》（1929 年），同樣是一首關於雨中都市（臺北？）的電影短詩。此外，他的《虫》以「曠時攝影」技術記錄蟬羽化的過程，甚至可說是一次成功的「科學實驗」紀錄。

由於現在已知道 1924 年 11 月時有小型（9.5 毫米）電影聯盟「光榕

---

[17]鄧南光，本名鄧騰輝，1907 年出生，新竹北埔人。早年在日本讀的是經濟，1935 年回臺北後改行開設照相器材行，開始專業攝影的生涯，十年間足跡踏遍全省，拍攝臺灣的人文景物，共留下了近六千張的底片。1937 年時，鄧南光對 8mm 電影拍攝感到興趣，拍攝了超過 60 卷的影片。1944 年，他被選為「臺灣總督府登錄寫真家」，1951 年被聘為「臺灣文化協進會」攝影委員。1963 年共同發起成立「臺灣省攝影協會」。參見張照堂，《鄉愁・記憶・鄧南光》（臺北：雄獅美術，2002 年 6 月）。

[18]同前註，頁 70。

會」的民間組織在臺北舉行秋季公開放映會，放映會員的作品，[19]可見除了劉、鄧二人之外，日治時期自 1920 年代起已有許多臺灣人拿起電影攝影機，記錄自己的家人、自己周遭社會的景觀與事件，只是多數至今已不知去向。少數尚存留者，如電影資料館收藏的「丁瑞臾先生家庭電影（1935～1943）」，則足以見證臺灣人在日治時期參與日本殖民政府「南進政策」，在南洋進行產業投資開發的一段歷史。還有 2005 年由蘇聰明收藏的 1931 年「蔣渭水大眾葬」的影片紀錄，被臺北市政府文化局收購而重見天日，也是日治時期臺灣民間攝影師的作品。[20]至於辜顯榮於 1937 年去世時，辜家的企業體也曾聘請日本電報通信社製作一部影片《辜家經營之諸事業》。雖然此部影片比較像是產業電影，但對理解日治時期臺灣的社會、經濟與歷史，仍有其重要性。

四、結論

劉吶鷗在他 1927 年的日記中，除了提到看電影的紀事外，並無關於他在閱讀電影理論或美學的書籍或文章的紀事。但在 1928 年《無軌列車》半月刊雜誌中，已見到他評論電影的文章。到底劉吶鷗對電影理論與美學的探討何時及因何而起，是否於 1928 年開始，是值得深究的一個題目。

到了 1932 年寫出〈影片藝術論〉時，劉吶鷗顯然已閱讀過大量歐洲的電影理論，看過相當一些藝術電影，包括蘇聯愛森斯坦、普多夫金、維爾托夫的「蒙太奇」、「電影眼」的理論與作品，歐洲的前衛電影理論（與作品？），德國心理學家 Hugo Mə nsterberg 的電影理論，德國導演穆瑙（F. W. Murnau）等人的作品，法國導演雷內・克萊爾的理論與作品。1930 年代也剛好是有聲電影出現的年代。劉吶鷗對電影聲音的美學應用，其實有相當精闢的見解與理解，在當時中國電影的環境中是極為少見的。根據前

[19]參見黃建業總編輯，《跨世紀臺灣電影實錄》（臺北：國家電影資料館，2005 年 7 月），頁 111。

[20]參見陳盈珊報導，〈蔣渭水大眾葬膠捲・蘇家財兩代寶存〉，《中國時報》，2005 年 2 月 19 日，文化藝術 E8 版。根據該報導，此項影片紀錄是由日本人經營的「真開寫真館」拍攝的。至於製作者則未見說明，不知是日本人或臺灣人。

中華電影公司常務董事兼業務部經理黃天始未發表的手稿：

> 1932 年後，劉吶鷗已很少寫小說，專心研究電影藝術，也許是新感覺派小說的形式技巧類似電影手法的關係吧。1932 年 3 月，劉吶鷗和黃天始，黃嘉謨，宗維賡，陳炳洪，吳雲夢六人，每人出資壹佰元，共六佰元，創辦『現代電影』月刊，設辦事處於北京路，雇請陳波兒為秘書，是中國第一本純電影藝術刊物，並無任何政治背景。[21]

那麼在 1928 至 1932 年之間，劉吶鷗是否持續在研究電影藝術呢？答案可能是既肯定又否定的。至少在 1930 年 7 月劉吶鷗根據日本人昇曙夢的日譯本而進行中文翻譯的蘇聯弗理契所著的《藝術社會學》完成以前，可以想見他應該是沒有空進行其他的計畫。此期間，他所翻譯的一些文章，也都跟蘇聯文藝有關，例如弗理契所著的另一篇〈藝術風格之社會學的實際〉，以及與蘇聯詩人馬雅珂夫斯基有關的一些短文，[22]還有與戴望舒合譯《馬克思主義論叢》。[23]但是 1930 年 7 月我們又見到劉吶鷗在《電影》雜誌第 1 期中發表〈俄法的影戲理論〉一文，[24]除了介紹法國前衛電影的「純粹電影」理論與「主觀電影」理論外，也介紹蘇聯普多夫金的蒙太奇理論與作品，和維爾托夫的「電影眼」理論。可見他其實至少在 1929 年已對歐洲前衛電影理論及蘇聯蒙太奇理論、電影眼理論有所研究，只是或許未全力專注於電影理論上而已。

不過，懂得電影理論或美學，並不見得就能拍出優秀的作品。以劉吶鷗對維爾托夫「電影眼」理論及《持攝影機的人》影片的理解程度，但在自己持攝影機去拍一部《攜著攝影機的男人》(或是拍了一堆影片後，再決定使用這樣的片名來組合所有的影片片段)，總之出來的結果就不是那麼一

[21]黃天始，《一段被遺忘的中國電影史（1937～1945）》，未發表手稿，頁 16。
[22]參見康來新、許秦蓁合編，《劉吶鷗全集——理論集》(臺南：臺南縣文化局，2001 年 3 月)。
[23]參見酈蘇元，《中國現代電影理論史》(北京：文化藝術出版社，2005 年 3 月)，頁 224。
[24]文章結尾所署的日期為 1930 年 1 月 16 日。

回事，而比較像是一部素人（業餘人士）拍出來的「家庭電影」。

相反的，鄧南光可能沒讀過什麼電影理論，但他一直在從事照相工作，有豐富的實作經驗。由照相轉而拍起電影時，竟然更能掌握「拍攝為剪輯而準備」的精義，令人十分佩服。相較之下，不是說劉吶鷗眼高手低，只能說拍電影（尤其是拍攝紀錄片）這件事，是需要一點敢拍、且能預先構思的衝勁與習慣。本文作者第一次拿攝影機拍攝迎神賽會遊行活動時，拍出來的結果也不比劉吶鷗高明，而當時本文作者也已經對電影理論與美學有相當了解了。可見「知易行難」確實有其道理。

回過頭來說，中國電影到了 1930 年代，居然沒有太多人研究電影美學與電影理論，於是學貫文學與電影、懂得中、日、法、英等國語文的臺灣人劉吶鷗因緣際會就成了在中國介紹蘇聯蒙太奇、電影眼理論，討論「絕對電影」、「純粹電影」、「主觀電影」，甚至最早介紹聲音美學，乃至正式使用「紀錄片」名詞的第一人。今天，中國的電影學者已逐漸給予劉吶鷗在電影理論與批評史上應有的位置；而做為臺灣人，我們更有義務把現在所知在 75 年前已對電影形式美學有專精研究的臺灣影人劉吶鷗大聲介紹出來，不讓這段歷史被湮沒。

附錄　劉吶鷗關於維爾托夫與「影戲眼」（電影眼）的介紹與分析

第一篇[25]

Kinoglaz「影戲眼」

「影戲眼」（法名 Ciné-oeil）是 Dziga Vertov 所領的一派的主張。Vertov 是以機器師投入影戲界的。[26]現代是機械化的時代。社會的各方面無不受機械的影響或是支配的。就是藝術的重心不得不移向機械那面去。尤

[25]轉載自〈俄法的影戲理論〉，《電影》雜誌第 1 期，頁 74～78，1930 年 7 月 10 日再版。

[26]劉吶鷗此處的資料是錯誤的。維爾托夫本名丹尼斯．考夫曼，原本是在大學學習醫學與心理學，但受到馬雅珂夫斯基領導的俄國「未來主義」詩的影響，1916 至 1917 年間開始在學校組織詩社，並採用濟加．維爾托夫的筆名，意思是「旋轉、迴轉」。1917 年十月革命後，維爾托夫自願加入莫斯科的電影委員會，負責剪輯新聞片《電影周報》。

其藝術之中的最新興的藝術——影戲，可以說是近代特產的建在機械的，技術的基礎上的藝術。從這點看，在機械發揮著合理的機能的蘇聯的這技術家兼「影戲人」Vertov 的影戲眼論，確實是值得考察的最進步的最尖端的影戲理論。

Vertov 的一派本來是和以 Esther Schub[27]夫人為領袖的構成派合作著的。這兩個前衛之群都和從前的有本事的影片決裂；他們輕蔑著研究室式的攝影所，不著重演者和人工的裝飾背景。他們的主題是社會的，他們的材料是「現實」。現實是不能服從於可以預先解決的藝術的準備的（指 Studio 式的）。在他們最大的因數是存在在 Montage。所以 Vertov 也承認影戲的基礎是 Montage，但是他對於 Montage 的見解卻與 Pudovkin 有點兩樣。在他，Montage 是各個畫面的組織，是把各攝好了的畫面拿來寫出整個的影戲作品的工作。然而這並不指選集畫面來造出各個場面（演劇的編輯），也不指照著本事（文字幕）的編輯（文學的編輯）。這只須明白影戲眼的意義便可知道。

「影戲眼」是事實的「影戲的」記錄，是主唱著記錄的（Documentaire）影片的運動。它不一定有故事和主演者的必要。影戲眼是要浸入外觀上紛亂著的人們的生活裡，從生活的中心找出課題的解答來的。影戲眼只靠著個攝影機用著總括的組織法，由森羅萬象中，提出最有個性的合目的東西，而把它們歸納入最視覺的節律和形式中去。所以它雖然建在 Montage 上，但不組織有故事的影戲，它只求著現實的事實和它的機械的忠實的再現記錄的完成。它是比人們的眼睛更完全的一種機械眼。它要像人們造文字來創造文學一樣，造出記錄的影片文字來描寫人類的集團生活。

現在拿他最為現代的作品《攝影的人》[28]（*L'homme ə la appareil de prise de vues*）來看。這裡並沒有主演者腳本。《攝影的人》是要表示一小

---

[27]劉吶鷗此處用的是 Esther Chonb，本文作者已依據電影史資料以修正。

[28]這是劉吶鷗最先對這部影片的譯名，之後就改稱為《攜著攝影機的人》。

村的集團生活。[29]他從村人還在酣夢的時候描起，一直到晚上工作娛樂完後回家來休息止，把村人一日的生活用所謂影戲眼，從他所喜歡的各個角度抓住，而總括地把它組成為「影戲的」藝術品。這裡面只有兩個重要的要素：物件和一村裡的人們的集團，和主宰著這集團的「攝影的人」。一是物體（自然、材料），一是俱有“Ciné-oeil”的人。他表示集團生活，同時也要表示自己。因為沒有他，集團生活不能完全成立。這個影片的內容便是從那兩者的關係中生出來的。一看好像是跟 Ruttmann 的影片《大都會交響樂》[30]差不多。然而 Ruttmann 是把自己和作品放在無機的關係中，表示著無我的驅製的。但 Vertov 在他的作品裡的地位，卻不但是作品的解釋者，同時也是它的代表者。由演技的影片到非故事的影片，由編劇的影片到記錄的影片，由劇場的舞臺到現實生活的舞臺——這「影戲眼」的理論確是要把本來和現在的影戲藝術的進路變換了拓荒者的苦悶。

——1930 年 1 月 16 日

第二篇[31]

「影戲眼」（Ciné-oeil）

「影戲眼」是俄國的前衛影戲人 Dziga Vertov 所創出一個關於影片藝術的原理。Vertov 是「Kinoglaz」（即影戲眼）一群的首領，和構成主義派的頭目 Esther Choud[32]夫人站在同一陣線上。在他的影戲生涯裡，他完全代表著一個機械主義者，所以他的理論多半傾向於這方面。照他的意見「影戲眼」是具有快速度性，顯微鏡性和其他一切科學的特性和能力的一個比人們的肉眼更完全的眼的。它有一種形而上的性能，能夠鑽入殼裡透視一切微隱。一切現象均得被它解體、分析、解釋，而重新組成一個與主題有

[29]劉吶鷗此地犯了大錯，影片是關於城市人們個別的生活，而非鄉村集體的生活，顯然在寫本文時劉吶鷗尚未看過影片。

[30]即《柏林——城市交響曲》。

[31]節錄自〈影片藝術論〉，《電影周報》雜誌第 2、3、6、7、8、9、10、15 期，1932 年 7 月 1 日至 10 月 8 日，轉引自康來新、許秦蓁合編，《劉吶鷗全集——電影集》，頁 267～269。

[32]此處應為筆誤，指的應該是 Esther（Esfir）Shub（Schub），拼法每本書均不大相同。她是以剪輯資料影片成為「組合影片」（compilation film）聞名於世的電影創作者。

關係的作品，所以要表現一個「人生」並用不到表演者，只用一只開麥拉把「人生」的斷片用適當的方法拉來便夠了。

「影戲眼」比織接[33]更進一步，能夠在千千萬萬的主題中選出一個主題，能夠在種種的觀察中作一個便當的選擇而實行主題的創成。她具有感情、氣力、節律和熱情。《攜著攝影機的人》（*L'Homme ə la appareil de prise de vues*, 1930）便是根據這原理的作品。

這裡並沒有所謂主演者或是牽強的 Story。它的著眼點，它的願望是在表現一整個的「人生」，一個都市的聚團生活。黎明，攜著攝影機的人便在市裡遍地走。它提示睡眠中的人們，這沉默中的斷片的存在。於是全市覺醒了，人們在磨洗著牙齒，開店門，電車和其他的車輛宣布忙的一日的到來了。準備著勞動的家庭，馬路上的人群等等，它都用一種那麼親密的感情，那麼圓滑的調和描在一個全體的節奏裡。工作完了的時候，這個行走者並不因之休息，它變換了方向，它跟工人們洗澡，運動。連晚上它都要跟人們去觀電影，一旦完結了。明天，願它也是好的，快樂的再開始。這樣，在這片有兩個根本要素，一個是事物和市裡的人們的聚團生活，另外一個是支配這團聚的「攜著攝影機的人」。前者是對象，後者便是「影戲眼」。這片子的內容除這二要素的關係並沒別樣東西。聲片《熱情》（1931年）也是根據這主張攝製的。作者攜著攝影機和收音器，實地踏入煤礦和製鐵的中心生產地帶，描寫著勞動者的英雄的戰鬥。聲音全部取用「自然的聲音」，把一切無論微細粗大的均行灌入，毫無人工的痕跡。這片子可說是 Vertov 由「影戲眼」轉入「無線電的耳」的紀念作品。

總之，Vertov 是個機械主義者，所以他的主張未免太傾重於機械的崇拜。然而他確實能夠洞察了機械開麥拉固有的特性，熱愛開麥拉這個新的描寫器具。如果過去的電影藝術史是對於演劇的叛逆史，那麼這「影戲眼」運動地位確實站在第一線。因為它的主張是最迫近於「影戲」的創

---

[33]織接即是「蒙太奇」。

造。但是若從藝術全體發達史看，這不用演者的影片（Film Sans Acteurs）的主張究竟是不是絕對的這件事，只好待時間給我們解決。因此，對於「影戲眼」和 Vertov 的作品，常是議論紛紛，褒貶各半。

——選自中央大學中國文學系編《劉吶鷗國際研討會論文集》
臺南：國家臺灣文學館籌備處，2005 年 11 月

電影理論的「織接=Montage」
劉吶鷗電影論的特徵及其背景

◎三澤真美惠[*]
◎王志文譯

前言

劉吶鷗的著作，集中在開設第一線書店的 1928 年起，到加入明星影片公司而將重點移至電影活動的 1935 年。這段期間，前半段的 1928 至 1929 年偏重於小說，後半段的 1932 至 1934 年則偏重於電影理論。而中段的 1930 年大多從事翻譯工作。其中，本文所要探討的則是劉吶鷗的電影理論。

近年來，有關劉吶鷗的先行研究急遽的增加。筆者也將焦點放在釐清劉吶鷗做為電影人的足跡，[1]發表了《在「帝國」與「祖國」的夾縫間——

---

[*]日本大學文理學部中國語中國文化學科教授。

[1]「〈孤島〉上海映画工作の一側面——ある台湾人〈対日協力者〉の足跡から」(〈「孤島」上海電影工作的另一面——某位臺灣籍「對日協助者」的足跡〉)『アジア遊学：特集「メディアとプロパガンダ」』(《亞洲遊學——特集「媒體與宣傳」》) 第 54 号（2003 年 8 月），pp.132-141。「暗殺された映画人、劉吶鴎の足跡：1932～1937 年——「国民国家」の論理を超える価値創造を求めて」(〈被暗殺的電影人，劉吶鷗的足跡：1932～1937 年——渴求超越「國民國家」理論的價值創造〉)『演劇研究センター紀要 IV』(《戲劇研究中心紀要 IV》)（東京：早稲田大学演劇博物館 21 世紀 COE 事業演劇研究センター〔早稲田大學戲劇博物館 21 世紀 COE 事業戲劇研究中心〕，2005 年 1 月），pp.111-123。〈抗戦勃発後の劉吶鴎の映画活動〉，國立中央大學中國文學系編印《劉吶鷗國際研討會論文集》(臺南：國立臺灣文學館出版，2005 年 11 月)，頁 365～404；中文版由梁竣瓘譯，〈中日戰爭爆發後劉吶鷗在上海的電影活動〉(臺南：國立臺灣文學館出版，2005 年 11 月），頁 405～440。將以上著作與其他殖民地時期電影人活動相關研究一起整合的則是『植民地期台湾人による映画活動の軌跡——交渉と越境のポリティクス』（《殖民地時期臺灣人電影活動的軌跡——交涉與越界的政治學》）（東京：東京大學研究所綜合文化研究科地域文化研究專科博士論文，2006 年 1 月），共 232 頁。根據該著作添修後，公開發行為『「帝国」と「祖国」のはざま——植民地期台湾映画人の交渉と越境』（東京：岩波書店，2010 年 8 月），

日殖時期臺灣電影人的交涉與跨境》(『「帝国」と「祖国」のはざま——植民地期台湾映画人の交渉と越境』)。該書除劉吶鷗外，還有何非光等影人，他們都在「帝國」日本與「祖國」中國的夾縫間，為了在電影上追求表現自我的舞臺，不斷反覆著「交涉」與「越界」。該書就是以追溯殖民地時期臺灣電影人足跡的博士論文為基礎。而標題所想要表現的，就是殖民地時期臺灣電影人，不論是「帝國」的一員，或是「祖國」的一員，都帶有某種缺陷為前提，想要跳脫「國民」的框架獲得自由卻無能為力，即使如此仍不得不向前行的一條窄路。劉吶鷗，雖曾擔任國民黨電影製作要職，為何會在戰爭爆發後，明知會被稱作「漢奸」卻仍協助日軍，最後遭致暗殺呢？有關於此，我也試著去釐清其事實關係。同時，在劉吶鷗的電影理論中，充滿了對電影政治化的厭惡，卻在電影製作現場接近政治權力時仍意圖繼續進行電影活動，這樣的矛盾。筆者認為，那是因為「處於國家強力支配人民的時代，說不定劉吶鷗想要在電影製作的藝術中，創造出能夠跳脫國民國家框架的價值」。所以，劉吶鷗被暗殺，可說再現他做為「胸中沒有國旗的人」追求「純粹藝術」的電影不斷越界與交涉，最後被界線兩側——也就是追擊至越界端的「越界的日本帝國主義」與「被越界的中國國家主義」——所「夾擊」的情況。

發行該書後，原本以為劉吶鷗的研究就此告一段落。不過此次被邀請參加研討會與論文集，決定以不同於電影人足跡的角度，重新研究劉吶鷗電影論的內容。因此，本稿一方面補充上述拙著，另一方面可說是再貼近劉吶鷗電影論的試論。[2]

具體來說，本稿主題為以下兩點：1.針對劉吶鷗電影論在當時中國電影相關言論中占有的地位加以整理，掌握其特徵；2.劉吶鷗的電影論開始受到矚目雖是從 1932 年發表〈影片藝術論〉後開始，本稿將著眼於與初期

共 372 頁；中文版由李文卿、許時嘉翻譯，《在「帝國」與「祖國」的夾縫間——日治時期臺灣電影人的交涉與跨境》（臺北：臺灣大學出版中心，2012 年），405 頁。

[2]本稿第一段與第二段與上述的論文雖有部分重複，但已針對電影論內容添修。本稿第三段則是全新內容。

萌芽的電影論（1928 年《無軌列車》雜誌上的〈影戲漫想〉）之間的相異處，並從與日本電影論動向的關係，探求該變化形成的背景。

因此，首先要掌握表現出劉吶鷗後期電影論基本方向的〈影片藝術論〉的重點。

〈影片藝術論〉的概要

〈影片藝術論〉連載於《電影周報》（1932 年 7 月 1 日～10 月 8 日），內容分為七個主題：1.影片藝術的定義；2.織接（Montage），影片的生命要素；3.關於「照相的」和「影戲的」；4.影戲眼（Ciné-oeil）；5.影片的純粹性，絕對性；6.絕對影片、純粹影片的作者，作例；7.文學的要素和字幕問題。

首先，1 所說的影片藝術的定義是，「影片藝術是以表現一切人間的生活形式和內容而訴諸人們的感情為目的」。應特別注意的是，在〈影片藝術論〉中，除此之外也有其他幾個表現電影定義之處，但與〈影戲漫想〉相同，對於電影具備的政治宣傳效果與社會教育效果仍毫無著墨，從頭到尾只在藝術的領域為電影作定義。

在第 2 主題中，則引用了蘇聯電影導演普多夫金的研究成果，主張蒙太奇（劉吶鷗將 montage 翻成「織接」）才是電影的生命要素。就如接下來要論述的，劉吶鷗在「軟硬電影論戰」中，雖被視為與左派對立的「軟性電影論者」以及國民黨的「御用文人」，但比起中國共產黨員的電影評論家，早一步將蘇聯的電影理論介紹到中國的其實是劉吶鷗，這一點十分值得注意。[3]包含劉吶鷗在內的軟性電影論者，即使是認為他們「有意識地不去注意到電影的意識形態，將外國電影理論引用到自己的評論中，以顯示自己對西方學問的素養，自滿於獨自的評論性格，藉此做為達成反對進步

[3]1932 年 6 月，共產黨員電影評論家的塵無在〈電影在蘇聯〉中介紹列寧的指示「在一切藝術中，對於我們最重要的是電影。」（上海《時報》副刊「電影時報」）同一年，夏衍與鄭柏奇共同翻譯了普多夫金的〈電影導演論〉、〈電影腳本論〉（連載於《晨報》副刊「每日電影」，1932 年 7 月 28 日～1933 年 2 月）。程季華主編，《中國電影發展史 1》（北京：中國電影出版社，1963 年），頁 193～194。

電影評論此一目的的手段」[4]的李道新也認為，真正將蘇聯蒙太奇理論以及海外最新電影理論介紹給中國的，則是劉吶鷗。[5]

3 是說明，只經過攝影的影像，只有「相片」的價值，要讓該影像素材擁有「電影感」的價值，只有透過織接的手法，並舉出普多夫金的革命三部曲中的兩部作品——《聖彼得堡的末日》（1927 年）、《母親》（1926 年），來作說明。另一方面，他批評《一夜豪華》（1932 年，天一出品，邵醉翁執導）、《啼笑因緣》（1932 年，明星出品，張石川執導）這兩部電影，還停留在「相片」的階段。同時還說，像阮玲玉這樣充滿情色感的女演員，不過是素材之一，唯有與戲劇架構上的情色感相結合，才能發揮其魅力。

4 是介紹蘇聯前衛電影導演維爾托夫[6]的電影理論。維爾托夫的電影理論核心雖然也是織接，但特別的是他認為機器的攝影機等於電影眼能捕捉到肉眼所看不到的東西，並以除去所有演出痕跡為起點。[7]令人感興趣的是，因為維爾托夫也是經由未來派文學進入電影界，喬治薩杜爾（Georges Sadoul）指出，具體實現維爾托夫理論的長篇紀錄片《前進吧！蘇維埃》（1927 年）之中，可看出與維爾托夫大為讚賞的未來派詩人馬雅柯夫斯基「完美結合」的視覺之詩。劉吶鷗在 1928 年的〈影戲漫想〉中，也已經將電影定位為「未來之詩」，1930 年則翻譯了馬雅柯夫斯基（以編劇、演員

[4]李道新，《中國電影批評史 1897～2000》（北京：中國電影出版社，2002 年），頁 156。

[5]同前註，頁 151～153。

[6]蘇維埃內戰時，電影被認為是「記錄新聞的武器」，年輕的維爾托夫就是在具備會議室、移動學校、有 7000 本書與宣傳手冊的圖書室、發行日報用的印刷機，以及車輛播映室、戶外播映設備、編輯室、顯像室等電影所需設備一應俱全的「列寧宣傳列車」上擔任編輯人員。見 Georges Sadoul 著；丸尾定・村山匡一郎・出口丈人・小松弘訳，『世界映画全史 8・無声映画芸術の開花：アメリカ映画の世界制覇〔2〕1914—1920』（東京：国書刊行會，1997 年），p.202。維爾托夫在革命後的蘇維埃率領紀錄片的前衛集團「電影眼」，製作一連串的新聞電影《真理電影》，同時持續發表藝術紀錄片理論。「對於 20 年代的蘇維埃戲劇電影、30 年代的 Ivens 和 Vigo 等人的歐洲紀錄片、50 年代法國高達的真實電影派有很大影響。」見『外国映画監督・スタッフ全集』（《外國電影導演、工作人員全集》）（東京：キネマ旬報社，1989 年），pp.288-289。

[7]Georges Sadoul 著；丸尾定・村山匡一郎・出口丈人・小松弘訳，『世界映画全史 10・無声映画芸術の成熟：第一次大戦後のヨーロッパ映画〔2〕1919—1929』（東京：国書刊行會，1999 年），p.104。

身分參與電影）的演講「詩人與階級」。若說到劉吶鷗的文學特徵（織接般的語句排列所造成的速度感等等，有如電影的表現手法），藉由以下薩杜爾的觀察，[8]便可理解劉吶鷗對文學的試驗和電影有著共通的熱情。「在西歐知性的前衛，和俄羅斯革命初期的數年間相同，以新聞記事否定小說，以隨便選擇收集加工的物體否定造型藝術，以看板上或是腦海裡偶然浮現的語句否定詩。這些概念只要是以事實或物體或語句的選擇與互相組合的根本為前提，就會達到織接的效果」。[9]維爾托夫晚年雖也被批評為「形式主義」，但他的國際影響力仍是「導引陷入形式探求與抽象的前衛電影至全新的方向」、「將西歐最優秀的電影作家們從形式主義的泥沼中救出，在使其朝向社會性主題的方向上，有很大的貢獻」。[10]但是，劉吶鷗對於誕生維爾托夫電影理論的革命後蘇維埃的現實，以及其「社會性主題」，卻毫無興趣。

5、6 則是介紹了「絕對電影」與「純粹電影」。所謂的「絕對電影」、「純粹電影」，是排除一切劇情、演員、演技、繪畫性構圖等元素，藉由電影獨自的視覺性、音樂性要素，追求電影本身具有的美的價值。劉吶鷗舉出了活躍於德國的 Viking Eggeling、Hans Richter、Walter Ruttmann，以及活躍於法國的 Fernand Léger 等人為例。這些人的共通點都是透過達達主義、立體主義等前衛藝術，摸索不同於商業電影的藝術作品電影之可能性，這些電影如今仍是前衛電影的經典。不過，劉吶鷗雖認為維爾托夫的試驗確立了電影獨特的藝術，另一方面卻也對他的機械偏重主義略帶保留，並沒有完全肯定「絕對電影」與「純粹電影」，而明確的指出「創造的藝術家決不能放棄了形式上好像隸屬於傍的藝術的活潑的『葛藤的形成』——劇情，這生命素。」[11]

---

[8]1904 年出生的薩杜爾，從 1925～1932 年隸屬於超現實主義團體。1935 年開始電影評論活動。

[9]Georges Sadoul 著；丸尾定・村山匡一郎・出口丈人・小松弘訳，『世界映画全史 10・無声映画芸術の成熟：第一次大戦後のヨーロッパ映画〔2〕1919—1929』，p.105。

[10]同前註，p.115。

[11]劉吶鷗，〈影片藝術論〉，康來新、許秦蓁合編，《劉吶鷗全集——電影集》（臺南：臺南縣文化

在 7 之中，更加強調了劇情此要素的關聯，認為「它的所以異於文學，就是把 Montage 即文學的構成定式化了的一點」，[12]並描述「除了形式上及技術上的差別之外，文學和影片在組織上簡直可稱為兄弟。我們拋棄影片的純粹性和反對不以觀客為前提而主張影片不該有故事的人們之理由，這是其一」。[13]因此，能夠確定的是，雖然對電影獨特技術感受到其魅力，劉吶鷗的目標並不是實驗性的前衛電影，而是戲劇電影。所以像《啼笑因緣》般，字幕占了百分之四十的方法，被認為「在銀幕上，文學要素的直接的搬運是『殺影戲的』的。」[14]，將電影中最明顯的文學要素——字幕「直接的搬運」受到批判性的檢討。

從以上內容可得知，劉吶鷗積極的學習當時中國還未曾接觸的西歐電影理論，並以他自己的方式加以消化，一面介紹反抗古老權威的前衛電影革新「表現技術」，一面以他們否定的「劇情性」再結合的電影為目標。[15]這裡值得注意的是，劉吶鷗雖被蘇維埃 Montage 理論以及德國表現主義的表現技術吸引，並不太在意他們表現技術背後蘊含的社會現實以及為打破古老權威的革新等政治背景。

劉吶鷗真正的電影論始於〈影片藝術論〉，在確定其論點下，接下來的第一段將描述該時期中國的左翼知識分子與國民黨的電影論，第二段則舉出軟硬電影論戰，各自與劉吶鷗的電影論作比較，試著整理出他所占有的地位以及其電影論的特徵。接著在第三段，則著眼於 1928 年的初期電影論與 1932 年之後的後期電影論，試著檢討與該時期日本電影理論動向的關

局，2001 年），頁 276。

[12]同前註，頁 278。

[13]劉吶鷗，〈影片藝術論〉，康來新、許秦蓁合編，《劉吶鷗全集——電影集》，頁 279。

[14]同前註，頁 280。

[15]基於此革新表現技術與劇情性相結合的意義，最令劉吶鷗感到魅力的便是 F.W.穆瑙的電影。穆瑙雖是被評價為「透過表現主義，並加以超越，顯現強烈個性，跳脫該流派類型」（Georges Sadoul 著；丸尾定・村山匡一郎・出口丈人・小松弘訳，『世界映画全史 10・無声映画芸術の成熟：第一次大戦後のヨーロッパ映画〔2〕1919—1929』，p.335。）的德國導演，但劉吶鷗仍介紹其《最後一笑》、《日出》、《禁忌》等作品，並舉出構成《日出》此電影的取景運鏡（分別為特寫、長鏡頭等六種）、畫面切換手法、字幕比例等加以分析。（劉吶鷗，〈中國電影描寫的深度問題〉，康來新、許秦蓁合編，《劉吶鷗全集——電影集》，頁 289～290。）

係。藉由這些作業，希望能夠浮現出劉吶鷗電影論的特徵與其形成背景。

一、1930 年代初期，左派知識分子與國民黨的電影理論

一開始我們先確認一件事，劉吶鷗在《電影周報》上連載〈影片藝術論〉的 1932 年，是中國電影迎向一大轉捩點的一年。因為前一年的「九一八事變」，以及該年一月的「一二八事變」而越演越烈的民眾抗日意識，促使民間電影產業偏向左派，連帶對於電影評論方式產生重大影響。為了對抗此變化，國民黨南京政府方面也在該年秋天之後開始強化電影規制，以及進行民間電影產業的指導。另一方面，劉吶鷗因為國民黨不斷的彈壓，由他本人出資的書店與雜誌，不斷遭受彈壓，加上因為在「九一八事變」中，書店受到直接的損害，讓他不禁開始思考，是否該重新考慮自己的文藝事業方向。[16]因此，1932 年普多夫金的織接理論、維爾托夫的「電影眼」運動、法國的「純粹電影」、德國的「絕對電影」等最新的電影理論及電影動向被作為〈影片藝術論〉向中國介紹時，可說也是劉吶鷗本身將他創作關心的方向從文學轉向電影的轉捩點。接下來，為了了解劉吶鷗電影論在當時中國所占有的地位，讓我們先掌握〈影片藝術論〉發表時期，代表性的左派知識分子及國民黨的電影相關言論。

左派知識分子的電影論

有關左派知識分子的電影方針，則有 1931 年 9 月左翼戲劇作家聯盟（1930 年 8 月成立，為中國左翼戲劇聯盟後身）的〈中國左翼戲劇家聯盟最近行動綱領〉，[17]1932 年 6 月 18 日由左派知識分子連署發表的電影評論工作方針任務〈我們的陳訴——今後的批判是建設的〉，[18]以共產黨員身分首次參加電影製作公司的夏衍等人當時（1932 年初夏）與洪深、田漢、陽

[16]施蟄存著；青野繁治訳，『砂の上の足跡——或る中国モダニズム作家の回想』（《砂上足跡——某位中國現代主義作家的回想》）（大阪：大阪外國語大學學術出版委員會，1999 年），p.57。

[17]〈中國左翼戲劇家聯盟最近行動綱領〉，《文學導報》第 1 卷第 6、7 期合刊（1931 年 10 月 23 日）；轉引自陳播主編，《中國左翼電影運動》（北京：中國電影出版社，1993 年），頁 17～18。

[18]同前註，頁 25～26。

翰笙共同考察的「進步電影奠定基礎的方案」，[19]1933 年 2 月 9 日以左派知識分子為中心成立的中國電影文化協會發表的電影文化運動宣言，[20]以共產黨員的電影評論家為中心所展開的該運動方針所衍生的評論——鳳吾（錢杏邨）〈論中國電影文化運動〉、席耐芳（鄭柏奇）〈電影罪言〉、塵無（王塵無）〈中國電影之路〉。[21]在這之中，鳳吾舉出三點做為努力方向，1.電影文化運動組織的加強；2.爭取思想言論上的一切自由；3.電影批評工作的加緊（(1）對帝國主義影片的進攻；(2）克服電影批評上的二元論傾向；(3）對趣味主義電影新聞進攻)。席耐芳則舉出電影主題處理（電影的結局）的三個手法（1.像《野玫瑰》般湊巧的結局；2.像《城市之夜》般以逃避做為結局；3.主角受現實所逼迫而做出轉變的結局）為例，更舉出歐洲電影《巴黎屋簷下》(*Sous les toits de Paris*)、《藍天使》(*Der blaue Engel*)等例子，提出「沒有結論的電影」的手法，指謫在帝國主義分割與侵略日益嚴重之中，就算是只會作白日夢的小市民，也不得不慢慢地關注於冷酷的現實。塵無則舉出反帝反封建電影應拍攝的六項題材：1.反宗教的；2.反地主高利貸者；3.反軍閥戰爭苛捐雜稅；4.反帝戰爭、反帝運動的史實；5.反對帝國主義走狗的故事；6.災害的實際。以及將反帝反封建電影打入大眾之中的四種方法：1.盡量地把電影大眾化（價錢、形式、內容)；2.紀錄影片的採用；3.短片的提倡；4.露天電影的放映。

國民黨的電影論

此外，有關國民黨的電影思考方式，則有「國產影片應鼓勵其製造之標準」、「我國所需要外國影片之標準」、「電影片檢查標準」[22]、「中國電影

---

[19]〈左派十年〉，陳播主編，《中國左翼電影運動》，頁 781。

[20]刊載於 1933 年 3 月 26 日上海《晨報》。見程季華主編，《中國電影發展史 1》，頁 196。

[21]首次刊出都是在《明星月報》第 1 卷第 1 期（1933 年 5 月 1 日）。見陳播主編，《中國左翼電影運動》，頁 60～78。

[22]「國產電影應鼓勵其製造之標準」、「我國所需要外國影片之標準」、「電影片檢查標準」1932 年 11 月 5 日「關於電影宣傳標準」油印・毛筆，中華民國國民黨黨史館檔案[4.3-68.42]。但在中國教育電影協會編纂委員會編，《中國電影年鑑》（南京：正中書局，1934 年）中則為 1932 年 12 月 1 日。

事業的新路線」[23]、「教育電影取材之標準」[24]、「中央宣傳委員會徵求電影劇本辦法」[25]以及五項「國產影片比賽評選基準」[26]的「精神」面選拔基準（民族意識、科學知識、生產建設、革命情緒、國民道德）。因為這些指針的內容有很多重複的部分，所以在此只敘述質量兼具，以論理展開的陳立夫「中國電影事業的新路線」之論點。陳立夫是政府中積極推進電影規制的其中一人，中華人民共和國的電影史將他的文章視為「(對國民黨的反動方針）又做了進一步的發展」，[27]中華民國則視它為「代表著國民政府和執政的國民黨對電影製作的指導原則」，[28]由於該論點內容與政府指示的其它「基準」內容多有重複，應可將該論點（刊載於上海《晨報》，1932 年 12 月 12～27 日）視為政府指針的代表。該論點大致上是說，大眾娛樂的電影往往容易偏向低俗趣味，中國正處於國家建設途中，對於電影的要求就是要在娛樂中帶有較多的教育文化上的意義，具體來說就是要有：1.發揚民族精神；2.鼓勵生產建設；3.灌輸科學知識；4.發揚革命精神、建立國民道德等路線。[29]

總之，共產黨指導下的左派知識分子和國民黨，都在 1932 至 1933 年間，開始正式利用電影做為政治宣傳工具，不過他們雖主張電影中的「意識」也就是思想的重要性，卻對於電影獨特表現技術的議論毫無進展，理論上都還處於尚未成熟的狀態。就是因為如此，吸收西歐最新理論的劉吶鷗，其電影理論迅速獲得對電影高度關心的左右派文化人深刻的印象。在

[23]連載於上海《晨報》，1933 年 12 月 12～27 日。見程季華主編，《中國電影發展史 1》，頁 294。

[24]郭有守，〈中國教育電影協會成立史〉，中國教育電影協會編纂委員會編，《中國電影年鑑》，頁 8。

[25]方治，〈中央電影事業概況〉，中國教育電影協會編纂委員會編，《中國電影年鑑》，頁 16～17。中央第 49 次常會通過。

[26]郭有守，〈中國教育電影協會成立史〉，中國教育電影協會編纂委員會編，《中國電影年鑑》，頁 22～23。由第二次年會成立的「國產影片評選委員會」所決議。

[27]程季華主編，《中國電影發展史 1》，頁 294。

[28]杜雲之，《中國電影史 1》（臺北：臺灣商務印書館，1972 年），頁 126。

[29]陳立夫講述；王平陵筆記，〈中國電影事業的新路線——中國教育電影協會應負的使命〉，中國教育電影協會編纂委員會編，《中國電影年鑑》。此外，中國教育電影協會是在國民黨指導下成立的國家民間團體，執行委員會出席人員大多數是國民黨員。

這之中，發表〈影片藝術論〉隔年的 1933 年 3 月，劉吶鷗創立《現代電影》雜誌，並被捲入了「軟硬電影論戰」。

二、「軟硬電影論戰」與劉吶鷗電影論的特徵

中國代表性的電影史中，將劉吶鷗描述為國民黨的「御用文人」，[30]他的電影理論則被視為軟性電影理論的代表。所謂軟性電影理論，就是比起電影內容表現的思想，更重視形式與技巧，比起社會教育的作用，更重視其娛樂性，所以和當時左派文化人展開的重視電影思想性與社會影響的主張之間的論戰，就是「軟硬電影論戰」。代表性的電影史中，軟性電影理論被認為是「他們要求美化帝國主義侵略下和反動派統治下的黑暗現實，蒙蔽人民群眾的眼睛、麻醉人民群眾的意志」，[31]「『軟性電影』分子的進攻實際上在 1933 年便已開始了。1933 年 3 月，正當左翼電影運動開始高漲的時候，國民黨御用文人劉吶鷗、黃嘉謨之流，配合反動派對左翼電影運動的「圍剿」，辦起了他們的《現代電影》雜誌」，[32]《現代電影》的創刊被視為是軟性電影理論者對左派攻擊的開始。且在最近的研究中，張新民指出，最初在《現代電影》雜誌中刊載的陸小洛（Riku，小洛）的「二元論」[33]——「電影不只是對意識思想的評論，技巧形式的評論也很重要」，以及鳳吾的「一元論」[34]——「形式就是內容的範疇」之間彼此的對立，算是軟硬電影論戰的第一戰。[35]因此，不論《現代電影》當初是否以「國民黨

---

[30]程季華主編，《中國電影發展史 1》，頁 396。

[31]同前註，頁 403。另一方面，臺灣電影史上雖然沒有「軟硬電影論戰」相關紀事，卻有劉吶鷗創立的《現代電影》「展開對左派電影的反擊，獲得電影界眾人的歡迎與重視」的紀事。見杜雲之，《中國電影史 1》，頁 126。

[32]程季華主編，《中國電影發展史 1》，頁 396。

[33]小洛，〈從意識的批判到技術的檢討〉，《現代電影》創刊號（1933 年 3 月 1 日）。蕪邨，〈二元論〉，《晨報》副刊「每日電影」，1933 年 6 月 11 日。陸小洛，〈關於影評人〉，《時代電影》第 6 期（1934 年 11 月）。見陳播主編，《三十年代中國電影評論文選》（北京：中國電影出版社）。

[34]鳳吾，〈電影批評的二元論傾向問題〉，《明星月報》第 3 期（1933 年 7 月），後收錄於陳播主編，《三十年代中國電影評論文選》。

[35]張新民，「『軟』『硬』映画論争の再認識——中国映画リアリズム理論の発展を通して」（〈「軟」「硬」電影論戰的再認識——從中國電影現實主義理論的發展〉）『中国学志』大有号（1999 年 12 月），pp.101-142。

反動派御用雜誌」的姿態開始運作，如同李今所述，《現代電影》的創刊「不但標誌著新感覺派團體的一些成員由文學轉向電影，而且在中國電影發展史上也標誌著左翼電影運動的對立面『軟性電影』論者的出台」，[36]這一點應該是可以確認的。接著李今還認為，新感覺派作家在他們的文藝觀中追求參加軟硬電影論戰的理由，「新感覺派也並非進入電影界後才注意到文藝與商品經濟的關係，文藝作為社會的一個特殊的生產性領域所要求的娛樂功能，只是在電影領域表現得更為『徹頭徹尾』而已」，[37]並指出施蟄存為求娛樂性與文學性的統一提出的「輕文學」與黃嘉謨提出的「軟性電影」理念一致，且作如此敘述：「如果說左翼文壇一直是在政治思想宣傳和文學的藝術性之間尋求一種平衡，新感覺派則一直是在如何娛樂大眾和文學的藝術性之間探討一種合作」。[38]

與黃嘉謨電影論的差異

但在此應該注意的是，軟性電影理論者的電影理論並非完全一致的。與劉吶鷗共同創立《現代電影》雜誌的黃嘉謨，以「電影是軟片，所以應當是軟性的」強調電影的娛樂性，並確立「軟性電影」此用語，他也十分重視劉吶鷗貫徹的藝術上的電影表現技術。有關這兩人的理論差異，當時左派陣營的塵無在〈清算劉吶鷗的理論〉[39]中，明示劉吶鷗與黃嘉謨的差別，除了判斷劉吶鷗「不是軟性電影理論者」，更對劉吶鷗提出的「同化為被觀察物」的創作態度、形式至上主義加以批判。另一方面，代替 1934 年 6 月起放棄反駁左派理論的黃嘉謨以及面對攻擊始終沉默的劉吶鷗，挺身而出加以反駁的，則是穆時英的電影理論。張新民則認為穆時英與劉吶鷗之間有一定的理論繼承。也就是說，穆修正了劉的理論中存在的矛盾（一方面強調主觀技巧與形式，卻又主張不帶偏頗的「同化為被觀察物」的客觀製作態度），使劉的「織接是電影的生命要素」的理論得以發展，達到了

[36]李今，《海派小說與現代都市文化》（合肥：安徽教育出版社，2000 年），頁 181。
[37]同前註，頁 198。
[38]李今，《海派小說與現代都市文化》，頁 200～201。
[39]《晨報》副刊「每日電影」，1934 年 8 月 21 日。

電影是作者也就是個人「主觀性的現實表現」的「主觀性寫實主義理論」，這就是張新民的看法。[40]雖然如此，劉吶鷗與黃嘉謨、穆時英等人，一貫立於反對左派文化人電影理論的立場也是事實，把他們統稱為「軟性電影理論者」也是有理由的。

但是，劉吶鷗與黃嘉謨的理論差異過大，有關批評左派電影時的論調，黃嘉謨「反左派」的立場明顯，進行情緒性的批判，[41]相對於此，劉吶鷗則以藝術上的電影表現技術為評判基準，進行較為冷靜的批判，若要說現今讀者對他留下的印象，他的論調與其說是「反左派」，不如說是「不支持國產電影」，與政治保持距離的「非左派」。實際上，對於大中華百合製作的《上海一舞女》的評論：「下流又下流的影片」、「真真是中國影戲界的大恥辱」，[42]以及對於明星製作的《啼笑因緣》的評論：「明星公司的幹部就被人家說是影戲的門外漢也恐怕沒有法子」[43]等，對於非左派國產電影的論調，甚至對於聯華為協助國民黨的「航空救國」製作的宣傳電影《鐵鳥》都明顯的表示「失望」，[44]比起對於左派電影「內容偏重主義」的批判還算是客氣的論調。若從他曾經接近左派思想、在親自出資的書店預定出版馬克斯列寧主義文藝理論的翻譯書《科學藝術論叢書》[45]、創立被視為左派出版物的《新文藝》、因為國民黨使得自己出資的書店面臨停止營業雜誌停刊

---

[40]穆時英所修正的劉吶鷗的矛盾，就是劉一面強調主觀技巧與形式，卻又提倡「不帶偏頗的客觀製作態度」這一點。穆對此矛盾，雖認同藝術的偏頗性，但認為「藝術是表現人類的主觀感情」，同時強調「電影是客觀現實的反映」，指謫左派強調思想偏頗性的矛盾。有關內容與形式，則是讓劉吶鷗的主張加以發展，主張形式（電影）是內容與偏頗性的保存、表現與傳達。穆更對於左派的階級意識，主張「人類生存意識的表現與鼓吹正是藝術的究極使命」，提倡獨自的「民族鬥爭武器論」，這一點和黃嘉謨、劉吶鷗一貫主張的「避免電影的偏頗性」完全相反。

[41]黃嘉謨，〈電影之色素與毒素〉，《現代電影》第 5 期。「藝華事件」後的〈硬性影片與軟性影片〉，《現代電影》第 6 期。

[42]劉吶鷗，〈影戲漫想〉，康來新、許秦蓁合編，《劉吶鷗全集——電影集》，頁 252。

[43]劉吶鷗，〈影片藝術論〉，康來新、許秦蓁合編，《劉吶鷗全集——電影集》，頁 279。

[44]劉吶鷗，〈螢幕上的景色與詩料〉，《文藝畫報》（1934 年），後收錄於康來新、許秦蓁合編，《劉吶鷗全集——電影集》，頁 333。

[45]施蟄存著；青野繁治訳，『砂の上の足跡——或る中国モダニズム作家の回想』，pp.43-57。叢書預訂為魯迅與馮雪峰選出的 12 本書為主。劉吶鷗翻譯的《藝術社會學》以及戴望舒翻譯的《唯物史觀文學論》因為被左派理論界批評為看起來有資本家的觀點，而停止出版。此叢書的廣告刊載於《新文藝》創刊號（1929 年 9 月 15 日）。

的困境等經驗來考量，劉吶鷗的電影觀並沒有那麼強烈的「反左派」意識，其實也不足為奇。劉吶鷗不斷重複強調的是「總之暴露片（引用者註：左派電影的製作方針之一就是「暴露社會的黑暗面」）當然可以做」，不過「功效是藝術的副作用，並非藝術即是功效」這種對於思想偏重的批判。[46]

與穆時英電影論的差異

接著，在此將同為軟性電影理論者的穆時英與劉吶鷗的電影理論差異作更詳細的觀察。

如前所述，劉吶鷗對於他人對自己電影理論的批判總是保持沉默，從「藝華事件」後的〈電影節奏論〉[47]、〈開麥拉機構——位置角度機能論〉[48]可看出，他與政治、社會更加保持距離，完全熱衷於電影技術層面的探討。另一方面，穆時英則與保持沉默的劉吶鷗不同，自 1935 年 2 月起以「軟性電影理論者」的身分，與左派電影理論家正面展開激烈爭論，而他與劉吶鷗電影理論明顯不同之處，則是提出藝術究極使命，明白指出「藝術是表現、鼓吹生存鬥爭的手段」。

> 在一切文化底基礎上橫著一個共同的東西，文化從這地方出發，為這東西而存在，最後還是回到這地方去。同樣，藝術也從它那裡出發，為它而存在，又歸結到它那裡。這是什麼呢？就是人類神聖的生存意志。人類為了這生存意志而向自然，向社會實行鬥爭，以爭取自由與更高級的生存。人類底努力都在向著這個目標進行；為了使勝利的把握更確定，他發明了種種工具來武裝他自己，而藝術就是這些武器中最重要的一個。[49]

46劉吶鷗，〈中國電影描寫的深度問題〉，康來新、許秦蓁合編，《劉吶鷗全集——電影集》，頁 292～293。

47劉吶鷗，〈電影節奏論〉，《現代電影》第 6 期（1933 年 12 月 1 日）。

48劉吶鷗，〈開麥拉機構——位置角度機能論〉，《現代電影》第 7 期（1934 年 6 月 15 日）。

49穆時英，〈電影藝術防禦戰——斥掮著「社會主義的現實主義」的招牌者〉，上海《晨報》，1935

穆時英是如彗星般登場的文壇新感覺派新星，在小說上雖然受到劉吶鷗強烈的影響，但他被認為是個在技巧上超越劉吶鷗的作家。穆於 1934 年就任國民黨的圖書雜誌審查委員會委員，與劉同樣被視為「御用文人」。不過新感覺派被認為向來不太寫舊有理論的內容，對於社會問題、人生問題、思想啟蒙等其他流派關心的論點也經常性的保持距離。[50]而李今認為，有關與政治、社會問題保持距離的新感覺派作家之中，穆時英會提出藝術的究極使命這樣的問題，他舉出 1935 年後穆時英的論調明顯顯示出抗戰的熱情與鬥志為例，可看出帝國主義侵略導致中國亡國危機的現實，使得穆的文藝觀產生變化。[51]在抗戰熱情與鬥志的有無這一點上，穆時英與劉吶鷗的電影觀有著決定性的差異。

那麼，認為「影片藝術是以表現一切人間的生活形式和內容而訴諸人們的感情為目的」，「創造的藝術家決不能放棄了形式上好像隸屬於偏頗性藝術的活潑『葛藤的形成』——劇情，這生命要素」的劉吶鷗，對他來說，藉由該技術應表現出的「內容」與「劇情」究竟為何呢？在劉吶鷗的電影理論中並未明確說明。不過，在開始書寫小說及電影理論之前，劉吶鷗在寫給友人戴望舒的信中，對於德國電影 *A Waltzes Dream* 提出有關「內容的近代主義」相關意見，似乎給了我們一些線索。也就是指「在我們現代人，Romance 就未免緣稍遠了」，「可是我們卻有 thrill，carnal intoxication。這就是我說的近代主義」[52]這段話。從這裡不就可以看出，對於戰慄與肉慾的陶醉，正是「我們現代人」應該表現的「內容」與「劇情」。

年 8 月 29 日。轉引自李今，《海派小說與現代都市文化》，頁 205。

[50]李今，《海派小說與現代都市文化》，頁 207。

[51]同前註，頁 208。

[52]〈1926 年 11 月 10 日，劉吶鷗給戴望舒的信〉，孔令境編，《現代作家書簡》（上海：生活書店，1936 年），頁 266～267。

三、劉吶鷗電影論形成的背景

在掌握當時中國電影相關理論中劉吶鷗電影論所占有的地位與其特徵後，接著就來探討他的初期電影論（1928 年〈影戲漫想〉）、後期電影論（1932 年〈影片藝術論〉之後）的形成背景。

首先，讓我們著眼於初期電影論與後期電影論的差異。1928 年《無軌列車》雜誌上，有關電影的短篇〈影戲漫想〉（筆名為夢舟、葛莫美），並沒有 1932 年之後的電影論中常見的理論性試驗。反而在電影成為分析或理論的對象之前，直接的述說電影吸引劉吶鷗的魅力所在。

> 把文字丟了一邊，拿光線和陰影，直線和角度，立體和運動來在詩的世界飛翔，這是前世紀的詩人所預想不到。這是建在光學和幾何學上的視覺的詩，影戲藝術家是否有占將來的大詩人的地位的可能性的。[53]

從這篇短文中，大概可以預知劉吶鷗將從文學界轉移至電影界，但此時劉吶鷗在電影論上，還停留在門外漢的階段（例如：將卓別林與穆瑙當作純粹電影論者）。[54]首先，讓我們試著來思考看看，在 1928 年這個時間點的電影論是如何形成的。

谷崎潤一郎、橫光利一對電影的關心與劉吶鷗的初期電影論

劉吶鷗雖是個除了中文（福建省南部的地方語言是定居臺灣者獨自形成的「臺灣話」以及標準北京話和上海話）之外，還懂得日文、英文、法文的多語言人才，但在讀過 1927 年的日記後了解到，他最大的情報獲取來源卻是日本的文藝雜誌。在該年 12 月 27 日的日記上，記錄了他在內山書店一起買了《改造》、《文藝春秋》、《中央公論》，以及《映畫時代》、《築地

[53]劉吶鷗，〈影戲漫想〉，《無軌列車》第 4 期（1928 年 10 月 25 日）。後收錄於康來新、許秦蓁合編，《劉吶鷗全集——電影集》，頁 248。
[54]劉吶鷗，〈影戲漫想〉，《無軌列車》第 5 期（1928 年 11 月 10 日）。後收錄於康來新、許秦蓁合編，《劉吶鷗全集——電影集》，頁 253。

小劇場》等電影及戲劇的專門雜誌新年號。在日記中，還可以看到《婦人公論》、《新潮》等日本雜誌的記事。有關作家方面，也常提及橫光利一還有谷崎潤一郎、芥川龍之介、佐藤春夫等人。[55]在施蟄存的回憶錄中，記錄了劉吶鷗帶了很多日本出版的文藝新書回到上海，當中有橫光利一、川端康成、谷崎潤一郎等人的小說，還有未來派、表現派、超現實派的相關書籍，以及包含唯物史觀的文藝理論著作等。[56]

如眾所知，在日記和施蟄存的回憶錄中都提及的橫光利一、谷崎潤一郎是在當時的日本文壇中，明顯對電影有強烈關心的作家，也有很多的先行研究。[57]

劉吶鷗從青山學院高中部畢業的 1926 年，橫光利一製作了他參與成立的「新感覺派映畫聯盟」的第一部作品，無字幕的實驗電影《瘋狂的一頁》（『狂った一頁』，衣笠貞之介導演；川端康成編劇），震撼了電影界與文壇。

另一方面，谷崎潤一郎則被評論為「1910 年代到 20 年代的作家之中，對電影的關心與發言最熱心的，應該就是谷崎潤一郎吧」，[58]是個連自己都承認是「熱心的活動愛好者」[59]的人物。1920 年 5 月就任大正活映的編劇部顧問，參與了《業餘俱樂部》（『アマチュア倶楽部』，Thomas 栗原導演，1920 年）的製作。[60]著有將對電影女演員異樣的偏袒穿插其中的小

[55]斎藤敏康，「蘇る漂泊のモダニスト—『劉吶鴎全集』（全 5 巻）を評す—」（〈重生漂泊的現代主義——《劉吶鷗全集》（全 5 卷）評論〉）『立命館経済学』第 308 号（2003 年 12 月），pp.397-426。

[56]施蟄存，〈最後一個老朋友——馮雪峰〉，《新文學史料》第 2 期（1983 年）。

[57]有關橫光利一與電影的關係，本稿也有參考十重田裕一著作的各篇論文（註 63、82、84、89 ），谷崎潤一郎與電影的關係除了千葉伸夫『映画と谷崎』（《電影與谷崎》）（東京：青蛙房，1989 年）外，還有本稿參考的紅野敏郎（註 58）、永榮啓伸（註 60）、関礼子（註 69）等多數的論著。

[58]紅野敏郎，「1910、1920 年代作家と日本映画—谷崎潤一郎の発言を中心に—」（〈1910、1920 年代作家與日本電影——以谷崎潤一郎的發言為中心〉）『國文学』第 28 巻第 10 号（1983 年 8 月），pp.48-51。

[59]谷崎潤一郎，「活動写真の現在及び未来」（〈活動照片的現在及未來〉）（『新小説』1917 年 9 月号）『谷崎潤一郎全集 20』（東京：中央公論社，1982 年），p.13。

[60]永榮啓伸，「谷崎潤一郎と映画について——全集未収録逸文を中心に」（〈關於谷崎潤一郎與電影——以全集未收錄逸文為主題〉）『皇學館論叢』第 21 巻第 2 号（1988 年），p.26。

說〈青池氏的故事〉(「青池氏の話」『改造』第 8～9 月号、11～12 月号，1926 年)，在劉吶鷗的日記中還針對刊載於雜誌的谷崎小說〈富美子之足〉(「冨美子の足」) 寫下「很是有味，看完的時候，神經跳動不能合眼」(3 月 24 日)，還有「谷崎氏的劇論真有趣，不是饒，是利舌」(11 月 4 日)，從這些紀錄當中可看出劉吶鷗對谷崎相當的傾倒。谷崎與中國也有深刻的關係，劉吶鷗前往上海的 1926 年，谷崎在雜誌上發表了〈上海見聞錄〉、〈上海交遊記〉，生動的描寫與歐陽予倩、郭沫若等文化人的交流，還特別到電影院觀看剛認識不久的任矜萍所導演的作品《新人的家庭》(1925 年)，還記載了最照顧他的田漢表示，「看到了演出《業餘俱樂部》的谷崎」等事項。[61]1920 年代在日本談論到中國電影的，除了谷崎之外，中河與一及吉行榮助等「大部分都是文學家的作品」。[62]這也是上述的日本文學家當中上海風潮成為時代背景的緣故。仔細觀察劉吶鷗的讀書傾向，他初期對電影的關心（甚至對上海的關心），或許就是受到上述橫光與谷崎對電影的關心所影響也說不定。

劉吶鷗在前期電影論與後期電影論中都有甚高評價的是德國表現主義的電影導演 Friedrich Wilhelm Murnau。而他於 1920 年就讀青山學院時，橫光與谷崎等文學家給予高度評價的就是《卡里加里博士的小屋》(*Das Kabinett des Doktor Caligari*，羅伯特・威恩〔Robert Wiene〕導演，1919 年。1921 年於日本上映，也就是劉吶鷗進入青山學院的第二年）等德國表現主義的電影。谷崎有寫下〈觀看《卡里加里博士的小屋》〉(『時事新報』1921 年 5 月，『活動雜誌』1921 年 8 月号)，橫光參與成立的「新感覺派電影聯盟」首次製作的《瘋狂的一頁》，其主題與拍攝手法上，都受到了《卡里加里博士的小屋》與《最後一笑》(*Der Letzte Mann*)(F.W. Murnau 導演，1924 年）強烈的刺激。且該作品完成時，提案以「純粹電影」般無字

[61]谷崎潤一郎，「上海見聞録」(『文藝春秋』1926 年 5 月号)、「上海交遊記」(『女性』1926 年 5、6、8 月号)『谷崎潤一郎全集 10』(東京：中央公論社，1982 年)，pp.533-598。
[62]晏妮，『戦時日中映画交渉史』(《戰時日中電影交涉史》)(東京：岩波書店，2010 年)，p.13。

幕上映的也是橫光。[63]

此外，閱讀劉吶鷗在日記中稱讚不已的谷崎劇論，發現劉吶鷗電影論多處與谷崎呼應。即「我想說的是，戲曲本位、內容本位的戲劇總而言之就是一種夢想，若無法實現的話，不如屈就於形式本位、演員本位即可。……即使在演員某一瞬間的表情、眼神、姿態中，都有如在觀看優美的繪畫或雕刻般，能夠從中汲取不滅的美感。形式上的美可以到這種程度的話，就與內容上的美是沒有差別的」，「說是去看戲，也是去看原始的美少年、美少女。——真要說的話，至少我就是這樣的」。[64]這一段話，以及在劉吶鷗初期電影論的〈影戲漫想〉（1928 年）中「電影和女性美」的下面這一段話，不只在內容上，連表現方式都讓人感受到其影響關係，這一點十分有意思。「然而在電影院裡最有魅力的卻是在閃爍的銀幕上出出沒沒的豔麗的女性的影像。悲哀的眼睛，微笑的眼睛，怨憤時的眉毛，說話時的嘴唇，風吹時的頭髮，被真珠咬著的頸部，藏著溫柔的高聳的胸膛，纖細的腰線，圓形的肚子，像觸著玫瑰的花瓣的感覺一樣地柔軟的肢體和牠的運動，穿著鴿子一樣的小高跟鞋的足，銀幕是女性美的發見者，是女性美的解剖台。」[65]

除此之外，張新民也明確指出，劉吶鷗的劇本《永遠的微笑》的原著，是改編泉鏡花的〈瀑布的白絹物語〉（「瀧の白糸物語」）的電影《瀑布的白絹》（『瀧の白糸』），[66]而谷崎在〈電影雜感〉（「映画雑感」『新小説』1921 年 3 月号）中就寫道「他大部分的作品甚至讓人覺得，從一開始就不應該寫成小說，而是應該拍成電影」，舉出最適合拍成電影的小說是泉鏡花的作品，這一點也十分有趣。[67]只有這幾樣證據就說劉吶鷗會選擇泉鏡花作

[63]十重田裕一，「『新感覚派映画連盟』と横光利一」（〈「新感覺派電影聯盟」與橫光利一〉）『国文学研究』第 127 号（早稲田大学国文学会），pp.33-44。
[64]谷崎潤一郎，「饒舌録」（『改造』1927 年 2 月～12 月号）『谷崎潤一郎全集 20』，pp.153-155。
[65]劉吶鷗，〈影戲漫想〉，康來新、許秦蓁合編，《劉吶鷗全集——電影集》，頁 248～249。
[66]張新民，「劉吶鴎の『永遠的微笑』について」（〈關於劉吶鷗《永遠的微笑》〉）『人文研究』第 54 卷第 4 分冊（大阪市立大學研究所文學研究科紀要，2003 年），頁 35～55。
[67]接著，谷崎還在該文章中繼續這樣寫道：「電影簡直就是人類以機械製造出來的夢……，隨著科

為題材是因為受到谷崎的影響，或許有點言過其實，不過至少這是其中一個例子，可以證明劉吶鷗與谷崎在電影題材上的喜好是十分接近的。

藉由以上的檢討應可發現，劉吶鷗在初期電影論的形成過程中，不論是有意識還是無意識的，多少都有受到他喜愛的橫光、谷崎的電影論、藝術論的影響（有關橫光的影響，之後會作更詳細的說明）。

1930 年日本「Montage 理論」的流行與劉吶鷗的後期電影論

如此說來，1932 年《電影周報》〈影片藝術論〉（筆名：吶鷗）所介紹的最新電影理論，劉吶鷗是如何學習到的，又是如何展開擁有強大影響力，讓周圍電影人都無法忽視的電影論呢？換句話來說，從 1928 年的〈影戲漫想〉（筆名：夢舟、葛莫美）到 1932 年〈影片藝術論〉（筆名：吶鷗）之間的變化，究竟起因為何呢？

1927 年日記中劉吶鷗的讀書偏好，他翻譯的 Friche, Vladimir Maksimovich《藝術社會學》也是以昇曙夢的日文譯本（譯稿於雜誌刊出為 1927 年 6 月號～1929 年 7 月號，單行本為 1930 年 3 月出版）為原稿，因此與小說創作、翻譯相同，有關電影理論，筆者推測劉吶鷗的情報來源應該也是日本雜誌。

關於這一點，以下兩點看來重要。第一，劉吶鷗致力於藝術論翻譯的 1930 年，在日本的評論界「Montage 理論」可說是風靡一時。山本喜久男引用〈1930 年的日本電影評論界〉（赤石修三，『映画評論』〔電影評論〕1930 年 12 月号），描寫評論界「Montage 理論大為風靡」。[68]並且「Montage」此用語，在當時被當作某種「藝術構成力」，亦即是「包含美術、音樂及文學等廣泛領域皆能使用的文化理論用語」。[69]關心文學與藝

學的進步與人類智慧的發達……終於能製造出夢了」。劉吶鷗的「電影——牠是藝術的感覺和科學的理智的融合所產生的『運動的藝術』。」“Ecranesque”，《現代電影》第 2 期（1933 年 4 月）中也有同樣的敘述。

[68]山本喜久男，『日本映画における外国映画の影響』（《外國電影對日本電影的影響》）（東京：早稲田大學出版部，1983 年），p.187。

[69]関礼子，「谷崎潤一郎と映画（シネマ）——1930 年前後」（〈谷崎潤一郎與電影——1930 年前後〉）『亜細亜大学学術文化紀要』第 10 号（2006 年），pp.145-164。原仁司，「前衛としての

術，在尋找翻譯對象時習慣閱讀日本書籍雜誌的劉吶鷗，應該會注意到這些日本評論界的動向。第二，同樣在 1930 年，魯迅發表了翻譯岩崎昶的〈被作為宣傳、煽動手段的電影〉（「宣伝・扇動手段としての映画」『新興芸術』1～2 月号，1929 年 10～11 月）的中文譯稿〈現代電影與有產階級〉（《萌芽月刊》第 1 卷第 3 期，1930 年 3 月），[70]帶給中國電影界不小衝擊。中國的電影人塵無（王塵無）在上海《時報》的「電影時報」副刊中以〈電影在蘇聯〉介紹列寧的發言也是在 1932 年 6 月，介紹「Montage 理論」的劉吶鷗〈影片藝術論〉也是從 1932 年 7 月 1 日開始連載，夏衍與鄭伯奇用筆名翻譯普多夫金的《電影導演論》、《電影腳本論》，也是從 1932 年 7 月 28 日開始連載於《晨報》副刊「每日電影」，因此不難想像魯迅翻譯中介紹的左派觀點電影論在當時又新鮮又有吸引力。

總而言之，一方面透過日本雜誌書籍了解日本最新電影理論潮流，另一方面這些「新興」電影論透過魯迅的翻譯在中國也受到注意的事實，就是讓原本對電影有興趣的劉吶鷗，超越文學家電影論的範疇且更加接近包含技術論甚至專業電影理論的契機。

那麼，在意識到以上幾點後再來看看日本的電影雜誌與書籍，便能確認到，代表 Montage 理論的蘇聯與歐洲的新電影理論原來在 1930 年前後，就如怒濤般被介紹到了日本。根據岩本憲兒所述，最初將 Montage 理論介紹到日本的，是在 1928 年翻譯謝苗・鐵木辛哥（Semen Timoshenko）論文的岩崎昶。[71]此外，在該年法國人 Léon Moussinac 著作的〈蘇聯・俄羅斯的電影〉（「ソヴィエト・ロシヤの映画」，內容提及愛森斯坦、普多夫金、維爾托夫等人）也由飯島正翻譯，在雜誌《キネマ旬報》上連載。隔年

『探偵小説』——あるいは太宰治と表現主義芸術」（〈前衛的《偵探小說》——太宰治與表現主義藝術〉）吉田司雄編『探偵小説と日本近代』（《偵探小說與日本近代》）（東京：青弓社，2004 年 3 月），pp.38-78。

[70]竹内好，「現代映画とブルジョワ階級——譯者付記」（〈現代電影與資本階級——譯者附記〉）魯迅著、竹内好翻訳『魯迅文集 4』文庫版（東京：筑摩書房，1991 年），p.415。

[71]岩本憲兒，「日本におけるモンタージュ理論の紹介」（〈日本 Montage 理論的介紹〉）『比較文学年誌』第 10 号（早稲田大学比較文学研究室，1974 年 3 月），pp.67-85。

1929 年，普多夫金的〈關於 Montage〉(「モンタアジュに就て」) 由波多野三夫在雜誌《電影評論》(『映画評論』) 上翻譯介紹，[72]〈維爾托夫電影論〉(「ヴェルトフの映画論」) 則是由板垣鷹穗在雜誌《新興藝術》上 (1929 年 2 號，與魯迅翻譯的岩崎昶論文〈被作為宣傳、煽動手法的電影〉後編刊載於同一冊) 介紹。[73]此外，同期還有愛森斯坦的電影與論文也陸續被介紹到日本。[74]接著，到了 1930 年，普多夫金的《電影導演與電影腳本論》(佐佐木能理男譯，『映画監督と映画脚本論』，往來社，1930 年)、Léon Moussinac 的《蘇聯・俄羅斯的電影》(飯島正譯，『ソヴィエト・ロシヤの映画』，往來社，1930 年) 發行單行本。岩崎昶的《電影藝術史》(『映画芸術史』，世界社，1930 年) 中，如前所述他所翻譯的謝苗・鐵木辛哥論文在刊載於雜誌上時篇名由〈電影藝術與剪輯〉(「映画芸術とカッティング」) 改為〈電影藝術與 Montage〉(「映画芸術とモンタージュ」) (也就是說，雜誌最初刊載時，Montage 這一用語尚未普及)。且岩崎昶的《電影藝術史》這類的書籍被作為「普及版」再版並且大賣此事，是與作者本身的「預期相反」的現象，這可說是以 Montage 理論為首的「新興」藝術論廣泛受到讀者關心的佐證。

劉吶鷗電影理論的「Montage＝織接」

如上所述，以日本對新電影理論關心升高為前提，讓我們重新審視劉吶鷗〈影片藝術論〉的構成。那就是 1.影片藝術的定義；2.織接 (Montage)，影片的生命要素；3.關於「照相的」和「影戲的」；4.影戲眼 (Ciné-oeil)；5.影片的純粹性，絕對性；6.絕對影片、純粹影片的作者，作例；7.文學的要素和字幕問題等七個主題。在此可注意到，1930 年達到最高峰於日本登場的最新電影理論，幾乎都包含在這七個主題內。

而且，在〈電影節奏論〉(《現代電影》第 6 期，1933 年 12 月 1 日)

---

[72]同前註。

[73]岩本憲兒，『ロシア・アヴァンギャルドの映画と演劇』(《俄羅斯・前衛的電影與藝術》) (東京：水聲社，1998 年)，p.332。

[74]岩本憲兒，「日本におけるモンタージュ理論の紹介」『比較文学年誌』第 10 号，pp.67-85。

的敘述中，也有幾個要點，讓人感受到被介紹至日本的電影理論其影響關係。就是說，關於電影的節奏，引用了雷尼克萊爾（Rene Clair）與 Léon Moussinac 的論點，[75]雷尼克萊爾舉出的三項要點在飯島正的《CINEMA 的 ABC》（厚生閣書店，1928 年，頁 6）中，Léon Moussinac 舉出的兩種節奏在飯島正〈電影的 Montage〉（「映画のモンタアジュ」『新興芸術』第 4 号，1930 年 1 月）中，以及 Léon Moussinac 著，飯島正譯《蘇聯・俄羅斯的電影》（往來社，1930 年）中的〈是節奏還是死〉（「リズムか死か」）當中，都有被翻譯介紹。

〈電影節奏論〉中，接續上述的引用，還有以下的補充。也就是「其餘如 Clair 和 Moussinac 所未提及的畫面內的光量變化（表示時辰，或時間經過），背景移動（跟鏡頭）以外的角度變化（搖鏡俯角仰角）是與內的節奏有關的，而開麥拉的位置（即攝影距離）的轉換（Cut-montage 接續法）之如何，均與外的節奏相關的」。[76]

在這裡雖然沒有說明這個補充之來源，其內容可看出是從鐵木辛哥的論文〈電影藝術與 Montage〉（岩崎昶譯，《電影藝術史》，1930 年）第五章「Montage 的節奏與其研究方法」所述以下部分得到構想的。

> 電影藝術的場合中，藉由織接，可以看到三種運動。
>
> 1.不斷地變化且接續下去的電影時間運動；
>
> 2.空間的變化（攝影角度等）；
>
> 3.畫面中的空間運動。
>
> 於是，Montage 的節奏以各種長度、性質、強度、運動來表現。
>
> 1.畫面的長度（米數）；
>
> 2.空間的變化（攝影位置）；
>
> 3.視覺現象的質的變化（相接續畫面的運動變化）。

---

[75]劉吶鷗，〈電影節奏簡論〉，康來新、許秦蓁合編，《劉吶鷗全集——電影集》，頁 306～312。
[76]同前註，頁 309。

如此一來便能訂出最初 Montage 運動節奏的規則。其節奏延著三條線前進。時間變化的線，強度與空間變化的線，以及運動性質變化的線。[77]

鐵木辛哥接著舉出有關節奏的圖表，在第二章圖描述「注意點（accent）的變化、強度的變化、攝影位置的變化」。（標點為引用者標示）

然而在〈電影節奏論〉中，接續先前的補充文，針對節奏作如下敘述：

方式是這樣：Duration × accent ＝ Rhythm。大約在一定的膠片長度內如果鏡頭的數目少（時間長，音調弱）的時候，全體的雰圍氣是靜的，而如果同長度內的鏡頭數多（Flash[78]等時間短，音調強）即影片的雰氣便變成動的，活潑，勁力的。（底線為引用者標示）

這裡有如算式的記述法十分引人注意，有關此記述法，佐佐元十的〈有聲電影論〉（「トーキー論」岩崎昶等人共編『プロレタリア映画の知識』〔《無產階級電影的知識》〕，內外社，1932 年 1 月，p.171）指出以下的記述法：

至今為止的有聲電影是
有聲電影＝畫面＋聲音
但是　有聲電影＝畫面×聲音　才是
我們真正的有聲電影之道……。

[77]謝苗・鐵木辛哥著、岩崎昶訳，「映画芸術とモンタージュ」（〈電影藝術與 Montage〉）『映画芸術史』（《電影藝術史》）（東京：世界社，1930 年），p.238。

[78]根據山本喜久男所述，「前 Montage 美學（蘇聯派）」有法國印象主義電影的「Flash 的普及」（『日本映画における外国映画の影響』，p.164）。所謂「Flash」，就是 cross-cutting、flashback 的同義語，稱為「律動的織接要素」（同前註）。此外，Moussinac 也展開這樣的論點「題材不應該只成為作品本身，而是要成為口號或是高度的視覺主題」（山本喜久男，『日本映画における外国映画の影響』，p.147）在此也特別附記。

綜合以上的觀察，可看出劉吶鷗就如織布般將多種不同電影理論作為經線、緯線來接線編織成他自己的電影理論。劉吶鷗〈電影節奏論〉在明示雷尼克萊爾與 Moussinac 的論點後，補充了他們所沒提到的論點。其補充內容雖沒有表示來源、應可推測從鐵木辛哥而來。再來將之以與佐佐元十（論述有聲電影而非節奏）相同的算式記述。[79]這當然可以當作是偶然的一致。不過，若去思考他們在時間與領域的接近性，「劉吶鷗完全沒有參考在日本被介紹的上述電影理論」，或者是「他所得到的電影理論知識完全都是由歐洲或蘇聯的雜誌與書籍中直接獲得」的這兩種可能性反而讓人覺得更低。

謝惠貞指出「劉吶鷗透過翻譯去意圖性的『改寫』，確立了他在中國新感覺派的地位」，從劉吶鷗第一篇短篇小說〈遊戲〉是橫光利一〈皮膚〉的「模仿品」，提出很有說服力的論點。[80]有關電影理論，劉吶鷗也是透過翻譯確立了自己專家的地位（無論原稿是哪一國語言），此事也是十分明確的。當然，這應該要將當時的政治情況也要考慮進去。例如，1930 年翻譯翻譯 Friche《藝術社會學》時有明確記載是以日文譯稿為原稿，1932 年之後的電影論卻沒有明確記載參考何種語言何種版本。

就算劉吶鷗參照日文譯稿得到的電影理論，有時沒有標示出處就「貼上」，並將之利用來建立自我權威，但當時的社會習慣對於標示出處一事，其實是十分消極的時代。中國電影最初的有聲電影之一《雨過天青》（1931 年），光是借用日本的有聲電影設備，「就遭到了電影界同業與觀眾的反感」。[81]此外，在中國代表性的電影史上，先前介紹了夏衍與鄭伯奇翻譯普多夫金作品一事，究竟其原稿是何種語言的版本也沒有紀錄。有關此事，

---

[79]連載於『新興芸術』的清水光一連的論文「映画と機械」（〈電影與機械〉）（1929 年，第 1 号）、「映画のリズムとモンタージュ」（〈電影的節奏與 Montage〉）（1930 年，5～6 合併号）等，與劉吶鷗論點也有很多重疊的部分。

[80]謝惠貞，「中国新感覚派の誕生——劉吶鴎による横光利一作品の翻訳と模作創造」（〈中國新感覺派的誕生——劉吶鷗對橫光利一作品的翻譯與模仿創造〉）『東方学』第 121 号（2011 年 1 月），pp.120-139。

[81]程季華主編，《中國電影發展史 1》，頁 165。

從夏衍就讀過明治專門學校與九州帝國大學，鄭伯奇就讀過京都帝國大學來看，左派電影人的普多夫金翻譯也可推測為是 1930 年發行的日文版書籍的再譯版。不過關於此事，他們似乎也沒有特別明講（至少在中華人民共和國的代表性電影史《中國電影發展史》中沒有記載此事）。即使在軟硬電影論戰時，管見所知，不論哪一方都不會去在乎是否有參考日本文獻，這也可能是因為兩方都有人參考日本文獻的緣故。

因此，即使如本稿推論劉吶鷗時常參考日文卻不標示出處來介紹最新的電影理論，應可說當時也有該時代的社會規範、自我審看的要求。就算因為不提示出處而被視為倫理上有問題，劉吶鷗的電影論在當時是藉由參考其他人所遙不可及的最新電影論才有可能形成的，如此將從中獲得的外國電影理論以中文翻譯介紹，對當時的中國來說的確是寶貴的情報，且劉吶鷗將外國帶回來的電影理論，應用在分析該時代的中國電影並展開獨自的理論，這些事實都是無法否定的。

基於以上幾點，多方面思考時代的規範並加以善意解釋的話，他想要嘗試的應該可以視為是要藉由電影理論的「織接=Montage」創造出符合中國電影的電影理論。

「形式主義文學論戰」與「軟硬電影論戰」

在此將不針對初期電影論與後期電影論的差異，而是針對共通點以及以上的檢討過程注意到的幾個重點再作附加說明。對「非政治的」發言位置以及「故事」的執著，對德國表現主義電影導演穆瑙的評價等，劉吶鷗的初期電影論與後期電影論共通之處（因為是同一人的電影論，這也是理所當然）可舉出很多。不過，此次透過各種文獻的比較檢討作業，重新發現到劉吶鷗在形成其電影觀（或藝術觀時），受到橫光利一很大的影響。以下以備忘錄，舉出幾個表現出影響關係的具體事例。

例如，在文學與電影的相似處上，劉吶鷗第一個舉出了字幕，第二個舉出了結構。有關第一的字幕視覺性提到了漢字是象形文字，而在日本比愛森斯坦論文翻譯更早提出表意文字的視覺性、電影性的，則是橫光利一等人。[82]此外，有關第二的結構，劉吶鷗提出文學上的結構就是電影上的Montage（織接），所謂電影就是「運動的藝術」。[83]有關這一點，橫光利一在座談會上也有提過「電影是透過鏡頭觀看物體運動的陳列」，[84]十重田裕一指出，橫光是以文學＝「文字的陳列」、電影＝「物體運動的陳列」的形式，以及兩者都有作為「物體」的類似性來加以定義。[85]此外，若想到橫光在〈新感覺派文學的研究〉（「新感覚派文学の研究」）（《文藝創作講座》，1928 年 12 月～1929 年 9 月）中敘述「所謂形式在文學上，就是擁有整頓作品結構節奏的詞彙之陳列」，[86]便可推測劉吶鷗的「所謂『電影造型』的根本要素除了時間上結構的『節奏』之外別無他物，並以此展開『電影節奏論』」的想法原點，其中就包含了橫光的文學論。

且劉吶鷗在軟硬電影論戰之後發表的電影論所包含的重要論點：「在一個藝術作品裡，它的『怎麼樣地描寫著』的問題常常是比它的『描寫著什麼』的問題重要的」[87]、「在 Censor 的怪眼下的暴露片，根本既沒有力量，加以技巧的不完熟描寫的不夠，當然是畸形兒不錯。……關於這主題或內容的問題現在不是討論的時候。」[88]（〈中國電影描寫的深度問題〉，《現代電影》第 3 期，1933 年 5 月），都可看出與橫光利一在「形式主義文學論戰」前後發表的言論內容十分相似。〈新感覺派文學的研究〉中，橫光要說

---

[82]十重田裕一，「1930 年前後の横光利一と映画」（〈1930 年前後的橫光利一與電影〉）『年刊・日本文學・第一集』（有精堂出版，1992 年），pp.163-183。

[83]「它之所以異於文學，就是把 Montage 即文學的構成定式化了的一點。……文學和影片在組織上簡直可稱為兄弟」（劉吶鷗，〈影片藝術論〉，《電影周報》〔1932 年〕，後收入康來新、許秦蓁合編，《劉吶鷗全集——電影集》，頁 278～279）。「電影——牠是藝術的感覺和科學的理智的融合所產生的『運動的藝術』。」（"Ecranesque"，《現代電影》第 2 期，1933 年 4 月）。

[84]「各人各題漫談会・第 70 回新潮合評会」（『新潮』，1929 年 5 月）裡橫光利一的發言。轉引自十重田裕一，「新感覚派の光と影」（〈新感覺派的光與影〉）『文学』（岩波書店編）第 3 卷第 6 号（2002 年 11～12 月），pp.129-130。

[85]十重田裕一，「新感覚派の光と影」（〈新感覺派的光與影〉）『文学』（岩波書店編）第 3 卷第 6 号，pp.123-132。

[86]横光利一，「新感覚派文学の研究」（〈新感覺派文學的研究〉）《定本・横光利一全集 14》（東京：河出書房新社，1982 年），p.337。

[87]劉吶鷗，〈中國電影描寫的深度問題〉，康來新、許秦蓁合編，《劉吶鷗全集——電影集》，頁 285。

[88]同前註，頁 292～293。

明自己的立場，卻引用了犬養健的〈形式主義文學論的修正〉，其中定義內容主義與形式主義並非互相矛盾，而是某種階段論，這點十分值得注意。且橫光本身除了完全接納犬養的修正，針對「『內容決定形式』此一主張是將『藝術理論一般的原則性關係』視為問題」，言明後者是「製作行動——製作過程上的方法論原則」。從這裡可以看出，劉吶鷗在軟硬電影論戰中，與兩陣營都保持一定距離的其中一個理由。換句話來說，橫光以馬克思主義文學者為對手，將「言語的唯物性以及文學上表現形式的重視性作為新感覺派的主張」[89]所展開的「形式主義論戰」，不只在劉吶鷗的文學作品，甚至在電影論，特別是他在軟硬電影論戰中，以左派電影人及國民黨觀念學派為對手展開自己的論調時，應該都是他十分重要的參考點。

結論

本稿中，整理了劉吶鷗電影論在當時的中國所占有的地位，更將初期電影論與後期電影論不同之處的形成背景，與日本電影理論動向的關係加以檢討。

最後了解到，劉吶鷗的後期電影論登場時，不論是共產黨領導下的左派電影人，或是國民黨派系的知識分子，因為電影被當作政治利用的工具，包含電影獨自表現技術的議論都停滯不前。所以，劉吶鷗的電影論，可說是帶有衝擊性與能讓人接納的本質。更可以確認到，在軟硬電影論戰中，軟性電影論者並不團結，劉吶鷗的電影論，與黃嘉謨的電影論伴隨情緒性的反左派論調，穆時英的電影論帶有「抗戰的熱情」完全不同，是以完全技術論為中心，冷靜且「非政治的」理論。

接著，將重點放在他初期電影論（1928 年）與後期電影論（1932 年～）的差異，並檢討其各自的背景。相對於初期電影論可以視為受到橫光

[89]十重田裕一，「新感覚派の光と影」『文学』第 3 卷第 6 号。在該文中十重田指出，橫光的小說《上海》、《機械》有個「特徵就是，從馬克思主義文學的思想與電影表現形式之間的糾葛與緊張關係之中產生的」。

與谷崎等日本文學家電影論的影響，後期電影論則有可能是受到 1930 年前後，包含 Montage 理論等新興電影理論在日本流行的影響。

也就是說，劉吶鷗的電影理論先是受到橫光與谷崎等文學家的刺激，於 1930 年前後興起的「Montage 理論」之流行，則使他開始涉獵更專門的電影理論，形成後來在中國電影言論界無法忽視的後期電影論。總之，初期與後期的電影論並非毫無關係，後期電影論是形成於初期電影論之上。即使在後期電影論中，其基本的藝術觀，仍被認為難以脫離橫光文學論的影響。因為劉吶鷗展開軟硬電影論戰的論點中，有十分明顯的跡象是參考數年前在日本文壇，橫光以馬克思主義文學家為對手所展開的「形式主義文學論戰」的論點。

因此，在此需要重新確認的是，即使劉吶鷗將翻譯戰略（以現在的基準來看或許倫理上含有問題）性的應用在建構自己電影論的權威，不能否定他介紹電影理論的事實，其廣泛性、先見性，以及如「織接（Montage）電影理論」般的手法，將當時世界上最新的電影理論適用於中國電影，摸索獨自的電影理論。

在本稿的最後，要在戰後電影理論史研究的脈絡中，重新定義具備上述特徵的劉吶鷗電影論。

根據整理分析過 1945 到 1995 年間電影理論的 F. Casetti 所述，第二次大戰後開始刊行的喬治薩杜爾的《世界電影全史》成為「劃時代的大里程碑」，使得電影理論專門化。更將 1990 年代為止的電影理論流派分作三個類型展開。也就是分為：1. ontological theories 存在論的理論；2. methodological theories 方法論的理論；3. field theories 專業領域的理論。F. Casetti 對於將電影當作言語的研究方式之出現，視為存在論的理論轉移至方法論的理論，[90]並將女權運動電影理論歸類為專業領域的理論之一。另一方面，齋藤綾子也認為，電影理論的類型從作家主義轉移至結構主義、文獻論的

[90]Francesco Casetti, *Theories of cinema, 1945-1995*. (Austin: University of Texas Press, 1999), p.55.

分析，是在 1960 年代，而電影評論在展開至古典美學體系無法統合的脈絡時，為電影理論凸顯其特徵的就是語言學、記號論、精神分析與女權運動。[91]而且，雖然 1970 年代以結構主義、記號論、精神分析、女權運動作為理論範本的意識形態分析及文獻分析是主流，但從 1980 年代到 1990 年代之間，主流從「劇情、裝置、意識形態」變成「人種、性別、文化」，再度發生類型變換。其背景是，以後現代主義、後殖民主義、後女權主義、多文化主義等觀點重新審視在那之前的理論體系的動作，1970 年代的議論則批判，沒有考慮到電影此媒體的社會、經濟、歷史面，文獻的解讀其實是有限的。齋藤綾子將此類型變換視為「從統合、單一的理論體系到『差異』的理論體系」的變換，有關這一點，F. Casetti 也舉出「方法論的理論」與「專業領域的理論」的差異之一，就是焦點的知識與跨領域的知識的差別。[92]

不過在 20 世紀末期，逐漸出現了指摘上述電影研究中「理論性研究方式」有其限度的聲音。這當中，所謂電影體驗的誘惑，並無法縮減為過去 20 年間「認真」而「學術性」的理論家分析出來的意義或意識形態，「不是應該有直接訴求身體的誘惑和暴力的情緒嗎？」這樣的疑問從一開始便存在著。Steven Shaviro 曾如此說過：「電影既不應該被讚揚為集合幻想的媒體，也不應該被當作意識形態神秘化的構造而被逃避。反而應該被讚揚，是為了強化更新消極與拋棄的經驗（experience of passivity and abjection）的技術」。[93]也就是說，這裡被注意到的，並非把電影當作文獻去解讀的主體性與積極性，而是被電影誘惑奪去思考的認知機械性與消極性。而在文學或其他領域，比起這些更能帶給讀者強力震撼衝擊的類別，則舉出了情色與恐怖題材。

[91]齋藤綾子，「フェミニズム　解説」(〈女權運動・解説〉) 岩本憲兒・齋藤綾子・武田潔編『「新」映画理論集成 1 歴史・人種・ジェンダー』(《「新」電影理論集成 1 歷史・人種・性別》)(FILMART 社)，pp.120-125。

[92]Francesco Casetti, *Theories of cinema, 1945-1995*, pp.16-17.

[93]Steven Shaviro, *The Cinematic Body*, (Minneapolice: The University of Minnesota, 1933), p.65.

抵抗「內容」的「形式」優勢，「同化為被觀察物」的製作態度，排斥意識形態，肯定「對戰慄與肉慾的陶醉」的劉吶鷗電影理論，在「認真的學術性電影理論」被提出疑問的今日，應該有必要重新檢討其影響範圍。

——本文發表於「璀燦波光——2011 劉吶鷗國際研討會」
國立臺灣文學館、中央大學主辦，2011 年 10 月 9～10 日
——修改於 2014 年 9 月

從「無軌」到「歸鄉」
喜見劉吶鷗文學作品重現

◎黃武忠*

一

劉吶鷗是誰？

劉吶鷗在臺灣文壇一直是陌生的名字。直到文史蒐藏家秦賢次為文介紹，以及中央大學中文所研究生許秦蓁以劉吶鷗為研究對象，完成〈重讀臺灣人劉吶鷗——歷史與文化的互動考察〉碩士論文，才使劉吶鷗之名重現臺灣文壇，也使得劉吶鷗文藝生命轉折有了清楚的輪廓。

劉吶鷗，本名劉燦波，臺南柳營人，1905 年 9 月 22 日生，1940 年 9 月 3 日被暗殺遇害而死於上海，享年 35 歲。雖英年早逝，但在文學、電影發展上，卻已耕耘出重要的成績。

劉吶鷗 1912 年進入臺南鹽水港公學校，1918 年進入臺南長老教會中學校（今臺南長榮中學）就讀。兩年後轉往日本青山學院初等學部就讀三年級，經過兩年再進入高等學部，就讀英文科，於 1926 年畢業於青山學院。轉往中國大陸上海發展，介紹日本「新感覺派」文學思潮至中國，並先後開設「第一線書店」，創辦同人雜誌《無軌列車》；成立「水沫書店」，參與《新文藝》發行與編輯。翻譯日人橫光利一等人的小說《色情文化》，出版個人小說集《都市風景線》；拍攝、製作電影作品有《永遠的微笑》、《初戀》、《密電碼》等，並與電影事業夥伴黃嘉謨共同編輯具有「軟性電

*黃武忠（1950～2005），臺南人。文學評論家、散文家、小說家。發表文章時為文建會二處處長。

影理論」色彩的《現代電影》雜誌。在其短暫的生命中，對於中國文學與電影留下極其漂亮的「，」點。

二

回去吧！到溫暖的南國。

這句話是劉吶鷗於 1927 年 1 月 11 日在自己日記中的紀錄，也許是他當年在上海創業時的心靈寫照。劉吶鷗以一個殖民地臺灣人的身分，其國族認同難免尷尬，一方面以「南國」為「家」；另一方面又以「東瀛」為「國」，而為了自身的安全不被中國人排斥，逢人僅能以「福建人」自居。因此，中國作家施蟄存會說，劉吶鷗有著「三分之一上海人，三分之一臺灣人，三分之一日本人」的多元背景。

不只是劉吶鷗有這種身分尷尬的問題，幾乎日據時期前往中國發展的人都會遭遇相同的困境。筆者二十餘年前，在一場與王詩琅的訪談中，他就提到：當年許多前往中國內陸求學或工作的臺灣人，常會被中國人說你是日本人，而遭到排斥，甚至有生命危險；日本人又說你是中國人，而會加以欺壓。因此，通常面對中國人時，只能低調的自稱是廈門人。

處在這個時代的臺灣知識分子，心中未免有「亞細亞孤兒」的感觸，其心中之苦悶、焦慮與不安感，雖然事隔六、七十年，我們仍不難感受出他們當年的處境。因此，劉吶鷗及其同時代知識青年，走向「無軌」的世界，尋找跨越國族的理想。但是在面臨困阨之際，思鄉之情難免會從心海中升起，於是乎發出：「回去吧！到溫暖的南國」的感歎！

三

回來吧！南國有溫暖。

劉吶鷗在臺灣出生、就學，而後轉往東京留學，學業完成後遠赴上海發展，卻因故在上海遭暗殺。由於死因不明，加上政權轉換、政治敏感，家族刻意避談劉吶鷗生前的種種，使得劉吶鷗身世成謎。

而今，在其家人與友人的資料提供，以及許秦蓁的熱心收集與研究劉吶鷗的相關資料，使劉吶鷗的文學、電影發展軌跡，能清楚的再現臺灣文壇。為了讓更多讀者閱讀劉吶鷗，臺南縣文化局將出版《劉吶鷗全集》（包括《理論集》、《電影集》、《文學集》、《日記集》、《影像集》）。這可能是劉吶鷗未曾想過的事，但這個全集的確已經編印完成，且已付梓出版。

日據時期避居大陸，或至大陸就學，甚至困於淪陷區工作，及至大陸尋求事業發展的臺灣知識分子，在中國從事現代文學活動的人，除了劉吶鷗之外，應該還有不少人，如：王白淵、張我軍、張深切、王詩琅、賴顯穎、劉捷、施文杞、蘇維霖、許乃昌、賴和等人。我們應該追尋其行跡，收集更多資料，回歸臺灣文學史料典藏、整理、出版與研究之列。面對時代所造成的現象，我們應以更開闊的胸襟，說出：歡迎回來，南國溫暖無限。

——選自康來新、許秦蓁合編《劉吶鷗全集——電影集》
臺南：臺南縣文化局，2001 年 3 月

十年劉吶鷗（1997～2007）
以及，紀錄相關的人事物

◎許秦蓁

一直以來，我很想製作一份年表，把這十年來透過劉吶鷗所結識的人、事、物做一份完整的紀錄，藉以表達感謝之意。

1997 年：康來新老師、孫遜老師

1997 年，碩一上學期進入尾聲。

某次結束「紅學研究」課程之後，為了想要拜康老師為師，尾隨康老師到研究室裡詳談細節，當時我已經「有備而來」，事先想好了研究方向，希望能以 1990 年代「平凡女性人物傳記」為主題寫碩士論文，康老師一聽到與「女性」有關，便告訴我，在「臺灣人」劉吶鷗 1930 年代的小說創作裡，出現了比 1990 年代更前衛的女性，問我有沒有興趣做這方面的議題。

雖然讀過現代文學史，卻對劉吶鷗這位作家一無所知，我想當時自己露出困惑的表情了吧！「我沒聽過劉吶鷗耶！」我誠實的告訴康老師。

康老師表示自己對此人所知亦有限，所以才會希望下一位來找她指導現代文學研究的研究生可以做這個題目，況且康老師認為「北有許地山，南有劉吶鷗」，韻如學姐才剛完成許地山研究，所以她希望劉吶鷗研究可以是下一個有臺灣觀點的碩士論文，接著，康老師拿出李歐梵編選的《新感覺派小說選》，請我回去閱讀，看看是否喜歡劉吶鷗的小說，再決定是不是接受這個題目。

在這本選集之中，收錄了劉吶鷗的三篇短篇小說──〈熱情之骨〉、

〈遊戲〉、〈兩個時間的不感症者〉。

回到家之後，我來回反覆的讀這三篇小說，心中感到最納悶的是，劉吶鷗在小說中不流暢且時空跳脫的文字，和我的閱讀經驗大相逕庭。過程中，我不斷的問自己「喜歡」嗎？

在〈熱情之骨〉中，玲玉在濃情密意之時，忽然以一句「給我五百元好嗎？」讓熱情的法國男人瞬間降溫；而〈遊戲〉裡的女主角，在確定選擇了物質取向的愛情之前，竟將自己的貞操獻給初戀的步青，離去前，還不忘一句鼓勵：「忘記了吧！我們愉快地相愛，愉快地分別了不好嗎？」至於〈兩個時間的不感症者〉裡的女主角，更是爆出驚人之語：「啊，真是小孩。誰叫你這樣手足魯鈍。什麼吃冰淇淋啦散步啦，一大堆囉唆。你知道 Love-making 是應該在汽車上風裡幹的嗎？郊外是有綠蔭的呵。我還未曾跟一個 gentleman 一塊兒過過三個鐘頭以上呢。這是破例呵。」

在當時，「一夜情」、「車床族」這些「新新人類」的「新興名詞」才剛剛出現，我們卻在劉吶鷗 1928 至 1930 年的小說創作裡，找到了這些足以登上新聞頭版的「豪放女」，驚訝之餘，也很好奇劉吶鷗是一個什麼樣的作家。

我想我沒有考慮太久，很快的我就告訴康老師，願意做這個題目。

升碩二的暑假，為了分享我們的「紅樓夢報告」，我和嘉雯先到北京再到上海，此趟上海行，讓我開始實際去感受劉吶鷗筆下的上海，僅能依靠一張上海地圖摸索這個城市，一次的誤打誤撞，我們走到了淮海路，沿路盡是歐風小洋樓與法式梧桐的奇妙組合，悠閒的漫步讓我們也體驗到老上海的法式步調，雖然此行只是走馬看花的短暫旅程，卻讓我發現了一種獨特的、新奇的城市巡禮，並且深受這種城市漫遊所吸引。

此次上海初體驗之行，就在即將畫下美麗句點的時候，意外卻發生了，在返臺前一天，我因食物中毒而到上海第六人民醫院掛急診，全程由上海師大文學院孫遜院長協助與照顧，隔日才得以順利搭機返臺，即使如此，對於「上海」這個城市，我仍充滿高度的好奇與探險的信心。

同年年底，上海學林出版社出版了一套「海派小說長廊」叢書，而《劉吶鷗小說全編》是其中一本。

1998 年：秦賢次老師、林建享、薛慧玲、蔡登山老師、陳子善先生、施蟄存先生、柯靈先生、黃仁老師、劉漢中教授、劉玉都女士

確定了一個完全沒有把握的題目，我所能找到的中國現代文學史叢書，對於劉吶鷗的描述，往往只是「兩行」帶過，劉吶鷗被寫進現代文學史的形式大同小異如：「劉吶鷗（1900～1939），本名劉燦波，臺南人，自小在日本長大，日本慶應大學畢業，小說集《都市風景線》，創作手法形式重於內容……」資料少還無所謂，可怕的是，短短兩行描述，就有三、四個錯誤的描述，像是：劉吶鷗出生於 1905 年，卒於 1940 年，劉吶鷗自 1920 年才到日本留學，而且念的是東京青山學院，並不是慶應大學，此外，一些沒有根據的描述，還包括「劉吶鷗的母親是日本人」的說法，這種「傳抄」甚至誤導了整個大陸的劉吶鷗研究，這樣的狀況歷經十來年，直到現在，還有這些錯誤資訊的流傳。

心虛的我，明明知道自己必須「無中生有」，還是得硬著頭皮往前走，很慶幸的，1998 年是最關鍵的一年，我遇上了幾盞指引我繼續前進的明燈，預計三月底利用春假到上海蒐集資料之前，發生了幾件改變整個局面的事情。

首先，康老師為我寫了一封推薦信，傳真給當時還在「明台產物」服務的秦賢次老師，秦老師非常慷慨且大方的與我分享 1930 年代有關劉吶鷗的資料和原件，甚至讓我把原件帶回去掃描、影印，同時，在與秦老師頻繁互動的過程中，我見識到秦老師在文獻考證方面的嚴謹，有了原件資料（《都市風景線》、《色情文化》、《無軌列車》），於是，我更貼近了劉吶鷗一大步。

接著我認識了建享，他是劉吶鷗的外孫，和我一樣，透過一本《新感

覺派小說選》，認識了他自己的外公。建享告訴我，劉吶鷗留下了「1927年日記」一本，這個資訊對我來說是一個重大突破，只可惜當時日記原件已經不在他的手上，透過某種管道卻無法取得一窺究竟，正打算放棄的時候，同時也是在動身前往上海行的幾天前，為拍攝蘭嶼紀錄片而異常忙碌的建享突然想起，他曾影印一份「劉吶鷗日記」，存放在國家電影資料館裡，或者我可以自己聯絡看看。

國家電影資料館的薛慧玲小姐是我的另一名貴人，當時適逢資料館整頓中，所有的資料已全部裝箱，為了讓我能見到「劉吶鷗日記」，她幫我一一清查了幾十箱的資料，最後終於找到了日記影本，於是我站在資料館的影印機前，將劉吶鷗 1927 年共 365 天的日記，很感恩、很珍惜的，一張、一張的印回來。

巧的是，為了要拍攝《紅樓夢》的一些文物，蔡登山老師到中大向康老師借用紅樓夢研究室裡的一些文物，於是，康老師告訴我，蔡老師對於中國 1920、1930 年代的文人資料相當熟悉，或者我也可以向蔡老師請益。經由蔡老師的引介，三月底我到了上海，由華東師大的陳子善老師帶著我訪談了施蟄存先生和柯靈先生，此行，我也將「劉吶鷗日記」影本帶給施蟄存先生過目，令他意外的是，在 1927 年秋天，戴望舒的北京行是和劉吶鷗一起去的，一直以來，施先生所有的回憶錄之中，都表示戴望舒一個人到北京去勘查創作的環境。

此行在上海圖書館裡查了幾天資料，當時上海圖書館影印價格高昂，於是幾天下來，非常刻苦的，我利用拍照、唸稿錄音、抄寫和影印等各種方式，蒐集了與劉吶鷗直接相關的雜誌、文獻。

九月分，「1998 臺灣國際紀錄片雙年展」推出，在「臺灣紀錄片回顧影片」部分，在臺北華納威秀影城，播放了劉吶鷗的紀錄片作品《持攝影機的男人》「人間卷」、「遊行卷」，在同一場紀錄片放映會上，恰巧在入場處聽見黃仁老師進場前詢問工作人員有關劉吶鷗家屬是否還在臺灣的問題，引起我的好奇與注意，於是在散場時，我上前與黃仁老師打招呼，並問到為何黃老師關心劉吶鷗的問題，這時，黃仁老師很親切的給了我一張名片，他告訴我，一直以來他非常關心劉吶鷗與電影界的關係，所以他蒐集了一些有關劉吶鷗的文獻資料，也歡迎我到他家裡去尋寶，黃仁老師的親切和鼓勵給了我很大的動力，記得我在黃老師家「挖寶」的時候，他十分肯定劉吶鷗在電影觀點與創作理念上的前衛，與黃老師的互動，更是啟發我繼續深究劉吶鷗在電影方面的成就。

值得欣慰的是，一直到 2002 年，北京大學李道新教授才在著作《中國電影批評史》中，重新肯定劉吶鷗在中國電影史上的貢獻與價值；2005 年，酈蘇元所寫的《中國現代電影理論史》，更是以今日眼光來理解「軟性電影理論」的娛樂性與價值性，這麼多年來，每當這方面的文獻出現，黃仁老師必定在第一時間影印後寄給我分享。

在同一場放映會上，我在無意中發現，劉漢中教授竟然就坐在我前一排，同一場次恐怕也有劉家人吧！隱約聽到他們在指認紀錄片中的親人，不久，取得了和劉漢中教授聯絡的管道，又經過了一段蠻長的時間，當我和康老師一起在劉教授家觀賞劉吶鷗的紀錄片時，劉教授告訴我們，他收藏了《永遠的微笑》劇本手稿，在文獻上，又是一大突破，也幾乎可以證實劉吶鷗在電影方面的成就和才華。

當然，這段期間，無論是見面，或是電話中的閒談，劉吶鷗的二女兒劉玉都女士也與我分享了她記憶中的父親，這當然也是我繼續探索劉吶鷗的一股助力，碩士畢業之後，一些劉家的老照片，也是透過玉都女士一一指認出來的，她對於父親的重視、景仰和懷念，也一直是我繼續「拼湊」劉吶鷗的動力。

事實上，回想起來，這一年其實是我獲得最多，也失去最多的一年，獲得的是諸多師長、好友在論文資料與研究方向上的協助與啟發，而失去最多的，不外乎是父親在五月底的驟然病逝，我彷彿感同身受了劉家人失去父親的感受，或者說是一種情緒與心靈上的理解，在哀傷與不捨之外，在送走父親之後，我決定用積極的行動力來證明自己，以及回報大家對我的照顧。

1999年：陳萬益老師、臺南縣文化局、張炎憲老師、劉江懷先生、黃武忠老師

僥倖的是，碩士論文的主試委員陳萬益老師，在口試時給予我相當的鼓勵與肯定，於是考試結束之後，陳老師問到，是否可能為臺南人劉吶鷗編輯一套全集。在口試當天，我唯一擁有且展示出來的，是一張劉吶鷗的掃描大頭照，這張照片是劉漢中教授翻拍之後交給我的，看來，要製作全集似乎有其困難度。

利用春假期間，劉教授安排了一趟柳營劉家古厝、關子嶺之旅，邀請陳萬益老師和師母、康老師與我，順道將劉吶鷗相關文獻資料轉交到臺南縣文化局，評估出版全集的可能性，此行，劉教授和師母還親自帶我拜訪了新營的沈乃霖先生。期間除了葉佳雄局長，涂課長和國艷也幫了很多忙。

萬萬沒想到，碩士畢業後，建享在新營劉宅找到了十來本相簿，交由我整理，於是得以清查出與劉吶鷗有關的60張照片，更意外的是，其中還包括女星李香蘭（山口淑子）的簽名照，以及她到新營與劉吶鷗家人與親族的合照。

碩士畢業之後的那一個學期，我一邊整理劉吶鷗的資料，一邊撰寫報考博士班的研究計畫，此外，每周二還到中大歷史所旁聽張炎憲老師的「族群史」，在一次閒談中，得知張炎憲老師在東京曾與劉吶鷗長子劉江懷先生見過面，也才知道劉江懷先生曾以「劉吶明」為筆名，擔任臺灣共和國政府機關報紙《臺灣民報》主編。

當然，照片出土了、取回日記原件、拿到了劇本手稿，《劉吶鷗全集》的出版又往前跨了一大步，為了取得《劉吶鷗全集》的出版授權書，我終於有機會親自拜訪劉江懷先生，也由於劉先生的親切和信任，讓我能順利完成匯集劉吶鷗書面資料的工作。

然而，在《劉吶鷗全集》預算案送審之際，臺灣經歷了前所未有的傷害——九二一集集大地震，此時賑災預算比什麼預算都重要，於是，《劉吶鷗全集》的計畫也被擱置下來。在這一年裡，我幸運的認識了黃武忠老師，甚至收到老師寄來的一封信和《文學動念轉不停》，在信中，黃老師告訴我，他曾經非常關心日據時期前往大陸發展的臺灣作家，當時對於劉吶鷗所知有限，得知我完成碩士論文，黃老師非常高興，也很期待，鼓勵我應該打起精神來，繼續為劉吶鷗這樣的臺灣文人努力，其實，當時我和黃老師並沒有見過面，對於一個未曾謀面的碩士畢業生能如此提攜與鼓勵，完完全全呈現了黃老師的和善待人與學者風範。之後過了兩年吧！《劉吶鷗全集》出版了，在一個學術會議場合，我才正式與黃老師會面，並親自向他道謝。

2000～2003 年：黃英哲老師、黃碧端老師、黃聲雄先生

在許多師長們默默的協助、在經費不多的情況之下，2001 年 3 月，《劉吶鷗全集》（五集六冊）正式由臺南縣文化局出版，尤其是黃英哲老師將他辛苦完成的日記日文翻譯交給我，他表示希望能順利出版，還交代不需要任何的報酬，要整理全集資料，在這麼短的時間內，若要完成日記裡的日文翻譯，將是一件浩大的工程，因此黃英哲老師不但幫了一個大忙，也展現了一位學者的氣度與涵養。

2001 年 4 月 14 日，《劉吶鷗全集》新書發表會在臺南縣文化局舉行，邀請了當時的臺南藝術大學校長黃碧端教授、國史館張炎憲館長、康老師、陳萬益老師一同參與這個盛會，當然，劉漢中教授、劉師母出席了，劉玉都女士、建享也來到會場，即使劉江懷先生不克前來，但也表示了樂見其成之意。其實，有件事情一直放在我心上，那就是劉吶鷗另一名外孫黃聲雄先生，雖然至今未曾露面，卻在這次的活動中私下贊助了學者南北往來的交通津貼，讓本次活動在經費短缺的情況下，仍可順利完成。

《劉吶鷗全集》的出版，雖然只是踏出一小步，不過，也或多或少讓

兩岸學界重新認識劉吶鷗這位特殊的作家。2002 年，由國立文化資產保存研究中心籌備處所舉辦的「百年臺灣文學 No.1 特展」，即以「第一位對 1930 年代上海文壇最有影響力的臺灣作家」稱呼劉吶鷗，這表示劉吶鷗被寫進了一向缺頁的臺灣文學史，值得欣喜的是，《劉吶鷗全集》於 2002 年 7 月獲得臺灣文獻館鼓勵出版文獻書刊的優等獎（國史館主辦），而 2002 年 10 月，更獲得了行政院新聞局人文類圖書出版的「金鼎獎」榮耀。

在就讀博士班階段期間（1999 年 9 月～2003 年 1 月），我個人所關心的研究方向有了一些轉向與調整，開始關心起更多有著上海經驗的臺灣人，於是鎖定了以「臺灣人的上海記憶」作為研究主題，博士班畢業時，除了康老師的信任之外，更是受到諸多口試委員，如李瑞騰老師、林文淇老師、許俊雅老師、呂正惠老師、梅家玲老師的指導與啟發。

2005 年：三澤真美惠、藤井省三教授、Cutivet Sakina、國家文學館

四月中旬，我到東京青山學院的校史館查詢劉吶鷗的學籍資料，出發前透過黃仁老師，取得三澤真美惠的聯絡資料，很高興能聯絡上她，在初次的電話交談中，她告訴我電影資料館的薛慧玲小姐是她在臺灣留學期間最重要的貴人，透過薛慧玲小姐轉述我「追蹤」劉吶鷗日記的經驗，我們更是「一聊如故」。當然，此趟東京之行，我見到了三澤本人，也一同拜訪了東大的藤井省三教授，甚至走了一趟「劉吶鷗日記」裡的東京路線。

進入職場以來，陸陸續續還是出現一些與劉吶鷗相關的事物，以往所結下的善緣，也持續發酵中，由於法國里昂第三大學的利大英教授與康老師的結識，2005 年 5 月，我認識了里昂三大的碩士生——法日混血的 Cutivet Sakina，第一次見面時，透過中大法文系劉光能老師的法文翻譯，我們彼此交換劉吶鷗研究的心得，後來我們開始試著用英文溝通，甚至在我臺北家中與她分享我未曾間斷的「劉吶鷗蒐集」，當時她的身分是淡江中文系的交換學生，只可惜找不到她想要的資源，我帶她到秦賢次老師家拍

攝劉吶鷗資料原件，當她看到原件的時候，幾乎興奮的說不出話來。

一套存放在法國里昂第三大學圖書館的《劉吶鷗全集》，幾年之後換來了一本以法文書寫的碩士論文，這是令我們非常意外的，Sakina 告訴我，她自己是法日的混血，所以她想要找一個跨文化的題目，劉吶鷗多元的洗禮和跨文化的思維正好符合她的研究方向，我個人最大的收穫是，在與 Sakina 的互動中，我思考了一些以往從來沒有想過的問題，比如 Sakina 非常關心劉吶鷗在不同狀況下使用不同語言與人交談，背後的國族意識為何，甚至是劉吶鷗定居在上海期間，用何種語言和小孩交談，這些問題是我從沒去思考的面向，更感動的是，在她寫完論文回到法國之後，還把「日記集」中所有的法文拼音和語譯錯誤一一更正，並把一疊厚厚的修正稿寄到臺北給我。

九月分，巧的是，康老師挑上了中秋節那兩天，在臺南國家文學館舉辦了「劉吶鷗國際研討會」，其實，四月分在選日子時，康老師只想挑個開學前的周末，完全沒想到正好遇上中秋節，不過很慶幸的是，這場研討會，不僅是劉家人的大團圓（在劉漢中教授印象中，曾見過父親在一本筆記上寫下「有月共賞」幾個字），也是學界的團圓美事，與會學者，從日本、法國、臺北等各地前來，在編輯《劉吶鷗研討會論文集》時，除了當時發表的十篇論文之外，還收錄了張炎憲教授的專題演講內容、史書美教授的論文之外，還放入整場研討會的發言內容，做為劉吶鷗返鄉的完整紀錄。《劉吶鷗國際研討會論文集》目錄如下：

◎專題演講／張炎憲

◎特別收錄／性別、種族與半殖民地性——劉吶鷗的上海都市風景

◎研究論文

文明開化——一個日式臺籍文化人的典型／林正芳

劉吶鷗「新感覺派」的藝術追尋——文字與影像的魅惑／陳錦玉

經驗／驚豔上海——新感覺派的都市書寫／李黛顰

劉吶鷗的上海文藝歷程／秦賢次

中國電影技術理論的先驅——試論30年代劉吶鷗電影理論的貢獻／黃仁

抗戰勃發後的劉吶鷗電影活動／三澤真美惠

Finding Neverland——劉吶鷗的多重跨越與顛覆／王韻如

一個女性美學的觀察——劉吶鷗《都市風景線》(1930)／曾月卿

漫畫／話女性——劉吶鷗與郭建英的「上海新感覺派」／許秦蓁

持攝影機的臺灣人——談劉吶鷗的「真實電影」／李道明

2006～2007年：李道明老師、阿盛老師、陳益源老師、翁炯慶先生

2006年，在東京大學攻讀博士學位的三澤完成了她的博士論文，該論文主要以何非光和劉吶鷗作為她的研究主體，這也是第一本採日文撰寫，以劉吶鷗為研究主題的博士論文，九月分一開學，我收到了這本論文，一種感動交雜著感恩的心情同時浮現，突然想到2005年4月，三澤與我在東京街頭，就在即將分手的時刻，那段「歷史天使」總會在冥冥之中幫助我們的談話。

2006年底，接到蔡登山老師來電，希望我能寫一本劉吶鷗傳記，經歷了十年與劉吶鷗相關的人、事、物，雖然時代久遠，但總覺得應該要留下一些紀錄，一直以來，我從來沒有針對劉吶鷗研究的過程做任何的文字說明與紀錄，無法讓人知道在一個小小研究個案的背後，需要多少貴人的相助與支持。

在過程中，「下筆」竟是如此的艱難，劉吶鷗的一生雖然短暫、精采，但卻嚴重缺乏「事件」的描述，於是我花了很長的一段時間重新翻閱所有與劉吶鷗相關的資料、影像，所幸日文部分的文獻，之前透過李道明老師的提供，手邊有了《上海人文記》的影本，以及黃天始的部分手稿資料，再加上歷年來我從上海圖書館、東京青山學院裡所查找而來的資料，包

括：《國民新聞》的頭版、《辛報》、《青山學報》……等，以及之前建享搶救下來的老照片電子檔。

建享告訴我，他手邊還有後來幾年在新營老家地上撿來的零星照片，問我有沒有興趣來指認和整理，於是，幾張更泛黃且具有歷史意義的照片出現了，包括李香蘭（山口淑子）當時到劉吶鷗墳上鞠躬的照片一張，與劉吶鷗妻子、妹妹劉瓊瑛合照一張，以及李香蘭個人照一張。此外，還清理出一張劉吶鷗新營靈堂前的照片，上面放著親族劉明朝和妹婿葉廷珪的「祭奠水果籃」。

在撰寫過程中，多虧有阿盛老師的指惑，有關新營的一些舊事和禮俗，透過請教阿盛老師而得到解答，包括「供物」轉成中文應如何解釋，阿盛老師也不厭其煩的告知。

9 月 10 日，藤井省三教授來臺，除了發表論文之外，還計畫會後到新營劉吶鷗墳上致敬，以及參訪國家文學館，可惜由於南部高速公路的建造工程，將劉家部分土地徵收，當年李香蘭所參訪的劉家祖墳已經遷至「路東」某處，劉漢中教授幾年前將劉吶鷗牌位移靈至關子嶺碧雲寺，因此，此行由劉教授安排，先到柳營劉家古厝參訪、拍照，再到關子嶺碧雲寺去祭拜劉吶鷗牌位，同行者包括：藤井省三教授及其女公子、紀平重成、久保田淳一、井上俊彥、劉教授、建享與我。

此外，經由成大中文系陳益源老師的協助，劉吶鷗之友翁博村的資料也透過義竹文史工作者翁烔慶先生的指正，得以做局部更正。

進入 2008 年，以及深深的致謝

2007 年後半段，康老師因長期公務纏身導致身體微恙，我主動請老師不必幫我寫序，雖然少了康老師的序，是多麼的遺憾，但是不可否認的是，這麼長一段時間來，康老師給予我的已經這麼多、這麼多，我們之間的互動超越了師生，某種程度上可能更像家人一些，一路走來，康老師一直是在「第一時間」不厭其煩（甚至同樣「興奮」）的與我分享著與劉吶鷗

有關的話題，很可能我們這十年來的手機通話紀錄，有一半的時間在討論劉吶鷗，這麼說一點也不誇張。

要深深致謝的人實在太多，謝謝建享做為一個「持攝影機的導演」，如此富有深刻使命感的搶救所有資料並大方的與我分享，才足以完成《劉吶鷗全集》的浩大工程，也才能讓劉吶鷗留下紀錄，謝謝劉家人的信任，謝謝與中大有關的人事物，謝謝一路上提供我資料且為我解惑的貴人，謝謝在這過程中，曾經伸出援手的貴人，最後，更要謝謝秀威資訊賴敬暉先生的包容，尤其是忍受我一再地拖延、拖延，真的謝謝。

許秦蓁 2008 年於臺北

——選自許秦蓁《摩登・上海・新感覺——劉吶鷗（1905～1940）》
臺北：秀威資訊科技公司，2008 年 2 月

「我有什麼好看呢？」
悅讀好而好看的臺灣人劉吶鷗（1905～1940）

◎康來新*

人們是坐在速度的上面的。原野飛過了。小河飛過了。但燃青手中報紙上的活字卻靜靜地，在車窗射進來的早上陽光中，跟著車輛的搖動震動著……燃青站起來，讓她進去，才知道他是佔錯了位子。於是對面坐下。這一次，風景卻是逆行了，從背後飛將過來，從前面飛了過去。但是風景此時在燃青的，卻和他手中的裁兵問題，胡漢民的時局觀，比國的富豪的慘死跟革命的 talkie 影片一樣不是問題了。他的眼睛自然是受眼前實在人物的引誘……正在玩味，忽然一陣響亮的金屬聲音。

——我有什麼好看呢，先生？

——劉吶鷗〈風景〉，一九二八上海

一、這麼可愛的早車，卻是第一次

對於陌生的男人的盯看，她使用了金屬加星光的方法學，金屬是她發問聲音的響亮，星光是她含笑雙眼的粲然自若，她說：

「我有什麼好看呢，先生？」

被問的男人嚇了一跳，還來不及反應，被看的女人繼續她不可擋的魅

*發表文章時為中央大學中國文學系教授，現為中央大學中國文學系退休兼任教授。

與力，她建議看女人的男人應該攬鏡自照，因為在她看來，他所擁有的男性臉孔是「多麼可愛」呀！

男人更加驚愕，難以承受她魅與力的重，卻大膽迎向她的星眸與出招。

她的「有什麼好看」已成為性／別論述的大哉問與答，但他的回覆夠不夠「大」呢？他說：

「對不住，夫人，不，小姐，我覺得美麗的東西是應該得到人們的欣賞才不失牠存在的目的，你說對不對？」

對不對？

她沒有明確答稱 Yes or No，但誇讚他「真會說」，特快車高速進行，車廂對坐又對看的一對男與女何嘗不是？這條在當時堪稱「大眾捷運」的「新幹線」，摩登而高尚，任職報社編輯的男人經常搭乘，不過他坦言：

「這麼可愛的早車，我卻是第一次。」

可愛臉孔的男人，以可愛早車為話題，發展他和女人的速度之旅。女人短髮直鼻歐裝，有著：神經質的唇、嬌小但彈性而曲線的體、以及巴西咖啡的強烈香味（顯然她從餐車出來）。

在來往上海的早車上，欣賞美麗的東西，對不對？

對 2000 至 2001 年千禧之交的臺商而言，當然沒有什麼不對；對兩岸文人而言，也不該是什麼嚴重的不對。然而，就在沒有多久以前的前幾年，再推前到 19 至 20 世紀之交，乃至更早……，總之，起碼整整有 100 年，文學主流一直嚴詞以告：「欣賞」就是不對！（對的是：譴責、哭泣、吶喊、抗議）；「美麗」就是不對，「美麗」的「東西」尤其不對！（對的是：苦難、戰亂、人民、國家）；「上海」就是不對！（對的是：鄉土、農村、延安、重慶……），如果，有哪一個臺灣文人，在日軍黷武之際，還海來海去地瑣瑣碎碎戀戀，那麼他無疑是大不對的敗類，將不容於文學與青史。

不幸，劉吶鷗就是那個時期書寫上海早車、欣賞美麗東西的臺灣文人。

七十年前就搭上咖啡飄香、情慾自主的特快，的確太早了，但「第一次」早車的「風景」卻的的確確很不一樣，也幸而有劉吶鷗的另類景點，否則「生命的多樣性」（Biodiversity）將與我們的文學史無關。

二、這一次，風景卻是逆行了

在飛速中逆向行駛的風景好不好看？賞心悅目的好看，此其一；低難度、高能見的好看，此其二；正如眼鏡「更加好看」的廣告詞：「Look Better」、「See Better」。不過，好好的順眼風景，怎麼會背道而馳大翻轉呢？

3D空間加上時間的動感營造，曾是金星詩人的三峽獨家——兩岸猿聲啼不住，輕舟已過萬重山。是的，水平、山高、谷縱，已夠立體層次感了，偏偏又添了趁風順水的船速，猴捷猿啼的聲速，節奏快到屏息目眩，暈船不已。也許，只有穿越仙／凡的李白才能如此神妙去掌控文字與感官的奧祕，抒情傳統的風景詩學，莫此為甚。

相對於中世紀的白帝彩雲間，摩登劉吶鷗由十里洋場出發的風景線，一方面仍然會發生古老的「遇仙」豔異；另一方面，巴黎→東京→上海的「新感覺派」（劉吶鷗的文學定位，事實上，1920、1930 年代，這個舶來的「現代」藝文，正是南臺第一世家的上海製造，他出錢、出力、出智，辦刊物，譯介創寫……）。

在感官戀物的小小之際，倒也會趁機借景時事感言一番，時事從家事、國事到全球要聞，國際局勢的天下事，當然，既被主流看成「非我族類」，天大的問題不免被筆墨遊戲，變得不成問題了。

首先，「風景」所以會「正」觀變「逆」看，導因於類似「女仙角色」的介入，男的錯坐了位而換位，換了位置也換了觀點，前行的風景開始倒退，好不好看呢？陌生化應該可以形成出其不意的美感效果，然而不感時不憂國的小說家志不在「景」，在於報紙靜靜的活鉛字（牠們隨車而動，是胡漢民時局觀、比利時富豪慘案，裁軍、革命等重大新聞的載體），對報人的男主角而言，都看不見了，吸引他目光的風景是：即使在新千禧也仍然夠勁爆夠麻辣的都會新女性。

不幸，劉吶鷗的逆向風景違逆了因政治正確而文學正確的父性史觀。他的代價是：政治不正確被暗殺，文學不正確被裁減、壓縮與低度評價。

三、衣服真是討厭的東西

漁樵誤入仙鄉（如劉晨、阮肇），小生型的俊男墜入靈怪的情網（如許宣），體制外的女性想像不再受制於「德」，不必非以「德」「服」人不可。從〈九歌〉以至《聊齋》，「異類」女各型各態、可愛可信，生動見證了「生命的多樣性」。讀她們是一種心「悅」誠「服」的經驗，令人「悅」、「服」的理由之一，是她們無須千篇一律穿上道德制服：山鬼「披薜荔兮帶女蘿」（赤著腳在山中奔跑的精靈，披披掛掛著花花草草藤藤蔓蔓），洛神「凌波微步，羅襪生塵」（水上優雅無比的天鵝之舞，纖細的足踝，絲質的呵護，似煙如夢），七仙女裸浴人間，羽衣失竊卻嫁衣披上……相形之下，百年文學主流的女性太「制服」，苦旦哭旦居多，她們的制服太沉重。

「我有什麼好看呢，先生？」

好看的是令人耳目一新的造型，服飾自是文人刻意的焦點：蕾絲鑲邊的襯裙、高價絲襪配上高跟鞋、薄紗內衣和紅色吊襪帶……嗯，摩登版的肚兜繡鞋，她是潘金蓮嗎？

除了新感覺派外，劉吶鷗的上海製造還包括了「軟性電影」，「眼睛吃冰淇淋，心靈坐沙發椅」是他對這個魅力新媒體的「接受」立論，強調了舒服趣味與享受，毋寧相當的人性，但因而冒犯又重又硬使命感的左翼，也是可想而知。

聲光化電中的女性是被男人觀看的客體，物化而缺乏自主性，或玩物的受傷遭辱，或尤物的禍害肇事，或兼而有之，弔詭的命運成為解讀的樣板——一襲又硬又重的制服。

王婆穿針引線，潘金蓮裁衣，西門慶遞茶，紅杏從此出牆，謀害親夫、殺嫂祭兄的連環命案演紅了第一壞女人。上海第一次早車的女人，不走世情寫實的《金瓶》路線，摩登少婦似乎也非商業電影的好萊塢，她更接近志怪傳統的幻魅，靈光乍現，來去自如：

「我若是暫在這兒下車，你要陪我下車嗎？」

媒體職場的男人很上道，他曾大膽迎向她的星眸與出奇不意的怪招，這一次仍是高度配合的互動：

「夫人直線地請我，我只好直線地從命了。我覺得這像是我的義務。」

「直線」也是他們的早車話題：瘦身才能直線，而直線又是現代生活的緊要質素。

她直來直往，下了車，直奔旅館，放了行李，直奔郊外，她拎著高跟鞋爬上了山丘，像鴿子一樣可愛小小的雙足強健有力，她的額頭出汗了：

「我每到這樣的地方就想起衣服真是討厭的東西。」

四、身體和思想，像雲一樣，自由自在

寬衣解帶不是件容易的事，克「服」禮教已然不容易（去「克」禮教那一身重重的「服」），何況，束縛女性的「服」還真是機關重重呢。對戀衣癖的張愛玲來說，尤其不能在情欲書寫中錯過。她是公認的海派一等一大師，一度走紅 1940 年代的上海，二度走紅 1970 年代的臺灣，然後長紅不衰於華人文化圈，儘管世界級的經典地位似乎確立，有關她「社會良心」（禮拜六派）、「政治立場」（親日、反共）的碎碎唸卻總不能住嘴。而同為天平座的世家之后，劉吶鷗也每每因為自己文學大於社會大於政治的處境受責，面面俱到的星座人格，風度教養的族群特質，劉、張二人其實都相當重視 EQ 與人和，他們何嘗希望文攻筆戰，卻奈何雜音不斷？富於親和力的劉吶鷗，更帶有南臺人士的「阿沙力」，頗是強化了他的領袖氣質，領袖「主導」能力也幾乎是他筆下摩登女性的必備。

以〈風景〉女主角為例，她才說衣服討厭，討厭的衣服便在她爬坡說話的當兒脫了下來，脫得只剩輕紗內衣、紅色吊襪帶。一直處於「接招」狀態的男人，只有再一次瞠目結舌。而她，她是一點也不在乎被盯被看的。對於「看」，她主導到底，喔！不止於「看」，對於穿衣脫衣，她也要主導到底，摩登的都會女性哪有不「衣籮筐」的？哪有不「衣衣不捨」的？然而，當衣冠文明遇到自然美景，呵，對不起，那非自然的文明就變得既無用又無趣，衣服成了一種機械式的束縛，去之可也，除之大快。直鼻短髮的女人直線快速命令男人：快脫，快快擺脫機械式的束縛。粉頭的鳥兒飛過山丘，秋初的陽光偏黃，草地清涼而舒爽，此時此地，此情此景，衣服真是礙手礙腳，牽來制去，一無是處。

出自女性的「有什麼好看」自是大哉問，而她的「快快脫衣」更是大哉令，如果，這不是解放？什麼才是解放？

臺灣文人劉吶鷗，他一九二八在上海的女性發聲，實在有夠響亮高分貝，簡直就在和臨川湯顯祖一五九八南安杜麗娘互通聲氣嘛！太守獨生

女，年方二八正青春，第一次起步遊園，不禁深深深深的歎問：

「未到園林，怎知春色如許？」

一門不出二門不邁的閨中女兒，如何得知春天？未曾園林經驗的春天，怎能算是春天？無花無草無遊無夢無戀的春天，不是春天！

欣賞風景的少婦少女，可以歸類為里程碑型的文學女人，開創的力度不輸她們的始祖——「女媧煉石補天處，石破天驚逗秋雨」，金星太白，彗星長吉，一仙一鬼，一樣都是魔法詩人，嗯，唯有女神天工大能才能表述人間音樂的極致（李憑的箜篌藝術）。

女性好看又好聽，更關鍵的是身與心的自由自在，她們無拘無束、不藏不蔽的優質生命體，讓社會制約下的男性企慕不已，伊是雲，是星，是孩子，是風景中的風景。

五、敬畏和親愛的心

跟著陌生女人上車下車、脫衣穿衣的可愛男人叫燃青，劉吶鷗既給了他一個動感高熱並富於生機色彩的名字，同時也給了他一顆對女性充滿敬畏和親愛的心，這顆心，與怡紅公子賈寶玉靈犀相通。從怡紅而快綠而燃青，大觀園的風景，上海特快線的風景，不就是卞之琳風景詩學的〈斷章〉？斷章大可取義呢。〈斷章〉四行如是說：「你站在橋上看風景／看風景人在樓上看你／明月裝飾了你的窗子／你裝飾別人的夢。」血淚紅樓是一種閱讀之看，怡紅快綠也是一種悅讀之看，把大旨談情看成政治文本，對不對？看成風月筆墨，對不對？燃青是摩登的報社編輯，沒有名字的都會女郎是摩登的職業婦女，他為職場需求出差，她應外地丈夫之請去度weekend，在摩登文明的特快車上相遇，相看兩悅，中途即興下車，乘興上山，上山實同上床，然后下山再上車，人生的斷章，新感覺派的斷章，他欣賞美麗女人魅而力的一言一行，懷著敬畏和親愛的心。

對於臺灣人劉吶鷗，秦蓁和我這一對姊妹情誼的師生也是如此。

事實上，如果如實如史的說法，1905 至 1940 年的劉吶鷗，並非我們國族史觀下的臺灣人。誕生於乙未割臺之後，離世時珍珠港的烽火未起，被視為「親日」分子的劉吶鷗，他的國籍是：日本！

重讀臺灣人劉吶鷗便成為我們的學術心願，這竟然是一件不怎麼容易，甚至高難度的事。論文初期，正值華航大園空難，受難家屬指認各種殘餘，比照 DNA，想努力認證並還原親愛家人的體貌。對當時才碩二的秦蓁來說，認證「劉吶鷗」就是這麼艱鉅。但她也真是熱愛這個跟著感覺走的天平男，自費飛到上海，實人訪談柯靈、施蟄存這些大老，實地訪走並感受七十多年前往來臺滬的文人足跡。

口考委員陳萬益老師鼓勵有加。懷著敬畏與親愛的心，他全島走透透，百年翻透透，從斷垣殘壁、斷簡殘篇中拾荒撿破爛，而「荒」的「破」的「爛」的竟是被我們長期沉埋的先賢。如果臺灣文學是當紅不讓的顯學，陳萬益教授寧取樸學派的史傳實證，對於宋學型的夸夸其談較為保留。

秦蓁獲得掌聲是她再現了人文輝煌的一個南臺世家。

留日且留法畫家劉啟祥（1910～1996），臺灣文化協會的抗日劉明朝（1895～1985），臺灣第一位留德馬克思博士劉明電（1901～1978）……，光圈的背後，當然存在著陰影，如姻親林書揚（1926～2012），長期政治犯的老臺共，至於死因成謎的劉吶鷗更不用說了。也因此，「重讀」相當程度在平反在翻案，「感情」用事成為知性研究的不可或缺，結緣劉家和劉家親友是意外的驚喜和收穫。在民生社區劉漢中教授的客廳，一起欣賞他父親拍於的 1930 年代的紀錄片是多麼可愛的時光：白洋服、八角樓、滑翔機、渡輪、火車、女明星……臺灣人為什麼不可以是明朗、自信、歡愉、海洋的慷慨與遼闊？劉教授不無得意告訴我們，當時偶像級的李香蘭（1920～2014）曾親至臺南劉家靈堂來致哀。他雙眼皮的大眼睛百分百是劉吶鷗的遺傳。

摩登人、事、物的影視中出現了鄉土的廟會，沒錯，飛行一族的鷗鳥也會戀戀南臺灣的榕蔭與稻浪，他 1927 年的日記，字字鮮明寫著想家懷鄉。雖然他日後終於長眠在溫暖日照的南臺灣，然而，我們的文學史卻長期忽略了他的一席之地，從來沒有給他應得的溫暖日照，從來沒有好好看過這麼好而好看的臺灣文人。

「我有什麼好看呢？」

答案留給想好好看的有緣人吧！

答案留給想好好看這套《劉吶鷗全集》的有緣人吧！

（原載於《劉吶鷗全集——文學集》• 序）

——選自中央大學中國文學系編《劉吶鷗國際研討會論文集》
臺南：國家臺灣文學館籌備處，2005 年 11 月

輯五◎
研究評論資料目錄

作家生平、作品評論專書與學位論文

專書

1. 康來新，許秦蓁合編　劉吶鷗全集・影像集　臺南　臺南縣文化局　2001年3月　195頁

本書從文獻考證著手，搭配大量的生活照片與解說，檢視劉吶鷗的生平歷史；同時藉由作家三〇年代在上海所推動的現代派，反思同時期臺灣文學中的現代性，回復劉氏在文學史上的相應地位。全書共 6 章：1.前言——重讀「臺灣人」劉吶鷗之必要；2.南臺第一世家子；3.文學史的一張缺頁——新感覺派是臺灣人的上海「製造」；4.「無國籍」與「跨國界」——地緣與人緣；5.電影史的左右為難——持攝影機「遊行」於「人間」；6.重讀臺灣人，重寫文學史。正文前有陳唐山〈迎接劉吶鷗返鄉〉、葉佳雄〈劉吶鷗傳奇〉、黃武忠〈從「無軌」到「歸鄉」——喜見劉吶鷗文學作品重現〉；正文後附錄〈拆閱劉吶鷗的「私件」與「公物」〉、〈劉吶鷗藝文繫年〉。

2. 中央大學中文系編　劉吶鷗國際研討會論文集　臺南　國家臺灣文學館籌備處　2005年11月　704頁

本書為劉吶鷗國際研討會之論文集，議題集中在劉吶鷗在文學史、電影史上的意義。全書收錄：張炎憲〈變動時代下的臺灣人劉吶鷗：一個臺灣史觀點的思考〉、史書美〈性別、種族與半殖民地性：劉吶鷗的上海都市風景〉、林正芳〈文明開化——一個日式臺籍文化人的典型〉、Cutivet Sadina 著，王佩林、許秦蓁譯〈Linguistics Representations in Liu Na'ou's 1927 Diary（劉吶鷗「新感覺派」1927 年日記中的語文表現）〉、李道明〈劉吶鷗的電影美學觀——兼談他的紀錄電影《攜著攝影機的男人》〉、陳錦玉〈劉吶鷗「新感覺派」的藝術追尋——文字與影像的魅惑〉、李黛顰〈經驗／驚艷上海——新感覺派的都市書寫〉、秦賢次〈劉吶鷗的上海文學電影歷程〉、黃仁〈中國電影技術理論的先驅——試論 30 年代臺灣人劉吶鷗對中國電影理論的貢獻〉、三澤真美惠著；梁竣瓘譯〈日中戦争勃発後上海における劉吶鴎の映画活動（中日戰爭爆發後劉吶鷗在上海的電影活動）〉、王韻如〈Finding Neverland——劉吶鷗的多重跨越與顛覆〉、曾月卿〈一個小說的敘述比較觀點——劉吶鷗《都市風景線》（1930）》〉、許秦蓁〈漫畫／話女性：劉吶鷗與郭建英的「上海新感覺」〉，共 13 篇。正文後附錄〈綜合座談及研討會記錄〉、康來新〈代跋——「我有什麼好看呢？」——悅讀好而好看的臺灣人劉吶鷗（1905—1940）〉。

3. 金　理　　從蘭社到《現代》——以施蟄存、戴望舒、杜衡及劉吶鷗為核心的社團研究　上海　東方出版中心　2006 年 6 月　289 頁

本書以施蟄存、戴望舒、杜衡及劉吶鷗為核心，採取社團與人事互為參證的方式，研究從「蘭社」此一社團的發展過程，並細緻梳理了該社團與三〇年代其他重要的文學社團、文人群體，以及文學思潮、文學運動的關係。全書共 9 章：1.一個社團和一個人；2.從「蘭社」到「瓔珞社」：文學與事業的揚帆啟程；3.從「文學工場」到「水沫社」：現代知識分子民間崗位的確立（上）；4.從「文學工場」到「水沫社」：現代知識分子民間崗位的確立（下）；5.「因緣遇合協三才」：《現代》雜誌的創刊與停刊；6.「儒墨何妨共一堂」：《現代》雜誌的風貌與品格；7.「文藝自由」與「干涉主義」：「第三種人」論爭辨析；8.「昔之殊途者同歸」：重識《莊子》、《文選》之爭；9.社團凝聚力的顯影：從「文藝自由論辯」到「國防詩歌」論爭。

4. 許秦蓁　　摩登・上海・新感覺——劉吶鷗（1905—1940）　臺北　秀威資訊科技公司　2008 年 2 月　169 頁

本書記述劉吶鷗之文學歷程及其一生之經歷。全書共 3 部分：1.摩登・無國籍且跨國界；2.上海・由文而商；3.新感覺・探索「劉燦波」。正文前有〈劉吶鷗小傳〉，正文後附錄〈劉吶鷗年表〉。

5. 許秦蓁　　重讀臺灣人劉吶鷗（1905—1940）——歷史與文化的互動考察　中央大學中國文學系　碩士論文　康來新教授指導　1998 年 12 月　267 頁

本論文觀察臺灣文人在日據時期，東渡與西渡的越境／越界經驗，以及在東西異質文化衝擊下所衍生的「海洋性格」，藉由劉吶鷗三〇年代在上海所推動的現代派，反思同時期臺灣文學中的現代性，以及臺灣六〇年代的現代主義。全文共 6 章：1.緒論；2.乙未之後的閩臺之子——從遺民、移民到殖民；3.二、三〇年代的小說實驗——在「第一線」上的「無軌列車」；4.二、三〇年代的電影先鋒——持攝影機「遊行」於「人間」；5.蓋棺難定——爭議性的人與文；6.結語。

6. 劉江萍　　劉吶鷗的都市書寫世界　華僑大學中國現當代文學所　碩士論文　陳旋波教授指導　2003 年 4 月　51 頁

本論文在海派的框架下探討劉吶鷗小說，評述劉吶鷗的創作。前後有緒論及結束語，正文共 4 章：1.新感覺的土壤；2.男人自己和男人眼中的「她們」；3.一個獨特的藝術世界；4.劉吶鷗與日本新感覺派。

7. 邱孟婷　「新感覺」的追尋——劉吶鷗、穆時英、施蟄存小說研究　東海大學中國文學系　碩士論文　洪銘水教授指導　2003 年 7 月　151 頁

本論文分析劉吶鷗、穆時英、施蟄存三位作家小說作品，探討 1930 年代前後，作家面對上海特殊環境帶來的衝擊，在文學創作的實踐上，做各種形式的創新，並援引電影此跨領域的藝術表現手法，完成全新經驗的表達。全文共 6 章：1.緒論；2.對城市的「愛」與「懼」；3.劉吶鷗——「眼睛」的都市漫遊；4.穆時英——都市的幽黯與璀璨；5.施蟄存——心靈空間的探索；6.結論。

8. 郭海榮　都市意識與都市視閾——劉吶鷗論　上海師範大學中國現當代文學所　碩士論文　楊劍龍教授指導　2005 年 4 月　56 頁

本論文通過對劉吶鷗文藝活動的觀照，透視其與上海的關聯，實現對劉吶鷗的總體客觀認知。全文共 3 章：1.「中國新感覺派文學的始祖」——劉吶鷗對日本新感覺派的譯介；2.「一位敏感的都市人」——劉吶鷗的都市小說創作；3.「給觀眾以視覺的享受」——劉吶鷗的電影實踐。

9. Sakina（葛淑娜）　Liu Na'ou 劉吶鷗（1905—1940）——un caméléon aux couleurs du Modernisme（劉吶鷗（1905—1940）——現代主義變色龍）　淡江大學中國文學系　碩士論文　利大英，盧國屏教授指導　2005 年 6 月　169 頁

本論文藉由劉吶鷗的學術會議及選集紀錄，來檢視劉吶鷗具現代主義色彩之寫作，並探討其做為受多元文化薰染者，對於「他者」此一概念之知覺感受。全文共 7 章：1.Introduction；2.Une Vied'artiste；3.Representations Linguistioues；4.Interactions Politioues；5.Influence des cultures francaise et Japonaise dansl'ceuvre litteraire de liu na'ou；6.Relations avec le cinema；7.Le monde poetique de liu na'ou。

10. 熊　鷹　半殖民地語境中的現代主義書寫——劉吶鷗思想與小說的再認識　清華大學比較文學與世界文學研究所　碩士論文　王中忱教授指導　2006 年 5 月　58 頁

本論文考察的是中國現代文學史上的現代主義作家劉吶鷗自 1926 年來到上海後的文學歷程，探究其現代主義的小說書寫與半殖民地上海的關係。全文共 6 章：1.引言；2.歷史敘述的疏漏與問題的提出；3.劉吶鷗的越境之旅；4.劉吶鷗曖昧的現代主義書寫；5.半殖民地現代主義文學的悖論；6.結論。正文後附錄〈劉吶鷗小說和評論出版、發表情況〉、〈劉吶鷗生平年表〉、〈劉吶鷗逝世《國民新聞》有關文章〉。

11. 郭　琴　　劉吶鷗小說中的「都市摩登女」形象分析　華中科技大學現當代文學研究所　碩士論文　何錫章教授指導　2006年5月　30頁

本論文據二、三十年代上海的流行時尚和消費風氣，分析都市摩登女所充斥的西洋異域風情；並歸納都市摩登女的情愛方式，論述劉吶鷗小說中的都市摩登女獨特形象，剖析作者濃厚的傳統男權中心意識和消費主義思想。本文共 5 章：1.前言；2.都市摩登女的形象描繪——中西合璧的時尚拼盤；3.都市摩登女的情愛方式——消費式的女性實踐；4.都市摩登女的形象譜系——以身獻祭的「莎樂美」；5.結語。

12. 劉　芬　　科學意識影響下的劉吶鷗文學創作特色探究　華中科技大學中國現當代文學研究所　碩士論文　李俊國教授指導　2009年5月　34頁

本論文以細讀文本為基礎，進而探尋在科學意識影響下劉吶鷗文學創作的特色，同時以「何為科學意識」、「科學意識與劉吶鷗小說之間有何聯繫」的方向思考，具體回歸文本進行對照分析。全文共 5 章：1.導言；2.科學理性精神與劉吶鷗對上海人性的觀察；3.科學思維態度與劉吶鷗小說審美意蘊表達；4.科學意識賦予劉吶鷗文學創作的意義；5.結語。

13. 原欣榮　　劉吶鷗小說研究　哈爾濱師範大學中國現當代文學研究所　碩士論文　劉紹信教授指導　2013年6月　40頁

本論文主要以上海的都市空間為背景來分析劉吶鷗的小說，肯定劉吶鷗的小說推動了中國都市文學的發展。全文共 4 章：1.劉吶鷗小說創作的文化語境；2.小說人物形象分析；3.都市空間的書寫；4.藝術特色分析。

14. 劉　鵬　　身體在現代文學中的呈現與展演——以蔣光慈、劉吶鷗和穆時英為中心的考察　河南大學中國現當代文學研究所　碩士論文　田銳生教授指導　2010年5月　52頁

本論文以蔣光慈、劉納鷗、穆時英來探討現代身體觀念的流變和身體在現代文學中的呈現與展演，再解讀作家文本，對比左翼作家蔣光慈與新感覺派作家劉吶鷗和穆時英的作品，勾勒出現代身體在現代文學中的兩種表現。全文共 4 章：1.引言；2.現代身體觀念的流變；3.身體在現代文學中的呈現與展演；4.結語。

15. 莫雪晶　　現代性愛話語空間的建構——劉吶鷗文藝思想之研究　中山大學中

國現當代文學研究所　碩士論文　李榮明教授指導　2010 年 6 月 72 頁

本論文從劉吶鷗所創辦、編輯的《無軌列車》、《新文藝》入手，結合劉吶鷗的創作與翻譯，分析其性愛觀的內涵；並對照劉吶鷗在日本、上海的切身經歷和體驗，分析其性愛觀形成的原因，以及對施蟄存等人創作的影響。全文共 5 章：1.引言；2.貼近肉體：劉吶鷗性愛觀的內涵之一；3.沉入虛無：劉吶鷗性愛觀的內涵之二；4.劉吶鷗性愛觀的成因；5.結語。

16. 梁慕靈　想像中國的另一種方法——論劉吶鷗、穆時英、張愛玲小說的「視覺性」　香港中文大學中國語言及文學系　博士論文　何杏楓教授指導　2010 年 8 月　331 頁

本論文探討劉吶鷗引進上海的「視覺化表述」敘事模式，以「視覺性」角度出發，剖析劉吶鷗、穆時英、張愛玲的小說如何以「視覺」的方式想像中國、反映中國的現代經驗，闡釋背後的政治、殖民、兩性、文學與影像等問題。全文共 5 章：1.導論；2.殖民現代性下的想像方法——小說「視覺化表述」的引入、移植和「模擬」；3.文學和電影的角力——小說「視覺化表述」的本土化歷程；4.男性視覺和女性視覺的對話和發展——小說「視覺化表述」中性別主體的轉移；5.總結。

17. 歐陽長鋮　劉吶鷗小說的電影化傾向研究　重慶師範大學文藝學研究所　碩士論文　楊治平教授指導　2011 年 4 月　38 頁

本論文通過對劉吶鷗小說的電影化傾向的成因，以及小說中的電影化技巧運用的分析，說明其在中國二十世紀三四十年代自覺地吸收當時西方的文藝思潮，在作品中表現出了一種饒有趣味的文化多元性和兼容能力。全文共 6 章：1.緒論；2.劉吶鷗小說創作的背景；3.劉吶鷗小說的電影化傾向成因分析；4. 劉吶鷗小說的電影化傾向特徵分析；5. 劉吶鷗小說的電影化傾向意義分析；6.結論。

18. 楊明潔　新感覺派的存在美學研究——以翁鬧短篇小說與劉吶鷗《都市風景線》為例　彰化師範大學臺灣文學研究所　碩士論文　許麗芳教授指導　2011 年　101 頁

本論文以存在主義的視角探索新感覺派的發源，並從文本結構、文體與人物詮釋多方探討主體所面對的存在困境、對存在本質的質問，最後透過劉吶鷗與翁鬧作品的差異性，探討中國新感覺派與臺灣新感覺派的異同。全文共 6 章：1.緒論；2.新感覺派與存在意識；3.翁鬧短篇小說的存在美學；4.劉吶鷗小說《都市風景線》的存在美學；5.翁鬧與劉吶鷗的新感覺派藝術表現差異；6.結論。

19. 謝惠貞　日本統治期台湾文化人による新感覚派の受容——横光利一と楊逵・巫永福・翁鬧・劉吶鷗　東京大學人文社会系研究科　博士論文　藤井省三教授指導　2012年1月　140頁

本論文以楊逵的文學理論及巫永福、翁鬧、劉吶鷗的小說，交叉比對橫光利一的作品，比較兩者之間的異同，同時探討日治時期「臺灣新感覺派」作家的發展脈絡、影響情況，以及「臺灣新感覺派」的誕生過程。全文共 7 章：1.日本統治期台湾における「新感覚派」；2.1932 年—1936 年横光利一受容の概観：楊逵と「純粋小説論」を中心に；3.明治大学での師事：横光利一「頭ならびに腹」と巫永福「首と体」；4.構図としての「意識」発見：横光利一「時間」と巫永福「眠い春杏」；5.植民地的メトニミーの反転：横光利一「笑はれた子」と翁鬧「羅漢脚」；6.翻訳による権威の流用：横光利一「皮膚」と劉吶鷗「遊戯」；7.「台湾新感覚派」の系譜——文体と題材の受容と変容。

20. 符　曉　1930年代的都市生活——以劉吶鷗及其《都市風景線》為中心　東北師範大學文藝學研究所　碩士論文　王確教授指導　2012年5月　32頁

本論文以劉吶鷗及其創作為中心，研究 1930 年代的都市生活，旁及殖民地現代性若干問題的分析理清其來龍去脈；同時對劉吶鷗小說進行文本精讀，從文化發生學的角度挖掘與都市生活相關材料並闡述其中的的文化意義。

21. 邱　苗　20世紀30年代摩登時代的都市風景——論劉吶鷗的小說創作　南昌大學中國現當代文學研究所　碩士論文　李洪華教授指導　2012年6月　39頁

本論文以劉吶鷗的小說創作著手，探究劉吶鷗走上文藝之路的必然性，從劉吶鷗的歷史背景和文化身分討論這些因素對其小說創作的影響。全文共 5 章：1.引言；2.多元的文化背景和複雜的文化身分；3.都市的風景線；4.現代都市的想像與呈現；5.結語。

22. 陳　麗　劉吶鷗研究　大阪大學大學院言語文化研究科言語社會專攻　博士論文　2013年3月　118頁

本論文比較劉吶鷗翻譯的日本現代小說集《色情文化》和他創作的短篇小說集《都市風景線》中收錄的作品，結合作品的創作時期與社會背景，探討劉吶鷗的文學創

作基礎及根源。全文共 6 章：1.劉吶鴎研究に至った経緯；2.『都市風景線』における多様な描写手法；3.『都市風景線』に登場する女性の表象；4.プロレタリア文学への接触と革命文学の試み；5.「流」の創作と中国社会；6.日本文学と中国文学の融合。

23. 彭　瑩　　藝術的雙重變奏——文學視閾中劉吶鷗電影藝術創作　渤海大學中國現當代文學研究所　碩士論文　尹曉麗教授指導　2013 年 6 月　36 頁

本論文分析劉吶鷗的理論，重新審視評價其理論的合理價值，對於中國電影發展之裨益。全文共 4 章：1.劉吶鷗的電影活動與中國文人電影文化生態；2.劉吶鷗文學作品中的電影元素；3.劉吶鷗電影觀的形成與表現；4.對劉吶鷗電影觀的歷史反思。

24. 謝淑惠　　劉吶鷗小說中的電影實踐　東吳大學中國文學系　碩士論文　鍾正道教授指導　2013 年 7 月　114 頁

本論文從探討新感覺派小說的時代背景成因開始，逐步剖析作家小說寫作中運用與呈現的電影技巧，並標示作家於新感覺派之開創與貢獻。全文共 5 章：1.緒論；2.新感覺派與劉吶鷗小說；3.小說的電影實現；4.電影構圖於小說之運用；5.結論。

作家生平資料篇目

自述

25. 劉吶鷗　　譯者後記　藝術社會學　上海　水沫書店　1930 年 10 月　頁 367—368

26. 劉吶鷗　　譯者後記　劉吶鷗全集・理論集　臺南　臺南縣文化局　2001 年 3 月　頁 391—392

27. 劉吶鷗　　《色情文化》譯者題記　都市風景線　哈爾濱　黑龍江人民出版社，北方文藝出版社　1992 年 2 月　頁 141—142

28. 劉吶鷗　　《色情文化》譯者題記　劉吶鷗小說全編　上海　學林出版社　1997 年 12 月　頁 211—212

29. 劉吶鷗　　《色情文化》譯者題記　劉吶鷗全集・文學集　臺南　臺南縣文化局　2001 年 3 月　頁 229—230

他述

30. 隨 初　我所認識的劉吶鷗先生　華文大阪每日　第5卷第9期　1940年11月1日　頁69

31. 隨 初　我所認識的劉吶鷗先生　劉吶鷗全集・增補集　臺南　國立臺灣文學館　2010年7月　頁251—254

32. 黃 鋼　劉吶鷗之路（報告）——回憶一個「高貴」的人，他的低賤的殉身（1—9）　大公報　1941年1月27，30—31，2月1，3—7日11，8版

33. 黃 鋼　劉吶鷗之路（報告）——回憶一個「高貴」人，他的低賤的殉身　劉吶鷗全集・增補集　臺南　國立臺灣文學館　2010年7月　頁295—315

34. 公孫魯　關於《密電碼》的兩個導演劉吶鷗與黃天佐　中國電影史話（二）　香港　南天書業公司　1961年　頁207—210

35. 翁靈文　劉吶鷗其人其事（上、下）　明報　1976年2月10—11日　7版

36. 翁靈文　劉吶鷗其人其事　劉吶鷗全集・增補集　臺南　國立臺灣文學館　2010年7月　頁316—319

37. 辻久一；清水晶校著　張善琨の実像——劉吶鷗（劉燦波）暗殺される　中華電影史話——一兵卒の日中映画回想記（1939—1945）[1]　東京　凱風社　1987年8月　頁132—137

38. 辻久一著；袁紹宗譯；許秦蓁校訂　一兵卒的日中電影回想記：一九三九—一九四五　劉吶鷗全集・增補集　臺南　國立臺灣文學館　2010年7月　頁320—324

39. 秦賢次　魯迅與臺灣青年〔劉吶鷗部分〕　國文天地　第76期　1991年9月　頁17

40. 黃 仁　懷念三個走紅中國大陸的臺灣影人——文壇影壇奇才劉吶鷗（一九

[1]本文後由袁紹宗翻譯、許秦蓁校訂，改篇名為〈一兵卒的日中電影回想記：一九三九—一九四五〉。

○○——一九四一） 聯合報 1995年10月25日 37版

41. 王明君 新感覺派主要作家生平簡介 中國新感覺派小說之研究 政治大學中國文學系 碩士論文 唐翼明教授指導 1997年5月 頁17—18

42. 彭小妍 浪蕩天涯——劉吶鷗1927年日記[2] 中國文哲研究集刊 第12期 1998年3月 頁1—40

43. 彭小妍 劉吶鷗1927年日記——身世、婚姻與學業 讀書 1998年第10期 1998年10月 頁133—141

44. 彭小妍 浪蕩天涯——劉吶鷗1927年日記 海上說情慾——從張資平到劉吶鷗 臺北 中研院文哲所籌備處 2001年1月 頁105—144

45. 彭小妍 浪蕩天涯——劉吶鷗1927年日記 劉吶鷗全集・日記集 臺南 臺南縣文化局 2001年3月 頁7—25

46. 許秦蓁 拆閱劉吶鷗的「私件」與「公物」 聯合文學 第179期 1999年9月 頁54—59

47. 許秦蓁 拆閱劉吶鷗的「私件」與「公物」 劉吶鷗全集・影像集 臺南 臺南縣文化局 2001年3月 頁153—172

48. 郭寶亮 劉吶鷗 中國文學通典・小說通典 北京 解放軍文藝出版社 1999年1月 頁734

49. 彭小妍 五四文人在上海：另類的劉吶鷗 傳承與創新——中央研究院中國文哲研究所十周年紀念論文集 臺北 中研院文哲所籌備處 1999年12月 頁169—208

50. 彭小妍 五四文人在上海：另類的劉吶鷗 海上說情慾——從張資平到劉吶鷗 臺北 中研院文哲所籌備處 2001年1月 頁145—201

51. 伊 里 回去吧！到溫暖的南國——劉吶鷗歸隊臺灣史，出版全集 中國時報 2001年4月23日 23版

52. 陳慧明 異鄉遊子劉吶鷗歸鄉，新感覺派出土動視聽 民生報 2001年4月

[2]本文後改篇名為〈劉吶鷗1927年日記——身世、婚姻與學業〉。

25日　A7版
53. 本報訊　許秦蓁・發現「劉吶鷗」　人間福報　2001年4月27日　7版
54. 許秦蓁　作家劉吶鷗（1905－1940）——上海文壇的「臺灣第一」　戰後臺灣的上海記憶與上海建構　中央大學中國文學系　博士論文　康來新教授指導　2003年1月　頁92—102
55. 許秦蓁　作家劉吶鷗（1905—1940）——上海文壇的「臺灣第一」　戰後臺灣的上海記憶與上海建構　臺北　大安出版社　2005年9月　頁84—99
56. 謝文雄　柳營鄉史，獨漏的一頁——《劉吶鷗全集》讀後感　臺灣新聞報　2003年10月27日　16版
57. 郭啟傳　劉燦波（1900—1941）　臺灣歷史人物小傳——明清暨日據時期　臺北　國家圖書館　2003年12月　頁684—685
58. 盤　劍　《現代電影》及其軟性電影論者的文化表達——「電影的電影」的追求〔劉吶鷗部分〕　互動與整合——海派文化語境中的電影和文學　浙江大學文藝學研究所　博士論文　陳堅教授指導　2003年12月　頁72—80
59. 沈建中　能手劉吶鷗與聖手穆時英　小說界　2004年第3期　2004年　頁174—180
60. 韓志湘　新感覺派小說：我寫我〔劉吶鷗部分〕　現代語文　2005年第8期　2005年8月　頁38—40
61. 林全洲　南瀛之最／臺灣人在上海拍片第一人・劉吶鷗編劇・捧紅李香蘭・寫小說、編劇本、當導演・36歲遇刺身亡・百年冥誕・文化局出版全集・辦資料影像展　聯合報・雲嘉南　2005年9月17日　C2版
62. 林正芳　文明開化：一個日式臺籍文化人的典型　劉吶鷗國際研討會　臺南　國家臺灣文學館主辦；中央大學中國文學系承辦；臺南縣文化局協辦　2005年9月17日—18日
63. 林正芳　文明開化——一個日氏臺籍文化人的典型　劉吶鷗國際研討會論文

集　臺南　國家臺灣文學館籌備處　2005年11月　頁69—90

64. 秦賢次　劉吶鷗的文學良伴　劉吶鷗國際研討會　臺南　國家臺灣文學館主辦；中央大學中國文學系承辦；臺南縣文化局協辦　2005年9月17日—18日

65. 秦賢次　劉吶鷗的上海文學電影歷程　劉吶鷗國際研討會論文集　臺南　國家臺灣文學館籌備處　2005年11月　頁267—310

66. 王德威　兩個時間的不感症者〔劉吶鷗部分〕　臺灣——從文學看歷史　臺北　麥田出版公司　2005年9月　頁143—145

67. 謝里法　新感覺主義——劉吶鷗的西方文明初體驗　Taiwan News財經・文化周刊　第206期　2005年10月6日　頁80

68. 張炎憲　變動時代下的臺灣人劉吶鷗——一個臺灣史觀點的思考　劉吶鷗國際研討會論文集　臺南　國家臺灣文學館籌備處　2005年11月　頁1—15

69. 宿久高　日本新感覺派文學在中國的受容〔劉吶鷗部分〕　中日新感覺派文學研究　東北師範大學中國現當代文學研究所　博士論文　劉中樹教授指導　2006年4月　頁140—144

70. 謝金蓉　替海派帶來新感覺——劉吶鷗　青山有史——臺灣史人物新論　臺北　秀威資訊科技公司　2006年10月　頁103—110

71. 賴香吟　三分之一　中國時報　2007年3月17日　E7版

72. 許秦蓁　再探劉吶鷗（1905—1940）的多元身分　清雲學報　第27卷第1期　2007年3月　頁185—199

73. 劉漢中口述；曹永洋整理　我的父親劉吶鷗　臺灣文學評論　第7卷第3期　2007年7月　頁194—196

74. 許秦蓁　劉吶鷗小傳　摩登・上海・新感覺——劉吶鷗（1905—1940）　臺北　秀威資訊科技公司　2008年2月　頁3—21

75. 鄭　瑜　下篇——二，一條弄堂的1930年——以「水沫書店」為例的討論〔劉吶鷗部分〕　虹口的空間網路與1930年代上半葉虹口民營出

版業　華東師範大學中國現當代文學研究所　博士論文　吳俊教授指導　2008年4月　頁69—79，86—92

76.〔封德屏主編〕　劉吶鷗　2007臺灣作家作品目錄　臺南　國立臺灣文學館　2008年7月　頁1218—1219

77. 黃　芳　活躍於新感覺派之中——施蟄存在新感覺派形成過程中的重要作用〔劉吶鷗部分〕　趨同與疏離——論施蟄存小說的流派特徵與異質性　南昌大學中國現當代文學研究所　碩士論文　熊岩教授指導　2008年12月　頁4

78. 趙　敏　搖擺的靈魂——創作主體因素——骨幹作家的人格特點——劉吶鷗——文人與商人的結合體　落花流水剎那芳，風碎雨殘無影蹤——新感覺派落幕原因探析　福建師範大學中國現當代文學研究所　碩士論文　鄭家建教授指導　2009年4月　頁34—35

79. 趙　敏　搖擺的靈魂——創作主體因素——作家人格對流派生存的影響〔劉吶鷗部分〕　落花流水剎那芳，風碎雨殘無影蹤——新感覺派落幕原因探析　福建師範大學中國現當代文學研究所　碩士論文　鄭家建教授指導　2009年4月　頁37

80. 李洪華　論20世紀30年代上海現代派的文化身分〔劉吶鷗部分〕　江西社會科學　2009年第10期　2009年　頁208—212

81. 陳育虹　沒有遺漏一天　聯合報　2010年12月27日　D3版

82. 方鶴臻，張志敏　劉吶鷗的上海情結　青春歲月　2012年第4期　2012年2月　頁36

83. 趙慶華　作家寫情，文物留情——關於「作家文物珍品展覽」——劉吶鷗的麻將牌／劉漢中捐贈　臺灣文學館通訊　第38期　2013年3月　頁43

84. 胡　蝶　永遠的微笑　劉吶鷗全集・增補集　臺南　國立臺灣文學館　2010年7月　頁248—250

85. 松崎啟次著；王志文譯；許秦蓁校訂　劉燦波槍擊　劉吶鷗全集・增補集

臺南　國立臺灣文學館　2010 年 7 月　頁 255—294

86. 〔康來新，許秦蓁主編〕　《國民新聞》劉吶鷗事件報導　劉吶鷗全集・增補集　臺南　國立臺灣文學館　2010 年 7 月　頁 348—353

87. 邵銘煌　三個臺灣人的悲劇人生——被遺忘的劉吶鷗　紅巖春秋　2010 年第 5 期　2010 年 9 月　頁 56—58

88. 三澤真美惠　上海へ——暗殺された映画人・劉吶鴎　「帝国」と「祖国」のはざま——植民地期台湾映画人の交渉と越境　東京　岩波書店　2010 年 10 月　頁 103—181

89. 三澤真美惠著；許時嘉譯　赴上海：被暗殺的電影人——劉吶鷗　在「帝國」與「祖國」的夾縫間——日治時期臺灣電影人的交涉與跨境　臺北　臺灣大學出版中心　2012 年 4 月　頁 141—243

90. 阿　盛　臺南二營劉家　中國時報　2014 年 5 月 4 日　第 21 版

年表

91. 康來新，許秦蓁　劉吶鷗藝文繫年　劉吶鷗全集・影像集　臺南　臺南縣文化局　2001 年 3 月　頁 174—195

92. 熊　鷹　劉吶鷗生平年表　半殖民地語境中的現代主義書寫——劉吶鷗思想與小說的再認識　清華大學比較文學與世界文學研究所　碩士論文　王中忱教授指導　2006 年 5 月　頁 53—55

93. 許秦蓁　劉吶鷗年表　摩登・上海・新感覺——劉吶鷗（1905—1940）　臺北　秀威資訊科技公司　2008 年 2 月　頁 159—169

其他

94. 張淑娟　吶鷗百歲冥誕・影像展紀念・文化中心即起展出・讓民眾深入認識　中華日報・雲嘉南　2005 年 9 月 15 日　8 版

95. 〔民生報〕　前輩作家劉吶鷗・101 歲冥誕臺灣文學館・今明辦研討會　民生報　2005 年 9 月 17 日　A12 版

96. 張淑娟　劉吶鷗用影像記錄歷史・三〇年代活躍上海文壇・百歲冥誕展帶您走回時光隧道　中華日報・雲嘉南　2005 年 9 月 24 日　8 版

97. 涂順從　劉吶鷗資料暨影像展　文訊雜誌　第241期　2005年11月　頁129

98. 陳易志　馳名三〇年代大陸影壇・劉吶鷗之子・盼為父成立紀念館　中國時報　2006年3月5日　A5版

99. 黃微芬　臺文館重現《新文藝日記》透過精密擬真技術・複製劉吶鷗日記・將作為展出用　中華日報・雲嘉南　2010年1月30日　B6版

100. 〔楊護源主編〕　劉吶鷗學術研討會　國立臺灣文學館年報 2011　臺南　國立臺灣文學館　2012年12月　頁23

作品評論篇目

綜論

101. 劉心皇　劉吶鷗　抗戰時期淪陷區文學史　臺北　成文出版社　1980年5月　頁79—81

102. 嚴家炎　論三十年代的新感覺派小說〔劉吶鷗部分〕[3]　中國現代文學思潮流派討論集　北京　人民文學出版社　1984年12月　頁246—288

103. 嚴家炎　前言〔劉吶鷗部分〕　新感覺派小說選　北京　人民文學出版社　1985年5月　頁1—38

104. 施建偉　現實主義，還是現代主義？——試論心理分析小說派的創作傾向及其歷史教訓〔劉吶鷗部分〕　中國現代文學研究叢刊　1985年第2期　1985年5月　頁51—52，57—58

105. 施建傳　心理分析小說派的創作傾向〔劉吶鷗部分〕[4]　中國現代文學流派論　西安　陝西人民出版社　1986年12月　頁9—39

106. 施建傳　前言〔劉吶鷗部分〕　心理分析派小說集（上）　南昌　百花洲文藝出版社　1990年6月　頁1—23

---

[3]本文後為《新感覺小說選》之前言，內容略有增刪。

[4]本文後為《心理分析派小說集》之〈前言〉。

107. 嚴家炎　新感覺派主要作家〔劉吶鷗部分〕　聯合文學　第36期　1987年10月　頁15—19

108. 嚴家炎　新感覺派主要作家〔劉吶鷗部分〕　新感覺派小說選　臺北　允晨文化公司　1988年12月　頁341—342

109. 嚴家炎　論新感覺派小說——新感覺派主要作家——劉吶鷗　論中國現代文學及其他　臺北　新學識文教出版中心　1989年4月　頁195—197

110. 嚴家炎　新感覺派和心理分析小說——新感覺派主要作家——劉吶鷗　中國現代小說流派史　北京　人民文學出版社　1989年8月　頁131—133

111. 嚴家炎　新感覺派主要作家〔劉吶鷗部分〕　上海的狐步舞——新感覺派小說選　臺北　允晨文化公司　2001年8月　頁331—332

112. 嚴家炎　新感覺派與心理分析小說——新感覺派主要作家——劉吶鷗　中國現代小說流派史（增訂本）　武漢　長江文藝出版社　2009年8月　頁130—131

113. 李歐梵　中國現代小說的先驅者——施蟄存、穆時英、劉吶鷗作品簡介　聯合文學　第36期　1987年10月　頁8—14

114. 李歐梵　中國現代小說的先驅者——施蟄存、穆時英、劉吶鷗作品簡介　新感覺派小說選　臺北　允晨文化公司　1988年12月　頁1—16

115. 李歐梵　中國現代小說的先驅者——施蟄存、穆時英、劉吶鷗　現代性的追求——李歐梵文化評論精選集　臺北　麥田出版公司　1996年9月　頁161—174

116. 李歐梵　中國現代小說的先驅者——施蟄存、穆時英、劉吶鷗作品簡介　上海的狐步舞——新感覺派小說選　臺北　允晨文化公司　2001年8月　頁7—21

117. 應國靖　三十年代的「現代派」〔劉吶鷗部分〕　中國現代文學社團流派（下）　江蘇　江蘇教育出版社　1989年5月　頁652—653

118. 李振坤　現代主義藝術移植中國的大膽嘗試——新感覺派小說〔劉吶鷗部分〕　新疆社科論壇　1991年第1期　1991年12月　頁39

119. 范　泉　新感覺派〔劉吶鷗部分〕　中國現代文學社團流派辭典　上海　上海書店　1993年6月　頁521—522

120. 楊　義　上海現代派作家——劉吶鷗（1900—1939）　中國現代小說史・第2卷　北京　人民文學出版社　1993年7月　頁679—685

121. 劉洪濤　新感覺的解剖——論劉吶鷗、穆時英的都市小說　文藝理論研究　1993年第6期　1993年12月　頁57—61

122. 陳慧忠　中國新感覺派文學的形成〔劉吶鷗部分〕　文藝理論研究　1995年第2期　1995年3月　頁31—39

123. 楊莉馨　都市文學的一支奇葩——試論中國新感覺派〔劉吶鷗部分〕　上海師範大學學報　1995年第1期　1995年3月　頁46—49

124. 孫乃修　劉吶鷗（1900—1939）　佛洛伊德與中國現代作家　臺北　業強出版社　1995年5月　頁213—223

125. 王振亮　重評新感覺派小說的創作方法〔劉吶鷗部分〕　內蒙古社會科學　1996年第2期　1996年3月　頁78—81

126. 汪星明　試論新感覺派對中國小說現代化的貢獻〔劉吶鷗部分〕　廣西師範大學學報　第32卷第2期　1996年6月　頁17—22

127. 王明君　劉吶鷗——中國新感覺派的開創者　中國新感覺派小說之研究　政治大學中國文學系　碩士論文　唐翼明教授指導　1997年5月　頁21—45

128. 劉進才　新感覺派小說的敘事藝術論——敘事結構：心理——情緒的結構模式〔劉吶鷗部分〕　河南師範大學學報　1997年第5期　1997年9月　頁56—57

129. 葉雪芬　新感覺派小說〔劉吶鷗部分〕　中國現代文學社團流派史　武昌　華中師範大學出版社　1997年12月　頁503—504

130. 張國安　導言　劉吶鷗小說全編　上海　學林出版社　1997年12月

〔6〕頁

131. 許秦蓁　「上海」新感覺派與「臺灣人」劉吶鷗　第二屆淡江大學「文學與文化」學術研討會會議　臺北　淡江大學主辦　1998年5月16日

132. 許愛珠　中國新感覺小說的審美特質與起落、衰變〔劉吶鷗部分〕　江西教育學院學報　第19卷第4期　1998年8月　頁11—14，49

133. 王文英　新感覺派論——新感覺派始作俑者——劉吶鷗　上海社會科學院學術季刊　1998年第3期　1998年8月　頁183—192

134. 閻浩崗　三十年代現代派小說三作家之比較〔劉吶鷗部分〕　天津師大學報　1998年第6期　1998年12月　頁59—65

135. 許道明　施蟄存——劉吶鷗——穆時英　海派文學論　上海　復旦大學出版社　1999年3月　頁207—218

136. 李桂芳　幻想轉眄，愛欲掣魔——從女性、城市想像到上海論新感覺派的感覺結構〔劉吶鷗部分〕　孤獨的帝國——第二屆全國大專學生文學獎　臺北　行政院文建會　1999年5月　頁602—620

137. 欒梅健　論中國現代主義文學思潮〔劉吶鷗部分〕　中國現代文學理論季刊　第15期　1999年9月　頁335—336

138. 許秦蓁　現代洗禮與南國相思——劉吶鷗（1905—1940）的文學啟蒙與憂國懷鄉　臺灣風物　第49卷第4期　1999年12月　頁91—105

139. 彭小妍　「新女性」與上海都市文化：新感覺派研究〔劉吶鷗部分〕　海上說情慾——從張資平到劉吶鷗　臺北　中研院文哲所籌備處　2001年1月　頁65—103

140. 黃獻文　劉吶鷗　論新感覺派　武漢　武漢出版社　2000年3月　頁154—164

141. 楊迎平　劉吶鷗與日本新感覺派　江西社會科學　2000年第6期　2000年6月　頁37—40

142. 徐明德　新感覺派小說〔劉吶鷗部分〕　二十世紀中國文學史（上）　臺

北　文史哲出版社　2000 年 9 月　頁 229

143. 許秦蓁　租界區與殖民地：新感覺派作家筆下的城／鄉〔劉吶鷗部分〕育達研究叢刊　第 1 期　2000 年 10 月　頁 120—132

144. 趙炳奐　飛翔在靈魂的曲折中——劉吶鷗　三、四十年代海派都市小說的人物形象演變　復旦大學中國現當代文學研究所　博士論文　吳立昌教授指導　2000 年 10 月　頁 9—21

145. 康來新　序——「我有什麼好看呢？」——悅讀好而好看的臺灣人劉吶鷗（1905—1940）　劉吶鷗全集・文學集　臺南　臺南縣文化局　2001 年 3 月　頁 7—22

146. 康來新　代跋——「我有什麼好看呢？」——悅讀好而好看的臺灣人劉吶鷗（1905—1940）　劉吶鷗國際研討會論文集　臺南　國家臺灣文學館籌備處　2005 年 11 月　頁 693—704

147. 李歐梵著；毛尖譯　臉、身體和城市：劉吶鷗和穆時英的小說[5]　上海摩登——一種新都市文化在中國 1930—1945　北京　北京大學出版社　2001 年 12 月　頁 202—245

148. 李歐梵著；毛尖譯　臉、身體和城市：劉吶鷗和穆時英的小說　上海摩登——一種新都市文化在中國 1930—1945　上海　生活・讀書・新知三聯書店　2008 年 6 月　頁 192—233

149. 王志松　劉吶鷗的新感覺小說翻譯與創作　中國現代文學研究叢刊　2002 年第 4 期　2002 年 4 月　頁 54—69

150. 劉江萍　劉吶鷗與日本新感覺派　嘉應大學學報　2002 年第 2 期　2002 年 4 月　頁 76—79

151. 王志松　新感覺文學在中國二、三十年代的翻譯與接受——文體與思想〔劉吶鷗部分〕　日語學習與研究　2002 年 2 月　2002 年 6 月　頁 68—74

[5]本文探討劉吶鷗、穆時英作品中的「城市意識」。全文共 6 小節：1.摩登女郎的臉和身體；2.摩登女、穆杭、異域風；3.慾望、詭計和城市；4.女性身體肖像；5.舞廳和都市；6.作為丑角的作家。

152. 李俊國　都市文化理性與劉吶鷗的都會小說　湖北大學學報　第 29 卷第 5 期　2002 年 9 月　頁 1—4

153. 袁振喜　在另一種視野中看新感覺派小說的歷史地位〔劉吶鷗部分〕　河北學刊　2002 年第 6 期　2002 年 11 月　頁 105

154. 蔡登山　迷茫與焦灼的漫遊者（上、下）〔劉吶鷗部分〕　臺灣日報 2003 年 1 月 29—30 日　25 版

155. 蔡登山　迷茫與焦灼的漫遊者——記「新感覺派作家」〔劉吶鷗部分〕另眼看作家　臺北　秀威資訊科技公司　2007 年 6 月　頁 125—135

156. 黎湘萍　失敗的反叛：「圍城」母題〔劉吶鷗部分〕　文學臺灣——臺灣知識者的文學敘事與理論想像　北京　人民文學出版社　2003 年 3 月　頁 63

157. 李興陽　被消費的都市女人——劉吶鷗中日新感覺派小說著、譯比較之二　阜陽師範學院學報　2003 年第 2 期　2003 年 4 月　頁 24—26

158. 許秦蓁　兩岸女性文學發展學術研討會——「近代的產物」——劉吶鷗的上海女性風景學　兩岸女性文學發展學術研討會　臺北　中華發展基金管理委員會主辦　2003 年 11 月 1—2 日

159. 李俊國　海派：都市文化理性與洋場人性風景〔劉吶鷗部分〕　中國現代都市小說研究　北京　中國社會科學出版社　2004 年 1 月　頁 53—102

160. 陳依雯　逃離都市的風景想像：以劉吶鷗為例　新感覺派的頹廢意識研究　中山大學中國文學系　碩士論文　蔡振念教授指導　2004 年 1 月　頁 118—138

161. 吳錫民　新感覺派的狐步舞：現代小說創作中的意識流最初嘗試〔劉吶鷗部分〕　廣西師範學院學報　第 25 卷第 1 期　2004 年 1 月　頁 33—38

162. 徐仲佳　現代性愛與 20 年代小說中現代人的自我想像——現代性愛的選

擇：「現代人」的徬徨與抗爭——都市：市民形象的新舊張力〔劉吶鷗部分〕 性愛問題——20年代中國小說的現代性闡釋 南京師範大學中國現當代文學研究所 博士論文 楊洪承教授指導 2004年1月 頁37—39

163. 陳子善 編者荐言 都市風景線 杭州 浙江文藝出版社 2004年1月 頁1—2

164. 施軍，曾一果 論新感覺派與唯美主義〔劉吶鷗部分〕 江西社會科學 2004年第1期 2004年1月 頁76—79

165. 李掖平 為現代都市繪態畫魂——再論新感覺派的小說創作〔劉吶鷗部分〕 山東師範大學學報 2004年第2期 2004年3月 頁39—44

166. 杜娜，萬迪宏 試論新感覺派的都市觀〔劉吶鷗部分〕 滄州師範專科學校學報 第20卷第1期 2004年3月 頁29—30

167. 祝良文 孤島時期的穆時英、劉吶鷗 貴州師範大學學報 2004年第3期 2004年6月 頁95—98

168. 陳偉軍 慾望的非理性之旅——從王國維到新感覺派小說〔劉吶鷗部分〕 浙江學刊 2004年第4期 2004年7月 頁160—161

169. 王學振 電影對中國新感覺派的影響〔劉吶鷗部分〕 重慶師範大學學報 2004年第4期 2004年8月 頁44—89，81

170. 猶家仲 劉吶鷗小說是現代的還是後現代的 東方叢刊 2004年第3期 2004年8月 頁196—206

171. 靳明全 「新感覺派」的移植〔劉吶鷗部分〕 中國現代文學興起發展中的日本影響因素 北京 中國社會科學出版社 2004年9月 頁70—71

172. 郭亮亮 家庭的現代性症候——劉吶鷗、穆時英小說解讀 貴州師範大學學報 2004年第5期 2004年10月 頁91—94

173. 張鳳渝 新感覺派筆下的都市〔劉吶鷗部分〕 綏化師專學報 第24卷第

4 期　2004 年 11 月　頁 74—76

174. 蔡明原　上海與臺灣——新感覺的兩種實踐：以翁鬧與劉吶鷗的作品為探討對象[6]　文學與社會學術研討會——2004 青年文學會議　臺南　國家臺灣文學館主辦；文訊雜誌社協辦　2004 年 12 月 4—5 日

175. 蔡明原　上海與臺灣——新感覺的兩種實踐：以翁鬧與劉吶鷗的作品為探討對象　文學與社會學術研討會——青年文學會議論文集 2004　臺南　國家臺灣文學館　2004 年 12 月　頁 63—84

176. 蔡明原　上海與臺灣——新感覺的兩種實踐：以翁鬧與劉吶鷗的作品為探討對象〔論文摘要〕　文訊雜誌　第 232 期　2005 年 2 月　頁 42—43

177. 花家明　中國 20 世紀 30 年代的意識流文學〔劉吶鷗部分〕　韓山師範學院學報　第 25 卷第 4 期　2004 年 12 月　頁 54—58

178. 董穎紅　新感覺派小說成因探析〔劉吶鷗部分〕　廣西社會科學　2004 年第 6 期　2004 年　頁 96—98

179. 祝良文　穆時英、劉吶鷗的身分、死因及其他　廣西社會科學　2004 年第 7 期　2004 年　頁 113—116

180. 許秦蓁　文化臺商在上海：日據時期臺灣人劉吶鷗（1905—1940）　去國・汶化・華文祭——2005 年華文文化研究會議　新竹　中華民國文化研究學會，交通大學社會與文化研究所主辦　2005 年 1 月 8—9 日

181. 李健亞　新感覺派所呈現的身體景觀——西方文明投射下的身體景觀〔劉吶鷗部分〕　身體景觀下的現代性書寫　四川大學現當代文學研究所　碩士論文　毛迅教授指導　2005 年 1 月　頁 19—23

182. 杜心源　震驚的顛覆：新感覺派的性感尤物與城市空間〔劉吶鷗部分〕　江蘇社會科學　2005 年第 5 期　2005 年　頁 171—176

---

[6]本文以新感覺派的文本特徵來解讀二人作品，並比較分析二人文學書寫呈現上之差異。全文共 5 小節：1.前言；2.在異國與原鄉之間；3.一種「異質」的文學；4.新感覺的兩種實踐；5.結語：文學史中的翁鬧與劉吶鷗。

183. 孔令雲　在都市的神經上飛跑——中國新感覺派小說審美叛逆一瞥〔劉吶鷗部分〕　現代語文　2005 年第 2 期　2005 年 2 月　頁 28—30

184. 孫國華　析論新感覺派小說對洋場情愛觀的批判〔劉吶鷗部分〕　張家口職業技術學院學報　第 18 卷第 1 期　2005 年 3 月　頁 13—17

185. 酈蘇元　轉型時期（1931—1937）——「軟性電影」論〔劉吶鷗部分〕　中國現代電影理論史　北京　文化藝術出版社　2005 年 3 月　頁 221—231

186. 黃雲霞，賀昌盛　新感覺派命名質疑〔劉吶鷗部分〕　湖北大學學報　第 32 卷第 2 期　2005 年 3 月　頁 210—212

187. 李慧勤，王艷燕　現實主義與現代主義的融合——試論中國新感覺派的意識流小說創作〔劉吶鷗部分〕　綏化學院學報　第 25 卷第 2 期　2005 年 4 月　頁 46—48

188. 廖祿存　新感覺派在中國——劉吶鷗　施蟄存現代文學研究　中國文化大學中國文學系　碩士論文　張健教授指導　2005 年 6 月　頁 93—100

189. 楊迎平，姚曉婷　新感覺派小說比較談〔劉吶鷗部分〕　山東師範大學學報　2005 年第 4 期　2005 年 7 月　頁 50—54

190. 陳錦玉　劉吶鷗「新感覺派」的藝術追尋——文字與影像的魅惑　劉吶鷗國際研討會　臺南　國家臺灣文學館主辦；中央大學中國文學系承辦；臺南縣文化局協辦　2005 年 9 月 17 日—18 日

191. 陳錦玉　劉吶鷗「新感覺派」的藝術追尋——文字與影像的魅惑[7]　劉吶鷗國際研討會論文集　臺南　國家臺灣文學館籌備處　2005 年 11 月　頁 169—220

192. 李黛顰　經驗／驚艷上海——新感覺派的都市漫遊〔劉吶鷗部分〕　劉吶鷗國際研討會　臺南　國家臺灣文學館主辦；中央大學中國文學

[7]本文著眼劉吶鷗熱衷的「新感覺派」藝術追尋，探究其文學和電影成果。全文共 6 小節：1.前言；2.新感覺派的源起與特色；3.劉吶鷗藝術觀形成之探討；4.劉吶鷗小說創作再評價；5.劉吶鷗電影理論與編導作品；3.結論。

系承辦；臺南縣文化局協辦　2005年9月17日—18日

193. 李黛顰　經驗／驚艷上海——新感覺派的都市書寫〔劉吶鷗部分〕　劉吶鷗國際研討會論文集　臺南　國家臺灣文學館籌備處　2005年11月　頁221—264

194. 黃　仁　試論劉吶鷗電影理論的貢獻[8]　劉吶鷗國際研討會　臺南　國家臺灣文學館主辦；中央大學中國文學系承辦；臺南縣文化局協辦　2005年9月17日—18日

195. 黃　仁　中國電影技術理論的先驅——試論30年代臺灣人劉吶鷗對中國電影理論的貢獻　劉吶鷗國際研討會論文集　臺南　國家臺灣文學館籌備處　2005年11月　頁311—360

196. 三澤真美惠　劉吶鷗，「孤島」上海時期的電影活動[9]　劉吶鷗國際研討會　臺南　國家臺灣文學館主辦；中央大學中國文學系承辦；臺南縣文化局協辦　2005年9月17日—18日

197. 三澤真美惠　日中戦争勃発後上海における劉吶鴎の映画活動　劉吶鷗國際研討會論文集　臺南　國家臺灣文學館籌備處　2005年11月　頁365—404

198. 三澤真美惠著；梁竣瓘譯　中日戰爭爆發後劉吶鷗在上海的電影活動　劉吶鷗國際研討會論文集　臺南　國家臺灣文學館籌備處　2005年11月　頁405—440

199. 王韻如　Finding Neverland：遊走於「孤島」與「臺島」間的劉吶鷗[10]　劉

---

[8]本文全面性的平反劉吶鷗被誤解與貶抑的地位。全文共 13 小節：1.前言；2.時代背景；3.對劉吶鷗的誤解；4.《中國電影發展史》的批判；5.李道新教授的肯定；6.提升電影理論層次；7.「軟性電影」是國產電影由衰而盛的正途；8.藝術至上並無不妥；9.左翼電影理論隊伍的覺醒；10.「怎樣描寫」比「描寫什麼」重要；11.領先蒙太奇的研究；12.歐洲電影理論的蓬勃時期；13.中共電影藝術理論的轉變。

[9]本文採實證方法考察劉吶鷗足跡，推論其志在創作「非政治性電影」。全文共 5 小節：1.はじめに；2.日中戰爭勃發後、再び上海へ；3.「對日協力」の內容；4.「國旗を持っていない」人；5.まとあに代えて。

[10]本文拆解劉吶鷗與臺灣母土的情感聯繫，建立臺灣文學的更多可能。全文共 4 小節：1.前言；2.國族論述下的劉吶鷗——臺灣、東京、上海；3.「我是我自己」的劉吶鷗——完成自我、時尚海派；4.結語。

吶鷗國際研討會　臺南　國家臺灣文學館主辦；中央大學中國文學系承辦；臺南縣文化局協辦　2005 年 9 月 17 日—18 日

200. 王韻如　Finding Neverland——劉吶鷗的多重跨越與顛覆　劉吶鷗國際研討會論文集　臺南　國家臺灣文學館籌備處　2005 年 11 月　頁 441—476

201. 許秦蓁　漫畫／話女性：劉吶鷗與郭建英的「上海新感覺派」[11]　劉吶鷗國際研討會　臺南　國家臺灣文學館主辦；中央大學中國文學系承辦；臺南縣文化局協辦　2005 年 9 月 17 日—18 日

202. 許秦蓁　漫畫／話女性：劉吶鷗與郭建英的「上海新感覺派」　劉吶鷗國際研討會論文集　臺南　國家臺灣文學館籌備處　2005 年 11 月　頁 517—565

203. 林春美　都市與女人：劉吶鷗的小說風景[12]　學術論文集（七）　馬來西亞　馬來亞大學中文系　2005 年 9 月　頁 225—259

204. 孫國亮　都市裡拒絕神話——論劉吶鷗小說的文化解構意義　湖南文理學院學報　第 30 卷第 5 期　2005 年 9 月　頁 41—44

205. 朱文清　現代尤物的畫像——從劉吶鷗的新尤物妖人故事看其女性觀　湖南科技學院學報　第 26 卷第 10 期　2005 年 10 月　頁 97—99

206. 陳　言　劉吶鷗：游走在上海的文壇與官場之間[13]　勵耘學刊　2005 年第 2 期　2005 年 10 月　頁 125—138

207. 史書美　性別、種族與半殖民地性——劉吶鷗的上海都市風景[14]　劉吶鷗國

---

[11]本文討論劉吶鷗與郭建英共同關注的「女性」議題，探知其女性審美觀。全文共 6 小節：1.前言—關於劉吶鷗與郭建英；2.「女性」—上海街頭風景線一瞥；3.都會與女性—新感覺派的詮釋系統；4.「我有什麼好看呢？」—劉吶鷗與郭建英的女性對照記；5.漫話與漫畫—月份牌、電影工業、女性風景；6.結語—上海「新感覺」。

[12]本文從瑣屑的歷史資料中，呈現劉吶鷗的文學面貌。全文共 4 小節：1.洋場「劉」風；2.《都市風景線》；3.都市空間；4.女人風景。

[13]本文揭示劉吶鷗在臺灣文學史上缺席、大陸文學史上定位曖昧的原因。全文共 3 小節：1.基本檔案：中國文學史中的謬誤與漏洞；2.臺灣人的上海製造：新感覺派和「軟性電影」；3.電影、新聞「事業」與「漢奸」身分辨析。

[14]本文分析劉吶鷗作品中「摩登女郎」系列，探討其中性別、種族、民族身分的文化構成與半殖民地的關係。全文共 4 小節：1.殖民地與半殖民地的性別種族政治；2.半殖民地都市中的畸零人；3.都市與摩登女郎；4.結論：欲望與半殖民地現代性。

際研討會論文集　臺南　國家臺灣文學館籌備處　2005 年 11 月　頁 17—65

208. Cutivet Sakina　Linguistics Representations in Liu Na'ou's 1927 Diary[15]　劉吶鷗國際研討會論文集　臺南　國家臺灣文學館籌備處　2005 年 11 月　頁 91—120

209. Cutivet Sakina 著；王佩琳，許秦蓁譯　劉吶鷗「新感覺派」1927 年日記中的語文表現　劉吶鷗國際研討會論文集　臺南　國家臺灣文學館籌備處　2005 年 11 月　頁 121—141

210. 劉　方　論新感覺派的病態人生書寫〔劉吶鷗部分〕　現代語文　2006 年第 1 期　2006 年 1 月　頁 74—75

211. 許劍銘　審美的倒置——中國新感覺派的語言意識解讀〔劉吶鷗部分〕　漢字文化　2006 年第 3 期　2006 年 2 月　頁 79—82

212. 劉　軍　論新感覺派都市小說的街道經驗〔劉吶鷗部分〕　社會縱橫　第 21 卷第 2 期　2006 年 2 月　頁 127—128

213. 張　羽　20 世紀 30 年代海峽兩岸的新感覺書寫〔劉吶鷗部分〕　臺灣研究集刊　2006 年第 1 期　2006 年 3 月　頁 81—87

214. 韓志湘　迷失家園的靈魂——新感覺派筆下的上海人〔劉吶鷗部分〕　現代語文　2006 年第 3 期　2006 年 3 月　頁 121—122

215. 張淑婭　感傷的都市色調——中國新感覺派小說解讀〔劉吶鷗部分〕　社會科學家　2006 年第 2 期　2006 年 3 月　頁 65—68

216. 彭小妍　浪蕩子美學與越界——新感覺派作品中的性別、語言與漫遊——我喜愛的是遊蕩……〔劉吶鷗部分〕　中國文哲所研究集刊　第 28 期　2006 年 3 月　頁 139—144

217. 酈蘇元　審美觀照與現代眼光——劉吶鷗的電影論　當代電影　2006 年第 2 期　2006 年 3 月　頁 62—65

---

[15]本文歸納劉吶鷗語言的文化特質，反映其接收文化的差異性。全文共 4 小節：1.Introduction:A different Artist；2.The Other,mirror of our identity；3.Liu Na'ou's 1927 Diary；4.Conclusion:"Tell me whom you meet,I will tell you who you are"。

218. 盤　劍　電影的電影的追求——論劉吶鷗的電影觀　當代電影　2006年第2期　2006年3月　頁65—69

219. 陳麗娟　上海現代派小說的都市文化意識〔劉吶鷗部分〕　安陽工學院學報　2006年第2期　2006年4月　頁111—113

220. 張岩泉　試論新感覺派小說的流派特徵與個人風格〔劉吶鷗部分〕　高等函授學報　第19卷第2期　2006年4月　頁36—38，76

221. 宿久高　中國新感覺派作家的文學創作——劉吶鷗的文學探索與創作　中日新感覺派文學研究　東北師範大學中國現當代文學研究所　博士論文　劉中樹教授指導　2006年4月　頁160—173

222. 劉　洋　緣起：由《現代電影》引發的爭論——劉吶鷗的電影藝術觀　筆生硝煙：「硬性電影」和「軟性電影」的論爭　華東師範大學中國現當代文學研究所　碩士論文　羅崗教授指導　2006年4月　頁9—14

223. 郭亮亮　論劉吶鷗小說的想像性存在的現代性　北京工業大學學報　第6卷第2期　2006年6月　頁93—96

224. 金舒鶯　日本新感覺派在中國的譯介及影響〔劉吶鷗部分〕　上海海關高等專科學校學報　2006年第2期　2006年6月　頁70—74

225. 韓志湘　以女性為文本觀照下的新城市新感覺〔劉吶鷗部分〕　山東文學　2006年第7期　2006年7月　頁66—68

226. 王升遠　長久的誤讀：中國新感覺派的日本文學譯介考辨〔劉吶鷗部分〕　現代語文　2006年第7期　2006年7月　頁36—38

227. 杜心源　感官、商品與世界主義：都市當下性與現代性的美學轉移〔劉吶鷗部分〕　天津社會科學　2006年第4期　2006年7月　頁94—100

228. 郭海榮　「一位敏感的都市人」：論劉吶鷗的都市小說創作　中州學刊　2006年第5期　2006年9月　頁259—263

229. 賀昌盛　從「新感覺」到心理分析——重審「新感覺派」的都市性愛敘事

——都市背景中的性愛消費：劉吶鷗 文學評論 2006年第5期 2006年9月 頁69—70

230. 蔡松楊 都市遷徙：從舞廳到弄堂——十里洋場中的兩性故事：劉吶鷗的都市風景線 論《現代》雜誌的都市想像 寧波大學現當代文學研究所 碩士論文 南志剛教授指導 2006年11月 頁29—34

231. 沈文凡，閆雪瑩 日本新感覺派及其對中國文學的影響〔劉吶鷗部分〕 日本學論壇 2006年第2期 2006年 頁24—31

232. 李永東 洋場文人的租界感覺：新感覺派小說與上海租界〔劉吶鷗部分〕 中國文學研究 2006年第4期 2006年 頁38—42

233. 蔡艷秋 獨特的現代主義實驗——論新感覺派小說的藝術技巧〔劉吶鷗部分〕 鄭州航空工業管理學院學報 第26卷第1期 2007年2月 頁20—22

234. 劉鳳娟 中日新感覺派小說的異同〔劉吶鷗部分〕 遼寧行政學院學報 第9卷第4期 2007年4月 頁223，225

235. 周 楊 劉吶鷗對中國新感覺文學的貢獻 日本新感覺派影響下的中國20年代新感覺文學 對外經濟貿易大學日語語言文學研究所 碩士論文 付蔭教授指導 2007年4月 頁10—17

236. 周 寧 從《無軌列車》、《新文藝》到《現代》——從《新文藝》到《現代》〔劉吶鷗部分〕 《現代》與三十年代文學思潮 山東大學中國現當代文學研究所 博士論文 黃萬華教授指導 2007年4月 頁23—24

237. 賓恩海 新感覺派小說——新感覺派小說的主要作家作品——劉吶鷗 中國現代文學流派概論 合肥 安徽大學出版社 2007年6月 頁176—177

238. 吳健民 新感覺派小說的電影特色〔劉吶鷗部分〕 天中學刊 第22卷第3期 2007年6月 頁72—74

239. 李道新 電影的新文化批評（1932—1937）〔劉吶鷗部分〕 中國電影批

評史（1897—2000） 北京 北京大學出版社 2007年9月 頁67—115

240. 賀 昱 行走在文學與電影的邊緣——論作家劉吶鷗的電影觀 語文學刊 2007年第9期 2007年9月 頁6—8

241. 李俊國，陳璇 科學精神與新感覺派都市敘事〔劉吶鷗部分〕 江漢論壇 2007年第10期 2007年10月 頁110—113

242. 張馥潔 現代性視野下的海派文學〔劉吶鷗部分〕 承德民族師專學報 第27卷第4期 2007年11月 頁49—51

243. 喬以鋼，孫琳 論新感覺派文本的尤物敘事〔劉吶鷗部分〕 湘潭大學學報 第31卷第6期 2007年11月 頁103—107，119

244. 胡希東 現代主義的都市表徵——新感覺派文化精神論〔劉吶鷗部分〕 蘭州學刊 2007年第2期 2007年 頁197—200

245. 郭海榮 劉吶鷗與「左」、「右」電影之爭 美與時代 2007年第12期 2007年12月 頁140—143

246. 金春平 論新感覺派都市敘事的差異性〔劉吶鷗部分〕 名作欣賞 2007年第24期 2007年12月 頁128—129

247. 張鴻聲 新感覺派小說的鄉土想像——兼論上海文學中鄉土敘述性的幾種現象〔劉吶鷗部分〕 學術論壇 2007年第12期 2007年12月 頁138—142

248. 李詮林 離島寫作與歸鄉之響——離臺內渡寫作——臺灣作家的內渡寫作〔劉吶鷗部分〕 臺灣現代文學史稿 福州 海峽文藝出版社 2007年12月 頁47—49

249. 任 瑜 現代都市的卡吉婭——穆時英、劉吶鷗都市小說中的女性身體 湖北廣播電視大學學報 第28卷第3期 2008年3月 頁60—61

250. 桂 強 中國「新感覺派」作家對外國文學的借鑑與誤讀 世紀橋 2008年第3期 2008年3月 頁89—90

251. 李洪華　上海文化語境與現代派作家的都市想像——都市的「風景線」與「狐步舞」：新感覺派的都市想像〔劉吶鷗部分〕　上海文化與現代派文學　上海師範大學中國現當代文學研究所　博士論文　楊劍龍教授指導　2008年4月　頁181—190

252. 文貴良　新感覺派：文學漢語與都市體驗〔劉吶鷗部分〕　中國比較文學　2008年第2期　2008年4月　頁41—50

253. 馬占俊，趙明　論新感覺派小說中的傳統特質〔劉吶鷗部分〕　綏化學院學報　第28卷第2期　2008年4月　頁59—61

254. 陳春妤　知識分子的精神圖像與現代性想像——以楊守愚、劉吶鷗、吳新榮為例　日治時期知識分子對殖民現代工程的批評　靜宜大學中國文學系　碩士論文　王惠珍教授指導　2008年6月　頁87—148

255. 胡建偉　世紀末思潮澆灌下的都市之「花」——論劉吶鷗、穆時英為代表的新感覺派小說　上饒師範學院學報　第28卷第5期　2008年10月　頁67—70

256. 趙雪源　摩登天空下的妖嬈——30年代劉吶鷗、穆時英小說「軀體修辭」的文化闡釋　時代文學　2008年第19期　2008年10月　頁67—69

257. 王曉雁　別樣的都市風景——劉吶鷗的「新感覺式」小說創作　作家　2009年第2期　2009年1月　頁25—26

258. 葉祚樑　兩個新感覺作家的慾望城市——重讀翁鬧與劉吶鷗的都會小說[16]　翁鬧的世界——翁鬧百歲冥誕紀念學術研討會　國立臺灣文學館，明道大學主辦　2009年5月1日

259. 葉祚樑　曖昧的人／新感覺書寫——劉吶鷗的「時間不感症」　第十屆「現代思潮」全國學術研討會　臺中　靜宜大學人文暨社會科學

[16]本文比較兩人在新感覺書寫上的展現、對於愛情題材的處理以及在都會場景上的意義。全文共4小節：1.前言——新感覺來了！；2.摩登惡之華——翁鬧與劉吶鷗小說的空間比較；3.情慾意識流——翁鬧與劉吶鷗小說的愛情書寫；4.結語——臺灣日治文學史中的翁鬧與劉吶鷗。

院主辦　2009 年 5 月 22 日

260. 李洪華　從「同路人」到「第三種人」——論 1930 年代左翼文化對現代派群體的影響〔劉吶鷗部分〕　南昌大學學報　第 40 卷第 3 期　2009 年 5 月　頁 122—127

261. 劉　娜　與劉吶鷗、穆英時的比較　新感覺派的「這一個」——論施蟄存的小說創作　內蒙古師範大學中國現當代文學研究所　碩士論文　陶長坤教授指導　2009 年 5 月　頁 38—49

262. 譚　華　都會性愛與情愛的不同感應者——試論劉吶鷗小說的「性」、「情」觀　現代語文　2009 年第 6 期　2009 年 6 月　頁 106—107

263. 張屏瑾　在沉醉與狂歡中戰慄・劉吶鷗和他的魔力上海　上海文化　2009 年第 4 期　2009 年 7 月　頁 31—42

264. 張　偉　試論新感覺派三位作家筆下的女性形象〔劉吶鷗部分〕　作家 2008 年第 8 期　2009 年 8 月　頁 16—17

265. 游　杰　論劉吶鷗都市小說中的「幻滅感」　淮北職業技術學院學報　第 8 卷第 6 期　2009 年 12 月　頁 48—50

266. 傅建安　劉吶鷗小說與新時期都市書寫　南方文壇　2010 年第 2 期　2010 年 3 月　頁 66—69

267. 聞　兵　試論劉吶鷗筆下的摩登女郎形象　常州工學院學報　第 28 卷第 2 期　2010 年 4 月　頁 25—28

268. 薛　峰　批評的轉向：現代電影理念的進入與中國電影藝術批評的建立——審美觀念的轉向：劉吶鷗的「開端」和穆英時的「繼續」　論 1910 至 1930 年代「鴛鴦蝴蝶派」與「新感覺派」文人的電影批評　上海大學電影學研究所　博士論文　曲春景教授指導　2010 年 4 月　頁 72—84

269. 李悅，歐陽長鍼　影像敘述——劉吶鷗小說對電影藝術的自覺借鑑　四川職業技術學院學報　第 20 卷第 2 期　2010 年 5 月　頁 62—64

270. 李　安　男性：模糊的存在——淺析劉吶鷗小說的男性塑造　濟源職業技

術學院學報　第 9 卷第 2 期　2010 年 6 月　頁 56—58，103

271. 李　安　男性：模糊的存在——淺析劉吶鷗小說的男性塑造　魅力中國　2010 年第 16 期　2010 年　頁 83—84

272. 梁慕靈　想像中國的另一種方法：論「殖民現代性」下劉吶鷗、穆時英和張愛玲小說的「視覺性」　第九屆國際青年學者漢學會議——臺灣文學與文化研究　臺北　臺灣大學臺灣文學研究所，哈佛大學東亞系主辦　2010 年 7 月 9—10 日

273. 康來新　三讀劉吶鷗：代序與待續　劉吶鷗全集・增補集　臺南　國立臺灣文學館　2010 年 7 月　頁 16—20

274. 郭紅央　上海租界文化對劉吶鷗小說創作的影響　常州大學學報　第 11 卷第 3 期　2010 年 9 月　頁 72—75，103

275. 陶　鳳　十里洋場的一道風景——談劉吶鷗對日本新感覺派小說敘事的接受和突破　文海藝苑　2010 年第 9 期　2010 年 9 月　頁 7—8

276. 許秦蓁　劉吶鷗及其同時代作家如何理解法國文藝——以《現代》雜誌為階段性考察　「漢法文化對話」國際研討會　桃園　中央大學法文系主辦　2010 年 10 月 8—9 日

277. 賈雙林　劉吶鷗：電影奇才的誕生和隕滅　新華航空　2010 年第 10 期　2010 年 10 月　頁 105—106

278. 林佩蓉　填補心靈與藝術飢餓的作家——劉吶鷗及《劉吶鷗全集・增補集》　臺灣文學館通訊　第 29 期　2010 年 12 月　頁 108—109

279. 楊豔萍　淺析劉吶鷗都市小說的特點　魅力中國　2010 年第 10 期下　2010 年　頁 178—179

280. 謝惠貞　中國新感覺派の誕生：劉吶鷗による横光利一作品の翻譯と模作創造　東方学　第 121 期　2011 年 1 月　頁 120—139

281. 王立霞　有色眼鏡觀照下的準新女性——劉吶鷗小說中的女性群體　當代小說　2011 年第 2 期　2011 年 2 月　頁 15—16

282. 方鶴臻　劉吶鷗小說的都市情結與反都市情結　劍南文學　2012 年第 2 期

2011 年 2 月　頁 82

283. 陳犀禾，金舒鶯　現代電影理論的建構——重新評價「新感覺派」電影論的理論遺產〔劉吶鷗部分〕　上海大學學報　第 18 卷第 2 期　2011 年 3 月　頁 18—19

284. 陳允元　在帝國的延長線上——1927 年劉吶鷗的越境、閱讀與「上海憧憬」　第八屆全國臺灣文學研究生學術論文研討會　臺北　國立臺灣文學館主辦　2011 年 6 月 4—5 日

285. 陳允元　在帝國的延長線上——1927 年劉吶鷗的越境、閱讀與「上海憧憬」　第八屆全國臺灣文學研究生學術論文研討會論文集　臺南　國立臺灣文學館　2011 年 9 月　頁 8—38

286. 秦安國　論劉吶鷗小說中的女性形象　江西藍天學院學報　第 6 卷第 2 期　2011 年 6 月　頁 80—83

287. 陳東陽　上海新感覺派的欲望敘述——以穆時英、劉吶鷗的作品為例　赤峰學院學報　第 32 卷第 8 期　2011 年 8 月　頁 144—145

288. 藤井省三；燕璐譯　魯迅與劉吶鷗：圍繞「戰間期」在上海的《猺山艷史》、《春蠶》電影論爭[17]　璀燦波光——2011 劉吶鷗國際研討會　桃園　國立臺灣文學館，中央大學主辦；教育部，長榮大學，長榮中學，長榮中學校友會總會協辦　2011 年 10 月 9—10 日

289. 藤井省三　魯迅與劉吶鷗：「戰間期」在上海的《猺山艷史》、《春蠶》電影論爭　現代中文學刊　2013 年第 1 期　2013 年 2 月　頁 44—57

290. 林文月　我所不認識的劉吶鷗　璀燦波光——2011 劉吶鷗國際研討會　桃園　國立臺灣文學館，中央大學主辦；教育部，長榮大學，長榮中學，長榮中學校友會總會協辦　2011 年 10 月 9—10 日

---

[17]本文追溯《猺山艷史》、《春蠶》從製作到上演的經過，考察魯迅與劉吶鷗的論爭。全文共 5 小節：1.「戰爭期」兩位上海文化人進行的唯一對話；2.類似的經歷、共通的文藝觀；3.《猺山艷史》的實地拍攝及其評價和在上海的上映情況；4.《春蠶》的製作及其評價和在上海的上映情況；5.魯迅 VS 劉吶鷗的「猺山・春蠶論爭」。

291. 三澤真美惠　研究ノート：劉吶鷗映画論の射程　璀燦波光——2011 劉吶鷗國際研討會　桃園　國立臺灣文學館，中央大學主辦；教育部，長榮大學，長榮中學，長榮中學校友會總會協辦　2011 年 10 月 9—10 日

292. 金昨非〔Pavel Byzov〕　什麼是「純粹電影」？試論劉吶鷗的理論體系　璀燦波光——2011 劉吶鷗國際研討會　桃園　國立臺灣文學館，中央大學主辦；教育部，長榮大學，長榮中學，長榮中學校友會總會協辦　2011 年 10 月 9—10 日

293. 徐明瀚　從「詩性影像」到「軟性電影」：劉吶鷗的「影像——構句」美學及其宿命　璀燦波光——2011 劉吶鷗國際研討會　桃園　國立臺灣文學館，中央大學主辦；教育部，長榮大學，長榮中學，長榮中學校友會總會協辦　2011 年 10 月 9—10 日

294. 康來新　摩登嬰戲圖——劉吶鷗「電影眼」中的孩子　璀燦波光——2011 劉吶鷗國際研討會　桃園　國立臺灣文學館，中央大學主辦；教育部，長榮大學，長榮中學，長榮中學校友會總會協辦　2011 年 10 月 9—10 日

295. 張明敏　翻譯語境中的劉吶鷗　璀燦波光——2011 劉吶鷗國際研討會　桃園　國立臺灣文學館，中央大學主辦；教育部，長榮大學，長榮中學，長榮中學校友會總會協辦　2011 年 10 月 9—10 日

296. 許秦蓁　都市風景線：劉吶鷗眼中的上海（1927—1940）　璀燦波光——2011 劉吶鷗國際研討會　桃園　國立臺灣文學館，中央大學主辦；教育部，長榮大學，長榮中學，長榮中學校友會總會協辦　2011 年 10 月 9—10 日

297. 趙勳達　劉吶鷗「浪蕩子美學」的商榷　璀燦波光——2011 劉吶鷗國際研討會　桃園　國立臺灣文學館，中央大學主辦；教育部，長榮大學，長榮中學，長榮中學校友會總會協辦　2011 年 10 月 9—10 日

298. 黎活仁　劉吶鷗小說的重複現象　璀燦波光——2011 劉吶鷗國際研討會

桃園 國立臺灣文學館，中央大學主辦；教育部，長榮大學，長榮中學，長榮中學校友會總會協辦 2011年10月9—10日

299. 方鶴臻，張志敏 從「有選擇的翻譯」看劉吶鷗的翻譯心理 金田 第287期 2011年12月 頁118

300. 方鶴臻 劉吶鷗的異域情結 劍南文學 2011年第12期 2011年12月 頁31，33

301. 方鶴臻，張志敏 劉吶鷗小說中摩登女形象背後的創作心理 劍南文學 2012年第1期 2012年1月 頁34

302. 張志超 海派小說中「夜」意象探析〔劉吶鷗部分〕 南昌教育學院學報 第27卷第2期 2012年2月 頁52

303. 彭小妍 浪蕩子、旅人、女性鑑賞家：臺灣人劉吶鷗[18] 浪蕩子美學與跨文化現代性——一九三〇年代上海、東京及巴黎的浪蕩子、漫遊者與譯者 臺北 聯經出版公司 2012年2月 頁53—111

304. 方鶴臻 試論「誤讀者」的審美心理〔劉吶鷗部分〕 青年文學家 2012年第5期 2012年3月 頁187

305. 喬潔瓊 30年代電影語言的現代化——劉吶鷗電影理論初探 電影文學 2012年第5期 2012年3月 頁9—10

306. 李 博 「新感覺派」小說中現代女性形象分析〔劉吶鷗部分〕 時代報告 2012年第5期 2012年5月 頁158

307. 張豔平 摩登女郎由何而來——再探劉吶鷗筆下的女主人公 時代報告 2012年第5期 2012年5月 頁156—157

308. 黃德志 大陸與臺灣學術研究方法之觀察——以新感覺派作家劉吶鷗研究為個案 臺灣文學跨界論壇：臺灣文學相關研究暨邁頂計畫期中報告工作坊 臺北 臺灣大學臺文所主辦 2012年6月29日

309. 沈佳妮 公共領域中女性的凝視——以劉吶鷗與穆時英小說中的摩登女郎

[18]本文以「浪蕩子美學」（dandyism）的概念，研究劉吶鷗的作品。全文共6小節：1.永恆的旅人；2.典型浪蕩子及女性嫌惡症；3.新感覺派文風及摩登女郎；4.浪蕩子美學及海派；5.臺灣人在上海、東京；6.混語書寫與跨文化現代性。

為例　北方文學　2012 年第 6 期　2012 年 6 月　頁 27—28

310. 鍾秩維　前現代「自然」與現代「新感覺」交織的風景：時間不感症者劉吶鷗的城市遊戲　臺日近現代研究生研討會　日本　臺灣大學臺文所，日本東京大學文學部人文社會系研究科主辦　2012 年 7 月 31—8 月 1 日

311. 馬爾克　試論新感覺派的形式探索——以劉吶鷗、穆時英為例　安徽文學　2012 年第 8 期　2012 年 8 月　頁 62—64

312. 高　興　「新感覺派」小說的「異域情調」〔劉吶鷗部分〕　河南廣播電視大學學報　第 25 卷第 4 期　2012 年 10 月　頁 28—29

313. 王麗麗　性別、民族與半殖民性：劉吶鷗、穆時英的都市風景線　黑龍江社會科學　2012 年第 5 期　2012 年 10 月　頁 140—142

314. 張　穎　論新感覺派小說中的電影修辭〔劉吶鷗部分〕　青海師範大學民族師範學院學報　第 23 卷第 2 期　2012 年 11 月　頁 2

315. 方鶴臻　淺析劉吶鷗對橫光利一文學創作的繼承性　文藝生活　2012 年第 3 期　2012 年　頁 37

316. 蔣曉雪　劉吶鷗上海租界書寫的源泉探微　金田　第 288 期　2012 年　頁 141

317. 蔣曉雪　在孤獨與異化中掙扎——上海租界語境下劉吶鷗小說中的人物分析　西江月　2012 年第 5 期　2012 年　頁 5

318. 梁慕靈　性別主體與國家想像——論劉吶鷗、穆時英和張愛玲小說中的「視覺化表述」[19]　The 8th Annual Conference of The Asian Studies Association of Hong Kong　香港　香港亞洲研究學會，香港教育學院大中華研究中心主辦　2013 年 3 月 9 日

319. 梁慕靈　論劉吶鷗、穆時英和張愛玲小說的「電影視覺化表述」[20]　中央大

[19]本文以劉吶鷗、穆時英、張愛玲為例，討論如何發展出屬於中國本土的新的小說表述形式。全文共 4 章：1.引言；2.劉吶鷗和穆時英對殖民主義文學「視覺化表述」的引入和轉化；3.張愛玲對男性「視覺化表述」的轉化和發展；4.結語。

[20]本文討論劉吶鷗、穆時英、張愛玲的小說，如何以不同的「電影視覺化表述」方式表現他們心目

學人文學報　第 50 期　2013 年 4 月　頁 73—130

320. 楊艷萍　劉吶鷗對中國新感覺派創作影響　祖國　2013 年第 8 期　2013 年 4 月　頁 25

321. 梁慕靈　想像中國的另一種方法：論劉吶鷗、穆時英和張愛玲小說的「視覺性」[21]　政大中文學報　第 19 期　2013 年 6 月　頁 219—260

322. 梁慕靈　跨文化翻譯者的凝視——論劉吶鷗對殖民主義的引入和轉化[22]　第八屆臺灣文化國際學術研討會——時空流轉：文學景觀、文化翻譯與語言接觸　臺北，臺南　長榮大學臺灣文學研究所，臺灣師範大學臺灣語文學系合辦　2013 年 9 月 5—7 日

323. 梁慕靈　混種文化翻譯者的凝視——論劉吶鷗對殖民主義文學的引入和轉化　清華學報　第 44 卷第 3 期　2014 年 9 月　頁 459—502

324. 王志松　劉吶鷗與「新興文學」——以馬克思主義文藝理論接受為中心　山東社會科學　第 218 期　2013 年 10 月　頁 82—88

325. 劉一瑾　純粹的現代電影藝術——從《影片藝術論》看劉吶鷗的電影觀念　四川戲劇　2013 年第 10 期　2013 年 12 月　頁 151—154

326. 楊豔萍　海派作家劉吶鷗寫作特點　北方文學　2013 年第 6 期　2013 年　頁 41

327. 張　煊　左翼電影時期閩籍影人行述考辨〔劉吶鷗部分〕　當代電影　2014 年第 2 期　2014 年 2 月　頁 56—58

328. 李　鑫　新感覺派小說的都市性與女性情結〔劉吶鷗部分〕　學理論

中的中國。全文共 6 章：1.引言；2.劉吶鷗與小說「電影視覺化表述」的引入和確立；3.穆時英與小說「電影視覺化表述」的本土化歷程；4.張愛玲與小說「電影視覺化表述」的轉化和改造；5.文化場域中的小說「電影視覺化表述」；6.結語。

[21]本文觀察劉吶鷗、穆時英、張愛玲的小說如何以「視覺」的方式來想像中國以及反映和形塑中國的現代經驗。全文共 4 章：1.引言；2.小說視覺化表述的引入和移植：劉吶鷗的翻譯和小說創作；3.小說視覺化表述的「模擬」：穆時英和張愛玲的小說創作；4.總結。正文後附錄〈劉吶鷗及相關人士翻譯作品年表〉。

[22]本文研究劉吶鷗小說表現的性別和殖民凝視。全文共 5 小節：1.引言；2.混種文化翻譯者是如何煉成的；3.西方與日本殖民主義文學的凝視；4.劉吶鷗對殖民者主義文學的引入和改寫；5.結語。正文後附錄「劉吶鷗及相關人士翻譯作品年表」。

2014年第6期　2014年2月　頁133—135

分論

◆單行本作品

小說

《都市風景線》

329. 鄒永常　崩朽的都市風景・新穎的感覺藝術——論劉吶鷗的《都市風景線》　武陵學刊　1996年第5期　1996年10月　頁53—56

330. 郭寶亮　作品解析——《都市風景線》　中國文學通典・小說通典　北京　解放軍文藝出版社　1999年1月　頁734—735

331. 劉紅林　現代化轉型：新的文學傾向的追求——理性的沉潛〔《都市風景線》部分〕　百年中華文學史論——1898—2019　上海　華東師範大學出版社　1999年9月　頁206

332. 王曉文　舞動的城——論新感覺派小說的都市主題〔《城市風景線》部分〕　山東教育學院學報　2003年第6期　2003年　頁57—59，67

333. 曾月卿　一個小說敘述的比較觀點——劉吶鷗《都市風景線》（1930）　劉吶鷗國際研討會　臺南　國家臺灣文學館主辦；中央大學中國文學系承辦；臺南縣文化局協辦　2005年9月17日—18日

334. 曾月卿　一個小說敘述的比較觀點——劉吶鷗《都市風景線》（1930）　劉吶鷗國際研討會論文集　臺南　國家臺灣文學館籌備處　2005年11月　頁481—516

335. 葉淑美　移植東京，感覺上海——試析劉吶鷗《都市風景線》中的新感覺呈現　思辨集　第11期　2008年3月　頁137—152

336. 王莉麗　中國新感覺派小說的文學史價值——精神分析學視野下的都市文學——劉吶鷗——都市慾望的張揚　感性欲望的都市表達——中日新感覺派小說創作的繼起性與文學史價值　遼寧師範大學文藝學研究所　碩士論文　王毅教授指導　2008年5月　頁24—27

337. 劉中頊，王竹良　20世紀20年代中國都市的現代性表達——劉吶鷗《都市風景線》的創新價值　湖南城市學院學報　第29卷第5期　2008年9月　頁66—70

338. 黃　芳　活躍於新感覺派之中——施蟄存小說的新感覺流派特徵——都市題材與主題〔《都市風景線》部分〕　趨同與疏離——論施蟄存小說的流派特徵與異質性　南昌大學中國現當代文學研究所　碩士論文　熊岩教授指導　2008年12月　頁7—8

339. 孫國亮　自信的「解構」與迷失的「建構」——對早期新感覺派小說集《都市風景線》的再解　鄭州航空工業管理學院學報　第29卷第2期　2010年4月　頁1—4

340. 林　文　性別、欲望與都市的面孔——都市的風景線　現代漩流中的都市書寫——「新感覺派」文化意蘊研究　黑龍江大學中國現當代文學研究所　碩士論文　于文秀教授指導　2010年5月　頁28—33

341. 趙　鳳　瞬間的極光——劉吶鷗《都市風景線》中人物形象簡論　安徽文學　2010年第5期　2010年5月　頁140

342. 蔣　磊　都市風景的現代性經驗——讀《都市風景線》　中國圖書評論　2010年第12期　2010年12月27日　頁24—26

343. 盧瑞忻　橫光利一與劉吶鷗筆下的上海形象之比較——以《上海》與《都市風景線》為例　安徽文學　2011年第6期　2010年6月　頁26—27，92

344. 方鶴臻　《都市風景線》的表現手法簡析　北方文學　2012年第2期　2012年2月　頁16

345. 王愛松　劉吶鷗的《風景》與現代都市人的情愛方式　名作欣賞　2012年第16期　2012年6月　頁28—33

346. 張伯男　想像的主體性：對《都市風景線》的符號解讀　學術交流　第223期　2012年10月　頁186—190

347. 原欣榮　劉吶鷗《都市風景線》中的女性形象分析　青年文學家　2012年

第27期　2012年12月　頁18—19

劇本

《永遠的微笑》

348. 黃　仁　《永遠的微笑》劇本重刊序　劉吶鷗全集・電影集　臺南　臺南縣文化局　2001年3月　頁7—18

文集

《劉吶鷗全集》

349. 黃武忠　從「無軌」到「歸鄉」——喜見劉吶鷗文學作品重現　臺灣日報　2000年12月30日　31版

350. 黃武忠　序——從「無軌」到「歸鄉」——喜見劉吶鷗文學作品重現　劉吶鷗全集〔全5集〕　臺南　臺南縣文化局　2001年3月　頁7—11

351. 黃　仁　文學返鄉——上海新感覺派文學推手、臺灣名作家《劉吶鷗全集》出版　聯合報　2001年1月28日　10版

352. 謝玲玉　卅年代作家劉吶鷗・全集出版　聯合報・雲嘉南　2001年4月25日　18版

353. 李　靜　《劉吶鷗全集》　中國時報　2001年6月3日　15版

354. 涂順從　南縣文化局出版《劉吶鷗全集》　文訊雜誌　第186期　2001年6月　頁60

355. 陳宛蓉　《劉吶鷗全集》出版　文訊雜誌　第186期　2001年6月　頁68—69

356. 黃　仁　記《劉吶鷗全集》出版　文訊雜誌　第189期　2001年7月　頁10—11

357. 陳文芬　雜誌圖書金鼎獎揭曉〔《劉吶鷗全集》部分〕　中國時報　2002年7月12日　14版

358. 謝玲玉　《劉吶鷗全集》・喜獲金鼎獎　聯合報・雲嘉南　2002年7月13日　18版

《劉吶鷗全集・增補集》

359. 〔楊護源主編〕　《劉吶鷗全集・增補集》編印　國立臺灣文學館年報 2010　臺南　國立臺灣文學館　2011 年 9 月　頁 23

單篇作品

360. 羅　田　「詩的內容已經變換了」——讀劉吶鷗的新感覺派小說〈熱情之骨〉　名作欣賞　1986 年第 2 期　1986 年 5 月　頁 99—104，71

361. 鮑昌寶　都市語境的詩意重建——小說〈熱情之骨〉的解讀　安徽工業大學學報　第 18 卷第 4 期　2001 年 12 月　頁 63—65

362. 董　燕　論新感覺派小說的悲劇情結〔〈熱情之骨〉部分〕　甘肅理論學刊　2003 年第 5 期　2003 年 9 月　頁 108

363. 鮑昌寶　尋覓都市中的詩意——劉吶鷗小說〈熱情之骨〉的解讀　名作欣賞　2005 年第 4 期　2005 年 2 月　頁 28—31

364. 許綺玲　菊、香橙、金盞花：從《橘子夫人》到〈熱情之骨〉的互文試探　璀燦波光——2011 劉吶鷗國際研討會　桃園　國立臺灣文學館，中央大學主辦；教育部，長榮大學，長榮中學，長榮中學校友會總會協辦　2011 年 10 月 9—10 日

365. 鄭　來　男性視角下的女性書寫——論析劉吶鷗的〈熱情之骨〉　語文學刊　2012 年第 4 期　2012 年 4 月　頁 44—45，49

366. 李　麗　評《現代》雜誌的歷史功績〔〈赤道下〉部分〕　中國現代文學研究叢刊　1987 年第 4 期　1987 年 11 月　頁 168

367. 周仲明　中國新感覺派小說中的心理概念〔〈兩個時間的不感症者〉部分〕　成都大學學報　1998 年第 1 期　1998 年 2 月　頁 44—57

368. 畢豔，左文　焦慮、狂歡、感傷——新感覺派小說的主題模式〔〈兩個時間的不感症者〉〕　湖南文理學院學報　2003 年第 5 期　2003 年 9 月　頁 45—47

369. 蔡曉飛　〈兩個時間的不感症者〉中兩性關係探析　赤峰學院學報　第 3 卷第 2 期　2011 年 2 月　頁 24—25

370. 王　敏　新感覺派的文化透視〔〈殘留〉部分〕　山東社會科學　2002 年第 5 期　2002 年 5 月　頁 98—101

371. 王艷鳳　論中日新感覺派和表現主義文學〔〈殘留〉部分〕　內蒙古社會科學　2003 年第 2 期　2003 年 3 月　頁 76—79

372. 潘海鷗　中國新感覺派形成探因〔〈殘留〉部分〕　零陵學院學報　第 24 卷第 4 期　2003 年 7 月　頁 38—40

373. 韓　冷　受挫的白日夢——〈殺人未遂〉解讀　德州學院學報　第 22 卷第 5 期　2006 年 10 月　頁 8—11

374. 袁雪飛　「機器人」的「結伴婚姻」——現代都市的產物——論劉吶鷗〈方程式〉的異化主題　山花　2013 年第 18 期　2013 年 9 月　頁 130—131

375. 方鶴臻　從〈遊戲〉看劉吶鷗小說的創新　東京文學　2013 年第 3 期　2013 年　頁 13

376. 柳書琴　翻譯・尤物：上海新感覺派與「滿州國」藝文志派作家——被漏看的上海新感覺派左翼敘事〔〈流〉〕　翻譯研究與跨文化理論工作坊　臺北　中研院文哲所主辦　2014 年 1 月 13—14 日

377. 柳書琴　魔都尤物：上海新感覺派與殖民都市啟蒙敘事——上海新感覺派與都市啟蒙敘事：劉吶鷗的〈流〉　山東社會科學　2014 年第 2 期　2014 年 2 月　頁 38—49

多篇作品

378. 周凌玉　都市體驗——論新感覺派小說創作之特色〔〈兩個時間的不感症者〉、〈殘留〉部分〕　貴州民族學院學報　1999 年第 2 期　1999 年 6 月　頁 32—34

379. 潘海鷗　中國新感覺派的藝術特色〔〈兩個時間的不感症人〉、〈都市風景線〉部分〕　學海　2003 年第 4 期　2003 年 4 月　頁 173—175

380. 王宏圖　感性欲望的盛宴：新感覺派的都市敘事——都市風景線上的狐步舞〔〈遊戲〉、〈風景〉、〈兩個時間的不感症者〉部分〕　都市敘事中的欲望與意識形態　復旦大學比較文學與世界文學研究所　博士論文　陳思和教授指導　2003 年 4 月　頁 20—21

381. 吳志芳　現代都市文學的登場——對都市的現代性抒寫〔〈熱情之骨〉、〈禮儀與衛生〉部分〕　現代都市生活的立體描繪——析中國新感覺派小說　遼寧師範大學現當代文學研究所　碩士論文　王衛平教授指導　2007 年 5 月　頁 5—7

作品評論目錄、索引

382. 熊　鷹　劉吶鷗小說和評論出版、發表情況　半殖民地語境中的現代主義書寫——劉吶鷗思想與小說的再認識　清華大學比較文學與世界文學研究所　碩士論文　王中忱教授指導　2006 年 5 月　頁 51—52

383. 熊　鷹　劉吶鷗逝世《國民新聞》有關文章　半殖民地語境中的現代主義書寫——劉吶鷗思想與小說的再認識　清華大學比較文學與世界文學研究所　碩士論文　王中忱教授指導　2006 年 5 月　頁 56—57

384. 〔封德屏主編〕　劉吶鷗　臺灣現當代作家評論資料目錄（六）　臺南　國立臺灣文學館　2010 年 11 月　頁 4155—4168

其他

385. 李瑞騰　序〔《藝術社會學》〕　劉吶鷗全集・理論集　臺南　臺南縣文化局　2001 年 3 月　頁 7—9

386. 郭詩詠　持攝影機的人——試論劉吶鷗的紀錄片〔《攜著攝影機的男人》〕　文學世紀　第 16 期　2002 年 7 月　頁 26—32

387. 李道明　持攝影機的臺灣人：談劉吶鷗的「真實電影」[23]　劉吶鷗國際研討會　臺南　國家臺灣文學館主辦；中央大學中國文學系承辦；臺南縣文化局協辦　2005 年 9 月 17 日—18 日

388. 李道明　劉吶鷗的電影美學觀——兼談他的紀錄電影《攜著攝影機的男

[23]本文後改篇名為〈劉吶鷗的電影美學觀——兼談他的紀錄電影《攜著攝影機的男人》〉。

人》　劉吶鷗國際研討會論文集　臺南　國家臺灣文學館籌備處　2005年11月　頁145—166

389. 李道明　劉吶鷗的電影美學觀——兼談他的紀錄電影《攜著攝影機的男人》　電影欣賞　第125期　2005年12月　頁44—50

390. 藤井省三　台湾人「新感覚派」作家劉吶鴎における1927年の政治と「性事」——日本短篇小説集《色情文化》の中国語訳をめぐて第三稿　2007年臺日學術交流國際會議：殖民化與近代化——檢視日治時期的臺灣　臺北　亞東關係協會主辦　2007年9月8日

391. 藤井省三　台湾人「新感覚派」作家劉吶鴎における1927年の政治と「性事」——日本短篇小説集《色情文化》の中国語訳をめぐて第三稿　2007年臺日學術交流國際會議學術論文集　臺北　外交部　2007年12月　頁126—139

392. 藤井省三　臺灣新感覺派作家劉吶鷗眼中的一九二七年政治與性事——論日本短篇小說集《色情文化》的中國語譯　劉吶鷗全集・增補集　臺南　國立臺灣文學館　2010年7月　頁356—375

393. 陳碩文　上海現代文化語境中巴黎情調的形成——劉吶鷗與《無軌列車》　上海三十年代都會文藝中的巴黎情調（1927—1937）　政治大學中國文學系　博士論文　唐翼明教授指導　2009年　頁135—142

394. 陳冰雨　私紀錄下的都市風景再現——以劉吶鷗20世紀30年代的紀錄片為例　藝苑　2010年第5期　2010年　頁60—64

395. 孫魯濤，李濤　試析劉吶鷗的實驗紀錄片《持攝影機的男人》　齊魯藝苑　第131期　2013年4月　頁101—103

國家圖書館出版品預行編目資料

臺灣現當代作家研究資料彙編. 53, 劉吶鷗 / 康來新,
許秦蓁編選. -- 初版. -- 臺南市 : 臺灣文學館, 2014.12
面 ; 公分
ISBN 978-986-04-3257-2

1.劉吶鷗 2.傳記 3.文學評論

863.4 103024267

【臺灣現當代作家研究資料彙編】53

劉吶鷗

發行人 翁誌聰
指導單位 行政院文化部
出版單位 國立臺灣文學館
地 址／70041 臺南市中西區中正路 1 號
電 話／06-2217201 傳 真／06-2218952
網 址／www.nmtl.gov.tw 電子信箱／pba@nmtl.gov.tw

總策畫 封德屏
顧 問 林淇瀁 張恆豪 許俊雅 陳信元 陳義芝 須文蔚 應鳳凰
工作小組 汪黛妏 陳欣怡 陳鈺翔 張傳欣 莊雅晴 黃寁婷 詹宇霈 蘇琬鈞
編 選 康來新 許秦蓁
責任編輯 陳鈺翔
校 對 杜秀卿 汪黛妏 陳欣怡 陳鈺翔 張傳欣 莊雅晴 黃寁婷 趙慶華
計畫團隊 財團法人台灣文學發展基金會
美術設計 翁國鈞・不倒翁視覺創意
印 刷 松霖彩色印刷事業有限公司

經銷展售 國家書店松江門市（02-25180207）
國立臺灣文學館－雪芙瑞文學咖啡坊（06-2214632）
三民書局（02-23617511） 五南文化廣場（04-22260330）
台灣的店（02-23625799） 府城舊冊店（06-2763093）
南天書局（02-23620190） 唐山出版社（02-23633072）
草祭二手書店（06-2216872）

初版一刷 2014 年 12 月
定 價 新臺幣 360 元整
第一階段 15 冊新臺幣 5500 元整 第二階段 12 冊新臺幣 4500 元整
第三階段 23 冊新臺幣 8500 元整 全套 50 冊新臺幣 18500 元整
全套 50 冊合購特惠新臺幣 16500 元整
第四階段 14 冊新臺幣 5000 元整

GPN 1010302582（單本） ISBN 978-986-04-3257-2（單本）
1010000407（套） 978-986-02-7266-6（套）

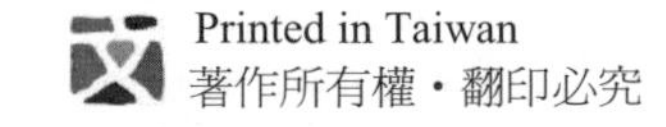